LUCY MAUD MONTGOMERY

ANNE
DE GREEN GABLES

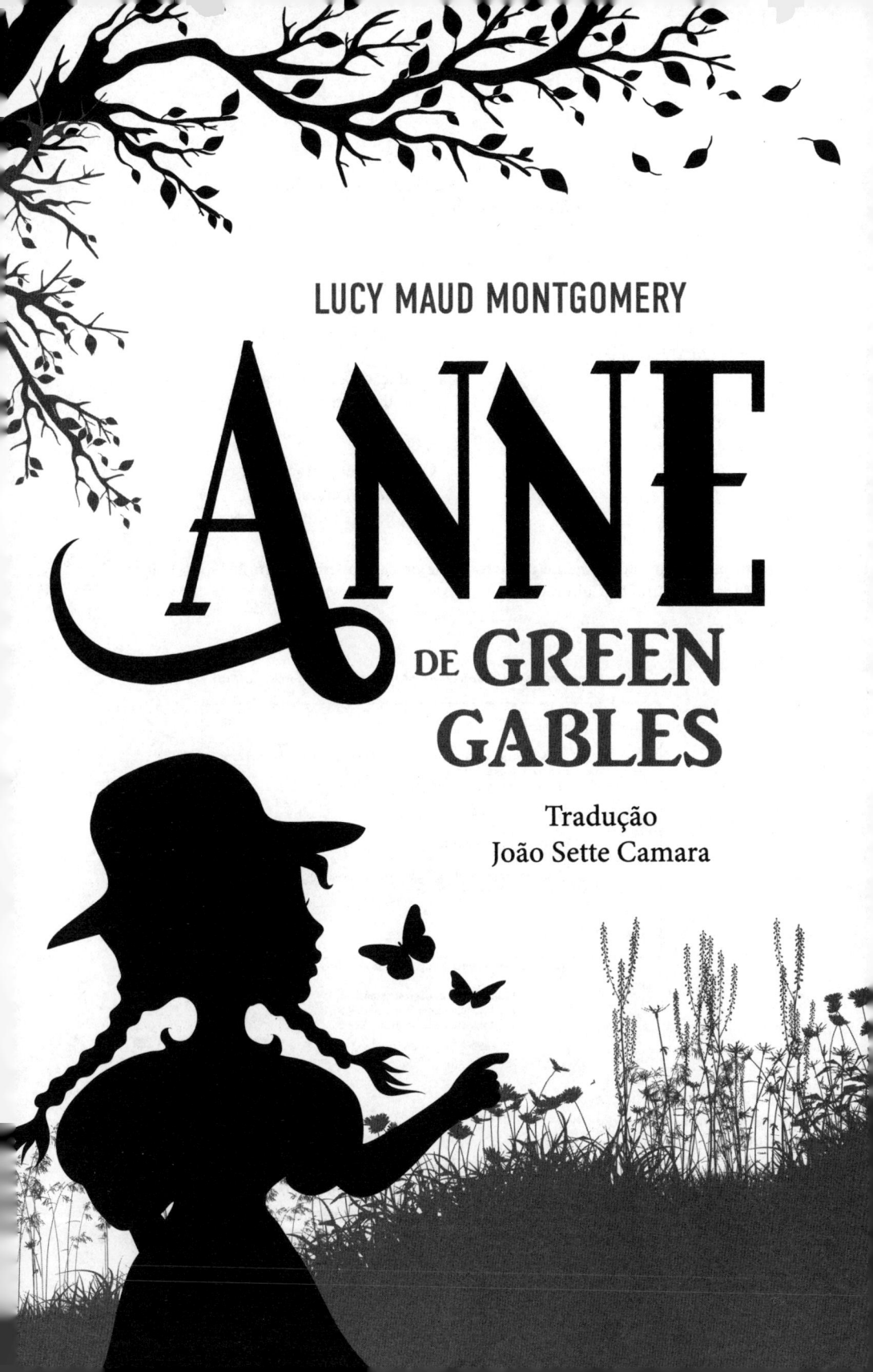

LUCY MAUD MONTGOMERY

ANNE
DE GREEN GABLES

Tradução
João Sette Camara

Esta é uma publicação Principis, selo exclusivo da Ciranda Cultural
© 2021 Ciranda Cultural Editora e Distribuidora Ltda.

Traduzido do original em inglês
Anne of Green Gables

Texto
Lucy Maud Montgomery

Tradução
João Sette Camara

Revisão
Marcelo Schils
Clarisse Cintra
Fernanda R. Braga Simon

Produção e projeto gráfico
Ciranda Cultural

Imagens
Ola-ola/shutterstock.com
lecosta/shutterstock.com
Kjpargeter/shutterstock.com

Texto publicado integralmente no livro Anne de cabelos ruivos, em 2019, na edição em brochura pela Ciranda Cultural. (N.E.)

Dados Internacionais de Catalogação na Publicação (CIP) de acordo com ISBD

M787a	Montgomery, Lucy Maud
	Anne de Green Gables / Lucy Maud Montgomery ; traduzido por João Sette Camara. - Jandira, SP : Principis, 2020.
	336 p. ; 15,5cm x 22,6cm. - (v.1)
	Tradução de: Anne of Green Gables.
	Inclui índice.
	ISBN: 978-65-5552-147-4
	1. Literatura infantojuvenil. 2. Literatura canadense. I. Camara, João Sette. II. Título. III. Série.
2020-2259	CDD 028.5
	CDU 82-93

Elaborado por Vagner Rodolfo da Silva - CRB-8/9410

Índice para catálogo sistemático:
1. Literatura infantojuvenil 028.5
2. Literatura infantojuvenil 82-93

SUMÁRIO

A SENHORA RACHEL LYNDE
É SURPREENDIDA

A senhora Rachel Lynde morava bem onde a estrada principal de Avonlea descia em direção a uma pequena depressão, ladeada por amieiros e brincos-de-princesa, e cruzava um riacho cuja nascente ficava nos fundos da mata da antiga residência dos Cuthberts. Dizia-se que era um riacho sinuoso e rápido no começo de seu curso por entre essa mata, com poças e cascatas escuras e secretas. Porém, quando chegava ao Vale Lynde, era um regato tranquilo, comportado, pois nem um riacho poderia passar pela porta da senhora Rachel Lynde sem atentar para a decência e o decoro. Ele provavelmente tinha ciência de que a senhora estava sentada em sua janela, de olho vivo em tudo o que passava, desde riachos até crianças, e de que, se reparasse em qualquer coisa estranha ou fora de lugar, ela jamais descansaria até que tivesse descoberto todos os porquês e motivos por trás daquilo.

Há muitas pessoas em Avonlea e fora de lá que são capazes de cuidar com atenção dos assuntos dos seus vizinhos à custa de negligenciar os próprios assuntos, mas a senhora Rachel Lynde era uma daquelas criaturas capazes, que conseguem lidar com as suas preocupações e com as dos outros no mesmo pacote. Era uma dona de casa notável, seu trabalho estava sempre feito e bem feito, ela "comandava" o Círculo de Costura, ajudava a administrar a catequese e era o pilar mais forte da Sociedade de Caridade e de Assistência a Missões Internacionais da Igreja. Ainda assim, com tudo isso, a senhora Rachel encontrava tempo suficiente para ficar sentada por horas na janela de sua cozinha, cosendo colchas de "algodão torcido" (ela cosera dezesseis delas, como as donas de casa de Avonlea tinham o hábito de dizer com vozes perplexas) e mantendo um olho vivo na estrada principal que cruzava o vale e subia o morro íngreme e vermelho ao longe. Como Avonlea ocupava uma pequena península triangular que se estendia pelo Golfo de St. Lawrence com água dos dois lados, qualquer um que entrasse ou saísse de Avonlea tinha de passar por aquela estrada do morro e, portanto, pela manopla invisível do olho onisciente da senhora Rachel.

Ela estava sentada ali certa tarde no começo de junho. O sol entrava quente e radiante pela janela; o pomar na descida embaixo da casa estava tomado de um rubor nupcial de inflorescências rosa-esbranquiçadas e rodeado por uma miríade de abelhas que zuniam. Thomas Lynde, um homenzinho tímido que as pessoas de Avonlea chamavam de "marido de Rachel Lynde", estava plantando sua semente de nabo tardio no campo do morro além do celeiro, e Matthew Cuthbert deveria estar plantando o seu no campo do grande riacho vermelho em Green Gables. A senhora Rachel sabia que ele deveria estar fazendo isso porque o ouvira dizer a Peter Morrison na noite anterior, na venda de William J. Blair, em Carmody, que tencionava plantar suas sementes de nabo na tarde seguinte. Peter havia perguntado isso a ele, é claro, pois Matthew Cuthbert nunca fora conhecido por revelar por livre e espontânea vontade qualquer informação em toda a sua vida.

Ainda assim, eis que aqui estava Matthew Cuthbert, às três e meia da tarde de um dia atarefado, placidamente dirigindo pelo vale e morro acima. Além disso, ele vestia um colarinho branco e suas melhores roupas, o que era prova evidente de que estava saindo de Avonlea e ele ia com a carroça e a égua alazã, o que indicava que viajaria uma distância considerável. Mas aonde estava indo Matthew Cuthbert e por que estava indo para lá?

Fosse qualquer outro homem de Avonlea, a senhora Rachel, habilmente juntando uma coisa e outra, talvez pudesse adivinhar as respostas a essas duas perguntas. Entretanto, Matthew saía de casa tão raramente que deveria ser algo urgente e incomum que o fazia sair. Ele era o homem mais tímido que havia e detestava ter de ficar entre desconhecidos ou ir a qualquer lugar onde talvez tivesse de conversar. Matthew vestir um colarinho branco e conduzir uma carroça era algo que não acontecia com frequência. A senhora Rachel, por mais que sopesasse, não conseguia descobrir nada, e o prazer que sentia naquela tarde foi estragado.

– Depois do chá, vou até Green Gables descobrir com Marilla para onde ele foi e por quê – concluiu finalmente a respeitável mulher. – Ele geralmente não vai à cidade nesta época do ano e *nunca* faz visitas a ninguém. Se tivesse ficado sem sementes de nabo, não teria se arrumado todo e pegado a carroça para ir comprar mais e ele não conduzia a carroça rápido o bastante para estar indo atrás de um médico. Ainda assim, algo deve ter acontecido desde a noite passada para incitá-lo a fazer isso. Estou completamente intrigada, esta é a verdade, e não vou ter um minuto de paz de espírito ou de consciência até que eu saiba o que fez Matthew Cuthbert sair de Avonlea hoje.

Portanto, depois do chá, a senhora Rachel saiu e ela não tinha de ir longe. A casa grande, cheia de corredores e com uma pérgula com plantas frutíferas, na qual os Cuthberts moravam, mal ficava a quatrocentos metros estrada acima a partir do Vale Lynde. Na verdade, a estrada longa tornava a distância maior. O pai de Matthew Cuthbert, tímido e calado como o filho, afastara-se o máximo que podia das outras pessoas sem de fato se embrenhar na mata quando fundou a sua propriedade. Green Gables foi construída na ponta mais distante de sua terra desmatada e lá estava até hoje, quase invisível da estrada principal ao longo da qual todas as outras casas de Avonlea estavam muito amistosamente localizadas. A senhora Rachel Lynde sequer chamava de *residir* o fato de alguém morar em um lugar assim.

– É simplesmente uma permanência, é isso o que é – disse ela à medida que andava pela estrada gramada, de sulcos profundos, ladeada por roseiras selvagens. – Não é de se espantar que Matthew e Marilla sejam um tanto estranhos, morando sozinhos aqui, afastados de todos. As árvores não são lá grande companhia, mas, se fossem, Deus sabe que haveria árvores o suficiente. Eu prefiro olhar para pessoas. Na verdade, eles parecem satisfeitos o bastante, mas suponho que estejam habituados com isso. O corpo é capaz de se habituar a qualquer coisa, até ao enforcamento, como disse o irlandês.

Com isso, a senhora Rachel saiu da estrada e entrou no quintal de Green Gables. Aquele quintal era muito verde e arrumado e preciso, com grandes e patriarcais salgueiros dispostos de um lado e afetados álamos-pretos de outro. Não se via pedra ou graveto fora de lugar, pois a senhora Rachel teria reparado caso houvesse. Em seu íntimo, ela achava que Marilla Cuthbert varria aquele quintal com a mesma frequência com que varria a sua casa. Era possível comer uma refeição naquele chão sem se sujar sequer com uma partícula da proverbial sujeira.

A senhora Rachel sem demora bateu de leve na porta da cozinha, e entrou quando convidada a fazê-lo. A cozinha em Green Gables era um cômodo alegre ou teria sido alegre caso não estivesse tão exasperantemente limpa ao ponto de passar a impressão de se tratar de uma sala não usada. Suas janelas davam para o Leste e o Oeste; da janela Oeste, que dava para o quintal, entrava bastante da luz do sol suave de junho, mas a janela Leste, de onde se vislumbravam cerejeiras brancas em flor no pomar da esquerda e esguias e balançantes bétulas na depressão próxima ao riacho, estava coberta de verde por causa de um emaranhado de trepadeiras. Ali ficava sentada Marilla Cuthbert nas poucas vezes em que se sentava, sempre um tanto desconfiada da luz do sol, que para ela parecia uma coisa dançante e irresponsável demais para um mundo que deveria ser levado a sério, e ali estava ela sentada agora, tricotando, e a mesa atrás dela estava posta para o jantar.

A senhora Rachel, antes que ela tivesse fechado completamente a porta, fez uma relação mental de tudo o que havia sobre aquela mesa. Havia três pratos postos nela, então Marilla deveria estar esperando que alguém voltasse para casa com Matthew para tomar o chá, mas os pratos eram os de uso diário e na mesa havia apenas conservas de maçã silvestre e um tipo só de bolo, portanto a companhia esperada não poderia ser alguém especial. No entanto, e o colarinho branco de Matthew e a égua alazã? A senhora Rachel estava ficando desnorteada com esse mistério incomum envolvendo a quieta e nada misteriosa Green Gables.

– Boa tarde, Rachel – cumprimentou energicamente Marilla. – Está sendo um ótimo fim de tarde, não é? Não quer se sentar? Como está a sua família?

Algo que, por falta de outro nome, poderia se chamar amizade sempre existira entre Marilla Cuthbert e a senhora Rachel, apesar ou talvez em virtude da dessemelhança entre elas.

Marilla era uma mulher alta e magra, de corpo anguloso e sem curvas; seu cabelo escuro tinha algumas mechas grisalhas, estava sempre preso em um coque pequeno e bem apertado preso com dois grampos que o atravessavam agressivamente. Ela parecia uma mulher de experiência provinciana e de consciência rígida, o que de fato era, mas havia algo oculto em seus lábios que, se fosse apenas um tanto mais desenvolvido, poderia ser considerado indicação de um senso de humor.

– Estamos todos muito bem – respondeu a senhora Rachel. – Eu meio que receava que *vocês* não estivessem quando vi Matthew sair hoje. Pensei que talvez ele pudesse estar indo ao médico.

Os lábios de Marilla se retorceram de compreensão. Ela esperara a visita da senhora Rachel; ela soubera que a visão de Matthew partindo de maneira tão inexplicável assim seria demais para a curiosidade da vizinha.

– Oh, não, eu estou bem, apesar de ter tido uma dor de cabeça horrível ontem – retrucou ela. – Matthew foi para Rio Bright. Vamos adotar um garotinho de um orfanato na Nova Escócia e ele está chegando de trem esta noite.

Se Marilla tivesse dito que Matthew havia ido a Rio Bright encontrar um canguru da Austrália, a senhora Rachel não teria ficado mais perplexa. Ela de fato ficou sem palavras por cinco segundos. Era impossível presumir que Marilla estivesse brincando com ela, mas a senhora Rachel foi quase forçada a presumir isso.

– Está falando sério, Marilla? – indagou ela quando as palavras lhe voltaram à boca.

– Sim, é claro – replicou Marilla, como se adotar meninos de orfanatos na Nova Escócia fosse parte das tarefas normais da primavera em qualquer fazenda bem cuidada de Avonlea, e não uma inovação inédita.

A senhora Rachel sentiu-se como se tivesse recebido uma pancada mental grave. Ela pensava com exclamações. Um menino! De todas as pessoas possíveis, Marilla e Matthew Cuthbert adotando um menino! De um orfanato! Bem, o mundo certamente estava de cabeça para baixo! Nada mais a surpreenderia depois disto! Nada!

– O que diabos a fez ter esta ideia? – indagou ela em tom de reprovação.

Aquilo havia sido feito sem que pedissem os conselhos dela e, portanto, era necessário que fosse reprovado.

– Bem, faz algum tempo que pensamos sobre isso... Na verdade, passamos o inverno todo pensando nisso – respondeu Marilla. – A senhora Alexander Spencer veio aqui certo dia antes do Natal e disse que ia adotar uma garotinha de um orfanato em Hopeton na primavera. A prima dela mora lá, e a senhora Spencer veio fazer uma visita aqui e sabe de tudo. Então, Matthew e eu temos discutido este assunto desde então. Pensamos em adotar um menino. Matthew está envelhecendo, ele tem sessenta anos e já não tem a vivacidade de antes. O coração dele lhe causa muitos problemas. E você sabe como tem sido desesperadamente difícil conseguir contratar alguém para ajudar. Nunca há alguém além daqueles garotinhos franceses[1] estúpidos e fracotes, e, assim que você consegue treiná-los para que ajam conforme os seus modos e ensinar-lhes alguma coisa, eles vão embora trabalhar nas fábricas de lagosta enlatada ou vão para os Estados Unidos. A princípio, Matthew sugeriu que adotássemos um órfão do Reino Unido[2]. Mas eu disse "não" logo de saída. "Pode até

---

1   Franco-canadenses. (N. T.)
2   "Home boy" no original. "Home Children" foi o esquema de migração infantil fundado pela quacre escocesa Annie MacPherson em 1869, no qual mais de 100 mil crianças foram enviadas do Reino Unido para Austrália, Canadá, Nova Zelândia e África do Sul para trabalhar como escravas. (N. T.)

não haver nenhum problema com eles, e eu não estou dizendo que há, mas eu não quero um árabe das ruas de Londres na minha casa", disse eu. "Pelo menos me arrume um órfão nativo. Não importa quem adotemos, sempre haverá um risco. Mas ficarei com a mente mais tranquila e vou dormir melhor se adotarmos um órfão nascido no Canadá. Então, no fim das contas, decidimos pedir à senhora Spencer que escolhesse um para nós quando ela fosse buscar a garotinha dela. Soubemos na semana passada que ela estava por ir e mandamos um recado pela família de Richard Spencer em Carmody para que nos trouxesse um garoto simpático e esperto de cerca de dez ou onze anos. Decidimos que essa seria a melhor idade: velho o bastante para ser útil no cumprimento de algumas tarefas e jovem o bastante para ser educado de maneira adequada. Nossa intenção é fornecer a ele um bom lar e escolaridade. Recebemos hoje um telegrama da senhora Alexander Spencer. O carteiro o trouxe da estação de trem dizendo que eles estavam vindo hoje no trem das cinco e meia da tarde. Então, Matthew foi para Rio Bright encontrá-lo. A senhora Spencer vai deixá-lo lá. E é claro que ela vai seguir viagem até a estação de White Sands.

A senhora Rachel se orgulhava de sempre falar o que pensava. Tendo ajustado sua atitude mental para essa novidade incrível, começou a falar o que pensava.

– Bem, Marilla, vou simplesmente lhe dizer com sinceridade que acho que você está fazendo uma tolice enorme, uma coisa arriscada, isso sim. Você não sabe o que vai receber. Você está trazendo uma criança desconhecida para dentro de sua casa e lar sem sequer saber qualquer coisa sobre ela, ou sobre o temperamento dela, ou que tipo de pais ela teve, ou como é provável que ele se torne no futuro. Ora, na semana passada mesmo eu li no jornal que um homem e sua esposa no Oeste da Ilha adotaram um garoto de um orfanato e ele botou fogo na casa à noite, botou fogo de propósito, Marilla, e quase os torrou em suas camas. E sei de outro caso em que um garoto adotado que chupava ovos frescos da casa e eles não conseguiam fazê-lo abandonar esse hábito. Caso você tivesse pedido meu conselho sobre este assunto, coisa que você não fez,

Marilla, eu teria lhe dito que pela misericórdia nem pensasse nisso, esta é a verdade.

Essa falsa tentativa de consolo não pareceu ofender ou alarmar Marilla. Ela continuou tricotando com firmeza.

– Não nego que em certa medida você tenha razão, Rachel. Eu também tive certo receio. Mas Matthew cismou com isso. Pude perceber isso e, então, cedi. É tão raro que Matthew cisme com alguma coisa que quando isso acontece, eu sempre sinto que é meu dever ceder. E, quanto ao risco, há riscos em quase tudo que o corpo faz neste mundo. No fim das contas, há riscos em ter os próprios filhos: uma gravidez nem sempre termina bem. E a Nova Escócia fica muito perto da Ilha. Não é como se estivéssemos adotando alguém da Inglaterra ou dos Estados Unidos. É impossível que ele seja muito diferente de nós.

– Bem, espero que dê tudo certo – comentou a senhora Rachel com um tom que claramente indicava suas terríveis dúvidas. – Só não diga que não lhe avisei se ele tocar fogo em Green Gables ou jogar estricnina no poço. Eu soube de um caso em New Brunswick em que uma criança de um orfanato fez isso e toda a família morreu numa agonia horrorosa. Só que nesse caso foi uma menina.

– Bem, não vamos adotar uma menina – disse Marilla, como se envenenar poços fosse uma habilidade puramente feminina, que não deveria ser temida no caso de um menino. – Eu jamais sonharia em pegar uma menina para criar. Espanta-me que a senhora Alexander Spencer tenha feito isso. Mas, na verdade, *ela* não hesitaria em adotar um orfanato inteiro, caso cismasse com isso.

A senhora Rachel gostaria de ter ficado ali até que Matthew voltasse para casa com o órfão importado. Mas, refletindo que demoraria no mínimo duas horas até que ele voltasse, ela decidiu subir a estrada até a casa de Robert Bell e contar a ele a novidade. Aquilo com certeza causaria um frenesi incomparável, e a senhora Rachel adorava causar frenesis. Então, ela se retirou dali, para o alívio de Marilla, pois ela sentia suas dúvidas e medos renascerem sob a influência do pessimismo da senhora Rachel.

– Ora, nunca ouvi disparate maior! – exclamou a senhora Rachel depois que já estava a uma distância segura, na estrada. – De fato parece que estou sonhando. Bem, e sinto muito por esse pobre rapazinho, de verdade. Matthew e Marilla não entendem nada de crianças e vão esperar que ele seja mais inteligente e firme que o seu próprio avô, se é que algum dia ele teve um avô, o que duvido. Parece de algum modo insólito pensar em uma criança em Green Gables, nunca houve uma por aqui, pois Matthew e Marilla já eram crescidos quando a casa nova foi construída, se é que algum dia eles foram crianças, o que é difícil de acreditar quando se olha para eles. Não queria por nada estar na pele desse órfão. Minha nossa, mas sinto pena dele, é verdade.

Isso foi o que disse a senhora Rachel do fundo de seu coração para as roseiras selvagens, mas, se ela pudesse ter visto a criança que esperava pacientemente na estação de Rio Bright naquele exato momento, a pena dela teria sido ainda mais intensa e profunda.

MATTHEW CUTHBERT
É SURPREENDIDO

Matthew Cuthbert e a égua alazã cavalgavam confortavelmente os quase treze quilômetros até Rio Bright. A estrada era bonita e passava por entre granjas acolhedoras e, de vez em quando, por entre trechos de abeto-do-canadá ou por alguma depressão em que ameixeiras selvagens exibiam suas inflorescências diáfanas. O ar estava doce com o cheiro de muitos pomares de macieiras, e os bosques desciam ao longe até o horizonte de névoas peroladas e roxas, enquanto

Os passarinhos cantavam como se fosse
O único dia de verão em todo o ano.

Matthew, a seu modo, gostava da cavalgada, exceto nos momentos em que encontrava mulheres e tinha de cumprimentá-las com um aceno, pois, na Ilha do Príncipe Edward, deve-se acenar para toda e qualquer mulher que se encontre na estrada, seja ela conhecida ou não.

Matthew tinha pavor de todas as mulheres, exceto Marilla e a senhora Rachel; ele tinha a sensação incômoda de que aquelas criaturas misteriosas secretamente riam dele. Ele talvez até tivesse razão de pensar isso, pois era um personagem de aparência estranha, de corpo deselegante e um cabelo cinza como ferro que descia até seus ombros encurvados, e uma barba farta e macia que usava desde que tinha vinte anos. Na verdade, aos vinte anos, ele tinha a mesma aparência do que aos sessenta, só era um tanto menos encanecido.

Quando ele chegou a Rio Bright, não havia nenhum sinal do trem. Ele pensou ter chegado cedo demais, então amarrou o cavalo no pátio do pequeno hotel de Rio Bright e foi até a estação. A longa plataforma estava quase deserta; a única vivalma à vista era uma menina sentada em um monte de brita na outra ponta. Matthew, mal reparando que se tratava de uma menina, passou de lado o mais rápido que pôde sem olhar para ela. Se tivesse olhado, dificilmente não teria reparado na rigidez e expectativa tensas na expressão e atitude dela. Ela estava sentada lá esperando por alguma coisa ou por alguém e, como sentar e esperar era a única coisa a fazer naquele exato momento, ela sentava e esperava com todo o seu vigor e sua energia.

Matthew encontrou o chefe da estação trancando a bilheteria antes de ir para casa jantar e perguntou a ele se o trem das cinco e meia da tarde estava por chegar.

– O trem das cinco e meia chegou e saiu faz meia hora – respondeu o brusco oficial. – Mas um dos passageiros que desceu está esperando pelo senhor... é uma menininha. Ela está sentada ali na brita. Eu perguntei se ela não gostaria de ir para a sala de espera das senhoras, mas ela me informou, muito séria, que preferia esperar do lado de fora. "Tem mais escopo para a imaginação", foi o que ela disse. Ela é esquisita, devo dizer.

– Eu não estou esperando uma menina – disse Matthew, surpreso. – Vim aqui buscar um menino. Ele deveria estar aqui. A senhora Alexander Spencer iria trazê-lo da Nova Escócia para mim.

O chefe da estação assobiou.

– Então, houve algum mal-entendido – retrucou ele. – A senhora Spencer saiu do trem com aquela garota e deixou-a sob os meus cuidados. Disse que o senhor e a sua irmã iam adotá-la de um orfanato e que o senhor chegaria aqui em breve. Isso é tudo que sei... E não tenho nenhum outro órfão escondido por aqui.

– Não estou entendendo – disse Matthew de modo impotente, querendo que Marilla estivesse ali para enfrentar com ele aquela situação.

– Bem, é melhor então fazer perguntas à garota – sugeriu despreocupadamente o chefe da estação. – Me atrevo a dizer que ela vai conseguir explicar o que houve... O fato é que ela tem uma língua afiada. Talvez no orfanato tenham acabado os meninos do tipo que o senhor queria.

Com fome, o chefe da estação caminhou alegremente para fora dali, e restou ao pobre Matthew fazer o que para ele era mais difícil do que cortar a juba de um leão em seu covil: aproximar-se de uma menina... uma menina desconhecida... uma órfã e perguntar a ela por que ela não era um menino. Matthew grunhiu internamente à medida que deu meia-volta e arrastou os pés delicadamente pela plataforma em direção à menina.

Ela o estivera observando desde que ele passara por ela, e agora mantinha os olhos grudados nele. Matthew não estava olhando para ela e, mesmo que estivesse, não teria visto como ela de fato era, mas um observador corriqueiro teria notado isto: uma criança de onze anos, usando um vestido muito curto, muito apertado, muito feio, de flanela de algodão amarelo acinzentado. Ela usava um chapéu de marinheiro marrom desbotado e, sob o chapéu, desciam até as suas costas duas tranças de cabelo muito grosso e definitivamente ruivo. Seu rosto era pequeno, branco e fino e também cheio de sardas; sua boca era grande, assim como os olhos, que pareciam verdes ou cinza conforme a luz e o humor dela.

Até aqui, era isso o que veria um observador corriqueiro; um exímio observador talvez reparasse que o queixo era muito pontudo e pronunciado; que os olhos grandes estavam repletos de ânimo e vivacidade; que a boca tinha lábios doces e expressivos; que a testa era larga e ampla; resumindo, nosso exímio e perceptivo observador talvez concluísse que não era uma alma comum que habitava o corpo daquela menina desgarrada de quem o tímido Matthew Cuthbert tinha um medo absurdo.

Matthew, no entanto, foi poupado do sofrimento de iniciar uma conversa, pois assim que concluiu que ele vinha em sua direção, a menina se levantou, agarrando com uma mão magra e suja a alça de uma mala de viagem puída e antiquada, feita de tapeçaria; a outra mão ela estendia para Matthew.

– Presumo que o senhor seja o senhor Matthew Cuthbert, de Green Gables? – disse ela com uma voz particularmente clara e doce. – Fico muito contente em vê-lo. Estava começando a temer que o senhor não viria me buscar e estava imaginando todas as coisas que poderiam ter acontecido para impedi-lo de vir. Eu havia decidido que, se o senhor não viesse me buscar esta noite, eu desceria os trilhos até aquela enorme cerejeira selvagem na curva, treparia nela e passaria a noite lá. Eu não teria o menor medo, e seria adorável dormir em uma cerejeira selvagem, cheia de botões brancos à luz do luar, não acha? Daria até para imaginar que se estaria morando em salões de mármore, não é mesmo? E eu tinha certeza de que o senhor viria me buscar de manhã caso não viesse esta noite.

Matthew, constrangido, pegou a mãozinha magra com a sua; naquele exato momento, decidiu o que ia fazer. Ele não conseguiria dizer a esta criança de olhos brilhantes que havia acontecido um mal--entendido; ele a levaria para casa e deixaria que Marilla dissesse isso para a menina. De qualquer modo, ela não poderia ser deixada na estação de Rio Bright, independentemente do mal-entendido; portanto, era melhor adiar todas as perguntas e explicações até que ele estivesse a salvo de volta em Green Gables.

– Desculpe-me pelo atraso – disse ele timidamente. – Venha comigo. O cavalo está no pátio. Dê-me a sua mala.

– Oh, eu consigo carregá-la – respondeu com alegria a criança. – Não está pesada. Tenho todos os meus pertences guardados nela, mas ela não está pesada. E, se ela não é carregada de um modo específico, a alça solta... Então, é melhor que eu a carregue, pois já tenho a manha. É uma mala de viagem de tapeçaria extremamente velha. Oh, fico muito feliz que o senhor tenha vindo, apesar de que teria sido bom dormir em uma cerejeira selvagem. Temos um longo caminho de carroça pela frente, não? A senhora Spencer disse que eram quase treze quilômetros. Fico feliz, pois adoro andar de carroça. Oh, parece maravilhoso demais o fato de que vou morar com o senhor e ser sua. Sabe, eu jamais fui de ninguém... não de verdade. Mas o orfanato foi a pior coisa. Fiquei lá somente quatro meses, mas já foi o bastante. Não presumo que o senhor algum dia tenha sido um órfão em um orfanato; então, é impossível que entenda como é. É pior do que qualquer coisa que o senhor possa imaginar. A senhora Spencer disse que era maldade minha falar desse jeito, mas minha intenção não foi ser má. É fácil demais ser mau sem se dar conta disso, não é? Sabe... as pessoas no orfanato eram boas. Mas há muito pouco escopo para a imaginação em um orfanato... só mesmo os outros órfãos. Era muito interessante imaginar coisas sobre eles... imaginar que talvez a garota sentada ao seu lado na verdade era a filha de um conde cintado[3], que havia sido raptada de seus pais ainda bebê por uma babá cruel que morreu antes de poder confessar seu crime. Eu costumava passar as noites em claro na cama imaginando coisas desse tipo, pois durante o dia eu não tinha tempo. Acho que é por isso que estou tão magra assim... Eu *estou* terrivelmente magra, não é? Não tem uma carne para mordiscar nos meus ossos. E eu adoro imaginar que estou bonita e roliça, com covinhas nos meus cotovelos.

Com isso, a companhia de Matthew parou de falar, em parte porque havia ficado sem fôlego, em parte porque eles haviam chegado à carroça. Ela não disse palavra até que tivessem saído do vilarejo e estivessem descendo um pequeno e íngreme monte, e a estrada aberta ali tinha sido cavada tão fundo na terra fofa que as beiras, ladeadas por cerejeiras selvagens em flor e esguias bétulas-brancas, ficavam metros acima das cabeças deles.

A criança estendeu uma das mãos e quebrou um galho de ameixeira selvagem que roçara contra o lado da carroça.

– Não é lindo? Esta árvore, se projetando a partir da beira da estrada, toda branca e rendada, faz o senhor se lembrar de quê? – perguntou ela.

– Bem, não sei – respondeu Matthew.

---

3 *Belted earl* no original. Na Inglaterra, até o século XVII, o título de conde concedido pelo monarca vinha acompanhado de uma espada e um cinto com bainha, daí o termo "conde cintado". (N. T.)

– Ora, uma noiva, é claro: uma noiva toda de branco, com um véu adorável e vaporoso. Nunca vi uma, mas consigo imaginar como seria a aparência dela. Eu mesma jamais espero ser uma noiva algum dia. Sou tão feia que ninguém jamais vai querer se casar comigo... a não ser que fosse um missionário estrangeiro. Presumo que um missionário estrangeiro não seja muito exigente. Mas de fato espero ter algum dia um vestido branco. Esse é o meu maior ideal de bem-aventurança mundana. Simplesmente adoro roupas bonitas. E, pelo que me lembro, jamais tive um vestido bonito na vida; de qualquer modo, isso só significa que tenho mais coisas por ansiar, não é mesmo? E também posso imaginar a mim mesma vestida lindamente. Esta manhã, quando saí do orfanato, fiquei muito constrangida por ter de vestir este horroroso vestido velho de flanela. Todos os órfãos tinham de usar roupas de flanela, sabe. No inverno passado, um mercador em Hopeton doou trezentos metros de flanela para o orfanato. Algumas pessoas disseram que era porque ele não tinha conseguido vender o tecido, mas prefiro acreditar que ele fez isso por bondade, o senhor também não preferiria? Quando entramos no trem, senti-me como se todos estivessem me olhando e se apiedando de mim. Mas pus minha imaginação para trabalhar, imaginei que vestia o mais lindo vestido de seda azul pastel, porque, quando você *está* imaginando, é melhor imaginar algo que valha a pena, e um grande chapéu cheio de flores e plumas salientes, e um relógio de ouro, e luvas e botas de pelica. Alegrei-me imediatamente e desfrutei da viagem até a Ilha com toda a minha força. Não fiquei nem um pouco enjoada quando entrei no barco. Nem a senhora Spencer, apesar de ela geralmente ficar enjoada. Ela disse que estava sem tempo para ficar enjoada, pois tinha de ficar de olho para que eu não caísse do barco. Ela disse que jamais vira alguém andar tão furtivamente quanto eu. Mas, se isso impedia que ela se enjoasse, que bom que eu fiz isso, não é? E eu queria ver tudo que havia para ser visto no barco, pois não sabia quando teria outra oportunidade. Oh, e há muito mais cerejeiras em flor! A Ilha é o lugar mais cheio de inflorescências que há. Já estou apaixonada por este lugar, e estou muito feliz de vir morar aqui. Sempre ouvi dizer que a Ilha do Príncipe Edward era o lugar mais lindo do mundo, e costumava imaginar que eu morava aqui, mas nunca tive esperanças de que isso de fato aconteceria. É encantador quando as coisas que você imaginou se realizam, não é? Mas aquelas estradas vermelhas são muito curiosas. Quando entramos no trem em Charlottetown e as estradas vermelhas surgiram à nossa frente, perguntei à senhora Spencer o que tornava vermelhas, e ela me disse que não sabia e que, por piedade, não lhe fizesse mais perguntas. Ela disse que eu já devia ter feito umas mil perguntas a ela. E eu presumo que seja verdade também, mas como uma pessoa pode saber das coisas sem fazer perguntas? E o que *torna* as estradas vermelhas?

– Bem, eu não sei – respondeu Matthew.

– Bem, esta é uma das coisas que terei de descobrir em algum momento. Não é esplêndido pensar em todas as coisas que há por descobrir? Isso simplesmente me deixa feliz por estar viva... O mundo é interessante demais. E ele não seria tão interessante assim se já soubéssemos de tudo, não é mesmo? Não haveria nenhum escopo para a imaginação, haveria? Mas estou falando demais? As pessoas sempre me dizem que sim. O senhor prefere que eu fique calada? Se disser que sim, paro de falar. Eu até *consigo* parar se fizer um esforço mental, mas é difícil.

Matthew, para surpresa dele mesmo, estava desfrutando daquilo. Assim como a maioria das pessoas caladas, ele gostava de gente tagarela quando elas estavam dispostas a travar toda a conversa sozinhas, sem esperar que ele fizesse a sua parte. Mas jamais esperara desfrutar da companhia de uma menininha. Sinceramente, as mulheres já eram ruins o bastante, mas garotinhas eram piores. Ele detestava o modo como elas passavam de lado timidamente por ele, com olhares enviesados, como se esperassem que ele as engolisse de uma bocada só caso se atrevessem a dizer palavra. Este era o tipo de menina bem-educada que havia em Avonlea. Mas essa bruxa sardenta era muito diferente, e apesar de ele achar muito difícil para sua inteligência mais lenta acompanhar os velozes processos mentais dela, ele pensou que "até que gostava da conversa dela". Então, disse timidamente, como de costume:

– Ah, você pode falar o quanto quiser. Não me importo.

– Ah, fico muito contente. Sei que eu e o senhor vamos ter uma relação boa. É um alívio falar quando se tem vontade, sem que alguém lhe diga que crianças devem ser vistas, e não ouvidas. Já me disseram isso um milhão de vezes, e não apenas uma. E as pessoas riem de mim porque uso palavras rebuscadas. Mas, quando se tem ideias rebuscadas, é preciso usar palavras rebuscadas para expressá-las, não é mesmo?

– Bem, parece-me razoável – retrucou Matthew.

– A senhora Spencer disse que minha língua não deve ter freio. Mas esse não é o caso: ela está bem presa à minha boca. A senhora Spencer disse que a sua propriedade se chama Green Gables. Perguntei a ela tudo sobre o lugar. E ela disse que era rodeado de árvores. Fiquei mais contente do que nunca. Simplesmente amo árvores. E não havia uma sequer no orfanato, somente algumas poucas e mirradas arvorezinhas na parte da frente, cercadas por gaiolas pintadas com cal. Elas simplesmente pareciam órfãs também, era isso o que pareciam. Eu costumava sentir vontade de chorar só de olhar para elas. E costumava dizer a elas: "Oh, *pobres* coisinhas! Se pelo menos vocês estivessem em uma mata extensa com outras árvores à sua volta, e musgo e campânulas crescendo em meio às suas raízes, e um riacho próximo, e pássaros cantando sobre seus galhos, aí vocês cresceriam, não é mesmo? Mas aqui onde vocês estão isso é impossível. Sei exatamente como se sentem, arvorezinhas". Lamentei ter de deixá-las para trás esta manhã. Nós acabamos nos apegando a coisas desse tipo, não é mesmo? Tem algum riacho perto de Green Gables? Esqueci-me de perguntar isso à senhora Spencer.

– Bem, sim, tem um que passa bem embaixo da casa.

– Que requintado. Sempre foi um sonho meu morar perto de um riacho. Mas jamais tive esperanças de que isso aconteceria. Os sonhos raramente se realizam, não é mesmo? Não seria bom se eles se realizassem? Mas agora mesmo eu me sinto quase que perfeitamente feliz. Não me sinto perfeitamente feliz porque... Ora, que cor o senhor diria que é esta?

Ela tirou uma de suas tranças compridas e brilhantes do ombro e ergueu-a diante dos olhos de Matthew. Matthew não estava acostumado a tomar decisões sobre o tom das mechas de cabelo de senhoras, mas, neste caso, não havia muita dúvida.

– É vermelho, não? – disse ele.

A garota deixou a trançar cair com um suspiro que pareceu ter vindo dos próprios dedos dos pés dela e que pareceu expelir todas as tristezas de todas as eras.

– Sim, é vermelho – disse ela, resignada. – Agora o senhor sabe por que eu não posso ser perfeitamente feliz. Ninguém que tenha cabelo vermelho pode ser. Não me importo muito com as outras coisas: as sardas, os olhos verdes e a minha magreza. Posso imaginar que essas coisas sumiram. Posso imaginar que tenho uma linda pele de tom rosa pálido e adoráveis olhos brilhantes violeta. Mas *não consigo* imaginar que o cabelo ruivo desapareceu. E faço o melhor que posso para que isso aconteça. Penso comigo mesma: "Agora, o meu cabelo é de um preto glorioso, como a asa de um corvo". Mas, no fundo, eu *sei* que o meu cabelo é simplesmente vermelho, e isso me parte o coração. Carregarei essa tristeza por toda a minha vida. Li certa vez em um romance sobre uma garota que carregava uma tristeza por toda a vida, mas não eram cabelos ruivos. O cabelo dela era puro dourado e pendia em ondas do alabastro de sua testa. O que é o alabastro de uma testa? Jamais consegui descobrir. O senhor sabe me dizer?

– Bem, receio que não – respondeu Matthew, que estava ficando um tanto desnorteado. Ele se sentiu do mesmo modo que se sentira na imprudência de sua juventude, quando outro menino o convenceu a andar no carrossel em um piquenique.

– Bem, seja lá o que for, deve ser algo bom, pois ela tinha uma beleza divinal. O senhor já imaginou como deve ser a sensação de se ter uma beleza divinal?

– Bem, não – confessou Matthew com ingenuidade.

– Pois eu já, e com frequência. O que o senhor preferiria ser se pudesse escolher: divinalmente lindo, deslumbrantemente inteligente, ou angelicamente bondoso?

– Bem, eu... não sei dizer exatamente.

– Nem eu. Nunca consigo decidir. Mas não faz de fato diferença, pois não é provável que eu seja nenhuma das três coisas. É certo que jamais serei angelicalmente bondosa. A senhora Spencer diz... Oh, senhor Cuthbert! Oh, senhor Cuthbert!! Oh, senhor Cuthbert!!!

Isso não era o que havia dito a senhora Spencer; e a criança não tinha caído da carroça, e Matthew tampouco fizera algo impressionante. Eles simplesmente fizeram a curva na estrada e chegaram à "Avenida".

A "Avenida", como era chamada pelas pessoas de Newbridge, era um trecho de estrada de quatrocentos ou quinhentos metros de comprimento, arqueado por enormes e largas macieiras, que haviam sido plantadas anos antes por um excêntrico velho fazendeiro. Acima deles havia uma extensa folhagem repleta de perfumadas inflorescências. Sob os galhos mais grossos, o ar estava repleto de um crepúsculo púrpura, e, a distância, um vislumbre de um céu que parecia pintado, com o sol poente brilhando feito uma enorme rosácea na extremidade do corredor de uma catedral.

A beleza daquilo pareceu emudecer a menina. Ela se recostou na carroça, com as mãos magras bem firmadas diante de si, com o rosto erguido em êxtase para o esplendor branco acima dela. Ela não se mexeu ou falou nem mesmo depois que eles saíram da avenida e desceram a comprida ladeira para Newbridge. Ainda com o rosto extasiado, olhou fixamente ao longe para o sol poente ao oeste, com olhos que tinham visões de coisas esplêndidas passando por aquele céu brilhante. Eles atravessaram Newbridge, um pequeno e movimentado vilarejo em que cães latiam para eles, garotinhos lhes soltavam gritos e rostos curiosos espiavam das janelas, seguindo caminho ainda em silêncio. Passados quase cinco quilômetros, a menina ainda não havia falado. Era evidente que ela era capaz de ficar quieta com o mesmo afinco com que era capaz de falar.

– Imagino que você deva estar muito cansada e faminta – Matthew finalmente se arriscou a dizer, justificando o longo transe de silêncio da menina com os únicos motivos em que ele conseguia pensar. – Mas agora falta pouco para chegarmos: só mais um quilômetro e meio.

Ela saiu de seu ensimesmamento com um profundo suspiro e olhou para ele com o olhar fantasioso de uma alma que havia estado muito longe, guiada pelas estrelas.

– Oh, senhor Cuthbert – sussurrou ela –, aquele lugar por onde acabamos de passar... aquele lugar branco... O que era aquilo?

– Bem, você deve estar falando da Avenida – respondeu Matthew depois de alguns instantes de profunda reflexão. – De fato, até que é um lugar bonito.

– Bonito? Ah, *bonito* não parece ser a palavra certa a usar. Nem lindo. Essas palavras não dão conta de descrever aquele lugar. Oh, era maravilhoso... maravilhoso. Foi a primeira coisa que já vi que não poderia ser melhorada pela imaginação. Ele me satisfaz bem aqui – ela colocou uma das mãos sobre o peito – e me deu uma dor estranha e curiosa, mas, ainda assim, era uma dor agradável. Já sentiu alguma dor assim, senhor Cuthbert?

– Bem, eu simplesmente não consigo me lembrar de já ter sentido.

– Eu sinto isso várias vezes... sempre que vejo algo regiamente lindo. Mas eles não deveriam chamar aquele lugar adorável de Avenida. Um nome como esse não carrega nenhum significado. Eles deveriam chamar de... deixe-me ver... a Trilha Branca das Delícias. Não é um nome simpático e criativo? Quando não gosto do nome de um lugar ou de uma pessoa, sempre imagino um novo nome e sempre penso nessas pessoas e lugares com esse nome novo. Havia uma garota no orfanato cujo nome era Hepzibah Jenkins, mas eu sempre a imaginei como Rosalia DeVere. As outras pessoas podem até chamar aquele lugar de Avenida, mas sempre o chamarei de Trilha Branca das Delícias. Falta mesmo só um quilômetro e meio para chegarmos em casa? Fico contente e lamento ao mesmo tempo. Lamento porque esta viagem está sendo muito agradável, e sempre lamento quando coisas agradáveis terminam. Pode até ser que em seguida venha algo mais agradável ainda, mas não dá para ter certeza. E, com muita frequência, o que acontece em seguida não é mais agradável. Pelo menos é assim que as coisas geralmente acontecem para mim. Mas fico contente de pensar em chegar em casa. Sabe, não consigo me lembrar de jamais ter tido uma casa de verdade. Torno a sentir aquela dor agradável só de pensar em estar indo para uma casa realmente de verdade. Oh, não é lindo?!

Eles haviam passado pelo topo de um monte. Abaixo deles havia um lago que quase parecia um rio, de tão comprido e sinuoso que era. Uma ponte ia do meio do lago até a sua extremidade mais baixa, onde uma cadeia de cômoros cor de âmbar bloqueava a ligação entre o lago e o golfo azul-marinho além dele, e a água era uma glória de variados tons multicor: os mais espirituais matizes de açaflor e rosa e verde etéreo, com outros tons vagos para os quais jamais se encontrou nome. Acima da ponte, o lago subia em direção a arvoredos marginais de abeto e bordo e se estendia em sua escuridão translúcida sob as sombras oscilantes das árvores. Aqui e ali, uma ameixeira selvagem se curvava a partir da margem como uma garotinha toda vestida de branco que anda na ponta dos pés para ver o seu reflexo na água. Do pântano em uma das pontas do lago vinha o claro e tristemente doce coral dos sapos. Uma casinha cinza assomava em volta de um pomar de macieiras com flores brancas em uma inclinação diante deles, e, apesar de ainda não estar exatamente escuro, uma luz brilhava de uma das suas janelas.

– Este é o lago dos Barrys – disse Matthew.

– Ah, tampouco gosto desse nome. Vou chamá-lo... deixe-me ver... de Lago das Águas Cintilantes. Sim, este é o nome certo para ele. Sei por conta do frio na barriga. Quando penso em um nome que se encaixa perfeitamente, sinto um frio na barriga. Há coisas que também lhe dão frio na barriga?

Matthew ruminou.

– Bem, sim. Eu meio que sempre sinto um frio na barriga quando vejo aquelas larvas brancas que despontam nos canteiros de pepino. Odeio a aparência delas.

– Ah, eu não acho que isso é exatamente o mesmo tipo de frio na barriga. O senhor acha que pode ser? Não parece haver muita conexão entre larvas e lagos de águas cintilantes, não é mesmo? Mas por que as outras pessoas o chamam de lago dos Barrys?

– Imagino que seja porque o senhor Barry mora ali em cima, naquela casa. Orchard Slope é o nome da propriedade dele. Se não fosse por aquele arbusto enorme atrás dela, você poderia ver Green Gables daqui. Mas temos de passar pela ponte e dar a volta na estrada, então estamos a quase oitocentos metros de lá.

– O senhor Barry tem alguma filha pequena? Bem, não tão pequena assim... mais ou menos do meu tamanho.

– Ele tem uma de cerca de onze anos. O nome dela é Diana.

– Oh! – disse ela inspirando longamente. – Que nome perfeitamente adorável!

– Bem, quanto a isso eu não sei. Tem algo de terrivelmente pagão em relação a esse nome, pelo menos é o que me parece. Eu prefiro Jane ou Mary ou algum outro nome sensato como esses. Mas, quando Diana nasceu, havia um professor hospedado lá, e deixaram que ele desse o nome à criança, e ele chamou-a Diana.

– Eu queria que houvesse um professor assim por perto quando nasci, então. Ah, eis que chegamos à ponte. Vou fechar bem os meus olhos. Sempre tenho medo de passar sobre pontes. Não consigo deixar de imaginar que, talvez, quando estejamos bem no meio dela, ela vai se dobrar como uma navalha e nos partir ao meio. Então, fecho os olhos. No entanto, sempre tenho de abri-los quando acho que estamos chegando perto do meio. Pois, sabe, se a ponte de fato cair, quero vê-la cair. Que ranger alegre ela faz! Sempre gosto da parte em que a ponte range. Não é esplêndido que haja tantas coisas para se gostar neste mundo? Pronto, passamos da ponte. Agora vou olhar para trás. Boa noite, Lago das Águas Cintilantes. Sempre desejo boa-noite às coisas que amo, do mesmo modo como eu faria caso se tratasse de uma pessoa. Acho que elas gostam disso. Aquela água parecia estar sorrindo para mim.

Depois que eles haviam subido o morro mais ao longe e feito uma curva, Matthew disse:

– Estamos bem perto de casa agora. Lá está Green Gables, depois de...

– Ah, não me diga onde fica – interrompeu ela, sem fôlego, pegando o braço semierguido dele e fechando bem os olhos para não ver para onde ele apontava. – Deixe-me adivinhar. Tenho certeza de que vou acertar.

Ela abriu os olhos e olhou à sua volta. Estavam no topo de um morro. O sol se pusera havia pouco, mas a paisagem ainda estava clara com a luz suave do crepúsculo. A oeste, o escuro pináculo de uma igreja despontava contra um céu cor de calêndula. Abaixo, havia um pequeno vale, e, além dele, uma colina alta que se elevava aos poucos, com acolhedoras granjas espalhadas ao longo dela. Os olhos da menina dispararam de uma granja a outra, impacientes e desejosos. Por fim, eles se dirigiram para uma granja ao longe e à esquerda, bem distante da estrada, de um branco tênue por causa das árvores em flor em meio à luz do crepúsculo, na mata que os rodeava. Acima dela, no céu imaculado do sudoeste, uma enorme estrela de um branco cristalino brilhava como um lampião que guiava e trazia bons agouros.

– É aquela dali, não é? – falou ela, apontando.

Matthew bateu as rédeas com gosto contra as costas da égua alazã.

– Bem, você adivinhou! Mas presumo que a senhora Spencer a tenha descrito para você; então, deve ter sido fácil adivinhar.

– Não, ela não descreveu... não descreveu mesmo. Tudo que ela me disse poderia ser aplicado a qualquer uma dessas outras propriedades. Eu não fazia a mínima ideia de como seria ela. Mas assim que a vi senti que era a minha casa. Oh, parece que devo estar sonhando. Sabe, meu braço deve estar repleto de hematomas do cotovelo para cima, pois me belisquei muitas vezes hoje. De quando em quando, uma sensação terrível de enjoo tomava conta de mim, e eu ficava com muito medo de que tudo não passasse de um sonho. Então, eu me beliscava para me certificar de que era verdade... até que de repente me lembrei de que, mesmo presumindo se tratar apenas de um sonho, era melhor eu continuar sonhando tanto quanto pudesse; então, parei de me beliscar. Mas é real, e estamos quase em casa.

Com um suspiro de arrebatamento, ela voltou a ficar calada. Matthew ficou se remexendo, incômodo. Estava feliz porque seria Marilla, e não ele, quem teria de contar a esta enjeitada pelo mundo que a casa pela qual ela ansiava não seria dela afinal de contas. Eles passaram pelo Vale Lynde, onde já estava muito escuro, mas não tão escuro a ponto de a senhora Rachel não poder vê-los de seu ponto de observação na janela, e subiram o morro em direção à comprida trilha que levava a Green Gables. Quando chegaram a casa, Matthew encolhia o corpo por conta da iminente revelação com uma energia que ele mesmo não entendia. Ele não estava pensando sobre os problemas que esse mal-entendido poderia causar para Marilla ou para ele; pensava na decepção da menina. Quando ele pensou naquele brilho extasiado se esvaindo dos olhos dela, sentiu uma sensação incômoda, como se ele fosse ajudar alguém a abater alguma coisa, uma sensação muito parecida com a que sentia quando tinha de abater um cordeiro ou bezerro, ou qualquer outra criatura inocente.

O quintal estava muito escuro à medida que eles fizeram a curva e entraram nele, e as folhas dos álamos farfalhavam suavemente por todo o quintal.

– Escute só as árvores falando enquanto dormem – sussurrou ela à medida que Matthew a tirava da carroça. – Que lindos sonhos elas devem ter!

Depois, segurando com força a bolsa de viagem de tapeçaria que continha "todos os pertences dela", ela seguiu Matthew casa adentro.

MARILLA CUTHBERT
É SURPREENDIDA

Marilla veio rapidamente em direção a eles quando Matthew abriu a porta. Mas, quando seus olhos pousaram sobre a figurinha estranha usando aquele vestido apertado e feio, com longas tranças ruivas e olhos brilhantes e ansiosos, ela deteve-se de perplexidade.

– Matthew Cuthbert, quem é essa pessoa? – exclamou ela. – Cadê o menino?

– Não havia nenhum menino – respondeu tristemente Matthew. – Havia apenas *ela*.

Ele apontou com a cabeça para a menina, lembrando-se de que ele sequer havia perguntado o nome dela.

– Nenhum menino! Mas *deveria* ter havido um menino – insistiu Marilla. – Mandamos um recado para que a senhora Spencer trouxesse um menino.

– Bem, ela não trouxe. A senhora Spencer trouxe *ela*. Perguntei ao chefe da estação. E tive de trazê-la para casa. Ela não podia ser abandonada lá, não importa de quem foi o mal-entendido.

– Ora, onde já se viu isso?! – exclamou Marilla.

Durante esse diálogo, a criança permanecera calada, com seus olhos indo de uma pessoa à outra, e todo o entusiasmo foi se esvaindo do seu rosto. De repente, ela pareceu ter entendido o significado completo do que havia sido dito. Soltando sua preciosa mala de viagem de tapeçaria, ela deu um passo para a frente correndo e apertou as mãos.

– Vocês não me querem! – berrou ela. – Vocês não me querem porque eu não sou um menino! Eu deveria ter esperado por isso. Ninguém jamais me quis. Eu deveria ter me dado conta de que era tudo lindo demais para ser verdade. Eu deveria ter percebido que de fato ninguém me queria. Oh, o que farei? Vou desatar a chorar!

E ela de fato desatou a chorar. Sentando-se em uma cadeira perto da mesa, e jogando seus braços sobre a mesa e enterrando a cara em suas mãos, ela começou a chorar torrentes de lágrimas. Marilla e Matthew se entreolharam com reprovação do outro lado do forno. Nenhum dos dois sabia o que dizer ou o que fazer. Por fim, Marilla avançou sem convicção para o espaço que havia entre eles e a menina.

– Ora, ora, não precisa chorar tanto assim por conta disso.

– Sim, *preciso* sim! – A menina ergueu a cabeça rapidamente, revelando um rosto encharcado de lágrimas e lábios trêmulos. – A *senhorita* também choraria caso fosse uma órfã que tivesse ido para um lugar que ela pensava que seria a sua casa e descobrisse que as pessoas não a queriam porque a senhorita não era um menino. Oh, esta é a coisa mais *trágica* que já me aconteceu!

Algo como um sorriso relutante, muito enferrujado por conta do pouco uso, suavizou a expressão sombria do rosto de Marilla.

– Ora, não chore mais. Não vamos botá-la para fora daqui esta noite. Você terá de ficar aqui até que tenhamos investigado este assunto. Como você se chama?

A menina hesitou por um instante.

– A senhorita pode me fazer a gentileza de me chamar de Cordelia? – disse ela ansiosa.

– *Chamá-la* de Cordelia? Esse é o seu nome?

– Não-ão-ão, não é exatamente o meu nome, mas eu adoraria me chamar Cordelia. É um nome perfeitamente elegante.

– Não sei de que diabos você está falando. Se Cordelia não é o seu nome, qual é o seu nome?

– Anne Shirley – disse relutantemente e com a voz falhada a dona daquele nome –, mas, ai, por favor, me chame de Cordelia. Como vou ficar pouco tempo por aqui, não importa muito como a senhorita vai me chamar, não é? E Anne é um nome nada romântico.

– Que bobagem é essa de nada romântico?! – disse Marilla sem nenhuma simpatia. – Anne é um nome comum, bom e sensato. Você não tem motivos para se envergonhar dele.

– Ah, não tenho vergonha dele, não – explicou Anne –, só prefiro Cordelia. Sempre imaginei que meu nome era Cordelia... pelo menos, sempre desde os últimos anos. Quando eu era mais nova, costumava imaginar que me chamava Geraldine, mas agora prefiro Cordelia. Mas, se a senhorita for me chamar de Anne, por favor, chame-me de Anne, com "e" no final.

– Que diferença faz o modo como se soletra o seu nome? – indagou Marilla com outro sorriso enferrujado à medida que pegava a chaleira.

– Ah, faz *muita* diferença. Com "e", ele tem uma *aparência* muito melhor. Quando a senhorita escuta um nome pronunciado, não consegue sempre vê-lo em sua mente, como se tivesse sido impresso? Eu consigo; e A-n-n parece horrível, mas A-n-n-e parece ter muito mais distinção. Se a senhorita somente me chamar de Anne, com "e" no final, eu tentarei aceitar o fato de não ser chamada de Cordelia.

– Pois muito bem, Anne com "e", você sabe nos dizer como ocorreu esse mal-entendido? Mandamos um recado para que a senhora Spencer nos trouxesse um menino. Por acaso não havia meninos no orfanato?

– Oh, sim, havia uma abundância deles. Mas a senhora Spencer disse *claramente* que os senhores queriam uma menina de cerca de onze anos. E a madre disse que ela achava que eu ia servir. A senhorita não sabe o quanto fiquei encantada. Ontem à noite não consegui dormir de alegria. Ah – acrescentou ela em tom acusador, virando-se para Matthew –, por que o senhor não me disse na estação que não me queria e me deixou lá?

Se eu não tivesse visto a Trilha Branca das Delícias ou o Lago das Águas Cintilantes, não seria tão difícil assim ter ficado lá.

– Do que diabos ela está falando? – indagou Marilla, encarando Matthew.

– Ela... ela só está falando de uma conversa que tivemos no caminho – disse Matthew apressadamente. – Vou sair para colocar a égua no estábulo, Marilla. Apronte o chá para quando eu voltar.

– E a senhora Spencer trouxe mais alguém além de você? – prosseguiu Marilla depois que Matthew havia saído.

– Ela levou Lily Jones consigo. Lily só tem cinco anos, e é muito bonita, e tem cabelos castanhos. Se eu fosse muito bonita e tivesse cabelos castanhos, a senhorita ficaria comigo?

– Não. Queremos um menino para ajudar Matthew na fazenda. Não vemos utilidade para uma garota. Tire o seu chapéu. Vou deixá-lo junto com a sua mala na mesa da antessala.

Anne, resignada, tirou o chapéu. Matthew voltou naquele momento, e eles se sentaram para jantar. Mas Anne não conseguia comer. Em vão, ela mordiscou o pão com manteiga e beliscou a conserva de maçã silvestre que estava na travessa de bordas onduladas ao lado do prato dela. Ela de fato não fez progressos em sua refeição.

– Você não está comendo nada – disse com aspereza Marilla, olhando para a menina como se aquilo fosse um defeito grave. Anne suspirou.

– Não consigo. Estou nas profundezas do desespero[4]. A senhorita consegue comer quando está nas profundezas do desespero?

– Eu nunca estive nas profundezas do desespero; portanto, não sei dizer – respondeu Marilla.

– Nunca? Bem, a senhorita já tentou *imaginar* que estava nas profundezas do desespero?

– Não, nunca.

– Então, acho que a senhorita não consegue entender como é. De fato, é um sentimento muito incômodo. Quando você tenta comer,

---

4   Alusão ao livro *O peregrino*, de John Bunyan, em que o protagonista, Christian, afunda com o peso de seus pecados e de sua culpa no Pântano do Desespero. (N. T.)

logo surge um nó na sua garganta e você não consegue engolir nada, nem que fosse um bombom de caramelo com chocolate. Eu comi um bombom de caramelo com chocolate uma vez faz dois anos, e estava simplesmente delicioso. Desde então, sonho com frequência que tenho muitos bombons de caramelo com chocolate, mas eu sempre acordo bem na hora em que vou começar a comê-los. Eu realmente espero que a senhorita não se ofenda porque não consigo comer. Tudo está extremamente bom, mas, ainda assim, não consigo comer.

– Acho que ela está cansada – comentou Matthew, que não havia falado desde que voltara do estábulo. – É melhor colocá-la para dormir, Marilla.

Marilla estivera se perguntando onde Anne deveria dormir. Ela preparara um sofá na copa para o desejado e esperado menino. Mas, apesar de o sofá estar arrumado e limpo, de algum modo ele não parecia ser a coisa ideal para colocar uma menina para dormir. Mas o quarto vago estava fora de questão para uma enjeitada desgarrada como aquela, então restava apenas o quarto do frontão leste. Marilla acendeu uma vela e disse a Anne que a acompanhasse, o que Anne fez sem a menor animação, pegando o seu chapéu e sua mala de viagem de tapeçaria da mesa da antessala enquanto passava por ali. A antessala estava assustadoramente limpa; o pequeno quarto do frontão no qual ela agora se encontrava parecia mais limpo ainda.

Marilla deixou a vela em uma mesa de três pés e três quinas e arrumou a roupa de cama.

– Presumo que você tenha uma camisola, não é? – perguntou ela.

Anne assentiu.

– Sim, tenho duas. Foi a madre do orfanato quem as fez. Elas são assustadoramente curtas. Nunca há coisas o bastante para todos os órfãos; então, as coisas são sempre curtas... pelo menos em um orfanato pobre como o nosso. Eu detesto camisolas curtas. Mas é possível sonhar tão bem vestindo-as quanto vestindo adoráveis camisolas com cauda e babados em volta do pescoço, e isso é um consolo.

– Bem, troque de roupa o mais rápido que puder e vá para a cama. Volto daqui a pouco para apagar a vela. Não me arriscaria a confiar em você para apagá-la. Você provavelmente atearia fogo na casa.

Quando Marilla já havia saído, Anne olhou à sua volta com tristeza. As paredes pintadas com cal eram tão dolorosamente desprovidas de adornos e a encaravam tanto que Anne pensou que elas deviam sofrer por conta de sua nudez. No chão tampouco havia nada, exceto por um tapetinho redondo trançado no meio, de um tipo que Anne jamais vira antes. Em um canto ficava a cama, alta e à moda antiga, com quatro escuras e baixas traves. No outro canto ficava a já mencionada mesa de três quinas, adornada com uma gorda alfineteira de veludo vermelho que parecia dura o bastante para dobrar a ponta do mais ousado alfinete. Sobre ela, na parede, havia um pequeno espelho de 15×20 centímetros. A meio caminho entre a mesa e a cama ficava a janela, coberta por uma cortina de musselina de tom gelo e babados, e do lado oposto ficava o lavabo. Todo o cômodo era de uma rigidez que não deve ser descrita com palavras, mas que lançava um calafrio até a própria medula dos ossos de Anne. Soluçando, ela rapidamente tirou suas roupas, colocou a camisola curta e correu para a cama, onde afundou o rosto no travesseiro e se cobriu até a cabeça com o lençol. Quando Marilla voltou para apagar a vela, as várias pecinhas curtas de roupa jogadas de qualquer jeito pelo chão e uma certa aparência tempestuosa da cama eram as únicas indicações de que havia ali outra presença além da dela.

Ela pegou resolutamente as roupas de Anne, deixou-as arrumadas em uma modesta cadeira amarela e, depois, pegando a vela, foi até a cama.

– Boa noite – disse ela, um tanto constrangida, mas sem antipatia.

O rosto branco e os olhos grandes de Anne surgiram por debaixo do lençol com assustadora repentinidade.

– Como a senhorita pode chamar esta noite de *boa* quando sabe que deve ser a pior noite que já passei? – disse ela em tom de reprimenda.

Depois, voltou para baixo dos lençóis.

Marilla foi devagar para a cozinha e começou a lavar a louça do jantar. Matthew estava fumando: um claro sinal de que sua mente estava perturbada. Ele raramente fumava, pois Marilla era contra, dizendo se tratar de um hábito asqueroso; mas, em certas épocas e estações, ele se sentia impelido a fumar, e, então, Marilla fazia vista grossa, dando-se conta de que um homem simples tinha de ter algum meio de desabafar as suas emoções.

– Ora, que confusão se armou – disse ela com ira. – É isso que dá mandar recados em vez de ir pessoalmente. A família de Richard Spencer deve ter distorcido o nosso recado de algum modo. Algum de nós terá de ir de carroça visitar a senhora Spencer amanhã, sem dúvida. Essa garota precisará ser mandada de volta para o orfanato.

– Sim, presumo que sim – disse Matthew, relutante.

– Você *presume* que sim! Não tem certeza?

– Bem, ela é uma coisinha muito simpática, Marilla. É meio que uma pena mandá-la de volta visto que ela está tão ansiosa para ficar aqui.

– Matthew Cuthbert, você não está querendo dizer que devemos ficar com ela, não é?

O assombro de Marilla não teria sido maior caso Matthew tivesse dito a ela que preferia viver de cabeça para baixo.

– Bem, não, presumo que não... não exatamente – gaguejou Matthew, incomodamente acuado para revelar o sentido exato de suas palavras. – Presumo que... não se pode esperar que fiquemos com ela.

– Eu digo que não. Que bem ela nos faria?

– Talvez nós façamos algum bem a ela – disse Matthew repentina e inesperadamente.

– Matthew Cuthbert, acho que aquela criança o enfeitiçou! Posso ver tão claro quanto a clareza que você quer ficar com ela.

– Bem, ela é uma menininha realmente interessante – persistiu Matthew. – Você deveria tê-la escutado no caminho da estação para cá.

– Oh, ela consegue falar bem rápido. Reparei isso de saída. Mas isso não é nada que conte a favor dela. Não gosto de crianças que tenham tantas coisas assim a dizer. Não quero uma menina órfã e, caso quisesse, não escolheria uma do tipo dela. Tem algo nela que eu não compreendo. Não, ela tem de ser despachada diretamente para o lugar de onde ela veio.

– Eu poderia contratar um menino francês[5] para me ajudar – falou Matthew –, e ela seria uma boa companhia para você.

– Não estou sofrendo por falta de companhia – retrucou Marilla de modo curto e grosso. – E eu não vou ficar com ela.

– Bem, as coisas são como você diz, é claro, Marilla – replicou Matthew, que se levantou e guardou seu cachimbo. – Vou para a cama.

E para a cama foi Matthew. E, depois de ter guardado a louça, foi Marilla para a cama, franzindo o cenho com muita determinação. E, no andar de cima, no frontão leste, uma menina solitária, de coração faminto e sem amigos, chorou até dormir.

---

5   Franco-canadense. (N. T.)

MANHÃ EM GREEN GABLES

Era plena manhã quando Anne acordou e sentou-se na cama, olhando confusa para a janela através da qual uma avalanche de luz do sol alegre entrava e fora da qual alguma coisa branca e emplumada ondeava por vislumbres de céu azul.

Por um instante ela não conseguia se lembrar de onde estava. Primeiro veio uma emoção deliciosa, algo muito agradável; depois, uma terrível lembrança. Ela estava em Green Gables, e eles não a queriam porque ela não era um menino!

Mas era manhã e, sim, era uma cerejeira totalmente em flor que havia do lado de fora da janela dela. Com um pulo, ela saiu da cama e andou pelo quarto. Ela levantou o caixilho, que estava duro e rangeu enquanto subia, como se fizesse muito tempo que aquela janela não era aberta, o que era o caso; e ela ficou presa tão firmemente que não foi necessário usar nada para mantê-la aberta.

Anne ficou de joelhos e olhou fixamente para a manhã de junho, e seus olhos reluziam de deleite. Oh, não era lindo? Não era adorável aquele lugar? E pensar que ela na verdade não ia ficar ali! Mas ela imaginaria que ficaria. Aqui havia escopo para a imaginação.

Uma enorme cerejeira crescia do lado de fora, tão perto que seus galhos mais grossos batiam de leve contra a casa, e ela estava tão cheia de botões de flor que mal se via nela uma folha. Dos dois lados da casa havia pomares, um de macieiras e outro de cerejeiras, que também estavam cobertas de inflorescências; e o gramado em volta da casa era salpicado de dentes-de-leão. No jardim abaixo havia arbustos de lilases roxos de muitas flores, e o seu aroma doce e inebriante subia até a janela com o vento da manhã.

Abaixo do jardim, um campo verde repleto de trevos descia até a ravina onde o riacho corria e onde fileiras de bétulas cresciam, despontando frivolamente de uma vegetação rasteira sugestiva de deliciosas possibilidades, geralmente na forma de samambaias, musgos e coisas florestais. Passando o rio havia um morro, verde e emplumado de píceas e abetos, e havia nele uma greta em que se podia ver a ponta do frontão cinza da casinha que ela vira do outro lado do Lago das Águas Cintilantes.

À esquerda ficavam os grandes celeiros e, depois deles, para baixo e além de campos verdejantes que desciam, via-se um pedacinho brilhante de mar.

Os olhos amantes da beleza de Anne se demoraram sobre tudo aquilo, absorvendo todas as coisas avidamente. Ela havia olhado para muitos lugares nada adoráveis em sua vida, coitadinha; mas este era tão adorável quanto qualquer coisa que ela jamais sonhara.

Ela ficou ajoelhada ali, concentrando-se apenas na beleza à sua volta, até que levou um susto quando a mão de alguém encostou em seu ombro. Marilla havia entrado sem que a pequena sonhadora a escutasse.

– É hora de você se vestir – disse ela bruscamente.

Marilla de fato não sabia como falar com a criança, e sua ignorância incômoda a tornava mordaz e brusca quando essa não era a sua intenção.

Anne se levantou e respirou fundo.

– Oh, não é maravilhoso? – disse ela acenando para todo o mundo bom do lado de fora.

– É uma árvore grande – falou Marilla – e dá muitas flores, mas as frutas nunca são muito boas: são pequenas e bichadas.

– Ah, não falo apenas da árvore. É claro que ela é adorável... sim, é *radiantemente* adorável... ela floresce como se quisesse... mas estou falando de tudo, do jardim e do pomar e do riacho e da mata, de todo o grande e querido mundo. A senhorita não sente um amor enorme pelo mundo em uma manhã como esta? E consigo ouvir as risadas do riacho daqui de cima. Já reparou como os riachos são coisas alegres? Estão sempre rindo. Até mesmo no inverno já os ouvi rir sob o gelo. Fico muito feliz que haja um riacho perto de Green Gables. Talvez a senhorita ache que isso não faz a menor diferença para mim porque não vai ficar comigo, mas faz sim. Eu sempre gostarei de me lembrar de que há um riacho em Green Gables, mesmo que jamais volte a vê-lo. Caso não houvesse um riacho, eu seria *assombrada* pela sensação incômoda de que deveria haver um. Nesta manhã eu não estou nas profundezas do desespero. Nunca consigo me sentir assim de manhã. Não é uma coisa esplêndida o fato de que existam manhãs? Mas estou muito triste. Eu estava agora mesmo imaginando que na verdade era a mim que os senhores queriam e que eu ficaria aqui para todo o sempre. Isso foi muito reconfortante enquanto durou. Mas a pior parte na imaginação das coisas é que chega um momento em que você tem de parar de imaginar, e isso magoa.

– É melhor você se vestir logo e descer e esquecer esses devaneios – disse Marilla assim que conseguiu uma brecha. – O café da manhã já está pronto. Lave o rosto e penteie-se. Deixe a janela aberta, dobre os lençóis e deixe-os na ponta da cama. Fique esperta, esteja o mais bem--apresentada possível.

Anne evidentemente conseguira ser esperta até certo ponto, pois em dez minutos já havia descido, estava arrumada, com os cabelos escovados e trançados, o rosto lavado e com uma consciência tranquila invadindo a sua alma por ela ter cumprido todas as exigências de Marilla. No entanto, na verdade ela se esquecera de dobrar os lençóis.

– Agora de manhã estou com muita fome – anunciou ela enquanto se sentava na cadeira que Marilla colocara à mesa para ela. – O mundo já não parece um deserto uivante como se parecia ontem à noite. Estou muito feliz por esta ser uma manhã de sol. Mas também gosto muito de manhãs chuvosas. Todos os tipos de manhã são interessantes, não acha? Não se sabe o que vai acontecer ao longo do dia, e há muito escopo para a imaginação. Mas fico feliz que hoje não esteja choven-do, pois é mais fácil ficar alegre e manter-se forte perante as aflições em um dia ensolarado. E sinto que devo manter-me forte em relação a muitas coisas. É muito bom ler sobre tristezas e imaginar a si mesmo suportando-as heroicamente, mas não é tão bom assim quando de fato se passa por elas, não é mesmo?

– Pela misericórdia, morda a sua língua – disse Marilla. – Você fala demais para uma garotinha.

Com isso, Anne mordeu sua língua com tanta obediência e afinco que o silêncio prolongado dela deixou Marilla muito nervosa, como se estivesse na presença de alguma coisa não exatamente natural. Matthew também mordeu a língua, mas isso era natural; portanto, a refeição foi bastante silenciosa.

À medida que a refeição avançava, Anne ficou cada vez mais abs-traída, comendo mecanicamente, com os seus grandes olhos fixos, determinados e absortos no céu do lado de fora da janela. Isso deixou Marilla mais nervosa do que nunca; ela tinha a sensação incômoda de que, apesar de o corpo daquela criança estar ali à mesa, o espírito dela estava muito distante, em alguma imaginária terra remota feita de nu-vens, voando nas asas da imaginação. Quem iria querer uma criança dessas em casa?

Ainda assim, Matthew queria ficar com ela... que coisa inexplicável! Marilla sentiu que ele queria isso tanto naquela manhã quanto quisera na noite anterior e que continuaria querendo. Matthew era assim, cismava com alguma coisa e se aferrava a ela com a mais impressionante persis-tência silenciosa. Tinha uma persistência que, por ser silenciosa, era dez vezes mais poderosa e eficaz do que se fosse expressa em palavras.

Quando a refeição terminou, Anne deixou de sonhar acordada e se ofereceu para lavar a louça.

– E você sabe lavar a louça direito? – perguntou Marilla, desconfiada.

– Sei, e muito bem. Mas sou melhor tomando conta de crianças. Já tive muita experiência fazendo isso. É uma pena enorme que vocês não tenham nenhuma criança aqui para eu tomar conta.

– Não acho que eu queira ter nenhuma criança a mais para cuidar do que já tenho no momento. *Você já é* problema suficiente, sinceramente. O que será feito com você eu ainda não sei. Matthew é um homem muito ridículo.

– Eu o acho adorável – replicou Anne em tom de reprimenda. – Ele é muito compassivo. E não se importou com o quanto eu falava: ele parecia gostar. Assim que botei os olhos nele, senti que éramos almas parecidas.

– Vocês dois são esquisitos, se é isso que quer dizer com almas parecidas – disse Marilla com desdém. – Sim, pode lavar a louça. Leve bastante água quente e certifique-se de secar bem a louça. Tenho muito que fazer esta manhã, pois à tarde vou ter de ir de carroça a White Sands para visitar a senhora Spencer. Você virá comigo e decidiremos o que será feito com você. Depois que você terminar de lavar a louça, suba e arrume a sua cama.

Anne lavou a louça com suficiente destreza, como pôde perceber Marilla, que acompanhou todo o processo com olhos de lince. Em seguida, não teve tanto êxito na arrumação da cama, pois ela jamais aprendera a arte de lidar com um edredom de penas. Mas, de algum modo, ela conseguiu arrumá-lo e deixá-lo liso sobre a cama, e depois Marilla, para se livrar dela, disse que ela podia ir se divertir fora de casa até a hora do almoço.

Anne voou até a porta com o rosto radiante e olhos brilhantes. Bem na soleira ela se deteve, deu meia-volta e se sentou à mesa, com a luz e o brilho de seu semblante apagados de modo tão eficiente quanto se alguém tivesse aberto um extintor em cima dela.

– O que houve agora? – indagou Marilla.

– Não me atrevo a sair – disse Anne, num tom de mártir que renuncia a todas as alegrias mundanas. – Se não posso ficar aqui, de nada adianta eu amar Green Gables. E, se eu sair de casa e ficar conhecendo todas aquelas árvores e flores e o pomar e o riacho, não vou poder evitar amá-los. Já está sendo difícil agora, então não vou piorar as coisas. Quero muito ir lá para fora... tudo lá parece me chamar: "Anne, Anne, saia e venha até nós. Anne, Anne, queremos alguém para brincar conosco", mas é melhor eu não sair. De nada serve amar as coisas se você vai ter de se separar delas, não é mesmo? E é difícil demais não amar as coisas, não é mesmo? É por isso que fiquei tão contente quando achei que ia morar aqui. Achei que teria muitas coisas para amar e nada para me impedir. Mas esse sonho breve se acabou. Já me resignei em relação ao meu destino; então, não vou sair por medo de perder essa resignação. Por favor, qual é o nome daquele gerânio no parapeito da janela?

– Aquele é um gerânio-crespo.

– Ah, não estou falando desse tipo de nome. Falo simplesmente do nome que a senhorita mesma deu para ele. Não deu um nome para ele? Então, posso dar um nome eu mesma? Posso chamá-lo de... deixe-me ver... Bonny está bem... Posso chamá-lo de Bonny enquanto eu estiver aqui? Ai, deixe, vá!

– Meu Deus, não me importo. Mas qual diabos é o sentido de se dar nome a um gerânio?

– Ah, eu gosto que as coisas tenham apelidos, mesmo que sejam apenas gerânios. Faz com que se pareçam mais com pessoas. Como a senhorita sabe que o gerânio não fica magoado se ele for chamado só de gerânio e de nada mais? A senhorita não gostaria de ser chamada de nada além de mulher o tempo todo. Sim, vou chamá-lo de Bonny. Dei um nome para a cerejeira do lado de fora da janela do meu quarto esta manhã. Chamei-a de Rainha das Neves, porque ela é muito branca. É claro que ela nem sempre vai estar em flor, mas pode-se imaginar que ela está, não é?

– Jamais, em toda a minha vida, vi ou ouvi qualquer coisa que se comparasse a ela – resmungou Marilla, fazendo uma retirada em direção ao porão para buscar batatas. – Ela é um tanto interessante, como diz Matthew. Já posso sentir que estou me perguntando que diabos ela vai dizer em seguida. Ela logo vai me enfeitiçar também. Ela já enfeitiçou o Matthew. Aquele olhar que ele me lançou quando saiu confirmou tudo que ele havia dito ou indicado na noite anterior. Queria que ele fosse como os outros homens, e conversasse sobre as coisas. Assim, a pessoa é capaz de dialogar e fazê-lo recobrar a razão com argumentos. Mas o que se pode fazer com um homem que simplesmente *fica olhando*?

Anne havia tornado a ficar absorta, com o queixo apoiado nas mãos e os olhos na direção do céu, quando Marilla voltou de sua peregrinação ao porão. Marilla deixou a menina ali até que o almoço foi servido mais cedo na mesa.

– Presumo que eu possa usar a égua e a carroça hoje à tarde, não é, Matthew? – disse Marilla.

Matthew assentiu e olhou com tristeza para Anne. Marilla interceptou o olhar e falou com severidade:

– Vou até White Sands resolver isso. Vou levar Anne comigo, e a senhora Spencer provavelmente vai fazer os preparativos para mandá-la de volta à Nova Escócia imediatamente. Vou deixar o chá preparado para você e estarei de volta em casa a tempo de ordenhar as vacas.

Ainda assim, Matthew não disse nada, e Marilla teve a sensação de ter desperdiçado palavras e fôlego. Não há nada mais irritante do que um homem que não dialoga... exceto se for uma mulher que não dialoga.

Por fim, Matthew amarrou a alazã à carroça, e Marilla e Anne saíram. Matthew abriu o portão do pátio para elas e, à medida que elas passaram de carroça devagar, ele disse, para nenhuma pessoa em particular, pelo que parecia:

– O pequeno Jerry Buote, de Creek, esteve aqui esta manhã, e eu disse para ele que achava que o contrataria pelo verão.

Marilla não respondeu, mas chicoteou a azarada alazã com tanta agressividade que a égua gorda, não acostumada a esse tratamento, zuniu indignada pela trilha abaixo em um ritmo alarmante. Marilla olhou para trás uma vez à medida que a carroça seguia seu caminho e viu aquele irritante Matthew recostado no portão, olhando com melancolia para elas.

A HISTÓRIA DE ANNE

– Sabe – disse Anne em confidência –, decidi que vou desfrutar deste passeio. Na minha experiência, você quase sempre consegue desfrutar das coisas se você decide com firmeza que isso vai acontecer. Obviamente, você tem de decidir isso com *firmeza*. Não vou pensar em voltar para o orfanato enquanto estivermos nesta viagem de carroça. Vou pensar apenas no passeio. Oh, olhe, tem uma pequena rosa selvagem precoce nascendo! Não é adorável? A senhora não acha que ela deve estar contente por ser uma rosa? Não seria bom se as rosas pudessem falar? Tenho certeza de que elas poderiam nos contar coisas muito adoráveis. E o rosa não é a cor mais encantadora que há no mundo? Adoro rosa, mas não posso usar essa cor. Pessoas ruivas não podem vestir rosa, nem na imaginação. A senhora já conheceu alguém cujo cabelo era vermelho quando era criança, mas que mudou de cor depois que a pessoa cresceu?

– Não, acho que nunca – retrucou impiedosamente Marilla –, e tampouco acho que seja provável que isso vá acontecer no seu caso.

Anne suspirou.

– Bem, lá se vai outra esperança. "Minha vida é um túmulo perfeito de esperanças enterradas." Esta é uma frase que li certa vez em um livro, e a repito para consolar a mim mesma sempre que estou decepcionada com alguma coisa.

– Não consigo ver de onde vem o consolo – respondeu Marilla.

– Ora, porque a frase soa muito bonita e romântica, bem como se eu fosse a heroína de um livro, sabe. Tenho muito carinho pelas coisas românticas, e um túmulo repleto de esperanças enterradas é uma das coisas mais românticas que se pode imaginar, não é? Fico muito feliz de ter um. Hoje vamos cruzar o Lago de Águas Cintilantes?

– Não vamos passar pelo lago dos Barrys, se é isso o que quer dizer com o Lago de Águas Cintilantes. Vamos pela estrada da orla.

– Estrada da orla soa bonito – disse Anne com olhos sonhadores. – Ela é tão bonita quanto soa? Assim que a senhorita disse "estrada da orla", eu a visualizei mentalmente, num instante! E White Sands também é um nome bonito; mas não gosto dele tanto quanto gosto de Avonlea. Avonlea é um nome adorável. Simplesmente soa como música. A que distância fica White Sands daqui?

– A oito quilômetros; e como você evidentemente está decidida a ficar falando, é melhor falar alguma coisa útil e me contar o que sabe sobre si mesma.

– Oh, não vale a pena contar o que eu *sei* sobre mim mesma, na verdade – disse Anne ansiosamente. – Se a senhorita deixar que eu lhe conte aquilo que *imagino* sobre mim mesma, vai achar muito mais interessante.

– Não, não quero saber de suas elucubrações. Atenha-se aos fatos nus e crus. Comece pelo começo. Onde você nasceu, e qual é a sua idade?

– Completei onze anos em março passado – respondeu Anne, resignando-se com um pequeno suspiro a contar os fatos nus e crus. – E nasci em Bolingbroke, Nova Escócia. O nome do meu pai era Walter Shirley, e ele era professor do Ginásio de Bolingbroke. O nome da minha mãe era Bertha Shirley. Walter e Bertha não são nomes adoráveis? Fico muito feliz que meus pais tinham nomes bonitos. Seria uma desgraça de verdade ter um pai chamado... Jedediah, não é mesmo?

– Acho que o nome da pessoa não importa, contanto que ela se porte bem – replicou Marilla, sentindo-se instada a inculcar uma boa e útil dose de moralidade.

– Bem, não estou certa. – Anne pareceu pensativa. – Certa vez, li em um livro que, se a rosa tivesse outro nome, ainda assim teria o mesmo perfume, mas nunca consegui acreditar nisso. Não acredito que uma rosa *seria* tão agradável se fosse chamada de cardo ou de repolho-de--gambá. Presumo que meu pai poderia ter sido um homem bom mesmo que se chamasse Jedediah; mas tenho certeza de que teria sido um tormento. Bem, minha mãe também era professora do ginásio, mas deixou de lecionar quando se casou com meu pai, é claro. Um marido já era responsabilidade o bastante. A senhora Thomas disse que eles eram como dois bebês e tão pobres quanto camundongos de igreja. Eles foram morar em uma casa amarela minúscula em Bolingbroke. Jamais vi aquela casa, mas já a imaginei milhares de vezes. Acho que ela deve ter tido madressilvas no parapeito da janela da sala de estar, lilases no jardim e lírios do vale logo depois de passado o portão. Sim, e cortinas de musselina em todas as janelas. Cortinas de musselina dão a uma casa um certo ar. Eu nasci naquela casa. A senhora Thomas disse que eu era o bebê mais feio que ela já vira, que eu era muito mirrada e pequena e não tinha nada além de olhos, mas que a minha mãe me achava perfeitamente linda. Eu imaginaria que uma mãe saberia julgar melhor do que uma mulher pobre que vinha para a nossa casa limpar, não é mesmo? Mas fico contente por ela de algum modo ficar satisfeita comigo; eu ficaria muito triste se pensasse que era uma decepção para ela... porque ela não viveu por muito tempo depois disso, sabe. Ela morreu de uma febre quando eu tinha apenas três meses. Eu de fato gostaria que ela tivesse sobrevivido por tempo o bastante para que eu pudesse me lembrar de tê-la chamado de mãe. Acho que seria agradável demais dizer "mãe", a senhorita não acha? E papai morreu quatro dias depois, também de febre. Isso fez de mim uma órfã, e as pessoas ficaram desesperadas, segundo disse a senhora Thomas, sem saber o que fazer comigo. Sabe, nem mesmo naquela época havia alguém que me quisesse. Essa parece ser a minha sina. Tanto papai quanto mamãe tinham vindo de lugares muito distantes, e era bem sabido por todos que nenhum dos dois tinha parentes vivos. Por fim, a senhora Thomas disse que me acolheria, apesar de ser pobre e de ter um marido ébrio. Ela me amamentou com mamadeiras, e não com leite materno. A senhorita sabe se existe alguma coisa em relação às pessoas que foram amamentadas assim que as torna melhor do que as outras pessoas? Porque sempre que eu fazia algo de errado a senhora Thomas me perguntava, em tom de reprimenda, como eu conseguia ser uma menina tão malcomportada se eu tinha sido amamentada com mamadeiras.

– O senhor e a senhora Thomas se mudaram de Bolingbroke para Marysville, e eu morei com eles até os oito anos de idade. Eu ajudava a cuidar dos filhos dos Thomas – havia quatro mais novos do que eu –, e posso lhe dizer que eles davam trabalho. Depois, o senhor Thomas foi morto quando caiu embaixo de um trem, e a mãe dele se ofereceu para dar abrigo à senhora Thomas e aos filhos dela, mas não me queria. A senhora Thomas ficou *desesperada*, segundo ela mesma, sem saber o que fazer comigo. Então, a senhora Hammond, que vivia rio acima, desceu e disse que me acolheria, visto que eu era boa cuidando de crianças, e fui morar rio acima com ela em uma pequena clareira em meio a troncos cortados de árvores. Aquele lugar era muito solitário. Estou certa de que eu jamais teria conseguido morar ali se não tivesse uma imaginação. O senhor Hammond trabalhava em uma serraria ali perto, e a senhora Hammond tinha oito filhos. Ela teve gêmeos três vezes. Gosto de bebês com moderação, mas gêmeos três vezes seguidas é *demais*. Falei isso com muita firmeza para a senhora Hammond quando nasceu o último par. Eu costumava ficar cansada demais de carregá-los. Morei rio acima com a senhora Hammond por mais de dois anos, então o senhor Hammond morreu, e a senhora Hammond deixou de cuidar da casa. Ela separou os filhos, deixando-os com parentes variados, e foi para os Estados Unidos. Tive de ir para o orfanato em Hopeton, pois ninguém queria ficar comigo. E eles tampouco me queriam no orfanato; disseram que já estavam com a lotação esgotada. Mas tiveram de ficar comigo, e passei quatro meses lá até que a senhora Spencer veio.

Anne terminou de falar com outro suspiro, mas de alívio desta vez. Ela evidentemente não gostava de falar sobre suas experiências em um mundo que não a queria.

– Você chegou a frequentar alguma escola? – indagou Marilla, fazendo a égua alazã descer a estrada da orla.

– Pouco. Frequentei por pouco tempo no último ano em que morei com a senhora Thomas. Quando eu morava rio acima, a casa era tão longe da escola que eu não conseguia caminhar até lá no inverno, e havia férias no verão; portanto, eu só conseguia ir à escola na primavera e no outono. Mas é claro que frequentei a escola enquanto estava no orfanato. Sei ler muito bem e tenho decorados muitos poemas: "A Batalha de Hohenlinden", e "Edimburgo depois de Flodden", e "Bingen do Reno", e quase todas as partes de "A Dama do Lago" e de "As Estações", de James Thompson. A senhorita não ama poesia que faz com que calafrios percorram as suas costas? Tem um trecho do *Quinto leitor*[6], "O ocaso da Polônia", que é muito emocionante. É claro que eu ainda não estava estudando com o *Quinto leitor*, ainda estava no *Quarto leitor,* mas as meninas mais velhas costumavam me emprestar os livros delas para eu ler.

– Essas mulheres, a senhora Thomas e a senhora Hammond, a tratavam bem? – perguntou Marilla, olhando para Anne com o canto do olho.

– A-a-a-h – gaguejou Anne. Seu rostinho sensível ficou subitamente escarlate, e o constrangimento se estampou em seu cenho. – Ah, elas tinham essa *intenção*... Eu sei que elas queriam ser tão boas e gentis quanto possível. E, quando as pessoas têm a intenção de tratá-lo bem, você não se importa tanto quando não o tratam tão bem assim... sempre. Elas tinham muitas coisas com as quais se preocupar, sabe. É muito complicado ter um marido ébrio, sabe; e deve ser muito complicado parir três pares de gêmeos seguidos, a senhorita não acha? Mas tenho certeza de que elas tinham a intenção de me tratar bem.

---

6 Fifth Reader no original, parte de uma série de oito livros chamada "Royal Readers" ("Leitores reais") que foi produzida na Inglaterra por Thomas Nelson and Sons, e que foi usada nas escolas de Newfoundland e de Labrador, no Canadá, da década de 1870 até meados dos anos 1930. (N. T.)

Marilla não fez mais perguntas. Anne se entregou à sua abstração silenciosa em relação à estrada da orla, e Marilla conduziu a alazã absortamente enquanto sopesava profundamente. Seu coração começava a se encher de pena pela criança. Que vida de privações e sem amor ela tinha vivido: uma vida de trabalho duro, pobreza e abandono; pois Marilla era perspicaz o bastante para ler nas entrelinhas da história de Anne e adivinhar a verdade. Não era de se espantar que ela tivesse ficado tão encantada com a ideia de ir morar em uma casa de verdade. Era uma pena que precisasse ser mandada de volta. E se ela, Marilla, satisfizesse o capricho incompreensível de Matthew e deixasse a menina ficar? Ele estava decidido quanto a isso; e a criança parecia uma criaturinha simpática e educável.

"Ela tem coisas demais a dizer", pensou Marilla, "mas talvez possamos ensiná-la a parar com isso. E as coisas que ela diz não são nada grosseiras ou chulas. Ela se porta como uma dama. É provável que os pais dela fossem boas pessoas."

A estrada da orla era "agreste, selvagem e solitária". Do lado direito, abetos mirrados, com seus espíritos nada alquebrados pelos longos anos de luta contra os ventos do golfo, cresciam aos montes. À esquerda ficavam os desfiladeiros íngremes de arenito vermelho, tão próximos da beira da estrada que, em certos trechos, uma égua menos estável do que a alazã poderia ter testado os nervos das pessoas que vinham atrás dela. Ao pé dos desfiladeiros havia montes de pedras desgastadas pelas ondas do mar ou angras de areia cobertas por seixos como se fossem joias do oceano; mais além ficava o mar, bruxuleante e azul, e sobre ele voavam gaivotas, com suas álulas brilhando prateadas à luz do sol.

– O mar não é maravilhoso? – comentou Anne, saindo de um período longo de silêncio em que ficou de olhos arregalados. – Certa vez, quando eu morava em Marysville, o senhor Thomas alugou uma carroça expressa e nos levou para passar o dia no litoral, a mais de quinze quilômetros dali. Desfrutei de cada momento daquele dia, mesmo que eu tenha tido de ficar cuidando das crianças o tempo todo. Durante anos revivi esse momento em sonhos felizes. Mas este litoral é mais bonito do que o de Marysville. Essas gaivotas não são esplêndidas? A senhorita gostaria de ser uma gaivota? Acho que eu gostaria... quero dizer, se eu não pudesse ser uma menina. A senhorita não acha que seria bom poder acordar com a aurora e voar sobre a água e depois para longe, o dia todo, em meio a este azul adorável; e depois, à noite, voar de volta para o ninho? Oh, consigo me imaginar fazendo exatamente isso. Que casa grande é aquela ali na frente, por favor?

– É o hotel de White Sands. É administrado pelo senhor Kirke, mas a temporada ainda não começou. Muitos americanos vêm para cá passar o verão. Eles acham que este litoral é ideal.

– Receava que fosse a casa da senhora Spencer – disse Anne com pesar. – Não quero chegar lá. De algum modo, vai parecer que é o fim de tudo.

MARILLA SE DECIDE

No entanto, elas de fato chegaram lá, e na hora esperada. A senhora Spencer morava em uma grande casa amarela na Angra de White Sands, e ela veio até a porta com um misto de surpresa e boas-vindas estampado em seu rosto benevolente.

– Queridas, queridas – exclamou ela –, vocês são as últimas pessoas que eu estava esperando hoje, mas estou realmente contente de vê-las. Você vai entrar com o seu cavalo? E como você está, Anne?

– Tão bem quanto se pode esperar, obrigada – respondeu Anne sem sorrir. Uma desgraça parecia haver recaído sobre ela.

– Acho que vamos ficar um tempo para que a égua descanse – disse Marilla –, mas prometi a Matthew que voltaria cedo. O fato é, senhora Spencer, que em algum momento ocorreu um mal-entendido estranho, e vim saber qual foi. Matthew e eu lhe mandamos um recado pedindo que a senhora nos trouxesse um menino do orfanato. Dissemos ao seu irmão Robert que lhe dissesse que queríamos um menino de cerca de dez ou onze anos.

– Marilla Cuthbert, não me diga isso! – retrucou a senhora Spencer, agoniada. – Ora, o Robert mandou um recado pela filha dele, Nancy, e ela disse que a senhorita e seu marido queriam uma menina... não foi isso, Flora Jane? – disse ela em apelo à sua filha, que havia descido a escada da entrada da casa.

– Com certeza, senhorita Cuthbert – confirmou Flora Jane com sinceridade.

– Lamento terrivelmente – disse a senhora Spencer. – É uma pena; mas certamente a culpa não foi minha, sabe, senhorita Cuthbert. Fiz o melhor que pude e achava que estava seguindo as suas instruções. Nancy é uma criatura terrivelmente inconstante. Muitas vezes tive de repreendê-la por sua negligência.

– A culpa foi nossa mesmo – respondeu Marilla, resignada. – Nós deveríamos ter vindo vê-la pessoalmente, e não ter deixado um recado importante ser transmitido de boca em boca dessa maneira. De todo o modo, o erro foi feito, e a única coisa a fazer é repará-lo. Podemos mandar a criança de volta para o orfanato? Presumo que eles a aceitariam de volta, não é?

– Presumo que sim – retrucou a senhora Spencer, pensativa –, mas não acho que será necessário mandá-la de volta. A senhora Peter Blewett esteve aqui em cima ontem e ficou dizendo como queria ter me mandado um recado para que eu trouxesse uma menina para ajudá-la. A senhora Peter tem uma família grande, sabe, e ela tem dificuldades para conseguir quem ajude. Anne vai ser essa menina de quem ela precisa. Eu diria que isso foi extremamente providencial.

Marilla não parecia pensar que a Providência tinha muito a ver com aquele assunto. Eis que aqui havia uma inesperada boa oportunidade de tirar essa órfã indesejada de suas mãos, e ela sequer se sentia agradecida por isso.

Ela somente conhecia a senhora Peter Blewett de vista, e ela era uma mulher pequena, carrancuda, sem um grama de carne supérflua em seus ossos. Mas Marilla ouvira falar dela. "Ela é terrivelmente exigente e arranca o couro dos criados", era o que se dizia da senhora Peter; e criadas demitidas contavam histórias assustadoras sobre o temperamento e a avareza dela, e sobre sua família composta de crianças impertinentes e brigonas. Marilla sentiu um peso na consciência ao pensar em deixar Anne à mercê dos caprichos da senhora Blewett.

– Bem, vou entrar, e discutiremos o assunto – disse ela.

– Veja só a senhora Peter subindo a estrada neste bendito minuto! – exclamou a senhora Spencer, conduzindo afobadamente suas convidadas pelo corredor até a sala de visitas, onde um frio mortal as atingiu, como se o ar tivesse sido tanto tempo filtrado por persianas verde-escuras bem fechadas que perdera qualquer partícula de calor que algum dia possuíra. – Que sorte grande; assim, poderemos resolver esse assunto agora mesmo. Sente-se na poltrona, senhorita Cuthbert. Anne, sente-se no pufe e não fique balançando de um lado para o outro. Deixe-me pegar o chapéu de vocês. Flora Jane, saia e vá esquentar a chaleira. Boa tarde, senhora Blewett. Estávamos agora mesmo falando sobre a sorte que foi a senhora ter passado por aqui agora. Deixe-me que lhe apresente a duas damas. Senhora Blewett, senhorita Cuthbert. Por favor, deem-me licença por um instante. Esqueci-me de pedir a Flora Jane que tire os pães do forno.

A senhora Spencer saiu apressada, depois de abrir as persianas. Anne, sentada muda no pufe, com as mãos bem entrelaçadas sobre seu colo, encarava a senhora Blewett como se estivesse fascinada. Seria ela entregue aos cuidados desta mulher de rosto severo e olhos cortantes? Ela sentiu um nó subir por sua garganta, e seus olhos arderam dolorosamente. Ela estava começando a recear ser incapaz de conter as lágrimas quando a senhora Spencer voltou, corada e radiante, muito disposta a levar em consideração qualquer dificuldade, fosse ela física, mental ou espiritual, e dissipá-la.

– Parece ter havido um mal-entendido com relação a esta garotinha, senhora Blewett – disse ela. – Eu pensava que o senhor e a senhorita Cuthbert queriam adotá-la. Decerto foi o que me disseram. Mas parece que na verdade eles queriam um menino. Então, se ainda tem a mesma opinião de ontem, acho que ela vai ser perfeita para a senhora.

A senhora Blewett imediatamente olhou Anne dos pés à cabeça.

– Quantos anos você tem, e qual é o seu nome? – indagou ela.

– Anne Shirley – gaguejou a menina, que se retraía, não ousando fazer qualquer comentário sobre como se escrevia seu nome –, e tenho onze anos de idade.

– Aff! Você não parece ser lá grande coisa. Mas é magra e vigorosa. Não sei o motivo, mas as magras e vigorosas são sempre as melhores no fim das contas. Bem, se eu adotá-la, você vai ter de se comportar bem, sabe, sendo boa, esperta e respeitosa. Esperarei que você trabalhe duro em troca do seu sustento, não se engane quanto a isso. Sim, presumo que seja melhor que eu a tire de suas mãos, senhorita Cuthbert. Meu bebê anda terrivelmente irritadiço, e estou exausta de cuidar dele. Se a senhorita quiser, posso levá-la para casa agora mesmo.

Marilla olhou para Anne e se enterneceu ao ver o rosto lívido da criança, com seu olhar de infelicidade muda – a infelicidade de uma criaturinha desamparada que se vê mais uma vez presa na armadilha da qual escapara. Marilla sentiu uma convicção incômoda de que, se ela renegasse o apelo daquele olhar, isso a assombraria até o dia de sua morte. Além do mais, ela não gostava da senhora Blewett. Onde já se viu entregar uma menina sensível e "impressionável" para uma mulher como aquelas! Não, ela não poderia ser a responsável por aquilo!

– Bem, não estou certa – disse ela lentamente. – Não falei que Matthew e eu estávamos completamente decididos quanto a não ficar com ela. Na verdade, posso até dizer que Matthew está tencionando ficar com ela. Eu só vim para saber como o mal-entendido havia ocorrido. Acho melhor levá-la de volta para casa e discutir esse assunto com Matthew. Sinto que não deveria tomar nenhuma decisão sem antes consultá-lo. Se decidirmos não ficar com ela, a trazemos de volta, ou a mandamos para cá amanhã à noite. Caso não façamos nenhuma dessas coisas, podem ficar sabendo que ela vai ficar conosco. Está bem assim, senhora Blewett?

– Presumo que tenha de estar – disse a senhora Blewett sem a menor delicadeza.

Durante a fala de Marilla, o rosto de Anne foi aos poucos se iluminando. Primeiro, o olhar de desespero se esvaiu; depois, ela estampou um tênue rubor de esperança; seus olhos se arregalaram e ficaram brilhantes feito estrelas da manhã. A criança ficou deveras transfigurada; e, um instante depois, quando a senhora Spencer e a senhora Blewett saíram em busca de uma receita que esta última tinha vindo pegar emprestada, Anne saltou do pufe e voou pelo cômodo em direção a Marilla.

– Oh, senhorita Cuthbert, a senhorita de fato disse que talvez me permita ficar em Green Gables? – perguntou ela com um sussurro sem fôlego, como se falar em voz alta pudesse arruinar a gloriosa possibilidade. – A senhorita realmente disse isso? Ou eu simplesmente imaginei?

– Acho melhor você aprender a controlar essa sua imaginação, Anne, se você não consegue distinguir entre o que é real e o que não é – replicou com irritação Marilla. – Sim, você de fato me ouviu dizer isso, e nada mais. Esse assunto ainda não está decidido, e talvez decidamos deixar a senhora Blewett ficar com você no fim das contas. Ela decerto precisa muito mais de você do que eu.

– Prefiro voltar para o orfanato a ir morar com ela – respondeu Anne acaloradamente. – Ela se parece exatamente com uma... uma verruma.

Marilla reprimiu um sorriso, pois estava convencida de que Anne deveria ser repreendida por ter dito aquilo.

– Uma menininha como você deveria se envergonhar de falar assim de uma dama e de uma desconhecida – asseverou ela. – Volte e se sente quieta, e dobre essa língua, e comporte-se como uma menina educada.

– Vou tentar fazer isso e ser o que a senhorita quiser de mim caso me adote – disse Anne, voltando docilmente para o pufe.

Quando voltaram para Green Gables naquele fim de tarde, Matthew foi encontrá-las na estrada estreita. De longe, Marilla reparara em Matthew espreitando pela estrada, e adivinhara o motivo. Ela estava preparada para ver o alívio no rosto dele quando viu que ela pelo menos trouxera Anne de volta consigo. Mas ela não disse palavra para ele sobre o assunto até que os dois estivessem atrás do estábulo no quintal ordenhando as vacas. Então, ela contou para ele brevemente a história de Anne e o resultado da visita à senhora Spencer.

– Eu não daria um cão de que eu gostasse para aquela tal de Blewett – falou Matthew com incomum vivacidade.

– Tampouco simpatizo com ela – confessou Marilla –, mas é isso ou nós ficamos com a menina, Matthew. E como você parece querer ficar com ela, acho que estou disposta também... ou tenho de estar. Estive matutando até que meio que me acostumei com a ideia. Parece uma espécie de dever. Jamais criei uma criança, muito menos uma menina, e atrevo-me a dizer que serei um completo desastre. Mas darei o melhor de mim. No que depender de mim, Matthew, ela pode ficar.

O rosto tímido de Matthew brilhou de encantamento.

– Bem, achei mesmo que você acabaria vendo as coisas por esse ângulo, Marilla – disse ele. – Ela é uma criaturinha interessante demais.

– Seria mais pertinente se você pudesse dizer que ela era uma criaturinha útil – retrucou Marilla –, mas vou me encarregar de fazer com que ela seja educada para ser útil. E atenção, Matthew, você não vai se intrometer nos meus métodos de educação. Talvez uma velha criada não saiba muito sobre criar uma criança, mas acho que ela sabe mais do que um velho solteirão. Então, deixe que eu cuido dela. Quando eu fracassar, aí sim vai chegar a hora de você se intrometer.

– Calma, calma, Marilla, as coisas serão do jeito que você quer – disse Matthew de modo reconfortante. – Só peço que seja boa e gentil com ela, mas sem mimá-la. Eu meio que acho que ela é do tipo com quem dá para fazer qualquer coisa se você simplesmente conseguir que ela lhe queira bem.

Marilla bufou de leve, para expressar o seu desdém pelas opiniões de Matthew com relação a qualquer assunto feminino, e saiu dali para a leiteria com os baldes de leite.

"Não direi a ela esta noite que ela pode ficar", refletiu Marilla, à medida que coava o leite e o despejava nas leiteiras. "Ela ficaria tão entusiasmada que não pregaria os olhos. Marilla Cuthbert, você está lascada. Alguma vez achou que viveria para ver o dia em que adotaria uma menina órfã? É surpreendente o bastante, mas não tão surpreendente quanto o fato de que Matthew seja o motivo de tudo isso, logo ele que sempre pareceu ter um medo mortal de mimninhas. De todos os modos, decidimos fazer essa experiência, e só Deus sabe qual será o resultado disso."

ANNE FAZ
SUAS ORAÇÕES

Quando Marilla levou Anne para a cama naquela noite, ela disse com severidade:

– Olhe, Anne, reparei ontem à noite que você deixou todas as suas roupas espalhadas pelo chão depois que se despiu. Esse é um hábito nada asseado, e não posso permitir isso de jeito nenhum. Assim que você tirar qualquer peça de roupa, dobre-a bem e deixe-a sobre a cadeira. Não tenho qualquer utilidade para menininhas que não são asseadas.

– Eu estava com a mente tão atormentada ontem à noite que sequer pensei nas minhas roupas – disse Anne. – Hoje à noite vou dobrá-las direito. Sempre nos faziam dobrar as roupas no orfanato. Na metade das vezes, no entanto, eu me esquecia, pois sempre estava apressada para ir para a cama ficar quieta e imaginar coisas.

– Caso fique aqui, vai ter de se esforçar um pouco mais para se lembrar – admoestou Marilla. – Pronto, assim está bom. Faça as suas orações e vá para a cama.

– Eu nunca faço nenhuma oração – anunciou Anne.

Marilla pareceu horrorizada e surpresa.

– Ora, Anne, o que quer dizer com isso? Jamais lhe ensinaram a fazer suas orações? Deus sempre quer que menininhas façam as suas orações. Você não sabe quem é Deus, Anne?

– "Deus é um espírito, infinito, eterno e imutável em Seu Ser, sabedoria, poder, santidade, justiça, bondade e verdade"[7] – respondeu Anne pronta e mecanicamente.

Marilla pareceu bastante aliviada.

– Então alguma coisa você sabe, graças a Deus! Você não é exatamente pagã. Onde aprendeu isso?

– Ah, na escola dominical[8] do orfanato. Eles nos fizeram aprender todo o catecismo. Eu gostava bastante. Tem algo de esplêndido com relação a algumas palavras. "Infinito, eterno e imutável." Não é grandioso? Tem um som gostoso... igual a um grande órgão tocando. Presumo que não dá para chamarmos isso de poesia, mas soa bastante como um poema, não é?

– Não estamos falando de poesia, Anne, estamos falando de fazer suas orações. Você não sabe que é muito feio não fazer suas orações à noite? Receio que você seja uma menininha muito malcomportada.

– A senhorita acharia mais fácil ser ruim do que boa se tivesse o cabelo ruivo – disse Anne em tom de reprimenda. – As pessoas que não têm cabelos ruivos não sabem o que são problemas. A senhora Thomas me disse que Deus fez o meu cabelo vermelho de propósito, e desde então deixei de me importar com Ele. E, de todo modo, eu sempre estava muito cansada à noite para me dar o trabalho de orar. Não se pode esperar que pessoas que tomam conta de gêmeos façam suas orações. A senhorita sinceramente acha que isso é possível?

---

7   A resposta dada por Anne é a resposta à quarta questão ("Quem é Deus?") do *Breve catecismo de Westminster*, originalmente elaborado para o ensino de crianças e que foi formulado por teólogos ingleses e escoceses da Assembleia de Westminster no século XVII. É um catecismo resumido, de orientação calvinista, composto de 107 questões. Junto da *Confissão de fé de Westminster* e do *Catecismo maior de Westminster*, compõe os símbolos de fé das igrejas presbiterianas ao redor do mundo. (N. T.)

8   A escola dominical é uma instituição cristã, tipicamente protestante, voltada para a instrução de jovens e crianças na vida e doutrina do Cristianismo. Ela tem esse nome pois as aulas geralmente acontecem aos domingos, o dia do Senhor (*dominus*, em latim). (N. T.)

Marilla decidiu que o ensino religioso de Anne deveria começar imediatamente. Evidentemente, não havia tempo a perder.

– Enquanto viver sob o meu teto, você tem de fazer suas orações, Anne.

– Ora, mas é claro, se a senhorita quiser que eu faça – assentiu alegremente Anne. – Eu faria qualquer coisa para agradar a senhorita. Mas, só desta vez, a senhorita vai ter de me falar o que eu devo dizer. Depois que eu me deitar, vou imaginar uma oração bem bonita para dizer sempre. Acho que vai ser bem interessante, agora que penso nisso.

– Você tem de se ajoelhar – disse Marilla, constrangida.

Anne se ajoelhou diante dos joelhos de Marilla e olhou para cima com seriedade.

– Por que as pessoas têm de se ajoelhar para rezar? Se eu realmente quisesse rezar, já lhe digo o que eu faria. Eu iria sozinha para um campo enorme, ou para uma mata bem, bem fechada, e olharia para o céu... para cima... para cima... para cima... para aquele céu adorável cujo azul parece infinito. E, então, eu *sentiria* uma oração. Bem, estou pronta. O que devo dizer?

Marilla sentiu-se mais constrangida do que nunca. Ela tinha a intenção de ensinar a Anne a clássica oração infantil "Com Deus me deito". Mas ela tinha, como eu disse a vocês, um vislumbre de senso de humor, o que é simplesmente outro nome para designar um senso da propriedade das coisas; e subitamente lhe ocorreu que aquela simples oraçãozinha, sagrada para as crianças de camisola branca e balbuciada no colo maternal, era totalmente inapropriada para aquela bruxinha sardenta que não se importava ou sabia nada sobre o amor de Deus, visto que jamais tivera esse amor traduzido para ela por meio do amor humano.

– Você já é grande o bastante para rezar sozinha, Anne – disse ela por fim. – Simplesmente agradeça a Deus por suas bênçãos e peça a Ele com humildade as coisas que deseja.

– Bem, vou dar o melhor de mim – prometeu Anne, enterrando o rosto no colo de Marilla. – Pai celestial cheio de graça... é assim que os pastores falam na igreja, então presumo que não haja problema falar isso em uma oração particular, não é? – ela se interrompeu, levantando a cabeça por um instante.

"Pai celestial cheio de graça, Vos agradeço pela Trilha Branca das Delícias e pelo Lago das Águas Cintilantes e por Bonny e pela Rainha das Neves. De fato sou extremamente grata por eles. E essas são todas as bênçãos que me ocorrem agora para agradecer ao Senhor. Quanto às coisas que eu desejo, são tão numerosas que eu demoraria muito tempo para dizer todas; então, vou mencionar apenas as duas mais importantes. Por favor, permita que eu fique em Green Gables; e, por favor, permita que eu seja bonita quando crescer.
Sem mais,
Com respeito,
Anne Shirley."

– Pronto, fui bem? – perguntou Anne, ansiosa, e se levantou. – Eu poderia ter feito uma oração mais floreada caso tivesse tido mais tempo de pensar sobre ela.

A pobre Marilla só foi poupada de desabar totalmente pela lembrança de que aquilo não se tratava de irreverência; era simplesmente a ignorância espiritual de Anne que era responsável por aquela extraordinária súplica. Marilla colocou a criança na cama, cobriu-a e jurou mentalmente que ensinaria uma oração a ela no dia seguinte. E estava saindo do quarto com a vela quando Anne a chamou de volta.

– Agora me dei conta de uma coisa. Eu deveria ter dito "Amém" em vez de "Com respeito", não é mesmo? Do mesmo modo como fazem os pastores. Eu havia me esquecido disso, mas senti que a oração deveria ser concluída de alguma forma, então terminei-a com a outra expressão. A senhorita acha que vai fazer alguma diferença?

– Eu... presumo que não – disse Marilla. – Agora, seja uma menina comportada e vá dormir. Boa noite.

– Só posso desejar boa-noite esta noite se eu estiver com a consciência limpa – retrucou Anne, aninhando-se indulgentemente entre seus travesseiros.

Marilla voltou para a cozinha, firmou bem a vela sobre a mesa e lançou um olhar fulminante para Matthew.

– Matthew Cuthbert, já passou da hora de alguém adotar aquela criança e ensinar algo a ela. Ela é praticamente uma pagã completa. Você consegue acreditar que ela jamais havia dito uma oração antes desta noite? Amanhã, vou mandá-la ao presbitério e pegar emprestado um catecismo infantil, é isso o que vou fazer. E ela vai passar a frequentar a escola dominical assim que eu conseguir mandar fazer algumas roupas decentes para ela. Prevejo que terei muito trabalho pela frente. Ora, ora, não conseguimos passar por este mundo sem ter o nosso quinhão de problemas. Até agora minha vida foi bastante tranquila, mas minha hora chegou, e presumo que vou ter de tirar o melhor proveito possível disso.

COMEÇA A EDUCAÇÃO
DE ANNE

Por motivos que ela sabe melhor do que ninguém, Marilla não contou a Anne que ela ficaria em Green Gables até a tarde do dia seguinte. Pela manhã, ela manteve a criança ocupada com várias tarefas e ficou observando a menina com olhos de lince enquanto ela as realizava. Por volta de meio-dia, ela concluíra que Anne era esperta e obediente, disposta a trabalhar e rápida no aprendizado; a falha mais grave dela parecia ser que ela começava a devanear no meio de uma tarefa e se esquecia completamente dela até que fosse duramente chamada de volta à realidade por uma bronca ou uma catástrofe.

Quando Anne tinha terminado de lavar os pratos do almoço, ela subitamente confrontou Marilla com o ar e a expressão de alguém desesperadamente determinado a saber do pior. Seu corpinho esguio tremia da cabeça aos pés; seu rosto estava corado, e seus olhos tinham as pupilas tão dilatadas que pareciam ser pretos; ela entrelaçou as mãos com força e disse com uma voz suplicante:

– Oh, por favor, senhorita Cuthbert, não vai me dizer se vai me mandar embora ou não? Tentei ser paciente durante toda a manhã, mas de fato sinto que não suporto mais ficar sem saber. É uma coisa terrível. Por favor, me diga.

– Você ainda não escaldou o pano de prato em água quente limpa, como eu lhe disse para fazer – disse Marilla, impassível. – Vá fazer isso logo antes de fazer qualquer outra pergunta, Anne.

Anne foi limpar o pano de prato. Depois, voltou para onde estava Marilla e dirigiu com firmeza um olhar suplicante para o rosto dela.

– Bem – falou Marilla, incapaz de encontrar qualquer outra desculpa para adiar sua explicação por mais tempo –, presumo que seja melhor eu contar a você. Matthew e eu decidimos ficar com você... quero dizer, se você tentar se comportar e se mostrar agradecida. Ora, menina, qual é o problema?

– Estou chorando – respondeu Anne com um tom de desconcerto. – E não sei dizer por quê. Estou tão contente quanto é possível estar. Oh, *contente* parece não ser a palavra certa. Fiquei contente com a Trilha Branca e os botões de cerejeira... mas isto! Oh, é algo mais do que contentamento. Estou feliz demais. Vou tentar ser muito bem-comportada. Vai ser difícil, espero, pois a senhora Thomas me dizia com frequência que eu era terrivelmente levada. No entanto, darei o melhor de mim. Mas a senhorita sabe me dizer por que estou chorando?

– Presumo que seja porque você está toda animada e alvoroçada – disse Marilla em tom de reprovação. – Sente-se naquela cadeira e tente se acalmar. Receio que você tanto chora quanto ri com facilidade demais. Sim, você pode ficar aqui e tentaremos ser justos com você. Você terá de frequentar a escola; mas faltam apenas quinze dias para as férias; então, não vale a pena você começar as aulas antes de elas voltarem em setembro.

– Como eu devo chamá-la? – indagou Anne. – Devo sempre dizer senhorita Cuthbert? Posso chamá-la de tia Marilla?

– Não, você vai me chamar simplesmente de Marilla. Não estou acostumada a ser chamada de senhorita Cuthbert, e isso me deixaria nervosa.

– Parece muita falta de respeito chamá-la apenas de Marilla – protestou Anne.

– Acho que não haverá nada de desrespeitoso com relação a isso se você tomar o cuidado de falar em tom respeitoso. Todos em Avonlea, velhos e jovens, me chamam de Marilla, exceto o pastor. Ele diz senhorita Cuthbert... quando se lembra.

– Eu adoraria chamá-la de tia Marilla – retrucou Anne em tom de tristeza. – Jamais tive uma tia ou qualquer outro parente... nem uma avó. Assim, eu de fato sentiria que pertenço a vocês. Não posso mesmo chamá-la de tia Marilla?

– Não. Não sou sua tia e não acredito em chamar as pessoas por nomes que não pertencem a elas.

– Mas poderíamos imaginar que a senhorita é minha tia.

– Eu não poderia – replicou Marilla com severidade.

– A senhorita nunca imagina que as coisas são diferentes de como realmente são? – perguntou Anne com os olhos arregalados.

– Não.

– Oh! – Anne deu um longo suspiro. – Oh, senhorita... Marilla, você não sabe o que está perdendo!

– Não acredito em imaginar que as coisas são diferentes de como elas de fato são – retrucou Marilla. – Quando Deus nos coloca em determinadas circunstâncias, Ele não quer que imaginemos que elas são diferentes. E isso me faz lembrar de uma coisa. Vá até a sala de estar, Anne (certifique-se de que os seus pés estão limpos e não deixe entrar ali uma mosca sequer) e traga aquele cartão ilustrado que há sobre o consolo da lareira. A Oração do Senhor[9] está escrita nele, e você dedicará o seu tempo livre esta tarde para decorá-la. Você já não vai dizer orações como a que escutei ontem à noite.

– Presumo que tenha sido estranho mesmo – disse Anne, desculpando-se – mas, também, sabe, eu nunca tive prática nenhuma. Não dá para esperar que uma pessoa vá rezar muito bem quando é a sua primeira tentativa, não é mesmo? Depois que fui para a cama, pensei em uma oração esplêndida, assim como lhe prometi que faria. Era quase tão longa quanto a oração de um pastor, e muito poética. Mas dá para

---

9   O pai-nosso. (N. T.)

acreditar? Quando acordei hoje, não me lembrava de uma palavra dela. E receio que jamais conseguirei pensar em outra tão boa. De algum modo, as coisas nunca são tão boas quando são pensadas por uma segunda vez. Você já reparou nisso?

– Eis aqui uma coisa para você reparar, Anne. Quando eu lhe disser para fazer alguma coisa, quero que me obedeça imediatamente, e não que fique de pé, imóvel e discutindo comigo. Vá e faça o que lhe pedi.

Anne foi rapidamente para a sala de estar do outro lado do corredor; mas não voltou. Depois de esperar dez minutos, Marilla largou o seu tricô e saiu marchando pela casa atrás da menina com uma expressão severa. Encontrou Anne de pé e imóvel diante de um quadro pendurado na parede entre as duas janelas, com os olhos de quem sonha acordado. A luz branca e verde filtrada pelas macieiras e trepadeiras emaranhadas do lado de fora recaía sobre a embevecida criaturinha com uma radiância um tanto sobrenatural.

– Anne, em que você está pensando? – indagou duramente Marilla.

Anne voltou a terra com um sobressalto.

– Naquilo – disse ela apontando para o quadro, uma litocromografia muito vívida, intitulada "Cristo abençoando as criancinhas"–, e eu estava imaginando que era uma das crianças... que eu era aquela menininha de vestido azul, de pé sozinha no canto, como se não pertencesse a ninguém, assim como eu. Ela parece triste e solitária, não acha? Acho que ela não tinha nem pai nem mãe. Mas ela também queria ser abençoada, e simplesmente se esgueirou timidamente para fora da multidão, na esperança de que ninguém reparasse nela... exceto Ele. Estou certa de que sei bem como ela se sentia. O coração dela deve ter disparado, e suas mãos devem ter ficado frias, como eu me senti quando perguntei a você se eu podia ficar. Ela receava que talvez Ele não a notasse. Mas é provável que Ele tenha notado, você não acha? Fiquei imaginando o desenrolar da história... ela se aproximando cada vez mais, até que estivesse muito perto Dele, e então Ele olharia para ela e colocaria Sua mão no cabelo dela, e, oh, que explosão de alegria percorreria o corpo dela! Mas gostaria que o artista não O tivesse pintado com uma expressão tão triste. Todos os retratos Dele são assim, se você já reparou. Mas não acredito que Ele de fato poderia ter uma expressão tão triste assim, pois as crianças teriam medo Dele.

– Anne – disse Marilla, perguntando-se por que ela ainda não tinha dado esta bronca havia muito tempo –, você não deveria falar desse jeito. É irreverencioso... definitivamente irreverencioso.

Os olhos de Anne ficaram surpresos.

– Ora, eu me senti tão reverenciosa quanto possível. Estou certa de que minha intenção não foi ser irreverenciosa.

– Bem, presumo que não mesmo... mas não me parece certo falar com tanta intimidade assim dessas coisas. E outra coisa, Anne: quando eu lhe mandar buscar alguma coisa, você tem de me trazê-la imediatamente, e não ir para o mundo da lua e ficar imaginando coisas diante de quadros. Lembre-se disso. Pegue aquele cartão e venha já para a cozinha. Agora, sente-se naquele canto e decore a oração.

Anne recostou o quadro contra o jarro cheio de botões de macieira que ela havia trazido para enfeitar a mesa do jantar – Marilla olhara desconfiada para aquela decoração, mas não dissera nada –, apoiou o queixo nas mãos e começou a estudar a oração intensamente e em silêncio por vários minutos.

– Gosto disto – anunciou ela por fim. – É linda. Já a ouvi antes... Ouvi o diretor da escola dominical do orfanato dizer essa oração certa vez. Mas, naquele momento, não gostei dela. Ele tinha uma voz muito estridente e rezava de modo muito triste. Eu de fato tive a certeza de que ele achava que rezar era um dever desagradável. Isto aqui não é poesia, mas me faz sentir do mesmo modo que a poesia. "Pai nosso, que estais no céu, santificado seja o Vosso nome." Parece até um verso de música. Oh, fico muito contente que a senhora tenha tido a ideia de me fazer decorar isto, senhorita... Marilla.

– Bem, decore-a e dobre a sua língua – disse Marilla de modo curto e grosso.

Anne virou o vaso de botões de macieira próximo o bastante para dar um leve beijo em um botão rosado e depois estudou com afinco por mais alguns instantes.

– Marilla – perguntou ela naquele momento –, você acha que algum dia eu terei uma amiga do peito aqui em Avonlea?

– Uma... amiga o quê?

– Uma amiga do peito. Uma amiga íntima, sabe? Uma alma irmã de fato, para quem eu pudesse confessar o que sinto em meu âmago. A vida toda tenho sonhado em encontrá-la. Nunca de fato presumi que encontraria, mas tantos dos meus mais adoráveis sonhos se tornaram realidade de uma vez só que talvez esse se realize também. Você acha que é possível?

– Diana Barry mora em Orchard Slope e tem mais ou menos a sua idade. É uma garotinha muito simpática e talvez brinque com você quando voltar para casa. Ela agora está visitando a tia em Carmody. No entanto, você precisará ter muito cuidado com relação ao seu comportamento, pois a senhora Barry é uma mulher muito exigente. Ela não permite que Diana brinque com nenhuma garota que não seja simpática e bem-comportada.

Anne olhou para Marilla por entre os botões de macieira, e seus olhos brilhavam de interesse.

– Como é a Diana? O cabelo dela não é vermelho, não é? Oh, espero que não. Já é ruim o bastante que eu tenha o cabelo vermelho; mas eu definitivamente não conseguiria suportar isso em uma amiga do peito.

– Diana é uma menininha muito bonita. Ela tem cabelos e olhos pretos e bochechas rosadas. E é esperta e bem-comportada, o que é melhor do que ser bonita.

Marilla tinha tanto apreço pela moral quanto a Duquesa no País das Maravilhas e estava totalmente convencida de que a moral deveria ser acrescentada a todo e qualquer comentário feito a uma criança que estava sendo educada.

Mas Anne, de modo inconsequente, deixou a moral de lado e agarrou-se somente às deliciosas possibilidades que havia naquilo.

– Ah, fico muito feliz que ela seja bonita. Além de a pessoa ser bonita, e isso é impossível no meu caso, a melhor coisa é ter uma amiga do peito bonita. Quando eu morava com a senhora Thomas, ela tinha uma estante de livros com portas de vidro na sala de estar. Não havia livros dentro dela; a senhora Thomas guardava ali suas melhores porcelanas e conservas... quando tinha alguma conserva para ser guardada. Uma das portas estava quebrada. O senhor Thomas a quebrou certa noite em que estava levemente embriagado. Mas a outra porta estava inteira, e eu costumava fingir que o meu reflexo nela era outra garotinha que vivia ali dentro. Eu a chamava de Katie Maurice, e éramos muito íntimas. Eu costumava falar com ela a cada hora, principalmente aos domingos, e contava tudo a ela. Katie era o conforto e o consolo da minha vida. Costumávamos fingir que a estante era encantada e que, se eu soubesse o feitiço, poderia abrir a porta e entrar no cômodo em que Katie Maurice morava, em vez de entrar nas prateleiras de porcelana e conservas da senhora Thomas. E, então, Katie Maurice pegaria a minha mão e me levaria para um lugar maravilhoso, repleto de flores, fadas e luz do sol, e viveríamos ali felizes para sempre. Quando fui morar com a senhora Hammond, fiquei de coração partido por ter de abandonar Katie Maurice. Ela também ficou muito triste, sei que ficou, pois estava chorando quando me deu um beijo de despedida através da porta da estante. Não havia uma estante de livros na casa da senhora Hammond. Mas rio acima, não muito longe da casa, havia um longo e verde vale, e o eco mais adorável do mundo morava ali. Ele ecoava todas as palavras que você dizia, mesmo que você não falasse muito alto. Então, imaginei se tratar de uma menininha chamada Violetta, e nós éramos grandes amigas, e eu a quis quase tão bem quanto a Katie Maurice... não tanto quanto, mas quase, sabe? Na noite antes de eu voltar para o orfanato, eu me despedi de Violetta, e, oh, o adeus dela chegou até mim em tons muito tristes. Eu tinha ficado tão ligada a ela que não tive coragem de imaginar uma amiga do peito no orfanato, mesmo que ali houvesse qualquer escopo para a imaginação.

– Acho melhor mesmo que não houvesse – retrucou secamente Marilla. – Não aprovo essas brincadeiras de jeito algum. Você parece meio que acreditar nas coisas que imagina. Vai lhe fazer muito bem ter uma amiga de carne e osso para afastar esses despautérios da sua cabeça. Mas não deixe que a senhora Barry escute você falar sobre suas Katie Maurices e suas Violettas, ou ela vai pensar que você mente.

– Ah, eu não vou. Não poderia falar delas com qualquer pessoa: as memórias delas são sagradas demais para isso. Mas achei que eu gostaria que você soubesse delas. Oh, olhe, uma enorme abelha acaba de cair de um botão de macieira. Imagine só que lugar maravilhoso de se morar: em um botão de macieira! Eu gostaria de dormir dentro dele quando o vento o estivesse sacudindo. Se eu não fosse uma menina humana, acho que gostaria de ser uma abelha e viver em meio às flores.

– Ontem você queria ser uma gaivota – desdenhou Marilla. – Acho que você tem uma mente muito volúvel. Eu lhe disse para decorar aquela oração e não falar. Mas parece ser impossível para você parar de falar caso haja qualquer um para lhe dar ouvidos. Então, suba para o seu quarto e decore a oração.

– Ah, agora eu já decorei ela quase toda... exceto a última frase.

– Bem, não importa, faça o que lhe digo. Vá para o seu quarto e termine de decorá-la direitinho e fique lá até que eu a chame para que desça e me ajude a preparar o chá.

– Posso levar os botões de macieira para me fazerem companhia? – suplicou Anne.

– Não, você não quer que o seu quarto fique entupido de flores. Para começo de conversa, você deveria ter deixado os botões na árvore.

– Eu meio que senti a mesma coisa – confessou Anne. – Senti que eu não deveria encurtar a vida deles ao colhê-los. Eu não desejaria ser colhida caso fosse um botão de macieira. Mas a tentação foi *irresistível*. O que você faz quando se depara com uma tentação irresistível?

– Anne, não me ouviu dizer para você ir para o seu quarto?

Anne suspirou, voltou para o frontão leste e se sentou em uma cadeira perto da janela.

"Pronto... decorei esta oração. Decorei a última frase enquanto subia as escadas. Agora, vou imaginar coisas aqui neste quarto para que elas permaneçam sempre imaginadas. O chão está coberto por um carpete de veludo branco com rosas estampadas, e há cortinas de seda rosa nas janelas. Nas paredes, há tapeçarias douradas e prateadas penduradas. A mobília é de mogno. Jamais sequer vi um mogno, mas soa luxuoso demais. Este é um sofá repleto de deslumbrantes almofadas forradas de seda, rosa e azuis e escarlates e douradas, e estou graciosamente recostada nele. Posso ver meu reflexo naquele esplêndido grande espelho pendurado na parede. Sou alta e majestosa, com um vestido longo com uma cauda de renda branca que se arrasta no chão, com uma cruz de pérolas no peito, e pérolas nos cabelos. Meu cabelo tem a cor da escuridão da meia-noite, e minha pele é de uma palidez amarfinada. Meu nome é *lady* Cordelia Fitzgerald. Não, não é... Não consigo fazer *isso* parecer real."

Ela foi dançando até o pequeno espelho e olhou para ele. Seu rosto sarapintado e seus solenes olhos cinza olharam de volta para ela.

– Você é somente Anne de Green Gables – disse ela com seriedade –, e eu a vejo exatamente como você é agora, sempre que tento imaginar *lady* Cordelia. Mas é um milhão de vezes melhor ser Anne de Green Gables do que Anne de nenhum lugar em especial, não é?

Ela se inclinou para a frente, beijou afetuosamente o seu reflexo e foi em direção à janela aberta.

– Querida Rainha das Neves, boa tarde. E boa tarde, queridas bétulas na ravina. E boa tarde, querida casa cinza na subida do morro. Pergunto-me se Diana vai ser minha amiga do peito. Espero que sim, e vou amá-la muito. Mas jamais posso me esquecer totalmente de Katie Maurice e de Violetta. Se fizesse isso, elas ficariam muito magoadas, e eu detestaria magoar qualquer pessoa, até mesmo uma menininha da estante ou uma menininha que é um eco. Preciso ter o cuidado de me lembrar delas e de mandar beijos para elas todos os dias.

Anne soprou no ar alguns beijos na direção dos botões de cerejeira e depois, com o queixo apoiado nas mãos, afundou-se de modo indulgente em um mar de devaneios.

A SENHORA RACHEL LYNDE FICA DEVIDAMENTE HORRORIZADA

Anne passara duas semanas em Green Gables antes que a senhora Lynde viesse ver como ela estava. Para ser justo com a senhora Rachel, a culpa disso não era dela. Um ataque de gripe grave e fora de época deixara aquela bondosa dama confinada à sua casa desde a última visita que ela fizera a Green Gables. A senhora Rachel quase nunca adoecia, e sentia um claro desprezo pelas pessoas que adoeciam com frequência, mas a gripe, afirmou ela, era diferente de todas as doenças do mundo e poderia apenas ser interpretada como uma das visitas especiais da Providência. Assim que seu médico a liberou para botar os pés para fora de casa, ela apressou-se até Green Gables, morrendo de curiosidade para ver a órfã de Matthew e Marilla, sobre quem toda a sorte de histórias e suposições haviam se espalhado por Avonlea.

Anne aproveitara bem cada momento que passou acordada durante aquelas duas semanas. Já estava familiarizada com todas as árvores e arbustos que havia ali. Ela descobrira que uma trilha se abria sob o pomar de macieiras e subia por entre uma faixa de mata, e explorara a trilha até a sua ponta mais distante com todas as suas extravagâncias deliciosas de riacho e ponte, bosque de abetos e arcos de cerejeiras, cantos repletos de samambaias e trilhas laterais ladeadas de bordos e sorveiras-bravas.

Ela fizera amizade com a nascente de água na ravina: aquela nascente maravilhosa, profunda, cristalina e congelante; em volta da nascente havia vários arenitos vermelhos e lisos, e ela era ladeada por enormes touceiras de azolas que pareciam palmeiras; além delas havia uma ponte de troncos que cruzava o riacho.

Aquela ponte conduziu os pés dançantes de Anne por sobre um monte com árvores em que o crepúsculo reinava eterno sob os retos e bastos abetos e píceas; as únicas flores que havia ali eram uma miríade de campânulas, aquelas inflorescências do bosque que são as mais discretas e doces, e algumas pálidas e vaporosas trientales, como se fossem os espíritos das inflorescências do ano anterior. Veludos-brancos cintilavam como fios de prata por entre as árvores, e os galhos mais grossos e os corutos dos abetos pareciam balbuciar palavras amigáveis.

Todas essas extasiadas viagens de exploração foram feitas nas ocasionais meias horas em que lhe era permitido brincar, e Anne deixava Matthew e Marilla quase mortos de tanto falar de suas descobertas. Não que Matthew reclamasse, é claro; ele escutava tudo com um sorriso silencioso de prazer estampado no rosto. Marilla permitia a "tagarelice" até que percebia que ela mesma estava ficando muito interessada no assunto; então, sempre aplacava Anne rapidamente com uma breve ordem para que ela dobrasse a língua.

Anne estava no pomar quando a senhora Rachel veio, caminhando a esmo por vontade própria em meio à grama exuberante e oscilante salpicada da luz rosada do sol do fim de tarde; então, aquela bondosa dama teve uma excelente oportunidade de falar sobre sua doença, descrevendo cada dor e pulsação com tamanho evidente prazer que Marilla pensou que até mesmo a gripe deveria render recompensas. Quando já havia dito todos os detalhes, a senhora Rachel revelou o motivo real da sua visita.

– Tenho ouvido coisas surpreendentes sobre você e Matthew.

– Não presumo que você esteja nem um pouco mais surpresa do que eu mesma – respondeu Marilla. – Ainda estou me recuperando dessa surpresa.

– Foi uma pena que esse mal-entendido tenha acontecido – disse com empatia a senhora Rachel. – Vocês não poderiam ter mandado ela de volta?

– Presumo que sim, mas decidimos não fazer isso. E devo dizer que gosto dela... mas confesso que ela tem defeitos. A casa já parece um lugar diferente. Ela é uma criaturinha radiante.

Marilla disse mais do que tencionara dizer quando começou a falar, pois percebeu certa reprovação na expressão da senhora Rachel.

– É uma responsabilidade enorme essa que você tomou para si – comentou com tristeza aquela senhora –, especialmente porque você jamais teve qualquer experiência com crianças. Você não sabe muito sobre ela ou sobre o verdadeiro temperamento dela, presumo, e é impossível adivinhar como essa criança vai se tornar no futuro. Mas decerto não quero desanimá-la, Marilla.

– Não me sinto desanimada – foi a resposta seca de Marilla. – Quando decido fazer alguma coisa, essa decisão não muda. Presumo que você gostaria de ver Anne. Vou chamá-la aqui para dentro de casa.

Anne logo veio correndo, com o rosto brilhando de prazer por conta de suas perambulagens pelo pomar; mas, envergonhada por sentir prazer com a presença inesperada de uma desconhecida, ela, confusa, deteve-se na soleira. Ela certamente era uma criaturinha de aparência estranha com aquele vestido curto e justo de flanela de algodão com o qual viera do orfanato, embaixo do qual suas pernas finas pareciam deselegantemente longas. Suas sardas eram mais numerosas e evidentes do que nunca; o vento havia mexido os cabelos de sua cabeça sem chapéu, transformando-os em uma bagunça que brilhava em excesso; o cabelo de Anne jamais fora tão ruivo quanto naquele momento.

– Bem, não foi pela beleza que escolheram você, isso é certo e garantido – foi o enfático comentário da senhora Rachel Lynde. A senhora Rachel era uma daquelas pessoas populares e encantadoras

que se orgulhava de falar o que pensava sem medo ou consideração.
– Ela é terrivelmente magra e feiosa, Marilla. Venha cá, menina, e deixe--me olhar bem para você. Minha nossa, alguém já viu sardas como estas? E cabelos da cor de cenouras! Venha cá, menina, eu já disse.

Anne "foi lá", mas não exatamente do modo como a senhora Rachel esperava. Com um pulo, atravessou o piso da cozinha e ficou de pé diante da senhora Rachel, com o rosto escarlate de raiva, os lábios trêmulos e corpo esguio tremendo inteiro da cabeça aos pés.

– Eu a odeio – exclamou ela com a voz embargada, pisoteando o chão. – Eu a odeio... Eu a odeio... Eu a odeio... – E pisoteava o chão com mais força a cada declaração de ódio. – Como se atreve a me chamar de magra e feia? Como se atreve a dizer que sou sardenta e ruiva? A senhora é uma mulher grossa, mal-educada e insensível!

– Anne! – exclamou Marilla, consternada.

Mas Anne continuou a encarar a senhora Rachel impavidamente, com a cabeça erguida, olhos em chamas, punhos cerrados e uma indignação exaltada emanando dela como uma atmosfera.

– Como ousa dizer tais coisas de mim? – repetiu ela com veemência. – Gostaria que dissessem essas coisas sobre a senhora? Gostaria de ouvir que a senhora é gorda e desajeitada e que provavelmente não tem uma centelha de imaginação? Não me importo se eu de fato a magoe ao dizer isso! Espero mesmo que tenha magoado. A senhora me magoou mais até do que fui magoada pelo marido embriagado da senhora Thomas. E *jamais* a perdoarei por isso, jamais, jamais!

Pum! Pum!

– Nossa, onde já se viu esse temperamento! – exclamou a horrorizada senhora Rachel.

– Anne, vá para o seu quarto e fique lá até que eu suba – disse Marilla, recobrando com dificuldade a capacidade de falar.

Anne, desatando a chorar, correu até a porta do corredor, bateu-a até que os enfeites de estanho da parede do pórtico tilintassem em solidariedade e voou pelo corredor e escada acima feito um redemoinho.

Uma batida abafada vinda de cima indicou que a porta do frontão leste fora fechada com igual veemência.

– Bem, não a invejo por seu trabalho de educar *isso*, Marilla – comentou a senhora Rachel com uma seriedade atroz.

Marilla abriu a boca para dizer que não sabia como se desculpar ou fazer uma deprecação. O que ela de fato disse foi uma surpresa para si mesma naquele momento e para todo o sempre.

– Você não deveria ter falado mal da aparência dela, Rachel.

– Marilla Cuthbert, você não está querendo dizer que vai defendê-la depois dessa terrível demonstração de fúria a que acabamos de assistir, não é? – perguntou, indignada, a senhora Rachel.

– Não – respondeu lentamente Marilla –, não estou tentando desculpar o que ela fez. Ela foi muito malcriada e precisarei ter uma conversa com ela sobre isso. Mas também devemos relevar um pouco as atitudes dela. Nunca ensinaram a ela o que era certo. E você *foi* dura demais com ela, Rachel.

Marilla não pôde evitar acrescentar essa ênfase àquela última frase, apesar de outra vez ter ficado surpresa consigo mesma por tê-lo feito. A senhora Rachel levantou-se com um ar de dignidade ferida.

– Bem, estou vendo que precisarei ter muito cuidado com o que digo depois disso, Marilla, posto que os delicados sentimentos de órfãos, que foram trazidos sabe lá Deus de onde, têm de ser considerados antes de qualquer outra coisa. Oh, não estou irritada... não se preocupe. Sinto pena demais por você para que sobre qualquer espaço para a raiva em minha mente. Você vai ter o seu quinhão de problemas com essa garota. Mas, se aceitar meu conselho – o que presumo que você não fará, apesar de eu ter criado dez crianças e enterrado duas –, você vai ter essa "conversa" de que fala segurando uma vara de bétula de bom tamanho. Eu acho que *isso* seria a linguagem mais eficaz para esse tipo de criança. O temperamento dela combina com seus cabelos, eu acho. Bem, boa tarde, Marilla. Espero que desça para me visitar com a frequência costumeira. Mas você não pode esperar que eu me apresse para voltar a lhe visitar se corro o risco de ser atacada e ofendida dessa maneira. Trata-se de algo inédito em *minha* experiência de vida.

Com isso, a senhora Rachel saiu varrida dali – se é que se poderia dizer que uma mulher gorda que sempre gingava *poderia* sair varrida, e Marilla, com uma expressão muito séria, foi até o frontão leste.

No caminho até o andar de cima, sopesou incomodamente o que deveria fazer. Não era pouca a consternação que sentia por conta daquele escândalo que havia sido feito. Que infelicidade que Anne tivesse demonstrado tal temperamento justo diante da senhora Rachel! Então Marilla subitamente se deu conta, de modo incômodo e admoestante, de que ela sentia mais constrangimento por isso do que tristeza pela descoberta de tão grave defeito no temperamento de Anne. E como deveria castigar a menina? A afável sugestão da vara de bétula, de cuja eficácia todos os filhos da senhora Rachel poderiam ter dado um vivo depoimento, não agradou a Marilla. Ela não achava que seria capaz de bater com uma vara em uma criança. Não, algum outro castigo teria de ser encontrado para fazer com que Anne se conscientizasse devidamente da enormidade de sua ofensa.

Marilla encontrou Anne com a cabeça afundada na cama, chorando amargamente, sem atentar a mínima para as suas botas cheias de lama sobre a colcha da cama.

– Anne – disse ela sem descortesia.

Não houve resposta.

– Anne – chamou ela com mais severidade –, saia desta cama neste instante e preste atenção ao que tenho a lhe dizer.

Anne arrastou-se para fora da cama e sentou-se empertigada em uma cadeira ao lado dela, com o rosto inchado e molhado de lágrimas encarando teimosamente o chão.

– Que maneira linda de se comportar, Anne! Não tem vergonha de si mesma?

– Ela não tinha o menor direito de me chamar de feia e ruiva – retrucou Anne, evasiva e desafiadora.

– E você não tinha o menor direito de se enfurecer daquele jeito e falar com ela do modo como falou, Anne. Senti vergonha de você... Fiquei completamente envergonhada por sua causa. Eu queria que você se comportasse bem com a senhora Lynde, e em vez disso você me envergonhou. E decerto não entendo por que você se descontrolou desse jeito só porque a senhora Lynde disse que você era ruiva e feiosa. Você mesma vive dizendo isso.

– Ah, mas existe uma grande diferença entre dizer uma coisa você mesma e ouvir isso da boca dos outros – lamentou-se Anne. – Você pode saber que algo é verdade, mas não pode evitar esperar que as outras pessoas tenham uma opinião diferente. Presumo que ache que tenho um temperamento horrível, mas não pude evitar. Quando ela disse aquelas coisas, alguma coisa surgiu dentro de mim e me deu um nó na garganta. Eu *tive* de insultá-la.

– Bem, você deu uma bela demonstração de si mesma, devo dizer. A senhora Lynde vai ter uma ótima história para contar sobre você em todos os lugares aonde ela for... E ela vai contar essa história, pode acreditar. Foi uma coisa terrível você ter perdido a cabeça desse jeito, Anne.

– Imagine só como você se sentiria se alguém lhe dissesse na cara que você era magra e feia – suplicou Anne em meio às lágrimas.

Uma lembrança estranha subitamente ocorreu a Marilla. Ela era uma criança muito pequena quando ouviu uma tia falar a outra sobre ela: "Que pena que ela é uma criaturinha tão morena e feiosa". Muito tempo se passara até que Marilla esquecera a dor daquela lembrança.

– Não estou dizendo que acho que a senhora Lynde estava exatamente certa ao dizer as coisas que ela lhe disse, Anne – confessou Marilla com um tom mais brando. – Rachel não tem papas na língua. Mas isso não é desculpa para tal comportamento de sua parte. Ela era uma desconhecida, uma pessoa mais velha do que você e minha visita: três ótimos motivos para tê-la tratado com respeito. Você foi grossa e insolente e – Marilla teve uma redentora inspiração para um castigo – você deve ir até a casa dela dizer que sente muito por seu temperamento ruim e pedir que ela a perdoe.

– Jamais poderei fazer isso – falou Anne com determinação e pessimismo. – Pode me castigar da maneira como quiser, Marilla. Pode me trancar em uma masmorra escura e úmida, habitada por cobras e sapos, e me alimentar só com pão e água, que não vou reclamar. Mas não posso pedir que a senhora Lynde me perdoe.

– Aqui não temos o costume de trancar as pessoas em masmorras escuras e úmidas – retrucou secamente Marilla –, especialmente porque há uma escassez delas em Avonlea. Mas você deve e irá pedir desculpas para a senhora Lynde e ficará aqui no seu quarto até que me diga que está disposta a fazer isso.

– Então, ficarei aqui para sempre – disse Anne com pesar –, porque eu não posso dizer para a senhora Lynde que lamento pelas coisas que disse a ela. Como posso? Eu *não* lamento. Lamento ter irritado você; mas estou *contente* por ter dito a ela exatamente o que eu disse. Deu-me muita satisfação. Não posso dizer que lamento quando não lamento, não é mesmo? Não consigo sequer *imaginar* que lamento.

– Talvez a sua imaginação esteja funcionando melhor até amanhã de manhã – disse Marilla, levantando-se para sair dali. – Você terá a noite para repensar o seu comportamento e ficar em um estado de espírito melhor. Você disse que tentaria ser uma menina muito bem-comportada se deixássemos você ficar em Green Gables, mas devo dizer que nesta tarde você não pareceu lá muito bem-comportada.

Deixando essa flecha dos partos[10] para exasperar o coração tempestuoso de Anne, Marilla desceu para a cozinha, com a mente gravemente perturbada e a alma seriamente irritada. Ela estava tão irritada consigo mesma quanto com Anne, porque, sempre que se recordava do semblante boquiaberto da senhora Rachel, seus lábios tremiam com diversão, e ela sentia uma vontade de rir que era altamente condenável.

---

10 Expressão que alude à tática de guerra dos habitantes da Pártia, que a cavalo disparavam flechas de trás para frente, como se estivessem batendo em retirada. (N. T.)

O PEDIDO DE DESCULPAS
DE ANNE

Marilla nada disse a Matthew sobre o assunto naquela noite, mas, quando Anne se mostrou ainda refratária na manhã seguinte, uma explicação teve de ser dada para dar conta da ausência dela à mesa do café da manhã. Marilla contou a Matthew toda a história, esforçando-se para incutir nele o devido senso da atrocidade do comportamento de Anne.

– Foi bom mesmo que Rachel Lynde tenha levado uma reprimenda. Ela é uma velha fofoqueira e intrometida – essa foi a réplica consoladora de Matthew.

– Matthew Cuthbert, estou pasmada com você. Você sabe que o comportamento de Anne foi terrível e, ainda assim, fica do lado dela! Imagino que agora você vai dizer que ela sequer deveria ser castigada!

– Bem, ora... não... não exatamente – disse Matthew com incômodo. – Acho que ela deve receber um castigo leve. Mas não seja dura demais com ela, Marilla. Lembre-se de que ela jamais teve quem lhe ensinasse o que é certo ou errado. Você vai... você vai dar a ela algo de comer, não é?

– E desde quando você já me viu fazer alguém passar fome até que se comporte bem? – perguntou Marilla com indignação. – Ela vai fazer todas as refeições normalmente, e eu mesma vou subir com a comida até o quarto dela. Mas ela ficará lá em cima até que esteja disposta a pedir desculpas para a senhora Lynde, e ponto final, Matthew.

O café da manhã, o almoço e o jantar foram refeições silenciosas, pois Anne permanecia obstinada. Depois de cada refeição, Marilla levava ao frontão leste uma bandeja bem cheia de comida, e depois a levava quase intocada de volta ao andar de baixo. Matthew observou a última descida da bandeja com um olhar preocupado. Teria Anne comido ao menos alguma coisa?

Quando Marilla saiu naquele fim de tarde para trazer as vacas de volta do pasto dos fundos, Matthew, que ficara observando próximo ao celeiro e ao estábulo, entrou furtivamente na casa com um ar de ladrão e esgueirou-se até o andar de cima. Normalmente, Matthew gravitava entre a cozinha e o pequeno quartinho ao lado do corredor, onde dormia; de vez em quando, aventurava-se incomodamente até a sala de visitas, quando o pastor vinha tomar chá. Mas ele jamais fora ao andar de cima da própria casa desde a primavera na qual ele ajudou Marilla a colocar papel de parede no quarto sobressalente, e isso tinha quatro anos.

Ele caminhou na ponta dos pés pelo corredor e ficou vários minutos de pé do lado de fora da porta do frontão leste antes de reunir a coragem para bater nela de leve com os dedos e, depois, abri-la para espiar lá dentro.

Anne estava sentada na cadeira amarela ao pé da janela olhando com tristeza para o jardim. Ela parecia muito pequena e infeliz, e o coração de Matthew lhe deu um golpe aniquilador. Ele fechou a porta com delicadeza e foi até ela na ponta dos pés.

– Anne – sussurrou ele, como se tivesse medo de que alguém mais pudesse ouvi-lo –, como tem passado, Anne?

Anne deu um sorriso fraco.

– Muito bem. Imagino muitas coisas, e isso me ajuda a passar o tempo. É claro que é muito solitário. Mas é melhor me acostumar com isso.

Anne tornou a sorrir, encarando com coragem os longos anos de encarceramento solitário que tinha pela frente.

Matthew lembrou-se de que devia dizer sem perder tempo o que viera dizer, pois Marilla podia voltar antes do esperado.

– Bem, Anne, não acha melhor fazer isso logo e se livrar disso de uma vez? – sussurrou ele. – Mais cedo ou mais tarde você precisará fazer isso, pois Marilla é uma mulher terrivelmente determinada. Faça isso logo, é o que eu digo, e acabe logo com isso.

– Você fala sobre pedir desculpas para a senhora Lynde?

– Sim... desculpas... essa é a palavra exata – falou Matthew entusiasmado. – Apare as arestas, por assim dizer. Era a este ponto que eu estava tentando chegar.

– Presumo que eu possa fazer isso para agradá-lo – disse Anne com consideração. – Até que seria verdade se eu dissesse que sinto muito, porque agora eu de fato *sinto* muito. Mas ontem à noite eu não estava nem um pouco arrependida. Fiquei completamente furiosa e passei a noite toda assim. Sei que é verdade porque acordei três vezes no meio da noite, e em todas elas eu estava simplesmente furiosa. Mas esta manhã tudo tinha passado. Eu já não estava de mau humor... E isso também me deixou com uma sensação horrível de perda. Senti muita vergonha de mim mesma. Mas eu simplesmente não conseguia conceber a ideia de ir e falar isso para a senhora Lynde. Seria humilhante demais. Decidi então ficar trancada aqui para sempre em vez de fazer isso. Ainda assim... eu faria qualquer coisa por você... se você quer mesmo isso...

– Bem, é claro que quero. Lá embaixo, a vida é muito solitária sem você. Simplesmente vá até lá e apare as arestas deste caso... Seja uma boa menina.

– Muito bem – disse Anne, resignada. – Vou dizer a Marilla, assim que ela voltar, que me arrependi.

– Isso mesmo... isso mesmo, Anne. Mas não conte a Marilla que falei qualquer coisa sobre isso. Ela pode pensar que eu estava me metendo neste assunto, e prometi não fazer isso.

– Nem se cavalos selvagens me arrastassem eu revelaria esse segredo – prometeu Anne solenemente. – De todos os modos, como cavalos selvagens conseguiriam arrancar um segredo de uma pessoa arrastando-a pelo chão?

Mas Matthew já tinha ido, apavorado com o próprio sucesso. Ele apressou-se até o canto mais remoto da pastagem dos cavalos, para que

Marilla não suspeitasse do que ele tinha aprontado. A própria Marilla, quando voltou para casa, recebeu a agradável surpresa de ouvir uma voz queixosa chamar "Marilla" do balaústre da escada.

– Sim? – disse ela, entrando no corredor.

– Sinto muito por ter perdido a cabeça e dito grosserias e estou disposta a dizer isso à senhora Lynde.

– Muito bem. – O entusiasmo de Marilla não deu sinais do alívio que ela sentia. Ela estivera imaginando o que ela faria neste mundo se Anne não cedesse. – Levo você até lá embaixo depois da ordenha.

Conforme prometido, depois da ordenha, eis que Marilla e Anne desciam a estrada: a primeira, empertigada e triunfante, e a segunda, cabisbaixa e desalentada. Mas, no meio do caminho, o desalento de Anne esvaiu-se como que por encanto. Ela ergueu a cabeça e começou a dar passos leves, com os olhos fixos no céu com um sol poente e com um ar de tênue regozijo. Marilla observou essa mudança com reprovação. Aquela não era a penitente submissa que tocava a ela levar à presença da ofendida senhora Lynde.

– Em que está pensando, Anne? – perguntou ela abruptamente.

– Estou imaginando o que devo dizer para a senhora Lynde – respondeu Anne vagamente.

Aquilo era satisfatório... ou pelo menos deveria ter sido. Mas Marilla não conseguia se livrar da ideia de que algo no esquema de castigo que ela armara estava dando errado. Anne não tinha motivos para estar tão extasiada e radiante.

Extasiada e radiante Anne permaneceu até que elas estivessem diante da própria senhora Lynde, que estava sentada tricotando perto da janela da sua cozinha. Em seguida, a radiância se esvaiu. Uma contrição pesarosa se estampou em cada feição dela. Antes que qualquer palavra fosse dita, Anne ajoelhou-se subitamente diante da perplexa senhora Rachel e estendeu as mãos suplicantes.

– Oh, senhora Lynde, sinto muitíssimo – disse ela com um tremor na voz. – Jamais seria capaz de expressar toda a minha tristeza, não, nem se eu usasse um dicionário inteiro. A senhora deve simplesmente

imaginar isso. Comportei-me terrivelmente mal com a senhora...
e desonrei os queridos amigos, Matthew e Marilla, que me deixaram
ficar em Green Gables apesar de eu não ser um menino. Sou uma garota terrivelmente má e ingrata e mereço ser castigada e ostracizada
para sempre por pessoas respeitáveis. Foi muita maldade da minha
parte ter dado um escândalo só porque a senhora me disse a verdade.
E *foi* verdade, cada palavra que a senhora disse foi verdadeira. Meu
cabelo é vermelho e tenho sardas e sou magra e feia. O que eu disse
à senhora também foi verdade, mas eu não deveria ter dito aquilo.
Oh, senhora Lynde, por favor, por favor, me perdoe. Caso se recuse,
isso significaria uma vida inteira de tristeza para uma pobre menina
órfã, e a senhora não faria isso, mesmo que ela tivesse um temperamento terrível, não é? Oh, tenho certeza de que não. Por favor, diga
que me perdoa, senhora Lynde.

Anne entrelaçou as mãos, fez uma mesura e esperou pela sentença.

Não havia como duvidar de sua sinceridade: ela exalava com cada
tom da voz de Anne. Tanto Marilla quanto a senhora Lynde reconhe-
ceram o inconfundível tom de sinceridade. Mas a primeira entendeu
consternada que Anne de fato estava desfrutando de sua via-crúcis...
estava se regozijando na plenitude de sua humilhação. Onde estava o
castigo justo de que ela, Marilla, se vangloriava de ter aplicado? Anne
o transformara em fragmentos definitivos de prazer.

A bondosa senhora Lynde, sem estar sobrecarregada de percepção,
não reparou naquilo. Ela simplesmente percebeu que Anne fizera um
pedido de desculpas muito minucioso, e todo o ressentimento se esvaiu
gentilmente de seu afável, ainda que um tanto intrometido, coração.

– Pronto, pronto, levante-se, menina – disse ela cordialmente. – É claro que a perdoo. Acho que, de todo modo, fui mesma um tanto severa
com você. Mas é que eu sou uma pessoa muito franca. Você não deve
se importar com o que digo, é só isso. É inegável que seu cabelo é horrivelmente vermelho; mas certa vez conheci uma garota... frequentamos a
mesma escola, na verdade... cujo cabelo era tão vermelho quanto o seu

quando ela era jovem, mas, quando ela cresceu, seu cabelo escureceu, e ganhou um tom de acaju muito bonito. Não me surpreenderia nem um pouco se isso acontecesse com o seu cabelo... nem um pouco mesmo.

– Oh, senhora Lynde! – Anne respirou fundo e se levantou. – A senhora me deu esperanças. Sempre a considerarei uma benfeitora. Oh, eu seria capaz de suportar qualquer coisa se achasse que meu cabelo teria um lindo tom de acaju quando eu crescesse. Seria muito mais fácil para a pessoa se comportar bem se o cabelo dela fosse acaju, não acha? E, agora, posso ir para o seu jardim e me sentar naquele banco embaixo das macieiras enquanto a senhora e Marilla conversam? Lá fora há muito mais escopo para a imaginação.

– Ora, sim, pode ir, menina. E pode colher um buquê daqueles "lírios de junho" brancos que estão naquele canto ali se você quiser.

À medida que a porta se fechava atrás de Anne, a senhora Lynde rapidamente se levantou para acender um lampião.

– Ela é uma criaturinha realmente estranha. Pegue esta cadeira, Marilla, é mais confortável do que esta em que você está sentada. Deixo essa cadeira aqui para que o menino que contratei se sente. Sim, decerto ela é uma criança estranha, mas, no fim das contas, tem algo de encantador. Já não me sinto tão surpresa quanto antes com o fato de você e Matthew terem ficado com ela... e tampouco sinto tanta pena de você. Pode até ser que a menina acabe bem. É claro que ela tem um jeito esquisito de se expressar... um tanto excessivamente... bem, demasiadamente forçado, sabe; mas ela provavelmente superará isso agora que está vivendo em meio a pessoas civilizadas. Além do mais, o temperamento dela é muito esquentado, eu acho; mas isso é um consolo: uma criança de temperamento esquentado explode e logo fica fria, e não há a possibilidade de que seja maliciosa ou desonesta. Poupe-me de crianças maliciosas, é o que digo. No fim das contas, Marilla, eu meio que gosto dela.

Quando Marilla começou a ir para casa, Anne saiu do crepúsculo perfumado do pomar com um maço de narcisos nas mãos.

– Eu pedi desculpas muito bem, não foi? – disse ela com orgulho à medida que desciam a estrada. – Pensei que, como eu tinha mesmo de fazer isso, era melhor fazer de modo minucioso.

– E foi minucioso o bastante mesmo – foi o comentário de Marilla. Ela ficou consternada ao constatar que estava inclinada a rir com a lembrança daquilo. Também tinha uma sensação estranha de que devia repreender Anne por ter se desculpado tão bem; mas, na verdade, isso era ridículo! Ela chegou a um acordo com a sua consciência ao dizer com severidade:

– Espero que você jamais tenha oportunidade de fazer pedidos de desculpa como esse. Espero que tente controlar o seu temperamento daqui por diante, Anne.

– Não seria tão difícil se as pessoas parassem de falar mal da minha aparência – respondeu Anne com um sussurro. – Não me irrito com outras coisas; mas estou *tão* cansada de que falem mal do meu cabelo que isso simplesmente faz o meu sangue ferver. Você acha que meu cabelo de fato vai ganhar um lindo tom de acaju quando eu crescer?

– Você não devia pensar tanto assim na sua aparência, Anne. Receio que seja uma mensinha deveras vaidosa.

– Como posso ser vaidosa quando sei que sou feia? – protestou Anne. – Amo coisas bonitas e odeio olhar no espelho e ver uma coisa que não é bonita. Isso me deixa triste demais... do mesmo modo como me sinto quando olho para uma coisa feia. Sinto pena porque a coisa não é bonita.

– Beleza sem virtude é rosa sem cheiro – Marilla citou o provérbio.

– Já me disseram isso antes, mas tenho lá minhas dúvidas – comentou a cética Anne, cheirando seus narcisos. – Ah, não são adoráveis estas flores?! Foi encantador da parte da senhora Lynde dá-las para mim. Agora já não sinto nenhum ressentimento pela senhora Lynde. Pedir desculpas e ser perdoado dá uma sensação agradável e cômoda, não é mesmo? As estrelas estão brilhantes hoje, não é? Se você pudesse morar em uma estrela, qual escolheria? Eu escolheria aquela grande e clara lá longe, em cima daquele morro escuro.

– Anne, por favor, dobre a língua – pediu Marilla, totalmente esgotada de tentar acompanhar as reviravoltas dos pensamentos de Anne.

Anne não disse mais nada até que elas fizeram uma curva e pegaram a estrada para a casa delas. Uma brisa desceu a estrada para encontrá-las cheia do perfume pungente de jovens samambaias cobertas de orvalho. À distância, em meio às sombras, uma luz alegre cintilava por entre as árvores, vinda da cozinha de Green Gables. Anne aproximou-se subitamente de Marilla e deslizou sua mão na palma rígida da mulher mais velha.

– É adorável estar indo para casa e saber que se trata do seu lar – comentou ela. – Já amo Green Gables, e jamais amei um lugar. Nenhum lugar jamais se pareceu com um lar para mim. Oh, Marilla, estou feliz demais. Eu seria capaz de rezar agora e de não achar isso difícil de fazer.

Alguma coisa quente e prazerosa preencheu o coração de Marilla com o toque daquela mãozinha fina na dela: um espasmo da maternidade que ela havia perdido, talvez. A doçura e o ineditismo daquilo a deixaram perturbada. Ela apressou-se em fazer com que suas sensações recobrassem a tranquilidade normal ao inculcar uma moral.

– Se você se comportar bem, sempre será feliz, Anne. E nunca achará difícil dizer as suas orações.

– Dizer as orações não é exatamente a mesma coisa que rezar – disse Anne meditando. – Mas vou imaginar que sou o vento que está soprando lá em cima, na copa daquelas árvores. Quando me cansar das árvores, vou imaginar que flutuo aqui para baixo até as samambaias... e depois vou voar até o jardim da senhora Lynde e fazer as flores dançar... e depois vou com uma grande lufada passar sobre o campo de trevos... e depois vou soprar sobre o Lago das Águas Cintilantes e cobri-lo de pequenas ondulações bruxuleantes. Oh, há muito escopo para a imaginação em um vento! Então, agora não vou falar mais nada, Marilla.

– Deus seja louvado por isso – sussurrou Marilla com um grande alívio devoto.

AS IMPRESSÕES
DE ANNE SOBRE
A ESCOLA DOMINICAL

– Bem, o que acha deles? – perguntou Marilla.

Anne estava de pé no quarto do frontão, olhando solenemente para três vestidos estendidos sobre a cama. Um era de guingão riscado cor de rapé, que Marilla ficara tentada a comprar de um caixeiro-viajante no verão anterior porque ele parecia de muita serventia; outro era de cetineta xadrez branca e preta, que Marilla comprara em uma promoção durante o inverno; e o terceiro tinha uma estampa formal de um tom feio de azul, e Marilla o comprara naquela semana em uma venda em Carmody.

Ela mesma fizera todos os vestidos, e todos tinham a mesma modelagem: saias comuns que se estreitavam até formar cinturas simples, com mangas tão triviais quanto a saia e a cintura, e tão apertadas quanto mangas podem ser.

– Imaginarei que gosto deles – disse Anne com soberba.

– Não quero que você imagine – retrucou Marilla, ofendida. – Ah, estou vendo que você não gostou dos vestidos! Qual é o problema com eles? Não são arrumados, limpos e novos?

– Sim.

– Então por que não gosta deles?

– Eles... eles não são... bonitos – respondeu Anne relutantemente.

– Bonitos! – bufou Marilla. – Não me preocupei em arranjar vestidos bonitos para você. Não acredito em paparicar a vaidade, Anne, quero deixar isso bem claro. Estes vestidos são bons, sensatos, úteis, sem babados ou folhos, e esses são todos os vestidos que você vai ganhar este verão. O de guingão marrom e o de estampado azul servirão para quando você começar a ir para a escola. O de cetineta é para a igreja e a escola dominical. Vou esperar que você os mantenha arrumados, limpos e sem rasgos. Achei que você ficaria agradecida por ganhar praticamente qualquer coisa depois de ter de usar essas roupas apertadas de flanela de algodão.

– Ah, *estou* agradecida – protestou Anne. – Mas ficaria muitíssimo mais agradecida se... se você tivesse feito pelo menos um deles com as mangas bufantes. Mangas bufantes estão muito na moda agora. Eu ficaria muito emocionada, Marilla, simplesmente por usar um vestido de mangas bufantes.

– Bem, você vai ter de ficar sem essa emoção. Não tenho tecido para desperdiçar com mangas bufantes. De todos os modos, acho essas mangas ridículas. Prefiro as simples, mais comuns.

– Mas eu preferiria parecer ridícula quando todos parecem ridículos a ser simples e comum sozinha – insistiu Anne com pesar.

– Disso não tenho dúvida! Bem, pendure esses vestidos com cuidado em seu armário e depois se sente e aprenda a lição da escola dominical. Peguei a lição para você com o senhor Bell, e amanhã você irá para a escola dominical – disse Marilla, desaparecendo muito ofendida em direção ao andar de baixo.

Anne entrelaçou as mãos e olhou para os vestidos.

– De fato tive esperanças de que haveria um branco com mangas bufantes – sussurrou ela, desconsolada. – Rezei por um, mas não esperei consegui-lo só pela reza. Não presumo que Deus tivesse tempo para se ocupar com o vestido de uma menininha órfã. Eu sabia que teria de depender de Marilla quanto a isso. Bem, felizmente, posso imaginar que aquele dali é de musselina branca como a neve, com adoráveis babados de renda e mangas bufantes de três gomos.

Na manhã seguinte, um princípio de enxaqueca impediu que Marilla acompanhasse Anne até a escola dominical.

– Você vai ter de descer e mandar chamar a senhora Lynde, Anne – disse ela. – Ela vai se certificar de que você entre na aula certa. Agora, lembre-se de se comportar direito. Fique para ouvir o sermão depois e peça para a senhora Lynde lhe mostrar o nosso banco. Tome um centavo para a hora da coleta. Não fique encarando os outros e não fique inquieta. Vou esperar que você me diga a escritura que estudaram quando voltar para casa.

Anne começou irrepreensível, usando o vestido de cetineta branco e preto, que, apesar de decente com relação ao comprimento e certamente não passível de ser acusado de ser demasiado curto, se esforçava para enfatizar cada canto e ângulo de sua magra silhueta. Seu chapéu era um chapéu de marinheiro pequeno, chato e brilhante, e a extrema simplicidade dele também desapontara bastante a Anne, que se permitira em segredo imaginar nele laços e flores. As últimas, no entanto, foram fornecidas antes que Anne chegasse à estrada principal, pois, deparando-se no meio do caminho da trilha secundária com um frenesi dourado de ranúnculos balançados pelo vento e gloriosas rosas selvagens, Anne rápida e generosamente adornou seu chapéu com uma coroa delas. Não importava o que outras pessoas achassem do resultado: ele havia satisfeito a Anne, e ela desceu a estrada alegremente, erguendo sua cabeça avermelhada, com seus adornos rosa e amarelos, com muito orgulho.

Quando chegou à casa da senhora Lynde, descobriu que ela não estava. Nem um pouco intimidada, Anne seguiu sozinha para a igreja. No pórtico, encontrou uma multidão de menininhas, todas com vestidos alegres de cor branca, azul e rosa, e todas encarando com olhos curiosos aquela estranha em meio a elas com seu extraordinário adorno de cabeça. As garotinhas de Avonlea já tinham ouvido histórias estranhas sobre Anne. A senhora Lynde disse que ela tinha um temperamento horrível; Jerry Buote, o menino contratado para trabalhar em

Green Gables, disse que ela falava sozinha o tempo todo, ou falava com árvores, como uma menina louca. Elas olharam para Anne e cochicharam umas com as outras por trás de seus livros com as lições da escola dominical. Ninguém se aproximou dela para tentar fazer amizade, nem naquela hora nem mais tarde, depois que terminaram os exercícios de abertura, e Anne se viu na aula da senhorita Rogerson.

A senhorita Rogerson era uma mulher de meia-idade que por vinte anos lecionara em uma escola dominical. O método de ensino dela era fazer as perguntas impressas no livro da lição e olhar com severidade por sobre a borda do livro para a garotinha em particular que ela achava que deveria responder àquela pergunta. Ela olhou com muita frequência para Anne, e Anne, graças ao treinamento de Marilla, respondeu sem demoras; mas pode-se questionar se ela compreendeu bem tanto a pergunta quanto a resposta.

Anne não achou que gostara da senhorita Rogerson e sentiu-se muito infeliz. Os vestidos de todas as outras meninas da sala tinham mangas bufantes. Anne sentiu que de fato não valia a pena viver sem mangas bufantes.

– Então, o que achou da escola dominical? – quis saber Marilla quando Anne voltou para casa. Como a coroa de flores havia murchado, Anne a descartara no caminho de volta, e Marilla foi poupada dessa informação por algum tempo.

– Não gostei nem um pouco. Foi terrível.

– Anne Shirley! – repreendeu Marilla.

Com um longo suspiro, Anne sentou-se na cadeira de balanço, beijou uma das folhas de Bonny e deu um aceno para um brinco-de--princesa que brotava.

– Eles talvez tenham se sentido solitários enquanto eu estava fora – explicou ela. – E agora sobre a escola dominical. Comportei-me bem, assim como você me disse para eu fazer. A senhora Lynde não estava em casa, mas fui até a igreja sozinha. Entrei na igreja, junto com um monte de outras menininhas, e sentei-me na ponta de um banco perto da janela enquanto eram feitos os exercícios de abertura. O senhor Bell fez uma oração horrivelmente longa. Eu teria ficado extremamente cansada antes de ele terminar caso não estivesse sentada perto daquela janela. Mas a janela dava para o Lago das Águas Cintilantes; então, fiquei admirando a vista e imaginando todo o tipo de coisas esplêndidas.

– Você não deveria ter feito nada disso. Deveria ter prestado atenção ao senhor Bell.

– Mas ele não estava falando comigo – protestou Anne. – Ele estava falando com Deus e tampouco parecia muito interessado nisso. Acho que ele pensou que Deus estava muito distante. Havia uma longa fileira de bétulas na beira do lago, e a luz do sol as atravessava e ia muito, muito longe, até o fundo da água. Oh, Marilla, foi como um sonho lindo! Fiquei entusiasmada e simplesmente disse "Obrigada por isto, Deus" duas ou três vezes.

– Não em voz alta, espero – comentou com ansiedade Marilla.

– Ah, não, falei sussurrando. Bem, o senhor Bell finalmente terminou, e me disseram para eu ir para a sala de aula da senhorita Rogerson. Havia nove outras garotas ali. Todas tinham vestidos de mangas bufantes. Tentei imaginar que minhas mangas também eram bufantes, mas não consegui. Por que não consegui? Foi muito fácil imaginar que elas eram bufantes quando estava sozinha no frontão leste, mas foi terrivelmente difícil fazer isso lá, em meio às garotas que de fato tinham mangas bufantes.

– Você não deveria ficar pensando sobre as mangas do seu vestido na escola dominical. Deveria ter prestado atenção à lição. Espero que tenha sabido responder.

– Ah, sim, e respondi a várias perguntas. A senhorita Rogerson fez várias para mim. Não acho que tenha sido justo que ela tenha feito todas as perguntas. Eu tinha várias a fazer a ela, mas não quis perguntar pois não achei que ela fosse uma alma irmã. Depois, todas as outras garotinhas recitaram uma paráfrase. A professora perguntou-me se eu sabia alguma. Eu disse a ela que não, mas que sabia recitar "O cão no túmulo de seu dono"[11] se ela quisesse. Esse poema foi publicado no

---

[11] "The Dog at his Master's Grave", poema de Lydia Huntly Sigourney. (N. T.)

Terceiro leitor real. Não é de fato um poema religioso, mas é tão triste e melancólico que até poderia ser religioso. Ela me disse que esse poema não servia e me mandou decorar a 19ª paráfrase para o próximo domingo. Li-a na igreja, e é esplêndida. Tem dois versos em especial que me deixam arrepiada.

"Tão rápido quanto caíram os esquadrões massacrados
No perverso dia de Midiã."[12]

– Não sei o que significam "esquadrões" ou "Midiã", mas soa trágico *demais*. Mal posso esperar para recitar isso no próximo domingo. Vou treinar a semana toda. Depois da escola dominical, pedi à senhorita Rogerson, porque a senhora Lynde estava longe demais, que me mostrasse o nosso banco. Fiquei sentada o mais quieta que pude, e depois estudamos Apocalipse, terceiro capítulo, versículos dois e três. Foi um texto muito longo. Se eu fosse pastora, escolheria os textos curtos e enérgicos. O sermão também foi incrivelmente longo. Presumo que o pastor teve de equipará-lo à escritura. Não o achei nem um pouco interessante. O problema dele parece ser não ter imaginação o suficiente. Não prestei muita atenção nele. Simplesmente deixei meus pensamentos correr soltos e pensei nas coisas mais surpreendentes que há.

Com impotência, Marilla sentiu que tudo aquilo deveria ser severamente repreendido, mas foi impedida pelo inegável fato de que algumas das coisas que Anne dissera, principalmente com relação aos sermões do pastor e às orações do senhor Bell, eram exatamente o que ela mesma achara do fundo de seu coração por anos, mas que jamais expressara. Quase parecia para ela que aqueles pensamentos secretos, não ditos e críticos tinham subitamente ganhado uma forma visível e acusadora na pessoa deste pedaço franco de humanidade negligenciada.

---

12 Versos de um hino baseado em Juízes 8 e Isaías 9, escrito por John Morison de Aberdeen, membro do comitê indicado pela Assembleia Geral da Igreja da Escócia para revisar o livro *Translations and Paraphrases* ("Traduções e paráfrases"), de 1745, e publicado como a paráfrase 19 na edição de 1781 de *Translations and Paraphrases*. (N. T.)

UM VOTO E UMA
PROMESSA SOLENES

Foi somente na sexta-feira seguinte que Marilla soube do chapéu com coroa de flores. Ela chegou em casa depois de visitar a senhora Lynde e chamou Anne para se explicar.

– Anne, a senhora Rachel me disse que você foi à igreja domingo passado com seu chapéu coberto de rosas e ranúnculos ridículos. De onde você tirou essa ideia estapafúrdia? Você devia estar uma beleza de se ver!

– Ai. Sei que rosa e amarelo não me caem bem – começou Anne.

– Não lhe caem bem... que bobagem! O que foi ridículo foi você ter colocado flores em seu chapéu, não importa a cor delas. Você é uma criança muito irritante!

– Não entendo por que é mais ridículo usar flores no chapéu do que no vestido – protestou Anne. – Várias garotinhas ali tinham pequenos buquês presos aos seus vestidos. Qual é a diferença?

Marilla não seria arrastada da segurança daquilo que era concreto para os caminhos duvidosos do que é abstrato.

– Não me responda desse jeito, Anne. Foi uma tolice da sua parte ter feito isso. Jamais deixe que eu te pegue aprontando uma coisa dessas de novo. A senhora Rachel disse que pensou que ela ia afundar no chão, quando viu você entrar toda enfeitada daquele jeito. Ela só conseguiu se aproximar o bastante para lhe dizer que arrancasse aquelas flores quando já era tarde demais. E ela disse que as pessoas comentaram terrivelmente sobre isso. É claro que pensariam que eu deveria ter enlouquecido ao deixar você sair enfeitada daquela maneira.

– Oh, me desculpe – disse Anne com os olhos rasos d'água. – Jamais pensei que você se importaria. As rosas e os ranúnculos estavam tão bonitos e tinham um cheiro tão doce que pensei que ficariam adoráveis no meu chapéu. Várias garotinhas tinham flores artificiais em seus chapéus. Receio que serei uma provação horrorosa para você. É melhor me mandar de volta para o orfanato. Isso seria terrível; não acho que eu conseguiria suportar; é bem provável que eu acabe pegando uma tuberculose; e olhe que já sou bastante magra, sabe. Mas isso seria melhor do que ser uma provação para você.

– Quanta bobagem – disse Marilla, irritada consigo mesma por ter feito a menina chorar. – Não quero mandar você de volta para o orfanato, tenho certeza disso. Tudo que quero é que você se comporte como as outras garotinhas e que não faça papel de ridículo. Pare de chorar. Tenho novidades para você. Diana Barry voltou para casa esta tarde. Vou subir até lá para ver se consigo pegar o molde de uma saia emprestado com a senhora Barry, e, se você quiser, pode vir comigo para conhecer Diana.

Anne levantou-se com as mãos entrelaçadas e as lágrimas ainda cintilando em seu rosto. O pano de prato em que ela cosia uma bainha escorregou para o chão e foi ignorado.

– Oh, Marilla, estou com medo... Agora que isso aconteceu, estou realmente com medo. E se ela não gostar de mim?! Seria a decepção mais trágica da minha vida.

– Ora, não fique nervosa desse jeito. E eu de fato gostaria que você não usasse palavras tão longas assim. Elas soam muito estranhas saídas da boca de uma menininha. Acho que Diana vai gostar de você, sim. É com a mãe dela que você precisará tomar cuidado. Caso ela desgoste de você, não vai importar o quanto Diana goste. Se ela ouviu falar do escândalo que você deu com a senhora Lynde e sobre você ter ido à igreja com ranúnculos em volta do chapéu, não sei o que ela pensará de você. Você deve ser educada e bem-comportada, e não faça nenhum de seus discursos chamativos. Por piedade, não é que a menina já está tremendo!

Anne *estava* tremendo. Seu rosto estava lívido e tenso.

– Ah, Marilla, você também ficaria nervosa caso fosse conhecer uma menininha que você esperasse que se tornasse sua amiga do peito e cuja mãe talvez não gostasse de você – disse ela à medida que se apressava para pegar o chapéu.

Elas foram até Orchard Slope pelo atalho que cruzava o rio e subia o monte com um arvoredo de abetos. A senhora Barry foi até a porta da cozinha em resposta à batida que Marilla dera na porta. Ela era alta, de olhos e cabelos negros, e com lábios muito determinados. Tinha a reputação de ser muito severa com os filhos.

– Como você está, Marilla? – ela perguntou cordialmente. – Pode entrar. E esta é a menininha que você adotou, presumo?

– Sim, esta é Anne Shirley – respondeu Marilla.

– Com "e" – ofegou Anne, que, apesar de trêmula e nervosa, estava determinada a que não houvesse nenhuma confusão com relação a esse tópico importante.

A senhora Barry, sem ouvir ou entender, simplesmente lhe deu um aperto de mão e disse gentilmente:

– Como você está?

– Estou bem fisicamente; porém, com o espírito em considerável estado de confusão, obrigada por perguntar, senhora – disse Anne seriamente. Depois, em um aparte feito para Marilla com um sussurro audível: – Não teve nada de chamativo nessa frase, não é mesmo, Marilla?

Diana estava sentada no sofá, lendo um livro que largou depois que as visitas entraram. Era uma garotinha muito bonita, com os mesmos olhos e cabelos negros da mãe, bochechas rosadas e o semblante feliz que herdara do pai.

– Esta é minha filhinha, Diana – disse a senhora Barry. – Diana, por que não leva Anne para o jardim e lhe mostra as suas flores? Vai ser melhor para você do que ficar forçando a vista com esse livro. Ela lê exageradamente – falou para Marilla enquanto as garotinhas saíam –, e não posso impedi-la, pois o pai instiga e apoia isso. Ela sempre está debruçada sobre um livro. Fico feliz que tenha uma amiga em potencial com quem brincar... talvez assim ela saia mais de casa.

Do lado de fora, no jardim, que estava repleto da luz suave do sol que passava por entre escuros e velhos abetos a Oeste, Anne e Diana estavam de pé, em frente a uma touceira de deslumbrantes lírios-tigres, encarando uma a outra com timidez.

O jardim dos Barrys era uma vastidão frondosa de flores que teria encantado o coração de Anne em qualquer outro momento que não fosse tão fatídico. Ele era rodeado por enormes e velhos salgueiros e compridos abetos, sob os quais cresciam flores que adoravam a sombra. Trilhas recatadas em ângulos retos com bordas bem-arrumadas e cobertas de conchas de amêijoas cruzavam o jardim como laços vermelhos e úmidos, e nos canteiros entre flores que se costumava plantar em tempos antigos reinava o caos. Havia rosados corações-sangrentos e enormes e esplêndidas peônias escarlate; brancos e perfumados lírios e espinhentas e doces roseiras-da-escócia; acolejos rosa, azuis e brancos e ervas-saboeiras com leve tom de lilás; touceiras de abrótano e capim-amarelo e hortelã; roxas orquídeas de adão-e-eva, narcisos, e touceiras de trevos-gigantes-da-sibéria, com seus ramos de flores brancas, delicadas, perfumadas e fofas; luz escarlate lançava setas de fogo sobre mímulos de um recatado tom de branco; um jardim se formava onde quer que a luz do sol se demorasse e as abelhas zumbissem, e os ventos, vagueando como se estivessem enfeitiçados, ronronavam e farfalhavam.

– Oh, Diana – disse Anne por fim, entrelaçando as mãos e falando quase com um sussurro –, oh, você acha que consegue gostar de mim um pouquinho só... a ponto de se tornar minha amiga do peito?

Diana riu. Diana sempre ria antes de falar.

– Ora, acho que sim – disse ela com franqueza. – Estou muito feliz que você tenha vindo morar em Green Gables. Vai ser muito bom ter alguém com quem brincar. Não há nenhuma outra garota que viva perto o bastante para que brinquemos, e minhas irmãs são pequenas demais.

– Você jura que vai ser minha amiga para todo o sempre? – perguntou Anne com ansiedade.

Diana pareceu chocada.

– Ora, mas jurar é uma coisa terrível de se fazer – retrucou ela em tom de reprimenda.

– Ah, não, esse não é o meu tipo de jura. Há dois tipos, sabe.

– Só conheço um tipo – disse Diana, incrédula.

– De fato há outro tipo. Ah, e não é nem um pouco ruim. Significa apenas fazer um voto e uma promessa de modo solene.

– Bem, não me importo de fazer isso – concordou Diana, aliviada. – Como se faz?

– Precisamos dar as mãos... assim – disse Anne com seriedade. – E tem de ser sobre água corrente. Vamos simplesmente imaginar que esta trilha é água corrente. Primeiro, vou dizer o juramento: eu juro solenemente ser fiel à minha amiga do peito, Diana Barry, enquanto perdurarem o sol e a lua. Agora, você diz a mesma coisa, mas com o meu nome.

Diana repetiu o "juramento" com uma risada antes e depois. Em seguida, disse:

– Você é uma garota estranha, Anne. Eu já tinha ouvido falar que você era estranha. Mas acho que vou gostar bastante de você.

Quando Marilla e Anne voltaram para casa, Diana as acompanhou até a ponte feita de troncos. As duas menininhas andaram de braços dados. No riacho, elas se separaram com muitas promessas de passarem juntas a tarde seguinte.

– Bem, você achou Diana uma alma irmã? – indagou Marilla enquanto subiam pelo jardim de Green Gables.

– Ah, sim – suspirou Anne, felizmente inconsciente de qualquer sarcasmo da parte de Marilla. – Oh, Marilla, sou a menina mais feliz na Ilha do Príncipe Edward neste momento. Asseguro-lhe que farei minhas orações esta noite com muito boa vontade. Diana e eu vamos construir amanhã uma casinha de brinquedo no arvoredo de bétulas do senhor William Bell. Posso pegar aqueles pedaços de porcelana quebrada que estão no lenheiro? O aniversário dela é em fevereiro, e o meu é em março. Você não acha isso uma coincidência muito estranha? Diana vai me emprestar um livro para eu ler. Ela diz que é um livro perfeitamente esplêndido e tremendamente emocionante. Ela vai me mostrar um lugar na mata onde crescem fritilárias. Você não acha que Diana tem olhos enternecedores? Queria eu ter olhos enternecedores. Diana vai me ensinar a cantar uma canção chamada "Nelly no vale de aveleiras"[13]. Ela vai me dar um retrato para eu pendurar em meu quarto, é um retrato perfeitamente lindo, diz ela, de uma adorável dama em um vestido de seda azul pastel. Um vendedor de máquinas de costura foi quem deu para ela o retrato. Queria ter algo para dar de presente a Diana. Sou pouco mais de dois centímetros mais alta do que Diana, mas ela é bem mais gorda, diz ela que gostaria de ser magra porque é muito mais gracioso, mas receio que tenha dito isso apenas para apaziguar meus sentimentos. Algum dia desses, vamos ao litoral catar conchas. Concordamos em chamar a nascente perto da ponte de troncos de Gorgolejo de Dríade[14]. Não é um nome perfeitamente elegante? Certa vez, li uma história sobre uma nascente com esse nome. Uma dríade é uma espécie de fada grande, eu acho.

– Bem, tudo o que eu espero é que você não mate Diana de tanto falar – disse Marilla. – Mas lembre-se disso sempre que fizer planos, Anne: você não vai brincar o tempo todo, nem quase o tempo todo. Você terá suas tarefas para fazer, e elas devem ser feitas antes da brincadeira.

O cálice de felicidade de Anne estava cheio até a borda, e Matthew fez com que ele transbordasse. Ele acabara de chegar em casa depois de

---

13 "Nelly in the Hazel Dell", canção popular escrita em 1853 por George Frederick Root (sob o pseudônimo alemão de G. Friedrich Wurzel) e que voltou a se tornar popular nos anos 1900. (N. T.)

14 Na mitologia greco-romana, Dríade é a ninfa das árvores e, por extensão, dos bosques e da selva. (N. T.)

uma ida à venda em Carmody e tirou timidamente um pequeno pacote do bolso e entregou-o a Anne, lançando para Marilla um olhar contrito.

– Ouvi você dizer que gostava de chocolates; então, comprei alguns – disse ele.

– Aff! – bufou Marilla. – Vai estragar os dentes e a barriga dela. Calma, calma, menina, não faça essa cara de depressão. Pode comer estes chocolates, posto que Matthew saiu e os comprou. Teria sido melhor ele ter trazido balas de hortelã-pimenta. São mais saudáveis. Mas não coma todos de uma vez para não passar mal.

– Ah, não, claro, não vou comer tudo de uma vez – retrucou Anne com avidez. – Vou comer apenas um hoje à noite, Marilla. E posso dar metade deles para Diana, não posso? A outra metade vai ter um gosto duplamente doce para mim se eu der alguns para ela. É encantador pensar que tenho algo para dar de presente a ela.

– Tenho de admitir que a criança – comentou Marilla depois que Anne fora para o seu frontão – não é sovina. Fico contente, pois, de todos os defeitos, o que eu mais detesto em uma criança é a avareza. Minha nossa, faz apenas três semanas que ela chegou, mas parece que sempre esteve aqui. Não consigo imaginar este lugar sem ela. Agora, pare de fazer cara de "eu lhe disse", Matthew. Essa cara já é ruim o bastante em mulheres, mas em homens é insuportável. Estou perfeitamente disposta a admitir que estou feliz por ter concordado em ficar com a menina e que estou sentindo carinho por ela, mas não esfregue isso na minha cara, Matthew Cuthbert.

AS DELÍCIAS
DA EXPECTATIVA

– Anne já deveria estar aqui costurando – disse Marilla, olhando fixamente para o relógio e depois para a tarde amarela de agosto, na qual tudo dormitava em meio ao calor. – Ela ficou brincando com Diana meia hora a mais do que o horário que eu permiti; e agora está empoleirada ali na pilha de lenha conversando com Matthew sem parar, quando sabe muito bem que deveria estar fazendo o seu trabalho. E, é claro, ele está prestando atenção ao que ela diz como um perfeito idiota. Nunca vi um homem tão apaixonado assim. Quanto mais ela fala e quanto mais coisas estranhas ela diz, mais encantado ele fica, evidentemente. Anne Shirley, venha já para cá, está me ouvindo?!

Uma série de batidas em *staccato* na janela oeste trouxe Anne voando do quintal, com olhos brilhando, bochechas levemente rosadas e os cabelos soltos caindo atrás de si como uma torrente fulgurosa.

– Oh, Marilla – exclamou ela, ofegante –, na semana que vem haverá um piquenique da escola dominical... no campo do senhor Harmon Andrews, bem perto do Lago das Águas Cintilantes. E a senhora Diretora Bell e a senhora Rachel Lynde vão fazer sorvete... imagine só, Marilla... *sorvete!* E, aí, Marilla, eu posso ir?

– Olhe só para o relógio por gentileza, Anne. A que horas eu lhe disse que voltasse para casa?

– Às duas da tarde... mas essa notícia sobre o piquenique não é esplêndida, Marilla? Posso ir, por favor? Ah, nunca fui a um piquenique... já sonhei com piqueniques, mas eu nunca...

– Sim, eu lhe disse que voltasse às duas. E são quinze para as três. Gostaria de saber por que não me obedeceu, Anne.

– Ora, essa não era a minha intenção, Marilla, tanto quanto possível. Mas você não faz ideia de como o Ócio Agreste é fascinante. Depois, é claro, tive de contar a Matthew sobre o piquenique. Matthew é um ouvinte muito solidário. Posso ir, por favor?

– Você precisará aprender a resistir ao fascínio de Ócio-sei-lá-o-quê. Quando eu lhe disser para vir para casa em determinado horário, quero que volte nesse horário, e não meia hora mais tarde. E tampouco precisa parar no meio do caminho para conversar com ouvintes solidários. Quanto ao piquenique, é claro que pode ir. Você é aluna da escola dominical, e é improvável que eu me recuse a deixar você ir, uma vez que todas as outras mininhas vão.

– Mas... mas... Diana disse que todos precisam levar uma cesta com coisas para comer. Não sei cozinhar, como você bem sabe, Marilla, e... e... nem me importo muito de ir a um piquenique sem mangas bufantes, mas eu me sentiria terrivelmente humilhada se tivesse de ir sem uma cesta. Esse pensamento tem assombrado a minha mente desde que Diana me disse isso.

– Bem, ele já não precisa assediá-la. Cozinharei para você coisas para colocar em uma cesta.

– Oh, minha querida e bondosa Marilla. Oh, você é gentil demais comigo. Oh, como lhe sou grata.

Depois de dizer todos os seus "oh", Anne se jogou nos braços de Marilla e beijou as bochechas citrinas dela intensamente. Foi a primeira vez em toda a vida de Marilla que lábios infantis voluntariamente tocaram o seu rosto. Mais uma vez, aquela sensação de doçura surpreendente deixou-a entusiasmada. Em segredo, estava satisfeitíssima com os carinhos impulsivos de Anne, o que foi provavelmente o motivo para ela ter dito abruptamente:

– Calma, calma, pare com esse disparate de ficar me beijando. Eu preferiria que você seguisse à risca o que lhe digo. Quanto a cozinhar, minha intenção é começar a ensiná-la por esses dias. Mas você é muito cabeça de vento, Anne, e tenho esperado que você saia um pouco do mundo da lua e ganhe um pouco de constância antes que comecemos. Na cozinha, você precisa prestar atenção ao que faz e não pode parar no meio das coisas e deixar seus pensamentos percorrer esse mundo de Deus. Agora, pegue a sua colcha de retalhos e termine de costurar o quadrado antes da hora do chá.

– Eu *não* gosto de fazer colchas de retalhos – disse Anne com angústia, procurando sua cesta de costura e sentando-se com um suspiro em frente a uma pilha de losangos vermelhos e brancos. – Acho que alguns tipos de costura devem ser bons de fazer. Mas não há escopo para a imaginação em uma colcha de retalhos. É só uma linhazinha de costura atrás da outra, e você não parece chegar a lugar nenhum. Mas é claro que eu preferia ser Anne de Green Gables fazendo uma colcha de retalhos a ser Anne de qualquer outro lugar, com nada mais a fazer além de brincar. No entanto, eu só queria que o tempo passasse tão rápido cosendo os retalhos quanto passa quando estou brincando com Diana. Oh, eu e ela de fato passamos momentos elegantes demais, Marilla. Eu tenho de fornecer a maioria da imaginação, mas sou bastante capaz de fazer isso. Diana é simplesmente perfeita em todos os outros aspectos. Sabe aquele pedacinho de terra passando o riacho que divide a nossa fazenda da do senhor Barry? Ele pertence ao senhor William Bell, e bem em um dos cantos há um pequeno círculo de bétulas-do-papel... é o lugar mais romântico que existe, Marilla. Diana e eu fizemos nossa casinha de brinquedo ali. Nós a chamamos de Ócio Agreste. Esse nome não é poético? Asseguro-lhe que demorei algum tempo para pensar nele. Fiquei acordada quase uma noite inteira antes de inventá-lo. Então, logo antes de cair no sono, ele me ocorreu, como que por inspiração. Diana ficou *fascinada* quando ouviu. Nós arrumamos a nossa casa de modo muito elegante. Você deve ir um dia e ver, Marilla... Você vai, não é? Temos grandes pedras, todas cobertas com musgo, que fazem as vezes de assentos, e tábuas de uma árvore até outra, que fazem as vezes de estantes. E deixamos toda nossa louça nelas. É claro que elas estão todas quebradas, mas é a coisa mais fácil do mundo imaginar que estão inteiras. Tem um caco de um prato no qual está pintado um ramo de hera amarelo e vermelho que é especialmente bonito. Nós o deixamos na sala de visitas, assim como o vidro da fada. O vidro da fada é tão adorável quanto um sonho. Diana encontrou-o na mata atrás do galinheiro da casa dela. Ele é cheio de crianças, que ainda não cresceram, e a mãe da Diana disse a ela que ele tinha se quebrado de um lustre que havia antigamente na casa. Mas é gostoso imaginar que as fadas o perderam certa noite quando deram um baile; então o chamamos de vidro da fada. Matthew vai fazer uma mesa para nós. Ah, e passamos a chamar aquela poça que há no campo do senhor Barry de Salixina. Tirei esse nome de um livro que a Diana me emprestou. Aquele livro foi emocionante, Marilla. A heroína tinha cinco amantes. Eu ficaria satisfeita com um, e você? Ela era muito bonita e passou por grandes atribulações. Ela desmaiava com muita facilidade. Eu adoraria ser capaz de desmaiar, e você, Marilla? É romântico demais. Mas, na verdade, sou muito saudável, sou apenas magra demais. Mas acho que estou engordando. Não acha que estou? Examino meus cotovelos todas as manhãs para ver se tem alguma covinha surgindo. Diana mandou fazer um vestido novo, com mangas que vão até os cotovelos, para usar no piquenique. Oh, espero que o tempo esteja bom na quarta-feira que vem. Não acho que poderia suportar a decepção caso acontecesse algo que me impedisse de ir ao piquenique. Presumo que eu sobreviveria, mas estou certa de que seria uma tristeza para toda a vida. Não me importaria se eu fosse a cem piqueniques depois desse, eles não compensariam o fato de eu ter perdido este piquenique específico. Eles vão levar barcos para o Lago das Águas Cintilantes... e sorvete, como lhe disse. Nunca comi sorvete. Diana tentou me explicar como era o sabor, mas acho que sorvete é uma das coisas que estão além da imaginação.

– Anne, você ficou falando sem parar por dez minutos contados no relógio – disse Marilla. – Agora, apenas por curiosidade, veja se consegue dobrar essa língua pelo mesmo período de tempo.

Anne dobrou a língua conforme desejado. Mas, durante todo o resto da semana, falou de piquenique, pensou em piquenique e sonhou com piquenique. No sábado, choveu, e ela ficou num tal estado de frenesi pensando que continuaria a chover até quarta-feira que Marilla a fez costurar um quadrado a mais na colcha de retalhos para acalmar os nervos da menina.

No domingo, Anne confidenciou a Marilla, no caminho de volta da igreja para casa, que de fato sentiu um calafrio de entusiasmo quando o pastor anunciou do púlpito o piquenique.

– Um calafrio enorme me percorreu a espinha de cima a baixo, Marilla! Não acho que até aquele momento eu acreditasse de verdade que o piquenique aconteceria. Não consegui evitar pensar que havia imaginado tudo. Mas, quando um pastor diz uma coisa no púlpito, você tem de acreditar nela.

– Você idealiza demais as coisas, Anne – comentou Marilla com um suspiro. – Receio que muitas decepções a aguardam ao longo da vida.

– Oh, Marilla, ansiar pelas coisas é metade do prazer proporcionado por elas – exclamou Anne. – Você pode até não conseguir essas coisas, mas nada a pode impedir de ter a diversão de ansiar por elas. A senhora Lynde diz: "Abençoados são aqueles que nada esperam, pois jamais se decepcionarão". Mas eu acho que seria pior não esperar por nada do que se decepcionar.

Marilla usou seu broche de ametista para ir à igreja, como de costume. Ela sempre usava seu broche de ametista quando ia à igreja. Teria achado um sacrilégio não usá-lo: um sacrilégio tão grave quanto esquecer a sua Bíblia ou os dez centavos para a coleta. Aquele broche de ametista era o bem que Marilla mais apreciava. Um tio marinheiro dera-o de presente à sua mãe, que, por sua vez, o deixou de herança para ela. Ele tinha um formato oval à moda antiga e continha uma mecha trançada do cabelo de sua mãe bordeada por finíssimas ametistas.

Marilla sabia muito pouco sobre pedras preciosas para se dar conta da alta qualidade que aquelas ametistas tinham, mas achava as pedras muito bonitas e sempre estava prazerosamente consciente do brilho violeta delas em seu pescoço, sobre o vestido bom de cetim marrom dela, apesar de não conseguir ver esse brilho.

Anne ficara arrebatada de prazerosa admiração quando viu aquele broche pela primeira vez.

– Oh, Marilla, é um broche perfeitamente elegante. Não sei como você consegue prestar atenção ao sermão ou às orações quando o está usando. Eu não conseguiria, sabe. Acho as ametistas simplesmente adoráveis. Elas são como eu costumava achar que eram os diamantes. Há muito tempo, antes de ter visto um diamante, li sobre eles e tentei imaginar como seriam. Pensei que eles eram adoráveis pedras cintilantes e roxas. Quando vi um diamante certo dia no anel de uma senhora, fiquei tão decepcionada que chorei. É claro que ele era muito adorável, mas não era aquela a ideia que eu fazia de um diamante. Você me deixa segurar o broche por um instante, Marilla? Você acha que as ametistas podem ser as almas das violetas bondosas?

A CONFISSÃO
DE ANNE

No fim da tarde da segunda-feira antes do piquenique, Marilla desceu do quarto com o rosto perturbado.

– Anne – disse ela àquela figurinha que estava descascando ervilhas sobre a mesa imaculada e cantando "Nelly no vale de aveleiras" com um vigor e uma expressividade que faziam valer os ensinamentos de Diana –, você por acaso viu o meu broche de ametista? Eu pensei que o tinha deixado preso ao alfineteiro quando voltei para casa da igreja ontem no fim da tarde, mas não o encontro em lugar nenhum.

– Eu... eu o vi hoje à tarde quando você estava na Associação de Caridade – disse Anne devagarinho. – Estava passando em frente à porta do seu quarto quando o vi no alfineteiro; então, eu entrei lá para olhar para ele.

– Você tocou nele? – disse Marilla com severidade.

– S-i-i-m – confessou Anne –, eu o peguei e prendi na altura do mcu peito só para ver como ia ficar.

– Você não tinha que ter feito nada disso. É muito errado uma menininha mexer em coisas que não são dela. Para princípio de conversa, você não deveria ter entrado no meu quarto e, em segundo lugar, você não deveria ter tocado em um broche que não lhe pertence. Onde você o deixou?

– Oh, deixei-o de volta na cômoda. Não fiquei com ele preso em mim nem um minuto inteiro. Sinceramente, não foi minha intenção remexer nas suas coisas, Marilla. Não pensei que seria tão errado assim entrar no quarto e experimentar o broche, mas agora vejo que é e jamais tornarei a fazer isso. Isso é uma coisa boa em relação a mim. Nunca faço a mesma malcriação duas vezes.

– Você não o devolveu – disse Marilla. – Aquele broche não está em canto nenhum da cômoda. Você o tirou dali ou fez algo do gênero, Anne.

– Mas eu devolvi – disse Anne rapidamente... com descaro, pensou Marilla. – Só não me lembro se o deixei preso ao alfineteiro ou se o coloquei na bandeja de porcelana. Mas estou perfeitamente certa de que o devolvi.

– Vou voltar e olhar de novo – falou Marilla, decidida a ser justa. – Se você o devolveu, o broche ainda está lá. Se não estiver, saberei que não o devolveu, simples assim!

Marilla foi para o seu quarto e fez uma busca minuciosa, não apenas sobre a cômoda, mas em qualquer outro lugar em que ela achou que o broche pudesse estar. Mas não o encontrou e voltou para a cozinha.

– Anne, o broche sumiu. Você mesma confessou que foi a última pessoa a manuseá-lo. Então, o que fez com ele? Diga-me a verdade imediatamente. Você tirou-o do alfineteiro e depois o perdeu?

– Não, não fiz isso – disse Anne em um tom solene, encarando diretamente o olhar fixo e furioso de Marilla. – Nunca levei o broche para fora do seu quarto, e esta é a verdade caso eu seja conduzida ao patíbulo por isso... apesar de eu não ter muita certeza sobre o que é um patíbulo. É isso, Marilla.

O "é isso" foi dito por Anne apenas com a intenção de enfatizar a sua afirmação, mas Marilla o interpretou como se a menina a estivesse desafiando.

– Acho que você está me falando uma falsidade, Anne – disse ela bruscamente. – Eu sei que está. Calma, não diga mais nada, a não ser que esteja preparada para falar toda a verdade. Vá para o seu quarto e fique lá até que esteja pronta para confessar.

– Devo levar as ervilhas comigo? – perguntou Anne com resignação.

– Não, eu mesma termino de descascá-las. Faça o que eu mandei.

Depois que Anne foi para o quarto, Marilla prosseguiu com seus afazeres do começo da noite em um estado mental deveras perturbado. Estava preocupada com seu valioso broche. E se Anne de fato o tinha perdido? E que perversidade da menina ao negar tê-lo pegado quando qualquer um poderia ver que ela devia mesmo ter feito isso! E ainda por cima fazendo aquela cara de inocente!

"Não sei o que eu preferiria que tivesse acontecido", pensou Marilla, enquanto descascava nervosamente as ervilhas. "É claro que não acho que ela teve a intenção de roubá-lo ou algo do gênero. Ela simplesmente pegou o broche para brincar ou para ajudar com aquela imaginação dela, isso está claro, pois não entrou vivalma naquele quarto desde que ela esteve lá, pelo que ela mesma contou, até que eu subisse lá esta noite. E o broche sumiu, quanto a isso não há dúvida. Presumo que ela o tenha perdido e não quer admitir por medo de ser castigada. É uma coisa terrível pensar que ela diga mentiras. É uma coisa muito pior do que o temperamento descontrolado dela. Ter em casa uma criança em quem não se confia é uma responsabilidade assustadora. Astúcia e falsidade... foi isso o que ela demonstrou. Declaro que me sinto pior em relação a isso do que em relação ao broche. Se pelo menos ela tivesse falado a verdade, eu não teria me importado tanto assim".

Durante todo o começo da noite, Marilla de quando em quando voltava ao seu quarto e procurava pelo broche, sem encontrá-lo. Uma visita ao frontão leste na hora de dormir não produziu frutos. Anne continuou negando saber qualquer coisa em relação ao broche, mas Marilla só ficou mais convencida ainda de que ela de fato sabia algo.

Na manhã seguinte, ela contou a história a Matthew. Matthew ficou confuso e intrigado; não era capaz de perder a fé em Anne tão facilmente, mas precisou admitir que as circunstâncias estavam contra ela.

– Você tem certeza de que ele não caiu atrás da cômoda? – foi a única sugestão que ele pôde oferecer.

– Tirei a cômoda do lugar, tirei dela todas as gavetas e olhei em cada canto e rachadura – foi a resposta afirmativa de Marilla. – O broche sumiu, e aquela garota o pegou e mentiu sobre isso. Esta é a verdade nua e crua, porém feia, Matthew Cuthbert, e é melhor que a encaremos.

– Bem, então, o que você vai fazer em relação a isso? – perguntou Matthew com tristeza, secretamente se sentindo agradecido por ser Marilla, e não ele, quem teria de lidar com a situação. Desta vez, não sentiu a menor vontade de se intrometer.

– Ela vai ficar no quarto até que confesse – disse Marilla secamente, lembrando-se do sucesso daquele método no caso anterior. – Depois, veremos. Talvez consigamos achar o broche se ela pelo menos nos disser para onde o levou; mas, de qualquer modo, ela precisará ser duramente castigada, Matthew.

– Bem, você precisará castigá-la – retrucou Matthew, tentando alcançar seu chapéu. – Lembre-se de que não tenho nada a ver com isso. Você mesma avisou que era para eu não me meter.

Marilla sentiu-se como se todos a tivessem abandonado. Não podia nem ir se aconselhar com a senhora Lynde. Ela subiu até o frontão leste com uma cara muito séria e saiu de lá com uma cara mais séria ainda. Anne recusou-se categoricamente a confessar. Insistiu em afirmar que não tinha pegado o broche. A criança evidentemente estivera chorando, e Marilla sentiu uma pontada de pena, a qual reprimiu com severidade. No fim da noite, ela estava, em suas próprias palavras, "derrotada".

– Você ficará neste quarto até confessar, Anne. Pode ir se acostumando – disse ela com firmeza.

– Mas o piquenique é amanhã, Marilla – Anne protestou chorando. – Você não vai me impedir de ir, vai? Vai me deixar sair só por essa tarde, não vai? *Depois*, eu fico aqui de bom grado por quanto tempo você quiser. Mas *tenho* de ir ao piquenique.

– Você não vai a piquenique ou a qualquer outro lugar até que confesse, Anne.

– Ai, Marilla – arquejou Anne.

Mas Marilla havia saído e fechado a porta.

A manhã de quarta-feira raiou brilhante e linda, como se tivesse sido encomendada especificamente para o piquenique. Pássaros cantavam em volta de Green Gables; as açucenas-brancas no jardim emanavam um perfume que entrava por todas as portas e janelas por meio de ventos invisíveis, que vadeavam por corredores e quartos como espíritos da bênção. As bétulas na ravina acenavam alegres, como se esperassem pela costumeira saudação matinal que Anne lhes fazia do frontão leste. Mas Anne não estava na janela. Quando Marilla levou o café da manhã para ela, encontrou a menina sentada de modo afetado na cama, pálida e resoluta, com lábios cerrados e olhos reluzentes.

– Marilla, estou pronta para confessar.

– Ah! – Marilla pousou a bandeja. Mais uma vez, seu método funcionara, mas o sucesso foi muito amargo para ela. – Então, deixe-me ouvir o que tem a dizer, Anne.

– Peguei o broche de ametista – disse Anne, como se repetisse uma lição decorada. – Peguei-o, assim como você disse. Não era minha intenção pegá-lo quando entrei no quarto. Mas ele de fato ficou tão bonito, Marilla, quando o prendi na altura do peito, que fui tomada por uma tentação irresistível. Imaginei como seria perfeitamente emocionante se eu o levasse para o Ócio Agreste e brincasse de fingir que era a Dama Cordelia Fitzgerald. Seria muito mais fácil imaginar que eu era a Dama Cordelia se estivesse usando um broche de ametista de verdade. Diana e eu fazemos colares com rosas mosquetas, mas o que são rosas mosquetas comparadas com ametistas? Então, peguei o broche. Pensei que podia devolvê-lo antes que você voltasse para casa. Dei a volta toda pela estrada para passar o tempo. Quando estava cruzando a ponte do Lago das Águas Cintilantes, tirei o broche para olhá-lo mais uma vez. Oh, como ele brilhava com a luz do sol! Então, enquanto estava debruçada sobre a ponte, ele escorregou dos meus dedos... assim... e caiu... caiu... caiu, todo roxo e brilhante, e afundou para sempre no Lago das Águas Cintilantes. E esta é a melhor confissão que posso fazer, Marilla.

Marilla sentiu a raiva ferver outra vez em seu coração. Aquela criança havia pegado e perdido o seu adorado broche de ametista, e agora estava sentada ali calmamente recitando os detalhes daquilo sem sequer aparentar sentir compunção ou arrependimento.

– Anne, isso é terrível – disse ela, tentando falar com calma. – Você é a menina mais malvada de que eu já ouvi falar.

– Sim, presumo que eu seja mesmo – concordou Anne tranquilamente. – E sei que terei de ser castigada. Será dever seu me castigar, Marilla. Pode por favor aplicar o castigo logo de uma vez, porque eu quero ir ao piquenique com a mente tranquila?

– Piquenique, oras! Hoje você não vai a piquenique nenhum, Anne Shirley. Este será o seu castigo. E olha que é um castigo leve, considerando o que você fez!

– Não ir ao piquenique! – Anne ficou de pé com um pulo e se agarrou à mão de Marilla. – Mas você *prometeu* para mim que eu podia! Oh, Marilla, eu tenho de ir ao piquenique. Foi por isso que confessei. Aplique-me qualquer outro castigo que não esse. Oh, Marilla, por favor, por favor, deixe-me ir ao piquenique. Pense só no sorvete! Você sabe que talvez eu jamais tenha outra chance de provar sorvete.

Impassível, Marilla se desvencilhou das mãos de Anne.

– Não adianta implorar, Anne. Você não vai ao piquenique, e ponto final. Não, nem mais uma palavra.

Anne deu-se conta de que Marilla não cederia. Ela entrelaçou as mãos, deu um gritinho lancinante e depois se jogou na cama, afundando nela o rosto, chorando e se debatendo, entregando-se completamente à decepção e ao desespero.

– Por amor a esta terra! – arquejou Marilla, apressando-se para sair do quarto. – Acho que essa criança é doida. Nenhuma criança boa da cabeça se comportaria desse jeito. Se não for louca, é completamente perversa. Ai, minha nossa, receio que Rachel tinha razão desde o começo. Mas coloquei a minha mão no arado e não olharei para trás[15].

---

15 Alusão a Lucas, 9:62: "Ninguém que põe a mão no arado e olha para trás é apto para o Reino de Deus". (N. T.)

Aquela foi uma manhã lúgubre. Marilla trabalhou ferozmente, e esfregou o chão do pórtico e as prateleiras de laticínios quando não encontrou nada mais para fazer. As prateleiras e o pórtico não estavam precisando de uma limpeza, mas Marilla os limpou mesmo assim. Depois, saiu e passou o ancinho no quintal para recolher as folhas caídas.

Quando o almoço ficou pronto, ela foi até o pé da escada e chamou Anne. Um rosto molhado de lágrimas surgiu, olhando de modo trágico por sobre a balaustrada.

– Desça para almoçar, Anne.

– Não quero almoço nenhum, Marilla – disse Anne entre soluços. – Eu não seria capaz de comer nada. Estou de coração partido. Algum dia você vai sentir remorso na consciência, espero eu, por me partir o coração, Marilla, mas lhe perdoo. Quando chegar a hora, lembre-se de que lhe perdoo. Mas por favor não me peça para comer nada, principalmente porco cozido com verduras. Porco cozido com verduras não é nada romântico quando se está aflita.

Exasperada, Marilla voltou para a cozinha e contou a história triste para Matthew, que, dividido entre seu senso de justeza e sua simpatia desarrazoada por Anne, estava bastante infeliz.

– Bem, ela não devia ter pegado o broche, Marilla, ou ter inventado histórias sobre isso – admitiu ele, examinando tristemente seu prato cheio de porco e verduras nada românticos como se ele, assim como Anne, achasse que aquela comida não era apropriada para crises nervosas –, mas ela é tão miudinha... uma coisinha muito interessante. Você não acha que é severidade demais não a deixar ir ao piquenique logo agora que ela está tão ansiosa para ir?

– Matthew Cuthbert, estou perplexa com você. Acho que apliquei nela um castigo leve demais. E ela não parece se dar conta da gravidade do que fez, e isso é o que mais me preocupa. Se ela de fato se sentisse arrependida, as coisas não seriam tão ruins assim. E você tampouco parece se dar conta disso, você inventa para si mesmo desculpas para ela o tempo todo: posso perceber isso.

– Ora, mas ela é tão miudinha – repetiu fracamente Matthew. – E temos que relevar certas coisas, Marilla. Você sabe que ela nunca teve uma educação de verdade.

– Bem, pois está tendo agora – replicou Marilla.

A réplica deixou Matthew calado, como se não estivesse convencido. Aquele almoço foi uma refeição muito lúgubre. A única coisa alegre ali era Jerry Buote, o menino contratado, e Marilla se ressentiu da alegria dele como se ela fosse um insulto pessoal.

Depois que a louça estava lavada, o pão estava pronto e as galinhas, alimentadas, Marilla se lembrou de que vira um pequeno rasgo em seu melhor xale de renda preta quando o tirara na tarde de segunda-feira depois que voltara da Associação de Caridade.

Ela iria costurá-lo. O xale ficava em uma caixa dentro do baú dela. Enquanto Marilla tirava a caixa dali, a luz do sol, atravessando as trepadeiras que se aglomeravam em volta da janela, bateu em alguma coisa presa no xale: uma coisa que brilhava e cintilava em facetas de luz violeta. Marilla agarrou aquilo com um arquejo. Era o broche de ametista, preso a um fio da renda pelo gancho!

– Minha nossa – disse Marilla com um olhar perdido –, o que significa isso? Eis aqui o meu broche são e salvo, aquele que pensei que estava no fundo do lago dos Barrys. Qual era a intenção daquela garota quando disse que o pegara e o perdera? Declaro que creio que Green Gables foi enfeitiçado. Lembro agora que, quando tirei o xale na segunda-feira, deixei-o sobre a cômoda por um instante. Presumo que de algum modo o broche tenha ficado preso a ele. Ora!

Marilla dirigiu-se ao frontão leste com o broche na mão. Anne chorara tanto que já não tinha lágrimas, e estava sentada arrasada perto da janela.

– Anne Shirley – disse Marilla solenemente –, acabei de encontrar meu broche preso ao meu xale de renda preta. Agora, quero saber o que significou aquele imbróglio que você me contou esta manhã.

– Ora, você disse que eu ficaria aqui no quarto até que confessasse – respondeu Anne de modo cansado –, então decidi confessar, pois eu precisava ir ao piquenique de qualquer jeito. Ontem à noite bolei uma confissão depois que me deitei, e tornei-a tão interessante quanto pude. E a repeti várias vezes para que não a esquecesse. Mas, no fim das contas, você não me deixou ir ao piquenique; então, meus esforços foram em vão.

Marilla teve de rir contra a própria vontade. Mas sua consciência a incomodava.

– Anne, você é impressionante! Mas eu estava errada, e percebo isso agora. Não deveria ter duvidado da sua palavra, uma vez que nunca a vi contar mentiras. É claro que não foi correto você ter confessado ter feito algo que não fez; isso foi muito errado da sua parte. Mas fui eu quem lhe levou a fazer isso. Então, se me perdoar, Anne, eu lhe perdoo, e podemos ficar quites. E agora, apronte-se para o piquenique.

Anne voou feito um rojão.

– Oh, Marilla, não é tarde demais?

– Não, ainda são só duas da tarde. Eles ainda devem estar reunindo todos, e ainda falta uma hora até que sirvam o chá. Lave o rosto, escove o cabelo e ponha seu vestido de guingão. Tem bastante comida assada na cozinha. E vou mandar o Jerry preparar a égua alazã e levar você até o piquenique.

– Oh, Marilla – exclamou Anne, voando até o lavabo. – Há cinco minutos eu estava tão triste que desejava jamais ter nascido, e agora não trocaria de lugar com um anjo!

Naquela noite, uma Anne completamente feliz e totalmente exausta voltou para Green Gables em um estado de beatificação difícil de descrever.

– Oh, Marilla, passei uma tarde perfeitamente deleitante. Deleitante é uma palavra nova que aprendi hoje. Ouvi Mary Alice Bell usá-la. Não é uma palavra expressiva demais? Tudo foi adorável. Tivemos um chá esplêndido, e depois o senhor Harmon Andrews levou todos para remar no Lago das Águas Cintilantes. E Jane Andrews quase caiu do barco. Ela estava debruçada para colher ninfeias, e, se o senhor Andrews não a tivesse agarrado pela faixa do vestido bem a tempo, ela teria caído e provavelmente se afogado. Queria que tivesse sido eu. Seria uma experiência romântica demais ter quase se afogado. Seria uma história muito emocionante para contar depois. E comemos o sorvete. Palavras me escapam para descrever aquele sorvete. Marilla, garanto-lhe que estava sublime.

Naquele começo de noite, Marilla contou a história toda a Matthew enquanto mexia em sua cesta de meias-calças.

– Estou disposta a reconhecer que cometi um erro – concluiu ela candidamente –, mas aprendi uma lição. Tenho de rir quando penso na "confissão" de Anne, apesar de achar que não deveria, pois de fato se tratou de uma falsidade. Mas, de algum modo, não me parece tão ruim quanto teria sido a outra possibilidade, e, de qualquer jeito, fui a responsável por isso. Em certos aspectos, aquela criança é difícil de entender. Mas acho que no fim das contas ficará tudo bem. E uma coisa é certa: nenhuma casa em que ela more jamais será monótona.

UMA TEMPESTADE NO COPO D'ÁGUA DA ESCOLA

– Que dia esplêndido! – exclamou Anne, respirando bem fundo. – Não é bom simplesmente estar vivo em um dia como este? Sinto pena de quem ainda não nasceu por estar perdendo isso. Elas podem até viver dias bons, mas jamais viverão um dia como este. E é mais esplêndido ainda ter um caminho tão adorável assim para ir até a escola, não é?

– É bem mais bonito do que dar a volta pela estrada; aquele caminho é quente e cheio de poeira – disse Diana de modo prático, espiando na cesta em que ela levava o almoço e calculando mentalmente quantas mordidas cada uma poderia dar se as três suculentas e apetitosas tortinhas de framboesa dispostas ali fossem divididas entre dez meninas.

As garotinhas da escola de Avonlea sempre compartilhavam seus almoços, e comer três tortinhas de framboesa sozinha, ou até mesmo dividi-las somente com a sua melhor amiga, teria garantido a quem fizesse isso a pecha eterna de garotinha "muito má". Ainda assim, quando as tortinhas eram divididas entre dez meninas, acabava-se comendo o bastante apenas para deixar a pessoa tentada a comer mais.

O caminho pelo qual Anne e Diana iam para a escola *era* de fato bonito. Anne pensou que essas caminhadas de ida e volta da escola com Diana não podiam ser melhorados nem pela imaginação. Dar a volta e pegar a estrada principal teria sido nada romântico, mas percorrer a Trilha dos Amantes e Salixina e o Vale das Violetas e a Trilha das Bétulas era definitivamente romântico.

A Trilha dos Amantes começava sob o pomar de Green Gables e se estendia pela mata até o final da fazenda dos Cuthberts. Era por esse caminho que as vacas eram levadas para o pasto dos fundos, e a lenha era levada para casa no inverno. Anne dera o nome de Trilha dos Amantes antes de completar um mês que estava em Green Gables.

– Não que amantes de fato caminhem por aqui – explicou ela para Marilla –, mas Diana e eu estamos lendo um livro perfeitamente magnífico, e nele tem uma Trilha dos Amantes. Então, nós também queremos uma. E é um nome muito lindo, não acha? Que romântico! Não podemos imaginar os amantes nela, sabe. Gosto daquela trilha porque nela você pode pensar em voz alta sem que as pessoas a chamem de maluca.

Anne, partindo sozinha de manhã, descia a Trilha dos Amantes até chegar ao riacho. Nesse ponto, Diana encontrava com ela, e as duas menininhas subiam a trilha sob o arco frondoso das copas dos bordos – "bordos são árvores muito sociáveis", dizia Anne. "Estão sempre farfalhando e sussurrando para você", até que chegavam a uma ponte rústica. Em seguida, saíam da trilha e caminhavam pelo campo dos fundos da casa do senhor Barry, passando por Salixina. Depois de Salixina chegava o Vale das Violetas: uma pequena depressão verdejante sob as sombras do grande bosque do senhor Andrew Bell.

– E claro que agora não há violetas lá – contara Anne para Marilla –, mas a Diana diz que na primavera há milhões. Oh, Marilla, você não consegue simplesmente imaginar que as vê? Isso de fato me deixa sem fôlego. Dei-lhe o nome de Vale das Violetas. Diana diz que nunca viu alguém que pudesse me superar quanto a dar nomes elegantes para os lugares. É bom ser talentosa em alguma coisa, não é? Mas foi Diana quem deu o nome da Trilha das Bétulas. Ela queria, então deixei, mas estou certa de que eu poderia ter pensado em algo mais poético do que simplesmente Trilha das Bétulas. Qualquer um consegue pensar em um nome desses. Mas a Trilha das Bétulas é um dos lugares mais bonitos do mundo, Marilla.

E de fato era. Outras pessoas além de Anne tinham a mesma opinião quando se deparavam com a trilha. Ela era um tanto estreita e sinuosa, e serpenteava para baixo de um monte alto e cruzava o bosque do senhor Bell, onde a luz chegava filtrada por tantas folhas verde-esmeralda que era tão imaculada quanto o centro de um diamante. Ela era ladeada por toda a sua extensão por bétulas jovens e finas, de troncos brancos e galhos flexíveis; samambaias e trientales e lírios-do-vale e tufos escarlate de ervas-dos-carpinteiros cresciam em abundância ao longo dela; e o ar ali era sempre aromático, e sempre havia o canto dos pássaros e o murmúrio e a risada de instrumentos de sopro de madeira nas árvores acima. De vez em quando, via-se um coelho saltitar pelo caminho caso se ficasse em silêncio, o que, no caso de Anne e Diana, acontecia de modo bissexto. Na parte de baixo, no vale, a trilha dava na estrada principal, e, depois, bastava subir o monte das píceas para chegar à escola.

A escola de Avonlea era um prédio pintado de cal, com beirais baixos e largas janelas, mobiliado do lado de dentro com sólidas e cômodas carteiras à moda antiga cuja mesa se abria e fechava, e nelas estavam entalhados os garranchos e as iniciais de três gerações de alunos. A escola ficava afastada da estrada, e atrás dela havia um penumbroso bosque de abetos e um riacho no qual todas as crianças deixavam as suas garrafas de leite de manhã, para que o leite permanecesse frio e doce até a hora do almoço.

Marilla vira Anne sair para a escola no primeiro dia de setembro com muitas apreensões secretas. Anne era uma menina estranha demais. Como se relacionaria com as outras crianças? E como seria possível que ela conseguisse dobrar a língua durante as aulas?

No entanto, as coisas se saíram melhor do que Marilla temia. Anne voltou muito animada para casa no fim daquela tarde.

– Acho que vou gostar dessa escola – anunciou ela. – Só não gostei muito do professor. Ele fica o tempo todo enrolando o bigode e lançando olhares para Prissy Andrews. Prissy já é crescida, sabe. Ela tem dezesseis anos, e está estudando para a prova de seleção para a Queen's Academy em Charlottetown no ano que vem. Tillie Boulter diz que ele está *caidinho* por ela. Ela tem uma pele linda, e cabelos morenos cacheados que ela arruma de modo muito elegante. Ela senta na cadeira comprida dos fundos da sala, e ele também fica sentado lá quase o tempo todo... para explicar as lições para ela, é o que ele diz. Mas Ruby Gillis diz que o viu escrever alguma coisa na lousa[16] dela, e, quando Prissy leu aquilo, ficou corada feito beterraba, e deu risadinhas; e Ruby Gillis diz que não acredita que aquilo tivesse alguma relação com a lição.

– Anne Shirley, não me deixe tornar a escutar você falar sobre o seu professor desse jeito – disse Marilla com severidade. – Você não frequenta a escola para criticar o professor. Imagino que ele seja capaz de *lhe* ensinar alguma coisa, e é seu dever aprender. E quero que você entenda de saída que não deve voltar para casa contando fofocas sobre ele. Isso é algo que não vou estimular. Espero que tenha se comportado.

– Comportei-me sim – disse Anne confortavelmente. – E não foi tão difícil quanto talvez você esteja imaginando. Sentei-me com Diana. Nossa cadeira fica ao lado da janela, e podemos ver dela o Lago das Águas Cintilantes. Há muitas meninas simpáticas na escola, e foi deleitante brincar com elas na hora do almoço. É bom demais ter tantas menininhas assim com quem brincar. Mas é claro que gosto mais da Diana, e sempre gostarei. Eu *adoro* a Diana. E estou terrivelmente atrasada nas matérias em relação às outras meninas. Elas estão todas no quinto livro, e ainda estou no quarto. Isso é um tanto vergonhoso. Mas nenhuma delas tem uma imaginação como a minha, e isso descobri logo. Hoje tivemos aula de leitura e de geografia e de história do Canadá e um ditado. O senhor Phillips disse que eu escrevia terrivelmente, e ergueu a minha lousa cheia de correções para que todos vissem. Fiquei mortificada, Marilla, acho que ele deveria ter sido mais educado com uma desconhecida. Ruby Gillis deu-me uma maçã, e Sophia Sloane emprestou-me um adorável cartão de visita rosa no qual estava escrito "Posso lhe fazer uma visita?". Tenho que devolvê-lo a ela amanhã.

---

16 Até as primeiras décadas do século XX, os alunos não levavam lápis e caderno para a escola, mas um pequeno quadro-negro e pedras de escrever, o que significava que tinham que copiar o que o professor passava e depois memorizar aquilo, pois a lousa seria apagada e usada por cada um na aula seguinte. Só a partir de 1920, com o crescimento da produção de papel, é que os cadernos começaram a substituir as lousas individuais. (N. T.)

E Tillie Boulter deixou-me usar seu anel de contas durante toda a tarde. Posso pegar algumas daquelas contas de madrepérola do alfineteiro velho que fica na mansarda para fazer um anel para mim? E, oh, Marilla, Jane Andrews disse-me que Minnie MacPherson disse a ela que ouviu Prissy Andrews contar a Sara Gillis que eu tinha um nariz muito bonito. Marilla, esse foi o primeiro elogio que recebi na vida, e você não pode imaginar a sensação estranha que isso me deu. Marilla, tenho mesmo um nariz bonito? Sei que você vai me dizer a verdade.

– Seu nariz é normal – disse Marilla, de modo curto e grosso. Secretamente, ela achava que o nariz de Anne era excepcionalmente bonito; mas não tinha a menor intenção de revelar isso à menina.

Isso acontecera há três semanas, e tudo correra muito bem até então. E agora, nesta fria manhã de setembro, Anne e Diana desciam despreocupadamente a Trilha das Bétulas, e eram duas das mais felizes menininhas de Avonlea.

– Acho que Gilbert Blythe vai à escola hoje – disse Diana. – Ele passou o verão visitando seus primos em New Brunswick, e só voltou para casa sábado à noite. Ele é *muito* bonito, Anne. E provoca terrivelmente as meninas. Ele simplesmente nos atormenta a vida.

A voz de Diana indicava que ela gostava bastante de ter sua vida atormentada daquele modo.

– Gilbert Blythe? – disse Anne. – Não é este o nome que está escrito na parede do pórtico junto com o de Julia Bell, com um enorme "Aviso" escrito em cima?

– Sim – respondeu Diana, jogando a cabeça para um lado –, mas tenho certeza de que ele não gosta tanto assim da Julia Bell. Ouvi ele dizer que aprendeu a tabuada de multiplicação com as sardas dela.

– Oh, não fale comigo sobre sardas – implorou Anne. – É uma indelicadeza fazer isso quando tenho tantas. Mas acho que escrever avisos na parede sobre meninos e meninas é a maior bobeira que há. Queria ver alguém ter a ousadia de escrever o meu nome junto com o de algum garoto. Mas é claro – acrescentou ela rapidamente – que ninguém faria isso.

Anne suspirou. Ela não queria que seu nome fosse escrito na parede. Mas era um tanto humilhante saber que não havia o menor risco de isso acontecer.

– Que besteira – replicou Diana, cujos olhos negros e cachos lustrosos já tinham causado tanto rebuliço nos corações dos garotos da escola de Avonlea que seu nome já tinha aparecido nas paredes do pórtico e em mais de meia dúzia de avisos. – Isso é para ser uma brincadeira. E não tenha tanta certeza assim de que seu nome jamais será escrito. Charlie Sloane está *caidinho* por você. Ele contou para a mãe, para a *mãe* dele, preste atenção, que você era a menina mais inteligente da escola. E isso é melhor do que ser bonita.

– Não é nada – retrucou Anne, feminina até o âmago. – Eu preferiria ser bonita a ser esperta. E odeio Charlie Sloane, não suporto meninos de olhar embasbacado. Se alguém escrevesse o meu nome junto com o dele, eu jamais *superaria* isso, Diana Barry. Mas é bom ser a melhor aluna da classe.

– Gilbert estará na mesma sala que você depois desta aula – comentou Diana –, e ele está acostumado a ser o melhor aluno da classe dele, posso lhe garantir. Apesar de ter quase catorze anos, ainda está no quarto livro. Há quatro anos, o pai dele ficou doente e precisou ir para Alberta tratar da saúde, e Gilbert foi junto. Eles ficaram três anos lá, e Gil quase não foi à escola até que voltassem. Depois desta aula, você vai ter mais dificuldade em ser a melhor aluna da classe, Anne.

– Fico feliz – disse Anne rapidamente. – Eu de fato não podia me orgulhar muito de ser a melhor aluna entre meninos e meninas de apenas nove ou dez anos. Ontem me levantei soletrando "efervescência". Josie Pye era quem estava indo melhor no ditado, mas, dito isto, ela tirou cola do livro. O senhor Phillips não reparou, pois ele estava olhando para Prissy Andrews, mas eu reparei. Simplesmente lancei para ela um olhar gélido de desprezo, e ela ficou corada feito beterraba e acabou soletrando a palavra errado no fim das contas.

– Essas meninas da família Pye são todas umas trapaceiras – disse indignada Diana, à medida que escalavam a cerca da estrada principal.

– Gertie Pye de fato foi e colocou a garrafa de leite dela no meu lugar no riacho ontem. Onde já se viu isso? Agora estou de mal com ela.

Quando o senhor Phillips estava nos fundos da sala tomando a lição de Latim de Prissy Andrews, Diana sussurrou para Anne:

– Aquele sentado do outro lado desta fileira, na sua direção, é Gilbert Blythe, Anne. Olhe só para ele e veja se não o acha bonito.

Nesta conformidade, Anne olhou. E teve uma boa oportunidade de fazê-lo, pois o tal Gilbert Blythe estava absorto tentando furtivamente prender com um alfinete a longa trança loura de Ruby Gillis, que estava sentada em frente a ele, ao encosto do assento dela. Ele era um menino alto, de cabelo castanho cacheado, travessos olhos castanho-esverdeados e uma boca curvada em um sorriso provocante. Naquele momento, Ruby Gillis começou a se levantar para mostrar um exercício de matemática para o professor; ela caiu de volta na cadeira com um gritinho, achando que seus cabelos haviam sido arrancados pela raiz. Todos olharam para ela, e o senhor Phillips lançou-lhe um olhar tão fulminante e severo que Ruby começou a chorar. Gilbert escondera o alfinete, e estudava a história com o rosto mais sóbrio do mundo, mas quando a comoção terminou, ele olhou para Anne e deu uma piscadela com indescritível pilhéria.

– Acho que seu querido Gilbert Blythe *é* bonito – confidenciou Anne para Diana –, mas acho-o ousado demais. Não é de bom-tom ficar dando piscadelas para uma menina desconhecida.

Mas foi somente naquela tarde que as coisas realmente começaram a acontecer.

O senhor Phillips estava de volta ao canto da sala explicando um problema de álgebra para Prissy Andrews, e os outros alunos estavam fazendo praticamente o que lhes dava na telha: comiam maçãs verdes, cochichavam, desenhavam em suas lousas, brincavam com grilos presos em barbantes e subiam e desciam as fileiras entre as carteiras. Gilbert Blythe estava tentando fazer com que Anne Shirley olhasse para ele, e fracassava retumbantemente, porque naquele momento Anne ignorava não só a própria existência de Gilbert Blythe, como também a de todos os outros alunos na escola de Avonlea. Com o queixo apoiado nas mãos e os olhos fixos no vislumbre azul do Lago das Águas Cintilantes que a janela oeste proporcionava, ela estava distante, em um mundo onírico, vendo e ouvindo nada além das próprias visões maravilhosas.

Gilbert Blythe não estava acostumado a se dar o trabalho de fazer com que uma garota olhasse para ele e fracassar nisso. Ela *deveria* olhar para ele, aquela tal de Shirley, ruiva e com o queixinho pontudo e os olhos grandes que não eram como os olhos de nenhuma outra garota na escola de Avonlea.

Gilbert estendeu o braço, pegou a ponta da longa trança vermelha de Anne, segurou-a bem alto, e disse em um sussurro bem agudo:

– Cenouras! Cenouras!

Então, Anne lançou um olhar fulminante para ele!

Ela fez mais do que olhar. Levantou-se com um pulo, pois seus devaneios vívidos haviam sido completamente arruinados. Ela lançou um olhar de indignação para Gilbert com olhos cuja centelha de raiva foi rapidamente apagada por lágrimas de semelhante raiva.

– Seu garoto mau e detestável! – exclamou ela intensamente. – Como ousa?!

E então... *pou!* Anne batera com sua lousa na cabeça de Gilbert e a quebrara, a lousa, e não a cabeça, ao meio.

A escola de Avonlea sempre gostava de um escândalo. E este era um especialmente divertido. Todos disseram "Oh" com um deleite horrorizado. Diana arquejou. Ruby Gillis, que tinha certa inclinação pela histeria, começou a chorar. Tommy Sloane deixou seu bando de grilos escapar completamente enquanto olhava boquiaberto para a cena.

O senhor Phillips desceu a fileira entre as carteiras furioso e pousou a mão pesada no ombro de Anne.

– Anne Shirley, o que significa isso? – disse ele com raiva. Anne não respondeu. Esperar que ela falasse diante de toda a escola que fora chamada de "cenouras" era pedir demais. Foi Gilbert quem falou com firmeza.

– A culpa foi minha, senhor Phillips. Eu impliquei com ela.

O senhor Phillips não deu ouvidos a Gilbert.

– Lamento muito ver uma aluna minha demonstrar tal temperamento e espírito vingativo – falou ele em tom solene, como se o simples fato de ser aluno dele fosse capaz de remover de vez todos os desejos perversos dos corações de pequenos e imperfeitos mortais. – Anne, vá e fique de pé no tablado em frente ao quadro-negro pelo resto da tarde.

Anne teria preferido levar chibatadas a este castigo perante o qual o seu espírito sensível tremia como se de fato levasse chibatadas. Com o rosto lívido e retesado, ela obedeceu. O senhor Phillips pegou um giz e escreveu no quadro-negro bem acima da cabeça dela.

"Ann Shirley tem um temperamento ruim. Ann Shirley precisa aprender a controlar seu temperamento", e depois leu isso em voz alta para que até as crianças da classe de alfabetização, que ainda não sabiam ler, conseguissem entender.

Anne ficou de pé ali pelo resto da tarde com aquela legenda acima da cabeça. Ela não chorou ou abaixou a cabeça. A raiva ainda fervia em seu coração, e foi isso que a fez suportar a agonia de sua humilhação. Com olhos ressentidos e bochechas coradas de ódio, ela encarou da mesma maneira o olhar solidário de Diana e as balançadas de cabeça indignadas de Charlie Sloane e os sorrisos maliciosos de Josie Pye. Quanto a Gilbert Blythe, ela sequer olhava para ele. Ela *jamais* tornaria a olhar para ele! Jamais dirigiria a palavra a ele!

Quando a aula terminou, Anne marchou para fora com sua cabeça vermelha erguida. Gilbert Blythe tentou interceptá-la na entrada do pórtico.

– Lamento muito ter zombado do seu cabelo, Anne – sussurrou ele com arrependimento. – Sinceramente. Não fique com raiva para sempre.

Anne passou por ele com desdém, sem olhar ou dar sinal de que o ouvira.

– Oh, como você foi capaz, Anne? – sussurrou Diana um tanto em tom de reprimenda, um tanto em tom de admiração, à medida que desciam a estrada. Diana achava que *ela mesma* jamais teria resistido à súplica de Gilbert.

– Jamais perdoarei Gilbert Blythe – disse Anne com firmeza. – E o senhor Phillips ainda por cima escreveu o meu nome sem o "e". Minha alma está aferrada, Diana.

Diana não fazia a menor ideia do que Anne queria dizer, mas entendeu que se tratava de algo terrível.

– Não se importe com o fato de Gilbert zombar do seu cabelo – disse ela em tom reconfortante. – Ora, ele zomba de todas as meninas. Ele ri do meu cabelo porque é muito preto. Ele já me chamou de corvo várias vezes; e nunca o vi pedir desculpas por nada.

– É muito diferente ser chamada de corvo do que ser chamada de cenouras – retrucou Anne em tom solene. – Gilbert Blythe feriu meus sentimentos de modo *excruciante*, Diana.

É provável que o assunto terminasse sem mais excruciação caso nada mais tivesse acontecido. Mas, quando as coisas começam a acontecer, elas tendem a continuar.

Com frequência, os alunos de Avonlea passavam a hora do almoço catando goma no arvoredo de píceas do senhor Bell, que ficava depois do morro e da grande pastagem dele. Dali, ficavam de olho na casa de Eben Wright, onde ficava hospedado o professor. Quando viam o senhor Phillips sair de lá, corriam de volta para a escola, mas, com a distância sendo três vezes mais longa do que pela trilha da casa do senhor Wright, eles provavelmente chegariam na escola, sem fôlego e arquejando, cerca de três minutos tarde demais.

No dia seguinte, o senhor Phillips foi tomado por um de seus ataques espasmódicos por reformas, e anunciou, antes de ir para casa almoçar, que esperava encontrar todos os alunos em seus assentos quando voltasse. Quem chegasse atrasado seria castigado.

Todos os garotos e algumas das garotas foram para o arvoredo de píceas do senhor Bell, como de costume, com a intenção de ficar ali apenas o bastante para "dar uma mascada". Mas arvoredos de píceas são sedutores, e globos amarelos de goma, encantadores; eles cataram goma, vadiaram e se espalharam pelo lugar; e, como de costume, a primeira coisa que os fez perceber que o tempo havia voado foi Jimmy Glover gritando "O professor está vindo" do alto de uma velha e imponente pícea.

As garotas que estavam no chão saíram correndo primeiro e conseguiram chegar na escola a tempo, mas sem um segundo de sobra. Os garotos, que haviam descido das árvores apressados, chegaram mais tarde; e Anne, que não estivera catando goma, mas estava andando a esmo alegremente na ponta distante do arvoredo, em meio às samambaias que chegavam à altura de sua cintura, cantando suavemente sozinha, com uma coroa de fritilárias no cabelo como se fosse uma divindade silvestre da penumbra, foi quem chegou mais tarde do que todos. No entanto, Anne podia correr como um cervo; e correr foi o que ela fez, e o resultado de sua travessura foi que chegou à porta logo antes dos garotos, e foi varrida para dentro dela com eles bem quando o senhor Phillips estava pendurando seu chapéu.

A breve vontade de reformas do senhor Phillips havia se esgotado; ele não queria o incômodo de ter de castigar uma dezena de alunos; mas era preciso fazer alguma coisa para que sua palavra não fosse desmoralizada, então ele olhou à sua volta em busca de um bode expiatório, e o encontrou em Anne, que se jogara em seu assento, ofegante, com uma esquecida coroa de fritilárias torta na cabeça, que lhe dava uma aparência particularmente libertina e desgrenhada.

– Anne Shirley, como você parece gostar muito da companhia dos meninos, vamos satisfazer o seu gosto esta tarde – disse ele com sarcasmo. – Tire essas flores do cabelo e vá se sentar com Gilbert Blythe.

Os outros garotos deram risadinhas. Diana, ficando lívida de pena, arrancou a coroa da cabeça de Anne e apertou a mão dela. Anne encarou o professor como se tivesse virado pedra.

– Você ouviu o que eu disse, Anne? – indagou com severidade o senhor Phillips.

– Sim, senhor – disse Anne devagar –, mas não achei que o senhor estivesse de fato falando sério.

– Garanto-lhe que sim – retrucou ele ainda com aquela entonação de sarcasmo que todas as crianças, e Anne em especial, detestavam. Aquela entonação tocava na ferida. – Obedeça-me já.

Por um instante, Anne pareceu ter a intenção de querer desobedecer. Depois, percebendo que não havia saída, levantou-se altivamente, marchou pela fileira entre as carteiras, sentou-se ao lado de Gilbert Blythe e afundou a cabeça entre os braços na carteira. Ruby Gillis, que vislumbrara o rosto dela se abaixando, disse aos outros na volta da escola que ela "de fato jamais vira nada como aquilo: era branco demais, e salpicado de manchinhas vermelhas horríveis".

Para Anne, aquilo era o fim de tudo. Já era muito ruim ter sido escolhida como culpada e castigada quando havia uma dúzia de outras crianças tão culpadas quanto ela; e era pior ainda que lhe tivessem mandado se sentar com um menino, mas que esse menino fosse Gilbert Blythe era colocar sal na ferida em um nível insuportável. Anne sentiu que não poderia suportar aquilo, e que não adiantava nem tentar. Seu corpo todo fervia de vergonha, raiva e humilhação.

A princípio, os outros alunos olharam, cochicharam, deram risadinhas e se cutucaram. Mas, como Anne jamais ergueu a cabeça e Gilbert ficou estudando frações como se toda a alma dele estivesse absorta nelas e apenas nelas, os outros alunos logo retornaram às suas tarefas, e Anne foi esquecida. Quando o senhor Phillips anunciou o fim da aula de história, Anne deveria ter ido embora, mas não se mexeu, e o senhor Phillips, que estivera escrevendo alguns versos "Para Prissy" antes de decretar o fim da aula, ainda estava procurando uma rima obstinada, e não percebeu. Em um momento em que ninguém estava olhando, Gilbert tirou de dentro de sua carteira um docinho rosa em forma de coração em que estava escrito "Você é doce" em dourado e colocou-o sob a curva do braço de Anne. Com isso, Anne levantou a cabeça, pegou o coração rosa cautelosamente com a ponta dos dedos, jogou-o no chão, pulverizou-o com o calcanhar e voltou à sua posição sem nem mesmo se dignar a olhar de relance para Gilbert.

Quando acabaram as aulas, Anne marchou para sua carteira e ostentosamente pegou tudo que havia dentro dela: livros e tábua de escrever, caneta e tinta, testamento e aritmética, e empilhou tudo organizadamente sobre sua lousa partida.

– Para que vai levar todas essas coisas para casa, Anne? – Diana quis saber assim que chegaram à estrada. Ela não se atrevera a fazer a pergunta antes disso.

– Não vou mais voltar para a escola – disse Anne.

Diana arquejou e fixou o olhar em Anne para ver se ela estava falando sério.

– E a Marilla vai deixar você ficar em casa? – indagou ela.

– Ela vai ter que deixar – retrucou Anne. – *Jamais* voltarei para a escola daquele homem.

– Oh, Anne! – Diana parecia estar prestes a chorar. – De fato acho você muito malvada. O que eu vou fazer então? O senhor Phillips vai me obrigar a sentar com aquela horrorosa da Gertie Pye... sei que vai, porque ela está sentada sozinha. Por favor, volte, Anne.

– Eu faria praticamente qualquer coisa no mundo por você, Diana – disse Anne com tristeza. – Deixaria que me esquartejassem se isso fosse lhe trazer algum bem. Mas não posso fazer isto, então não me peça para fazê-lo. Você me está destroçando a alma.

– Pense só em toda a diversão que você vai perder – comentou Diana com pesar. – Vamos construir a casinha nova mais adorável perto do riacho; e vamos jogar bola na semana que vem, e você nunca jogou bola, Anne. É tremendamente entusiasmante. E vamos aprender uma canção nova... a Jane Andrews está ensaiando a canção agora, e Alice Andrews vai trazer um novo livro da Pansy[17] semana que vem, e vamos todos lê-lo em voz alta na beira do riacho. E você sabe que gosta muito de ler em voz alta, Anne.

Nada disso fez Anne mudar de opinião. Ela estava decidida. Jamais voltaria à escola para ter aulas com o senhor Phillips. Quando chegou em casa, ela disse isso a Marilla.

– Que disparate, Anne – disse Marilla.

– Não é disparate nenhum – retrucou Anne, olhando fixamente para Marilla com olhos solenes e reprovadores. – Você não está entendendo, Marilla? Fui insultada.

---

17 Pseudônimo de Isabella Macdonald Alden, autora americana de livros e periódicos de cunho cristão, como semanário infantojuvenil que saía aos domingos. (N. T.)

– Que insulto que nada! Amanhã você vai para a escola normalmente.

– Ah, não. – Anne balançou de leve a cabeça em negativa. – Não vou voltar, Marilla. Vou aprender as lições em casa, e me comportar da melhor maneira possível, e dobrar a minha língua o tempo todo, caso isso sequer seja possível. Mas não vou voltar para a escola, eu lhe garanto.

Marilla viu algo extraordinariamente parecido com teimosia inflexível se estampar no rostinho de Anne. Ela entendeu que teria trabalho para vencer essa teimosia; mas, sabiamente, decidiu não dizer nada mais naquele momento. "Vou correr até lá embaixo esta noite e falar desse assunto com Rachel", pensou ela. "Não adianta tentar chamar Anne à razão agora. Ela está muito perturbada, e pressinto que possa ser terrivelmente teimosa caso cisme com alguma coisa. Pelo que pude entender do que ela me contou, o senhor Phillips vem lidando com essas questões de maneira muito despótica. Mas de nada adiantaria dizer isso a ela. Vou simplesmente discutir este assunto com Rachel. Ela já mandou dez filhos para a escola e deve saber alguma coisa sobre isso. A esta altura ela já deve ter ficado sabendo da história".

Marilla encontrou a senhora Lynde tricotando colchas tão diligentemente e alegremente quanto de costume.

– Presumo que saiba por que vim até aqui – disse ela um tanto constrangida.

A senhora Rachel assentiu.

– Acho que é sobre o escândalo de Anne na escola – respondeu ela. – Tillie Boulter passou aqui no caminho de volta da escola e me contou.

– Não sei o que fazer com ela – falou Marilla. – Ela diz que não vai voltar para a escola. Nunca vi uma criança tão perturbada. Venho esperando problemas desde que ela começou a frequentar a escola. Eu sabia que as coisas estavam correndo bem demais para que permanecessem assim. Ela está nervosa demais. O que me aconselharia, Rachel?

– Bem, visto que pediu o meu conselho, Marilla – disse em tom amigável a senhora Lynde, que amava de coração dar conselhos –, eu a princípio faria a vontade dela; é isso o que eu faria. Na minha opinião, o senhor Phillips agiu mal. Mas é claro que não adianta nada dizer isso às crianças, sabe. E é claro que ele agiu bem em castigá-la ontem por ela ter perdido a cabeça. Mas hoje foi diferente. Os outros meninos que chegaram atrasados deveriam ter sido castigados da mesma forma que Anne, isso sim. E não acho certo mandar as meninas sentar junto com os meninos como forma de castigo. Não é decente. Tillie Boulter estava realmente indignada. Ela tomou partido de Anne na hora, e disse que todos os outros alunos fizeram a mesma coisa. De algum modo, Anne parece ser bastante popular entre eles. Nunca pensei que ela se relacionaria tão bem assim com eles.

– Então você acha mesmo que é melhor deixá-la ficar em casa? – disse Marilla com espanto.

– Sim. O que estou dizendo é que eu não mencionaria a escola para ela até que ela mesma fizesse isso. Pode confiar, Marilla, em pouco mais de uma semana ela esfria a cabeça e vai estar pronta para voltar para a escola por vontade própria, é isso o que vai acontecer; mas, se você a obrigasse a voltar já para a escola, Deus sabe que ataque de nervos ou escândalo ela faria em seguida, e as coisas só piorariam. Quanto menos alarde você fizer sobre isso, melhor, na minha opinião. De todo modo, ela não perderá muita coisa ao deixar de frequentar as aulas. O senhor Phillips é um péssimo professor. O modo como ele mantém a ordem em sala é escandaloso, isso sim, e ele negligencia os alunos mais novos e dedica todo o seu tempo aos alunos mais velhos que está preparando para entrarem na Queen's. Ele jamais teria conseguido continuar lecionando por mais um ano se o tio dele não fosse membro do conselho: o membro do conselho, na verdade, porque os outros dois só fazem o que ele quer, isso sim. Afirmo que não sei qual é o rumo que a educação está tomando nesta ilha.

A senhora Rachel balançou a cabeça, como se dissesse que, caso estivesse encarregada do sistema educacional da província, as coisas seriam mais bem administradas.

Marilla seguiu o conselho da senhora Rachel e nada mais foi dito a Anne sobre voltar à escola. Ela aprendia as lições em casa, fazia suas tarefas domésticas e brincava com Diana nos frios e roxos crepúsculos outonais, mas, quando encontrava Gilbert Blythe na estrada ou na escola dominical, passava por ele com um desprezo gélido que não era afetado nem um pouquinho pelo evidente desejo dele de fazer as pazes com ela. Nem os esforços de Diana como mediadora surtiram efeito. Anne evidentemente decidira odiar Gilbert Blythe pelo resto da vida.

No entanto, por mais que odiasse Gilbert, ela amava Diana, com todo o amor de seu coraçãozinho apaixonado, gostando e desgostando de uma e de outro com a mesma intensidade. Certo fim de tarde, Marilla, voltando do pomar com uma cesta de maçãs, encontrou Anne sentada sozinha no pé da janela leste no crepúsculo e chorando amargamente.

– O que houve agora, Anne? – indagou ela.

– É sobre a Diana – soluçou Anne copiosamente. – Gosto demais da Diana, Marilla. Não posso viver sem ela. Mas sei muito bem que, quando crescermos, Diana vai se casar, ir embora e me abandonar. E, oh, o que farei? Odeio o marido dela... simplesmente o odeio furiosamente. Venho imaginando tudo, o casamento e tudo o mais, Diana vestindo trajes brancos como a neve, com um véu, com uma aparência tão linda e majestosa quanto a de uma rainha, e eu, a madrinha, também usando um vestido adorável, de mangas bufantes, mas com um coração partido oculto sob meu rosto sorridente. E depois, dizendo à Diana adeeeeuuuusssss.... – Neste instante, Anne teve um colapso completo e chorou com amargura crescente.

Marilla virou-se rapidamente para esconder seu rosto, que se contorcia, mas de nada adiantou: ela desabou na cadeira mais próxima e explodiu com um ataque de risos tão intenso e incomum que Matthew, que atravessava o quintal do lado de fora da casa, deteve-se, perplexo. Quando ele já tinha ouvido Marilla rir daquele jeito?

– Bem, Anne Shirley – disse Marilla assim que conseguiu falar –, se você quer arrumar problemas, por piedade, arrume um mais próximo de casa. Não há dúvidas de que você tem uma imaginação e tanto.

DIANA É CONVIDADA PARA O CHÁ COM RESULTADOS TRÁGICOS

Outubro era um mês lindo em Green Gables, quando as bétulas na ravina ficavam douradas como a luz do sol, os bordos atrás do pomar ganhavam um tom de carmesim majestoso e as cerejeiras selvagens ao longo da estrada revestiam-se dos mais adoráveis tons de vermelho escuro e verde brônzeo, enquanto os campos se banhavam com a luz do sol um após o outro.

Anne deleitava-se com o mundo de cores à sua volta.

– Oh, Marilla – exclamou ela certa manhã de sábado, entrando na casa dançando e com os braços carregados de lindos ramos –, fico muito feliz de viver em um mundo no qual haja outubros. Seria terrível se simplesmente passássemos de setembro a novembro, não é? Olhe para estes ramos de bordo. Eles não a deixam emocionada... emocionada demais? Vou decorar meu quarto com eles.

– Essas coisas só criam sujeira – disse Marilla, cujo senso estético não estava visivelmente desenvolvido. – Você enche o seu quarto demais com coisas de fora da casa, Anne. Quartos foram feitos para se dormir.

– Oh, e para sonhar também, Marilla. E você sabe que se sonha muito melhor em um quarto onde há coisas bonitas. Vou botar esses ramos no velho jarro azul e deixá-los sobre a minha mesa.

– Então, tome o cuidado de não deixar folhas caídas pelas escadas. Vou para uma reunião da Sociedade de Caridade em Carmody esta tarde, Anne, e provavelmente só voltarei para casa depois de escurecer. Você vai ter que servir o jantar para Matthew e Jerry; então, fique atenta para não se esquecer de fazer o chá antes de se sentar à mesa, como da última vez.

– Foi terrível da minha parte ter esquecido – disse Anne se desculpando –, mas isso foi na tarde em que eu estava tentando pensar em um nome para o Vale das Violetas, e isso acabou confundindo as outras coisas na minha cabeça. Matthew foi bondoso demais. Ele sequer levantou a voz. Ele mesmo fez o chá, e disse que poderíamos esperar um pouco, ou não, tanto fazia. E contei a ele um adorável conto de fadas enquanto esperávamos; então, ele nem achou que o chá demorou a ficar pronto. Era um lindo conto de fadas, Marilla. Eu tinha esquecido o final dele, então inventei um final eu mesma, e Matthew disse que não conseguiu perceber em que ponto a história havia sido remendada.

– Matthew não veria nenhum problema, Anne, se você decidisse acordar no meio da madrugada para almoçar. Mas fique atenta desta vez. E... não tenho certeza de que estou fazendo a coisa certa... pois pode deixar você mais atrapalhada do que nunca... mas pode convidar Diana para vir passar a tarde com você e tomar o chá aqui.

– Oh, Marilla! – Anne entrelaçou as mãos. – Que coisa perfeitamente adorável! Você de fato é capaz de imaginar coisas, ou jamais teria entendido como tenho ansiado exatamente por isso. Vai parecer uma coisa muito boa, de gente grande. Não corro o risco de esquecer de botar o chá para ferver se tiver visitas aqui. Oh, Marilla, posso usar o jogo de chá pintado com ramalhetes de botões de rosa?

– É claro que não! O jogo de chá de botões de rosa! O que vai pedir agora? Você sabe que só uso esse jogo de chá quando o pastor ou as senhoras da Sociedade de Caridade vêm aqui. Você vai usar o velho jogo marrom. Mas pode abrir o velho potinho amarelo de geleia de cereja. Já é hora de que ele seja usado, de qualquer modo, pois acho que a geleia está começando a ficar boa. E pode partir um pedaço do bolo de frutas e servir alguns biscoitos.

– Já posso me ver sentada à cabeceira da mesa servindo o chá – falou Anne, fechando os olhos em êxtase. – E perguntando para Diana se ela toma o chá com açúcar! Eu sei que não toma, mas é claro que vou perguntar, como se não soubesse. E depois farei pressão para que ela coma outra fatia de bolo de frutas, e mais uma porção de geleia. Oh, Marilla, só de pensar sinto uma sensação maravilhosa. Posso levá-la para o quarto sobressalente para que ela deixe ali o seu chapéu quando chegar? E depois levá-la para a sala de visitas para se sentar um pouco?

– Não. A sala comum basta para você e sua amiga. Mas tem meia garrafa de refresco de framboesa que sobrou da reunião da igreja outra noite. Está na segunda prateleira do armário da sala, e você e Diana podem bebê-lo se quiserem e comer um biscoito para acompanhar durante a tarde, pois me atrevo a dizer que Matthew vai chegar tarde para o jantar, pois está transportando batatas para a barca.

Anne voou até a ravina, passando pelo Gorgolejo de Dríade, pela trilha de píceas, e subindo Orchard Slope, para convidar Diana para o chá. Consequentemente, logo após Marilla ter ido para Carmody, Diana chegou, usando seu segundo melhor vestido e com a aparência adequada para alguém que foi convidada a tomar chá. Em outras ocasiões, ela estava acostumada a entrar sem bater pela porta da cozinha; mas, agora, bateu na porta da frente de modo requintado. E quando Anne, usando seu segundo melhor vestido, abriu a porta com o mesmo requinte, as duas garotas se cumprimentaram com um aperto de mão tão solene como se nunca tivessem se visto. Esta solenidade nada natural durou até que Diana tivesse sido levada para o frontão leste para deixar seu chapéu, e depois se sentara por dez minutos na sala, com os dedos dos pés esticados.

– Como vai sua mãe? – indagou educadamente Anne, como se não tivesse visto a senhora Barry em excelente saúde e humor colhendo maçãs naquela manhã.

– Vai muito bem, obrigada. Presumo que o senhor Cuthbert esteja transportando batatas para a barca *Lily Sands* esta tarde, não é? – perguntou Diana, que fora até a casa do senhor Harmon Andrews naquela manhã na carroça de Matthew.

– Sim, nossa safra de batatas foi ótima neste ano. Espero que a do seu pai tenha sido boa também.

– Boa o bastante, obrigada. Já colheu muitas das suas maçãs?

– Oh, demais – disse Anne, esquecendo-se de agir com decoro e se levantando rapidamente com um pulo. – Vamos até o pomar e colher algumas das Red Sweetings[18], Diana. Marilla disse que podemos pegar todas as que ainda estiverem no pé. Marilla é uma mulher muito generosa. Ela disse que podíamos comer bolo de frutas e geleia de cereja na hora do chá. Mas é falta de educação dizer para sua visita o que você servirá para ela comer; então, não vou lhe dizer o que ela nos deixou beber. Direi apenas que começa com R e F, e que é vermelho vivo. Adoro bebidas de cor vermelho vivo, você não? Elas têm um gosto duplamente melhor do que as de qualquer outra cor.

O pomar, com seus enormes galhos carregados que quase tocavam o chão de tantas frutas, provou-se tão delicioso que as garotas passaram quase toda a tarde nele, sentadas em um canto gramado no qual a geada poupara o verde e a luz suave do outono brilhava morna, comendo maçãs e falando o máximo que podiam. Diana tinha muito a dizer para Anne sobre o que andava acontecendo na escola. Ela tinha que se sentar com Gertie Pye, e odiava isso; Gertie fazia um barulho estridente com o giz sempre que escrevia, e isso fazia o sangue dela – de Diana – congelar; Ruby Gillis removera todas as verrugas dela com um feitiço, verdade verdadeira, de um seixo mágico que a velha Mary Joe do riacho dera para ela. Você tinha que esfregar o seixo nas verrugas e depois jogá-lo fora por sobre o ombro esquerdo em dia de lua nova, e as verrugas todas desapareceriam. O nome de Charlie Sloane tinha sido escrito junto com o de Em White na parede do pórtico, e Em White ficara *furiosíssima* com isso; Sam Boulter tinha "respondido" ao senhor Phillips em sala de aula, e o senhor Phillips lhe dera uma chibatada, e o pai de Sam fora até a escola e desafiara o senhor Phillips a tornar a encostar um dedo nos filhos dele; e Mattie Andrews tinha um capuz vermelho novo

---

18 Variedade de maçã de sabor muito doce e quase não mais cultivada hoje em dia. (N. T.)

e um xale de tricô azul com borlas, e a cara que ela fazia quando os vestia era perfeitamente nauseante; e Lizzie Wright estava de mal com Mamie Wilson, porque a irmã mais velha de Mamie Wilson fizera a irmã mais velha de Lizzie Wright brigar com seu namorado; e todos sentiam muita falta de Anne e queriam que ela voltasse para a escola; e Gilbert Blythe...

Mas Anne não quis saber de Gilbert Blythe. Ela levantou-se apressadamente com um pulo e sugeriu que entrassem para tomar um pouco de refresco de framboesa.

Anne olhou na segunda prateleira do armário da sala, mas não havia refresco de framboesa ali. Uma busca revelou que o refresco estava no fundo da prateleira mais alta. Anne colocou-o em uma bandeja e serviu-o na mesa com um copo.

– Por favor, sirva-se, Diana – disse ela educadamente. – Acho que não vou querer beber agora. Não estou com vontade depois de comer todas aquelas maçãs.

Diana serviu um copo cheio para si, admirou seu tom vermelho vivo, e depois bebeu de maneira afetada.

– Que delícia de refresco de framboesa, Anne – comentou ela. – Não sabia que refresco de framboesa era tão bom assim.

– Fico muito feliz que você tenha gostado. Beba à vontade. Vou correr até o andar de cima e atiçar o fogo. As pessoas têm muitas responsabilidades para lembrar quando estão tomando conta da casa, não é?

Quando Anne voltou da cozinha, Diana estava tomando seu segundo copo de refresco; e, depois de Anne lhe suplicar, não fez nenhuma objeção em particular em relação a beber um terceiro copo. Cada copo foi cheio até a borda, e o refresco de framboesa de fato estava muito bom.

– O melhor que já tomei – comentou Diana. – É muito melhor do que o da senhora Lynde, apesar de ela se gabar demais do dela. Tem um gosto nada parecido com o dela.

– Eu deveria imaginar mesmo que o refresco de framboesa da Marilla seria muito melhor do que o da senhora Lynde – disse Anne com lealdade. – Marilla é uma cozinheira famosa. Ela está tentando me ensinar a cozinhar, mas lhe garanto, Diana, é um trabalho duro. Há muito pouco escopo para a imaginação na culinária. Você simplesmente tem de seguir as regras. Na última vez em que fiz um bolo, esqueci de acrescentar a farinha. Estava imaginando uma história muito adorável sobre mim e você, Diana. Imaginei que você estava terrivelmente doente com varíola e todos a haviam abandonado, mas fiquei corajosamente ao pé da sua cama e cuidei de você até que você voltasse a viver; depois, contraí varíola e morri, e fui enterrada sob aqueles álamos no cemitério, e você plantou uma roseira perto do meu túmulo e regou-a com suas lágrimas; e você jamais, jamais esqueceu a sua amiga de infância que sacrificou a vida dela por você. Oh, foi uma história comovente demais, Diana. As lágrimas simplesmente escorreram pelo meu rosto enquanto eu batia o bolo. Mas me esqueci da farinha, e o bolo foi um desastre completo. Farinha é essencial para se fazerem bolos, sabe? Marilla ficou muito irritada, e não me espantei. Sou uma provação enorme para ela. Ela ficou terrivelmente perturbada com a calda do pudim na semana passada. Comemos pudim de ameixas secas no almoço de terça-feira, e sobrou meio pudim e uma jarra cheia de calda. Marilla disse que sobrara o bastante para outro almoço e me disse para levar o pudim para a prateleira da despensa e o cobrir. Eu tinha toda a intenção de cobri-lo, Diana, mas, quando o levei para a despensa, imaginei que eu era uma freira – é claro que sou protestante, mas imaginei que era católica – que vestira o hábito para superar um coração partido em reclusão enclausurada; e esqueci completamente de cobrir a calda do pudim. Lembrei-me disso na manhã seguinte e fui correndo até a despensa. Diana, imagine, se puder, meu extremo pavor quando encontrei um camundongo afogado na calda do pudim! Tirei o camundongo dali com uma colher, joguei-o no quintal, e depois lavei a colher três vezes. Marilla estava ordenhando as vacas, e eu tinha toda a intenção de perguntar a ela, quando ela voltasse, se eu podia dar a calda aos porcos; mas, quando ela voltou para casa, eu estava imaginando que era uma fada invernal e estava deixando as árvores avermelhadas e amareladas, da cor que elas preferissem, e tornei a me esquecer da calda do pudim, e Marilla me mandou ir colher maçãs. Bem, o senhor e a senhora Chester Ross, de Spencervale, vieram nos visitar naquela manhã. Você sabe que eles são pessoas muito sofisticadas, especialmente a senhora Chester Ross. Quando Marilla me chamou de volta para casa, o almoço estava pronto, e todos já estavam à mesa. Tentei ser o mais bem-educada e decorosa possível, pois queria que a senhora Chester Ross pensasse que eu era uma pequena dama, mesmo que eu não seja bonita. Tudo correu bem, até que vi Marilla entrar com o pudim de ameixa em uma das mãos, e a jarra de calda *esquentada* na outra. Diana, que momento terrível. Lembrei-me de tudo, e simplesmente fiquei de pé e gritei: "Marilla, você não deve usar esta calda. Havia um camundongo afogado nela. Esqueci de avisá-la antes". Oh, Diana, jamais esquecerei aquele momento terrível, nem que eu viva até os cem anos. A senhora Chester Ross simplesmente *olhou* para mim, e achei que eu ia afundar no chão de tanta vergonha. Ela é uma dona de casa perfeita; imagine só o que não deve ter pensado de nós. Marilla ficou vermelha feito brasa, mas não disse palavra... naquele momento. Ela simplesmente levou o pudim e a calda embora e voltou com geleia de morango. Ela até me ofereceu um pouco, mas não consegui comer nem uma colherada. Parecia que havia montanhas de carvão em brasa na minha cabeça[19]. Depois que a senhora Chester Ross foi embora, Marilla me deu uma bronca horrível. Ora, Diana, o que houve?

Diana havia se levantado sem nenhuma firmeza; depois, tornou a se sentar e colocou as mãos na cabeça.

– Estou... estou muito enjoada – disse ela com a voz um tanto rouca. – Tenho... tenho... que ir já para casa.

– Oh, nem sonhe em ir para casa sem antes tomar o chá – exclamou Anne, agoniada. – Vou tirá-lo do fogo agora... vou servir o chá neste minuto.

– Tenho que ir para casa – repetiu Diana de modo estúpido, mas determinado.

---

19 Referência a Provérbios, 25:21-22: "Se o teu inimigo tiver fome, dá-lhe pão para comer, e se tiver sede, dá-lhe água para beber; porque assim lhe amontoarás brasas sobre a cabeça, e o Senhor te recompensará." (N. T.)

– Deixe-me então servir um almoço para você – implorou Anne. – Deixe-me servir-lhe um pouco de bolo de frutas e geleia de cereja. Deite-se no sofá um pouco, e você já vai melhorar. O que está sentindo?

– Tenho que ir para casa – disse Diana, e isso era tudo o que dizia.

Anne suplicou em vão.

– Jamais ouvi falar de uma visita ir embora sem tomar o chá – falou ela com pesar. – Oh, Diana, você acha que é possível que tenha mesmo contraído varíola? Caso tenha, irei cuidar de você, pode ter certeza. Jamais a abandonarei. Mas eu de fato gostaria que ficasse até depois do chá. O que está sentindo?

– Estou muito tonta – respondeu Diana.

E, de fato, ela caminhava como quem estava tonta. Anne, com lágrimas de decepção no rosto, pegou o chapéu de Diana e a acompanhou até a cerca do quintal dos Barrys. Depois, voltou chorando para Green Gables, onde tristemente colocou o resto do refresco de framboesa de volta no armário e foi aprontar o chá para Matthew e Jerry, e toda a diversão de fazer aquilo se esvaíra.

O dia seguinte era domingo, e, como choveu torrencialmente o dia todo, Anne não saiu de Green Gables. Na tarde de segunda-feira, Marilla mandou-a resolver uma incumbência na casa da senhora Lynde. Em um período muito curto de tempo, Anne subiu de volta a trilha com lágrimas escorrendo pelas bochechas. Entrou correndo pela cozinha e jogou-se agoniada com o rosto afundado no sofá.

– O que foi que aconteceu desta vez, Anne? – indagou Marilla consternada, sem saber o acontecia. – Espero de verdade que não tenha sido malcriada com a senhora Lynde outra vez.

Não houve resposta da parte de Anne além de mais lágrimas e soluços mais intensos!

– Anne Shirley, quando eu lhe fizer uma pergunta, quero que responda. Sente-se neste instante e conte-me por que está chorando.

Anne sentou-se, e era a tragédia em pessoa.

– A senhora Lynde foi visitar a senhora Barry hoje, e a senhora Barry estava em um estado terrível – lamuriou-se ela. – Ela disse que eu deixei a Diana *bêbada* no sábado e mandei-a de volta para casa em um estado deplorável. E ela disse que devo ser uma menininha completamente perversa e que jamais deixará Diana brincar comigo de novo. Oh, Marilla, estou tomada de aflição.

Marilla, perplexa, ficou olhando para o vazio.

– Deixou Diana bêbada! – disse ela quando conseguiu falar. – Anne, é você ou a senhora Barry que está louca? Mas o que você deu para ela beber?

– Nada além de refresco de framboesa – soluçou Anne. – Nunca pensei que refresco de framboesa deixasse as pessoas bêbadas, Marilla... nem se elas bebessem três copos cheios, como fez a Diana. Oh, isso se parece muito com... com... o marido da senhora Thomas! Mas não tive a intenção de embebedá-la.

– Bêbada é uma ova! – disse Marilla, marchando até o armário da sala. Ali, na prateleira, havia uma garrafa que Marilla reconheceu que algum dia continha o vinho de groselha de três anos atrás que ela fazia em casa e que era famoso em Avonlea, apesar de algumas pessoas de natureza mais rigorosa, entre elas a senhora Barry, reprovarem a bebida intensamente. Naquele momento, Marilla lembrou-se de que guardara a garrafa de refresco de framboesa no porão, e não no armário, como dissera a Anne.

Ela voltou para a cozinha com a garrafa de vinho na mão. Seu rosto se contorcia contra a sua própria vontade.

– Anne, você de fato tem talento para arrumar confusão. Você serviu para a Diana vinho de groselha em vez de refresco de framboesa. Não percebeu a diferença?

– Eu não tomei – disse Anne. – Pensei que era o refresco. Minha intenção foi ser muito... muito... hospitaleira. Diana ficou terrivelmente enjoada e teve que ir para casa. A senhora Barry disse à senhora Lynde que ela estava simplesmente bêbada como um gambá. Ela só riu de um jeito bobo quando a mãe lhe perguntou o que acontecera, e depois foi dormir, e dormiu por horas. A mãe dela sentiu o cheiro do hálito de Diana, e soube que ela estava bêbada. Ontem, ela ficou o dia todo com uma dor de cabeça muito forte. E a senhora Barry ficou indignada demais. Ela jamais vai acreditar que não fiz por querer.

– E eu acho que ela deveria ter castigado Diana por ela ter sido voraz a ponto de tomar três copos de qualquer coisa – disse Marilla de modo cortante. – Ora, três desses copos grandes a deixariam enjoada, mesmo que fosse apenas refresco. Bem, essa história será perfeita para aquelas pessoas que me olham torto por eu fazer vinho de groselha, apesar de já haver três anos que não faço, desde que descobri que o pastor não aprovava. Só guardei aquela garrafa para tomar em caso de doença. Calma, calma, menina, não chore. Não acho que você tenha culpa nenhuma, mas lamento que as coisas tenham ocorrido desse jeito.

– Tenho que chorar – disse Anne. – Estou com o coração partido. As estrelas desde suas órbitas lutam contra mim[20], Marilla. Diana e eu vamos ficar separadas para sempre. Oh, Marilla, eu nem podia sonhar com isso no momento em que fizemos nossas juras de amizade.

– Não seja boba, Anne. A senhora Barry vai repensar a decisão dela quando descobrir que você não teve culpa. Presumo que ela ache que você fez isso para pregar uma peça boba ou algo do gênero. É melhor você ir até a casa dela neste fim de tarde e contar o que aconteceu.

– Minha coragem me escapa quando imagino que estou enfrentando a mãe ofendida de Diana – suspirou Anne. – Queria que você fosse, Marilla. Você é muito mais decorosa do que eu. É provável que ela dê ouvidos a você mais rápido do que a mim.

– Bem, eu vou então – disse Marilla, refletindo que aquela provavelmente era a decisão mais sábia. – Não chore mais, Anne. Tudo ficará bem agora.

Marilla mudara de ideia em relação ao fato de que tudo ficaria bem depois que voltou de Orchard Slope. Anne estava vigiando para ver quando ela voltaria e correu até o pórtico para encontrá-la.

– Oh, Marilla, sei pela sua cara que foi tudo em vão – disse ela com tristeza. – A senhora Barry não vai me perdoar?

---

20 Referência a Juízes, 5:20: "Desde o céu lutaram as estrelas, desde as suas órbitas lutaram contra Sísera." (N. T.)

– A senhora Barry disse isso mesmo! – disparou Marilla. – Entre todas as mulheres insensatas que já conheci, ela é a pior. Eu disse a ela que tudo não passou de um mal-entendido e que você não tinha culpa, mas ela simplesmente não acreditou em mim. E esfregou bem na minha cara o meu vinho de groselha e o fato de que eu sempre disse que ele não faria o menor efeito em ninguém. Eu simplesmente disse a ela que o vinho de groselha não é para ser bebido em doses de três copos cheios de uma vez e que, se uma criança de quem eu cuidasse fosse voraz a esse ponto, eu a deixaria sóbria com uma boa surra.

Marilla foi apressada para a cozinha, seriamente perturbada, deixando uma alminha muito consternada no pórtico atrás dela. Naquele momento, Anne saiu de casa com a cabeça descoberta em meio ao frio crepúsculo outonal; com muita firmeza e determinação, percorreu o ressecado campo de trevos, cruzou a ponte de troncos e atravessou o arvoredo de píceas, que era iluminado por um luar tênue que vinha da mata a oeste. A senhora Barry, indo até a porta em resposta a uma batida tímida, encontrou uma suplicante de lábios exangues e olhos impacientes na soleira da porta.

Seu rosto endureceu. A senhora Barry era uma mulher de intensos preconceitos e desgostos, e sua raiva era do tipo frio e silencioso, que é sempre o mais difícil de vencer. Para falar a verdade, ela de fato acreditava que Anne tinha feito Diana beber por pura malícia premeditada, e estava sinceramente ansiosa por proteger sua filhinha contra a contaminação de ter mais intimidade com tal criança.

– O que você quer? – perguntou ela com dureza.

Anne entrelaçou as mãos.

– Oh, senhora Barry, por favor, me perdoe. Não tive a intenção de... de... embriagar a Diana. Como eu poderia? Imagine simplesmente que você é uma pobre menina órfã adotada por pessoas bondosas e que só tem uma amiga do peito em todo o mundo. Você acha que embriagaria essa amiga de propósito? Eu pensei que era só refresco de framboesa. Estava convencida de que era refresco de framboesa. Oh, por favor, não diga que não vai mais deixar Diana brincar comigo. Se a senhora fizer isso, ensombrarei a minha vida com uma nuvem negra de tristeza.

Este discurso, que teria amolecido o coração da senhora Lynde em um piscar de olhos, não teve outro efeito sobre a senhora Barry além de aumentar sua irritação. Ela desconfiava das palavras difíceis e dos gestos dramáticos de Anne e achava que a menina estava zombando dela. Então, disse fria e cruelmente:

– Não acho que você seja uma garota adequada para fazer amizade com Diana. É melhor ir para casa e se comportar direito.

Os lábios de Anne tremeram.

– Não vai me deixar ver a Diana só mais uma vez, para que eu diga adeus? – implorou ela.

– Diana foi para Carmody com o pai – respondeu a senhora Barry, entrando e fechando a porta.

Anne voltou calma, porém desalentada, para Green Gables.

– Minha última esperança se foi – disse ela para Marilla. – Subi eu mesma até a casa da senhora Barry, e ela me tratou de modo muito ofensivo. Marilla, *não* acho que ela é uma mulher bem-educada. Não há nada a fazer além de rezar, e não tenho muita esperança de que isso vá adiantar, porque, Marilla, acho que nem o próprio Deus pode mudar a opinião de uma pessoa tão obstinada quanto a senhora Barry.

– Anne, você não deveria dizer essas coisas – repreendeu Marilla, tentando superar aquela maldita vontade de rir que ela ficava espantada ao descobrir que só aumentava. E, de fato, quando contou a história toda para Matthew naquela noite, riu com gosto das atribulações de Anne.

Mas, quando ela foi silenciosamente até o frontão leste antes de ir dormir e viu que Anne havia chorado até dormir, sentiu uma brandura incomum se estampar em seu rosto.

– Pobre alminha – murmurou ela, tirando um cacho solto do rosto cheio de lágrimas da criança. Depois, inclinou-se e beijou o rosto corado sobre o travesseiro.

UM NOVO INTERESSE
NA VIDA

Na tarde seguinte, Anne, debruçada sobre sua colcha de retalhos na janela da cozinha, calhou de olhar para fora e avistar Diana no Gorgolejo de Dríade gesticulando misteriosamente. Em um instante, Anne estava fora de casa e voava até a ravina, com surpresa e esperança digladiando em seus olhos expressivos. Mas a esperança se esvaiu quando ela viu o semblante desalentado de Diana.

– Sua mãe ainda não cedeu? – ofegou ela.

Com pesar, Diana balançou a cabeça em negativa.

– Não; oh, Anne, ela disse que é para eu jamais tornar a brincar com você. Eu chorei e chorei, e disse a ela que a culpa não foi sua, mas de nada adiantou. Demorei muito para convencê-la a me deixar descer até aqui e me despedir de você. Ela disse que eu só poderia ficar dez minutos e está contando o tempo no relógio.

– Dez minutos é pouco tempo para se dizer um adeus eterno – disse Anne em meio a lágrimas. – Oh, Diana, promete lealmente que jamais me esquecerá, vossa amiga de infância, não importa o quanto amigos mais queridos possam acariciar vossa mercê?

– É claro que sim – soluçou Diana –, e jamais terei outra amiga do peito... não quero ter. Eu não seria capaz de amar ninguém tanto quanto a amo.

– Oh, Diana – exclamou Anne, entrelaçando as mãos –, você de fato me *ama*?

– Ora, é claro que sim. Você não sabia disso?

– Não. – Anne respirou fundo. – Eu pensava que você *gostava* de mim, é claro, mas jamais tive esperanças de que me *amasse*. Ora, Diana, eu não pensava que alguém seria capaz de me amar. Desde que me entendo por gente, nunca alguém me amou. Oh, isso é maravilhoso! É um raio de luz que brilhará eternamente em meio à escuridão de um caminho de laços cortados com vossa mercê, Diana. Repita isso para mim.

– Amo-a com devoção, Anne – disse Diana com lealdade –, e sempre amarei, pode ter certeza disso.

– E sempre amarei vossa mercê, Diana – respondeu Anne, estendendo a mão solenemente. – Nos anos vindouros, vossa memória refulgirá como uma estrela sobre minha vida solitária, assim como naquela última história que lemos juntas. Diana, vossa mercê me presentearia com uma mecha de vossos cachos de azeviche nesta despedida, para que eu possa apreciá-lo por toda a eternidade?

– Você tem alguma coisa com que eu possa cortá-lo? – indagou Diana, secando as lágrimas que o discurso afetado de Anne fizera cair em nova torrente e voltando aos detalhes práticos.

– Sim. Felizmente tenho no bolso minha tesoura de costura – disse Anne. Ela cortou solenemente um dos cachos de Diana. – Adeus, amada amiga. Doravante deveremos ser desconhecidas, apesar de convivermos. Mas meu coração sempre será fiel a vossa mercê.

Anne ficou de pé observando Diana sumir de vista, acenando para ela com pesar toda vez que se virava para olhar para trás. Depois, voltou para casa, nem um pouco consolada naquele momento por aquela despedida romântica.

– Está tudo acabado – informou ela a Marilla. – Jamais hei de ter outra amiga. Na verdade, estou numa situação pior do que antes, pois já não tenho Katie Maurice e Violetta. E, mesmo que as tivesse, não seria a mesma coisa. De algum modo, garotinhas imaginárias não satisfazem depois de ter uma amiga de verdade. Diana e eu tivemos uma despedida muito comovente perto da nascente. Guardarei isso eternamente como uma memória sagrada. Usei a linguagem mais patética que pude e disse "vossa" e "vossa mercê". "Vossa mercê" e "vossa" parecem muito mais românticos do que "você". Diana me deu um cacho de seu cabelo, e vou costurá-lo em uma bolsinha e usá-lo em volta do pescoço a vida toda. Por favor, certifique-se de que me enterrem com ele, pois não creio que viverei muito tempo. Talvez quando ela me vir deitada, fria e morta, a senhora Barry sinta remorso pelo que fez e deixe Diana ir a meu funeral.

– Enquanto você ainda for capaz de falar, Anne, acho que não há risco de você morrer de desgosto – disse Marilla sem nenhuma empatia.

Na segunda-feira seguinte, Anne surpreendeu Marilla ao descer do quarto com sua cesta de livros no braço e ao lado de seu quadril, com lábios retesados de determinação.

– Voltarei para a escola – anunciou ela. – É tudo que me resta na vida, agora que minha amiga foi impiedosamente arrancada de mim. Na escola, posso olhar para ela e meditar sobre os dias idos.

– É melhor você meditar sobre as lições e a matemática – disse Marilla, escondendo o deleite que sentia com o desenrolar daquela situação. – Se você for voltar para a escola, espero não ouvir mais falar de você quebrando lousas na cabeça das pessoas e coisas desse tipo. Comporte-se e faça exatamente o que o seu professor mandar.

– Tentarei ser uma aluna modelo – concordou Anne dolorosamente. – Não vai ser muito divertido, é o que espero. O senhor Phillips disse que Minnie Andrews era uma aluna modelo, e ela não tem sequer uma centelha de imaginação ou de vida dentro de si. Ela é lenta e entediante, e nunca parece se divertir. Mas sinto-me deprimida demais porque agora isso vai ser fácil de fazer. Irei para a escola dando a volta pela estrada. Eu não suportaria passar sozinha pela Trilha das Bétulas. Caso fizesse isso, choraria lágrimas de amargura.

Anne foi recebida de volta à escola de braços abertos. Haviam sentido muito a falta da imaginação dela nas brincadeiras, da voz dela no canto, e da sua habilidade dramática na leitura cuidadosa em voz alta de livros na hora do almoço. Ruby Gillis deu a ela escondido três ameixas durante a leitura do testamento; Ella May MacPherson deu a ela um enorme amor-perfeito amarelo recortado da capa de um catálogo de flores, um tipo de decoração de carteira muito apreciado na escola de Avonlea. Sophia Sloane ofereceu-se para lhe ensinar um novo padrão perfeitamente elegante de renda de tricô, ótimo para costurar sobre as bainhas de aventais. Katie Boulter deu a ela uma garrafa vazia de perfume para ela guardar água para apagar a lousa, e Julia Bell copiou com esmero em um pedaço de papel rosa pastel com bordas de festão a seguinte efusão:

> "Quando o ocaso abrir seu manto
> E o pregar com uma estrela,
> Lembre que você tem uma amiga
> Apesar de estar longe dela."

– É muito bom ser benquista – suspirou Anne em êxtase para Marilla naquela noite.

As garotas não eram os únicos estudantes que "benqueriam" Anne. Quando Anne foi para o seu assento depois da hora do almoço – o senhor Phillips dissera a ela que se sentasse com a aluna modelo Minnie Andrews –, ela encontrou sobre sua carteira uma linda e enorme "maçã ambrosia[21]". Anne pegou-a e estava prestes a dar uma mordida quando se lembrou de que o único lugar em Avonlea onde cresciam maçãs ambrosia era no velho pomar dos Blythes, do outro lado do Lago das Águas Cintilantes. Anne deixou a maçã cair como se fosse carvão em brasa e limpou os dedos no seu lenço de modo ostentoso. A maçã permaneceu intocada sobre a carteira até a manhã seguinte, quando o pequeno Timothy Andrews, que varria a escola e cuidava do fogo da lareira, apoderou-se dela como se fosse um dos benefícios adicionais do trabalho. O lápis de lousa[22] de Charlie Sloane, belamente decorado com papel de listras vermelhas e amarelas, que custavam dois centavos, ao

---

21 Variedade de maçã canadense que recebeu o nome de ambrosia por sua aparência bonita, com a pele rosa quase florescente e formato cônico. Além disso, tem um suco doce que lembra o sabor do mel e um aroma muito distinto. (N. T.)
22 Finos pedaços de lousa usados para escrever nas lousas das escolas antigas. (N. T.)

passo que lápis comuns custavam apenas um centavo, que ele mandou para ela depois da hora do almoço, teve uma recepção mais favorável. Anne ficou muito graciosamente satisfeita em aceitá-lo e recompensou o doador com um sorriso que exaltou aquele jovem apaixonado direto para o sétimo céu do deleite e fez com que ele cometesse erros tão terríveis no ditado daquele dia que o senhor Phillips fez com que ele ficasse na escola depois da aula para reescrevê-lo.

Mas o desfile de César, desprovido do busto de Brutus, só a fez recordar ainda mais o melhor filho de Roma[23], então a nítida ausência de qualquer homenagem ou reconhecimento da parte de Diana Barry, que estava sentada com Gertie Pye, deu um toque de amargura ao pequeno triunfo de Anne.

– Talvez Diana tenha sorrido para mim uma vez, eu acho – lamentou-se ela para Marilla naquela noite. Mas, na manhã seguinte, um bilhete dobrado de modo muito assombroso e maravilhoso[24] e um pequeno pacote foram repassados pela sala até Anne.

Querida Anne (dizia o bilhete)
Mamãe diz que não devo brincar com você ou falar com você, nem mesmo na escola. A culpa não é minha, e não fique de mal comigo, pois a amo tanto quanto sempre a amei. Sinto uma saudade terrível de contar todos os meus segredos para você e não gosto nem um pouco da Gertie Pye. Fiz para você um desses marcadores de livros novos com papel de seda vermelho. Eles estão muito na moda agora, e somente três meninas na escola sabem fazê-los. Quando olhar para ele, lembre-se
De sua verdadeira amiga,
Diana Barry.

---

23 Tradução livre do canto IV, estrofe LIX, de *A peregrinação de Childe Harold*, de Lord Byron. (N. T.)
24 Referência a Salmos, 139:14: "Eu te louvarei, porque de um modo assombroso, e tão maravilhoso, fui feito; maravilhosas são as tuas obras, e a minha alma o sabe muito bem." (N. T.)

Anne leu o bilhete, beijou o marcador de livro e imediatamente mandou uma resposta para a outra ponta da sala.

Minha querida Diana:
É claro que não estou de mal com você, pois você precisa obedecer à sua mãe. Nossas almas podem conversar. Guardarei para sempre o seu adorável presente. Minnie Andrews é uma menininha muito simpática – apesar de não ter imaginação –, mas, depois de ter sido a amiga do peitu de Diana, não posso ser a da Minnie. Por favor, perdoe os erros, pois ainda não sei escrever muito bem, apesar de ter melhorado muinto.
Serei sua até que a morte nos separe,
Anne ou Cordelia Shirley.
P.S. Vou dormir com sua carta embaixo do meu travesseiro esta noite. A. ou C.S.

Marilla, de modo pessimista, esperava que surgissem novos problemas agora que Anne voltara a frequentar a escola. Mas nada aconteceu. Talvez Anne tivesse absorvido algo do espírito de "aluna modelo" de Minnie Andrews; pelo menos, a partir de então, ela passou a se relacionar bem com o senhor Phillips. Ela mergulhou nos estudos de corpo e alma, determinada a não ser superada em nenhuma matéria por Gilbert Blythe. A rivalidade entre eles logo se tornou aparente; da parte dele, era uma rivalidade inocente, mas devemos recear que o mesmo não possa ser dito de Anne, que certamente tinha uma tenacidade nada louvável para guardar rancores. Ela amava e odiava com a mesma intensidade. Ela não se rebaixaria ao ponto de admitir que competia com Gilbert nos estudos, pois isso significaria que precisaria reconhecer a existência dele, a qual Anne persistentemente ignorava, mas a rivalidade existia, e os louros flutuavam entre um e outro. Agora, Gilbert era o melhor aluno da aula de ditado; e agora Anne, jogando para os lados suas longas tranças vermelhas, escreveu melhor e lhe tirou o posto. Certa manhã, Gilbert acertou todas as contas de matemática e teve seu nome escrito na lista de honra; na manhã seguinte, Anne, tendo passado toda a noite anterior lutando contra decimais, se tornaria a melhor aluna de matemática. Em um dia horrível, eles estavam empatados, e seus nomes foram escritos um ao lado do outro. Aquilo era quase tão ruim quanto aqueles avisos da parede do pórtico, e a mortificação de Anne ficou tão evidente quanto a satisfação de Gilbert. Quando chegava o momento em que as provas escritas eram aplicadas, no fim de cada mês, o suspense era terrível. No primeiro mês, Gilbert se saiu melhor do que Anne em três provas. No segundo mês, Anne foi melhor em cinco provas. Mas seu triunfo foi ofuscado pelo fato de Gilbert tê-la parabenizado efusivamente diante de toda a escola. Ela teria gostado muito mais se ele tivesse sentido a amargura da derrota.

O senhor Phillips podia até não ser um bom professor, mas uma aluna tão inflexivelmente determinada a aprender, como era o caso de Anne, não conseguiria evitar fazer com que qualquer professor melhorasse. Ao final do semestre, os dois passaram para a quinta série, e começaram a estudar algumas partes dos "ramos do conhecimento", o que queria dizer que estudariam latim, geometria, francês e álgebra. Com a geometria, Anne viveu seu Waterloo[25].

– É uma matéria perfeitamente terrível, Marilla – queixou-se ela. – Tenho certeza de que jamais conseguirei entendê-la. Não tem o menor escopo para a imaginação nisso. O senhor Phillips diz que sou a aluna mais burra em geometria que ele já viu. E Gil..., quero dizer, alguns dos outros alunos são muito bons em geometria. Isso é extremamente mortificante, Marilla.

– Até a Diana é melhor em geometria do que eu. Mas não me importo em ser superada pela Diana. Apesar de agora nos tratarmos como desconhecidas, ainda a amo com um amor *inextinguível*. Às vezes, fico muito triste quando penso nela. Mas, na verdade, Marilla, não dá para ficar triste por muito tempo com um mundo tão interessante quanto este, não é?

---

25 Batalha ocorrida em 1815, na qual um exército do Primeiro Império Francês, sob o comando do imperador Napoleão, foi derrotado pelos exércitos da Sétima Coligação, que incluíam uma força britânica, liderada pelo duque de Wellington, e uma força prussiana, comandada por Gebhard Leberecht von Blücher. Este confronto foi a última batalha de Napoleão; a sua derrota terminou com o seu governo como imperador. (N. T.)

ANNE AO RESGATE

Todas as coisas grandes estão conectadas às coisas pequenas. À primeira vista, a decisão de um certo primeiro-ministro canadense[26] de incluir a Ilha do Príncipe Edward em uma turnê política não parecia ter muito ou qualquer coisa a ver com o destino da pequena Anne Shirley em Green Gables, mas tinha.

Era janeiro, e o primeiro-ministro veio para se dirigir tanto a seus leais apoiadores quanto a seus detratores, tanto é que decidiu comparecer à monstruosa reunião em massa[27] organizada em Charlottetown. A maioria das pessoas de Avonlea era aliada política do primeiro-ministro, portanto, na noite da reunião, quase todos os homens, e boa parte das mulheres, viajaram quase cinquenta quilômetros até o centro da cidade. A senhora Rachel Lynde também havia ido. Ela era uma política inflamada e não acreditava que o comício poderia acontecer sem a sua presença, apesar de ela ser da oposição. Então, foi ao centro da cidade e levou o marido (Thomas teria utilidade cuidando do cavalo) e Marilla Cuthbert junto com ela. A própria Marilla tinha um interesse vago por política e, como achou que aquela talvez fosse sua única

26 *Sir* John A. McDonald, que visitou a ilha em 1890. (N. T.)
27 No original, "monster mass meeting", expressão usada para descrever comícios políticos depois que as ferrovias tornaram possível organizar reuniões de milhares de pessoas. (N. T.)

chance de ver um primeiro-ministro de verdade, em carne e osso, ela imediatamente a aproveitou, deixando Anne e Matthew cuidando da casa até que ela voltasse no dia seguinte.

Portanto, enquanto Marilla e a senhora Rachel se divertiam muito no comício, Anne e Matthew ficaram com a alegre cozinha de Green Gables só para si. Um fogo forte brilhava no antigo fogão Waterloo[28], e cincelos branco-azulados brilhavam nas vidraças. Matthew balançava a cabeça enquanto lia uma edição do periódico *Farmers' Advocate*[29] no sofá, e Anne, à mesa, estudava suas lições com absoluta determinação, apesar dos vários olhares ansiosos que lançava para a prateleira na qual ficava o relógio, onde havia um livro novo que Jane Andrews emprestara para ela naquele dia. Jane garantira a ela que o livro provocaria muitos tipos de emoção, ou melhor, as palavras nele contidas, e os dedos de Anne coçavam de vontade de pegar o livro. Mas isso significaria o triunfo de Gilbert Blythe na manhã seguinte. Anne ficou de costas para a estante do relógio e tentou imaginar que ela não existia.

– Matthew, você chegou a estudar geometria quando frequentava a escola?

– Bem, não, não estudei – respondeu Matthew, saindo de seu transe com um sobressalto.

– Queria que você tivesse estudado – suspirou Anne –, porque assim você poderia sentir empatia por mim. Não dá para sentir empatia de verdade se você nunca estudou isso. Isso é uma nuvem negra que está tomando conta da minha vida. Sou burra demais em geometria, Matthew.

– Bem, não estou certo disso – disse Matthew em tom reconfortante.
– Acho que você é boa em qualquer coisa. O senhor Phillips me disse semana passada, na venda do Blair em Carmody, que você era a aluna mais inteligente da escola e que progredia rapidamente. "Progredia rapidamente" foram as palavras que ele mesmo disse. Tem gente,

---

28 Fogão antigo com forno a lenha ou a carvão, feito de ferro fundido, sem pintura ou esmalte. (N. T.)

29 Periódico publicado no Canadá, entre 1866 e 1951, que continha anúncios e conselhos para fazendeiros sobre todos os aspectos da agricultura. (N. T.)

como o Teddy Phillips, que diz que ele não é lá um bom professor, mas acho que ele é bom, sim.

Matthew teria pensado que qualquer pessoa que elogiasse Anne era "bom".

– Tenho certeza de que eu seria melhor em geometria se ele não trocasse as letras – reclamou Anne. – Eu decoro a proposição, depois ele a desenha no quadro-negro e escreve nela letras diferentes das que estão no livro, e fico confusa. Não acho que um professor deveria fazer tamanha maldade, não é? Agora estamos estudando agricultura, e finalmente descobri o que torna as estradas vermelhas. Foi um alívio enorme. Pergunto-me se Marilla e a senhora Lynde estão se divertindo. A senhora Lynde disse que o Canadá ficará entregue às moscas do jeito que as coisas estão sendo administradas em Ottawa e que isso é um terrível sinal de alerta para os eleitores. Ela diz que, se as mulheres pudessem votar, nós logo veríamos uma mudança abençoada. Você vota em qual partido, Matthew?

– Conservador – respondeu Matthew imediatamente. Votar no Partido Conservador fazia parte da religião de Matthew.

– Então, também sou a favor do Partido Conservador – disse Anne com determinação. – Fico feliz porque o Gil... porque alguns dos garotos da escola são a favor do Partido Liberal. Acho que o senhor Phillips também vota no Partido Liberal, porque o pai da Prissy Andrews também vota nesse partido, e a Ruby Gillis diz que, quando um homem está cortejando uma garota, ele precisa concordar com a religião da mãe dela e com a opinião política do pai. Isso é verdade, Matthew?

– Bem, eu não sei – disse Matthew.

– Você alguma vez cortejou alguma garota, Matthew?

– Bem, não, não sei se já fiz isso – respondeu Matthew, que certamente jamais pensara em alguma coisa como aquela em toda a sua existência.

Anne refletiu com o queixo apoiado nas mãos.

– Deve ser muito interessante, não acha, Matthew? A Ruby Gillis diz que quando crescer vai ter muitos pretendentes em rédea curta e deixá-los louquinhos por ela, mas acho que isso seria emocionante demais. Eu preferia ter somente um pretendente de cabeça boa. Mas a Ruby Gillis sabe muito sobre esses assuntos, pois tem muitas irmãs mais velhas, e a senhora Lynde diz que as meninas da família Gillis são um sucesso neste assunto. O senhor Phillips vai visitar Prissy Andrews quase todos os finais de tarde. Ele diz que é para ajudá-la com a lição, mas a Miranda Sloane também está estudando para entrar na Queen's, e acho que precisa de muito mais ajuda do que a Prissy, pois é muito mais burra, mas ele nunca vai visitá-la nos finais de tarde. Há muitas coisas neste mundo que não consigo entender direito, Matthew.

– Bem, também não sei se entendo direito todas elas – admitiu Matthew.

– Bem, presumo que devo terminar a lição de casa. Não vou me permitir abrir aquele livro que Jane me emprestou até que eu termine. Mas é uma tentação terrível, Matthew. Mesmo quando fico de costas para ele, consigo vê-lo exatamente onde está. A Jane disse que chorou até passar mal com esse livro. Adoro livros que me fazem chorar. Mas acho que vou levar o livro para a sala de estar, trancá-lo no armário das geleias e dar a chave a você. E você *não* pode me devolver a chave, Matthew, até que eu termine a lição, nem que eu lhe implore de joelhos. É muito fácil dizer que se vai resistir a uma tentação, mas é muito mais fácil resistir se você não tem a chave. E depois vou até o porão e pegarei algumas maçãs-reinetas, que tal, Matthew? Não gostaria de comer algumas maçãs-reinetas?

– Bem, não sei se quero – disse Matthew, que jamais comia reinetas, mas sabia do fraco que Anne sentia por elas.

Assim que Anne emergiu triunfante do porão com uma travessa cheia de reinetas, ouviu-se o som de passos muito rápidos sobre a trilha assoalhada e coberta de gelo do lado de fora da casa, e, no instante seguinte, a porta da cozinha foi escancarada e Diana Barry entrou apressada, lívida e ofegante, com um xale amarrado às pressas em sua cabeça. Anne, com a surpresa daquilo, rapidamente soltou a vela e a travessa, e a travessa, a vela e as maçãs caíram ao mesmo tempo pela escada do porão e foram encontradas no dia seguinte cobertas de banha derretida por Marilla, que recolheu tudo e agradeceu à Misericórdia pelo fato de a casa não ter pegado fogo.

– O que aconteceu, Diana? – exclamou Anne. – Não me diga que sua mãe finalmente cedeu?

– Oh, Anne, venha rápido – implorou Diana nervosamente. – A Minnie May está muito doente: está com crupe. A Jovem Mary Joe foi quem me disse isso, e papai e mamãe foram para o centro da cidade, e não há ninguém para ir buscar o médico. A Minnie May está muito mal, e a Jovem Mary Joe não sabe o que fazer... e, oh, Anne, estou com muito medo!

Matthew, sem dizer palavra, pegou o chapéu e o casaco, passou por Diana e adentrou a escuridão do quintal.

– Ele foi embridar a égua alazã para ir para Carmody buscar o médico – disse Anne, que se apressava para vestir seu capuz e jaqueta. – Sei disso, apesar de ele não ter falado nada. Matthew e eu somos almas irmãs, e consigo ler os pensamentos dele sem que ele diga nada.

– Não acho que ele vá encontrar o médico em Carmody – soluçou Diana. – Sei que o doutor Blair foi para o centro, e acho que o doutor Spencer também ia para lá. A Jovem Mary Joe nunca viu alguém com crupe, e a senhora Lynde não está em casa. Oh, Anne!

– Não chore, Di – disse Anne com entusiasmo. – Sei exatamente o que fazer em casos de crupe. Você está se esquecendo de que a senhora Hammond teve gêmeos três vezes. Quando você cuida de três pares de gêmeos, você naturalmente adquire muita experiência. Todos eles viviam tendo crupe. Espere só eu pegar a garrafa de ipecacuanha[30], talvez você não tenha uma em sua casa. Agora, vamos.

As duas garotinhas saíram apressadas e de mãos dadas e passaram voando pela Trilha dos Amantes e pelo campo coberto de gelo depois dela, pois a neve estava alta demais para pegar o atalho pela mata. Anne, apesar de sinceramente sentir pena de Minnie May, estava longe de ser

---

30 Planta nativa do Brasil, de raízes com propriedades eméticas, expectorantes e antidisentéricas. (N. T.)

insensível quanto ao caráter romântico da situação e à doçura de uma vez mais partilhar daquele romance com uma alma irmã.

Era uma noite gelada e de céu claro, repleta do ébano das sombras e do prateado das colinas nevadas; estrelas grandes brilhavam sobre campos silenciosos; e aqui e ali, os escuros e pontudos abetos erguiam-se com neve polvilhando seus galhos e o vento uivando ao passar por entre eles. Anne pensou que era realmente encantador passar correndo por toda essa beleza e mistério com sua amiga do peito, de quem estava separada havia muito.

Minnie May, de três anos de idade, de fato estava muito doente. Estava deitada no canapé da cozinha com febre e inquieta, e sua respiração rouca podia ser ouvida por toda a casa. A Jovem Mary Joe, uma menina francesa de Creek, roliça e de rosto largo, que a senhora Barry contratara para ficar com as crianças durante a sua ausência, estava impotente e desorientada, muito incapaz de pensar no que fazer ou de fazer o que quer que lhe ocorresse.

Anne foi ao trabalho com habilidade e prontidão.

– Minnie May está mesmo com crupe; é grave, mas já vi casos piores. Primeiro, precisamos de muita água quente. Estou vendo, Diana, que não há mais do que uma xícara de água na chaleira! Pronto, enchi-a, e, Mary Joe, você pode colocar um pouco de lenha no forno. Não quero magoá-la, mas para mim parece que você poderia ter pensado nisso antes caso tivesse alguma imaginação. Agora, vou tirar a roupa de Minnie May e colocá-la na cama, e você tente encontrar algumas flanelas macias, Diana. Antes de mais nada, vou dar a ela uma dose de ipecacuanha.

Minnie May não gostou da ipecacuanha, mas não fora à toa que Anne criara três pares de gêmeos. E a ipecacuanha foi goela abaixo, não apenas uma vez, mas várias vezes durante a longa e inquieta noite em que duas garotinhas cuidaram pacientemente da sofredora Minnie May, e a Jovem Mary Joe, sinceramente ansiosa por poder fazer tudo o que podia, manteve o fogo da lareira forte e esquentou mais água do que seria necessário para um hospital cheio de bebês com crupe.

Eram três da manhã quando Matthew chegou com um médico, pois fora obrigado a ir até Spencervale atrás de um. Mas a urgência da assistência já havia passado. Minnie May estava muito melhor e dormia profundamente.

– Eu estava quase desistindo de desespero – explicou Anne. – Ela piorou e piorou, até que ficou mais doente do que já ficaram os gêmeos dos Hammond, até mesmo o último par deles. Realmente achei que ela ia morrer sufocada. Dei a ela cada gota de ipecacuanha desta garrafa, e, quando ela tomou a última dose, eu disse a mim mesma, e não para Diana ou para a Jovem Mary Joe, pois não queria deixá-las mais preocupadas do que já estavam, mas tive que dizer a mim mesma, simplesmente para aliviar meus sentimentos: "Esta é a última esperança que resta, e temo que seja em vão". Mas depois de três minutos ela expeliu o catarro e imediatamente começou a melhorar. O senhor tem de imaginar o meu alívio, doutor, pois não posso expressá-lo com palavras. O senhor sabe que tem coisas que não dá para expressar com palavras.

– Sim, eu sei – assentiu o médico. Ele olhou para Anne como se estivesse pensando coisas sobre ela que não podiam ser expressadas com palavras. Mais tarde, expressou-as ao senhor e à senhora Barry.

– Aquela menininha ruiva que mora com os Cuthberts é esperta demais. Confesso a vocês que ela salvou a vida daquele bebê, pois teria sido tarde demais na hora em que cheguei. Ela parece ter habilidade e uma presença de espírito perfeitamente maravilhosas para uma criança da idade dela. Nunca vi algo como o olhar dela quando ela me explicou o caso.

Anne voltara para casa na maravilhosa manhã de inverno coberta de gelo branco, com os olhos pesados pela falta de sono, mas ainda falando incansavelmente com Matthew à medida que eles cruzavam o longo campo branco e caminhavam sob o cintilante arco de fadas dos bordos da Trilha dos Amantes.

– Oh, Matthew, não está fazendo uma manhã linda? O mundo se parece com algo que Deus acabou de imaginar para o Seu próprio deleite, não é? Aquelas árvores dali parecem poder ser derrubadas com um sopro meu... *puf!* Fico muito feliz de morar em um mundo em que há geadas, e você? E fico muito feliz que a senhora Hammond tenha tido três pares de gêmeos no fim das contas. Caso não tivesse tido, eu talvez não soubesse o que fazer por Minnie May. E lamento muito que algum dia eu tenha me ressentido da senhora Hammond por ela ter tido gêmeos. Mas, oh, Matthew, estou com muito sono. Não posso ir para a escola. Simplesmente sei que não conseguiria ficar de olhos abertos, e faria papel de burra. Mas odeio ter de ficar em casa, porque Gil... alguns dos outros alunos vão se tornar os melhores da classe, e depois é muito difícil reconquistar essa posição... apesar de que é óbvio que, quanto mais difícil for, mais satisfação se sente depois da conquista, não é mesmo?

– Bem, acho que você vai se sair bem – disse Matthew, olhando para o rostinho pálido de Anne e para as escuras olheiras sob seus olhos. – Pode ir direto para a cama e dormir bem. Eu faço todas as tarefas da casa.

Conforme combinado, Anne foi para a cama e dormiu tanto e tão profundamente que já era o meio da tarde branca e rosada de inverno quando acordou e desceu até a cozinha, onde Marilla, que voltara nesse meio tempo, estava sentada tricotando.

– Oh, você viu o primeiro-ministro? – exclamou Anne imediatamente. – Como era a aparência dele, Marilla?

– Bem, não foi pela beleza que ele se tornou primeiro-ministro – respondeu Marilla. – Que narigão tem aquele homem! Mas ele sabe falar. Tive orgulho de ser conservadora. Rachel Lynde, é claro, por ser liberal, não gostou dele. Seu almoço está no forno, Anne, e pode pegar na despensa um pouco de geleia de ameixa. Imagino que esteja faminta. Matthew contou-me sobre ontem à noite. Devo dizer que foi uma sorte que você soubesse o que fazer. Eu mesma não teria ideia do que fazer, pois nunca vi um caso de crupe. Calma, não pense em falar até que tenha almoçado. Pela sua cara, já sei que está cheia de coisas para dizer, mas as palavras não vão sumir.

Marilla tinha algo a dizer a Anne, mas não disse nada naquele momento porque sabia que se o fizesse, o entusiasmo consequente de Anne faria com que se esquecesse completamente de questões concretas, como o apetite para o almoço. Foi só depois que Anne havia terminado de comer um prato de geleia de ameixa que Marilla disse:

– A senhora Barry esteve aqui esta tarde, Anne. Ela queria ver você, mas não tive coragem de acordá-la. Diz ela que você salvou a vida de Minnie May e que ela sente muito por ter agido do modo como agiu naquele assunto do vinho de groselha. Diz ela que sabe que você não teve a intenção de embriagar Diana e espera que você a perdoe e que reate a amizade com Diana. Se você quiser, pode ir para a casa dela no fim da tarde, pois Diana não pode pôr o pé na rua, por causa de um resfriado horrível que pegou ontem à noite. Agora, Anne Shirley, pela Misericórdia, não exploda de alegria.

A advertência não parecia desnecessária, pois a expressão e a atitude de Anne estavam muito elevadas e aéreas à medida que ela se levantou com um pulo, e seu rosto irradiava a chama de seu espírito.

– Oh, Marilla, posso ir agora mesmo... sem antes lavar a louça? Lavo quando voltar, mas não posso ficar presa a algo tão antirromântico quanto lavar a louça neste momento emocionante.

– Sim, sim, pode ir – disse Marilla de modo indulgente. – Anne Shirley... está doida? Volte já e vista um casaco. Parece que falo com as paredes. Ela saiu sem gorro ou casaco. Olhe só ela indo disparada pelo pomar com os cabelos esvoaçantes. Só por misericórdia não vai morrer de gripe.

Anne voltou dançando para casa em meio ao crepúsculo violeta do inverno, passando pelos lugares nevados. Ao longe, no sudoeste, via--se o enorme, cintilante e perolado brilho de uma estrela em um céu que tinha tons de dourado pálido e rosa etéreo sobre espaços brancos reluzentes e escuras ravinas cobertas de píceas. O tilintar de guizos de trenós por entre as colinas nevadas vinha como badaladas élficas pelo ar congelado, mas seu som não era mais doce do que a canção no coração e nos lábios de Anne.

– Você está diante de uma pessoa perfeitamente feliz, Marilla – anunciou ela. – Estou perfeitamente feliz... sim, apesar dos meus cabelos ruivos. Neste exato momento, minha alma está acima dos cabelos ruivos. A senhora Barry me beijou e chorou, e disse que lamentava muito, e que jamais poderia retribuir minha atitude. Fiquei extremamente constrangida, Marilla, mas simplesmente falei da maneira mais educada que pude: "Não guardo rancores da senhora, senhora Barry. Asseguro-lhe de uma vez por todas que não tive a intenção de embriagar Diana, e de agora em diante cobrirei o passado com o manto do olvido". Falei de um modo muito decoroso, não é, Marilla? – Senti-me como se eu fosse uma montanha de carvão em brasa na cabeça da senhora Barry. E Diana e eu passamos uma tarde adorável. Diana me mostrou um novo e refinado ponto de crochê que a tia dela em Carmody lhe ensinou. Não tem alma viva além de nós que saiba fazê-lo em Avonlea, e fizemos um juramento solene de jamais revelá-lo a alguém. Diana me deu um lindo cartão com um ramalhete de rosas estampado e um pequeno poema:

"Se retribuíres o meu amor,
Só a morte entre nós poderá se interpor."

– E isso é verdade, Marilla. Vamos pedir ao senhor Phillips que nos deixe sentar juntas na escola, e Gertie Pye pode ir se sentar com Minnie Andrews. Tomamos um chá muito elegante. A senhora Barry usou seu melhor jogo de porcelana, Marilla, como se eu fosse uma visita de verdade. Nem consigo lhe dizer a emoção que senti. Nunca alguém usou seu melhor jogo de porcelana por minha causa antes. E comemos bolo de fruta e bolo inglês, e rosquinhas, e dois tipos de geleia, Marilla. E a senhora Barry perguntou-me se eu queria chá, e disse: "Meu bem, por que não passa os pãezinhos para Anne?". Deve ser ótimo ser adulto, Marilla, visto que ser tratada como se fosse adulta é tão bom assim.

– Não tenho certeza quanto a isso – disse Marilla, com um breve suspiro.

– Bem, de todo modo, quando eu crescer – falou Anne com determinação –, sempre vou falar com menininhas como se elas fossem adultas, e jamais rirei delas quando falarem palavras difíceis. Sei por experiências tristes o quanto isso magoa as pessoas. Depois do chá, Diana e eu fizemos bala puxa-puxa. Não ficou muito boa, acho que porque nem eu nem Diana já tínhamos feito puxa-puxa. Diana me deixou mexer a receita enquanto ela untava as travessas, e esqueci e deixei queimar; e, quando deixamos as balas em um tablado para que esfriassem, o gato passou em cima de uma delas, e tivemos que jogar essa travessa fora. Mas fazer a receita foi esplendidamente divertido. Depois, quando saí para vir para casa, a senhora Barry me pediu que voltasse lá sempre que eu pudesse, e Diana ficou diante da janela e soprou beijos para mim até que eu chegasse à Trilha dos Amantes. Garanto a você, Marilla, que estou com vontade de rezar hoje à noite e vou inventar uma oração novinha em folha em homenagem a esta ocasião.

UM CONCERTO, UMA CATÁSTROFE E UMA CONFISSÃO

– Marilla, posso ir visitar Diana só um minutinho? – perguntou Anne, vindo correndo, ofegante, do frontão leste certa noite de fevereiro.

– Não entendo por que você quer ficar perambulando por aí depois que já escureceu – disse Marilla em um tom cortante. – Você e Diana voltaram juntas da escola, e depois ficaram de pé na neve por mais meia hora, sem as suas línguas darem uma trégua, blá-blá-blá. Então, não acho que esteja sentindo tanta falta assim de vê-la de novo.

– Mas ela quer me encontrar – suplicou Anne. – Ela tem algo muito importante a me dizer.

– Como sabe disso?

– Porque ela fez um sinal para mim da sua janela. Nós combinamos um modo de sinalizar uma para a outra com velas e papelão. Deixamos a vela no parapeito e fazemos a chama tremeluzir passando um pedaço de papelão por ela, para frente e para trás. Um certo número de bruxuleios significa uma determinada coisa. A ideia foi minha, Marilla.

– Aposto mesmo que foi – disse Marilla enfaticamente. – E daqui a pouco você vai tocar fogo nas cortinas com esse disparate de ficar mandando sinais.

– Oh, nós tomamos muito cuidado, Marilla. E é interessante demais. Dois bruxuleios significam "Você está aí?". Três significam "sim", e quatro, "não". Cinco significam "Venha cá assim que possível, pois tenho algo importante a revelar". Diana acabou de mandar cinco bruxuleios, e estou sofrendo de verdade para saber o que é.

– Bem, não precisa mais sofrer – disse Marilla com sarcasmo. – Pode ir, mas deve estar de volta aqui em apenas dez minutos, lembre-se disso.

Anne de fato lembrou e voltou para casa no tempo estipulado, apesar de que provavelmente nenhum mortal jamais saberá exatamente como foi custoso para ela confinar a discussão sobre o importante anúncio de Diana ao limite de dez minutos. Mas pelo menos ela aproveitara bastante esses minutos.

– Oh, Marilla, o que você acha? Você sabe que amanhã é o aniversário da Diana. Bem, a mãe dela disse que ela podia me convidar para voltar para casa com ela da escola e passar a noite toda com ela. E os primos dela estão vindo de Newbridge em um grande trenó de um só cavalo para ir ao concerto do Clube de Oratória no auditório amanhã à noite. E eles vão levar Diana e a mim para o concerto... se você me deixar ir, quero dizer. Você vai, não é, Marilla? Oh, estou animada demais.

– Então, trate de se acalmar, pois você não vai. É melhor ficar em casa, na sua própria cama, e, quanto a esse concerto do clube, isso é um disparate e sequer deveriam permitir que menininhas frequentassem esses lugares.

– Tenho certeza de que o Clube de Oratória é algo bastante respeitável – suplicou Anne.

– Não estou dizendo que não é. Mas você não vai começar a vadiar por concertos e ficar na rua até de madrugada. Que bela atividade para crianças. Fico surpresa que a senhora Barry tenha deixado Diana ir.

– Mas é uma ocasião muito especial – lamentou-se Anne, prestes a chorar. – A Diana só faz aniversário uma vez por ano. Aniversários não são coisas comuns, Marilla. Prissy Andrews vai recitar "O toque de recolher não pode soar esta noite"[31]. Trata-se de uma obra de muita moral, Marilla, estou certa de que me faria muito bem ouvi-la. E o

---

31 "Curfew Must Not Ring Tonight", um poema narrativo de Rose Hartwick Thorpe, escrito em 1867 e passado no século XVII. Foi escrito quando ela tinha dezesseis anos e publicado originalmente no *Detroit Commercial Advertiser*. (N. T.)

coral cantará quatro adoráveis canções patéticas[32] que são quase tão boas quanto hinos. E oh, Marilla, o pastor vai participar; sim, vai mesmo, ele vai fazer um discurso. Isso vai ser quase a mesma coisa que um sermão. Por favor, posso ir, Marilla?

– Você ouviu o que eu disse, não foi, Anne? Tire já sua botas e vá para a cama. Já passam das oito da noite.

– Tem só mais uma coisa, Marilla – disse Anne, com ares de quem tentava dar o último tiro de seu arsenal. – A senhora Barry disse à Diana que talvez nós durmamos na cama do quarto sobressalente. Pense só na honra que seria a sua pequena Anne ser acomodada na cama do quarto sobressalente.

– Essa é uma honra sem a qual você terá de viver. Vá para a cama, Anne, e não me deixe ouvir mais um pio de você.

Quando Anne, com lágrimas escorrendo pelo rosto, tinha ido tristemente para o andar de cima, Matthew, que aparentemente estivera dormindo profundamente na poltrona durante toda aquela conversa, abriu os olhos e disse com determinação:

– Bem, Marilla, acho que você deveria deixar Anne ir.

– E eu acho que não – retrucou Marilla. – Quem está criando essa menina, Matthew, você ou eu?

– Bem, você – admitiu Matthew.

– Então, não se intrometa.

– Bem, não estou me intrometendo. Ter opinião própria não é intrometer-se. E minha opinião é a de que você deve deixar Anne ir.

– Você acharia que eu deveria deixar Anne ir para a lua caso ela cismasse com isso, não tenho dúvida – foi a simpática réplica de Marilla. – Eu talvez a deixasse dormir na casa da Diana se fosse só isso. Mas não concordo com essa ideia de ir ao concerto. Ela iria e provavelmente pegaria um resfriado e ficaria com a mente cheia de disparates e entusiasmo. Ela ficaria inquieta por uma semana depois disso. Eu

---

32 Muito em voga entre corais e cantores na segunda metade do século XIX, nos Estados Unidos e Canadá, as canções patéticas são aquelas cujo tema é o *páthos*, ou seja, elas buscam despertar no ouvinte um sentimento de dó, compaixão ou empatia, e falam de perdas e arrependimentos. (N. T.)

entendo o temperamento dessa criança e o que é bom para ela mais do que você, Matthew.

– Acho que você deveria deixar Anne ir – repetiu Matthew com firmeza. Discutir não era o seu forte, mas se aferrar à sua opinião certamente era. Marilla arquejou de impotência e foi se refugiar no silêncio.

Na manhã seguinte, quando Anne estava lavando a louça do café da manhã na despensa, Matthew parou em seu caminho até o celeiro para tornar a dizer a Marilla:

– Acho que você deveria deixar Anne ir, Marilla.

Por um instante, Marilla pareceu querer dizer coisas indecentes demais para serem faladas. Depois, cedeu ao inevitável e disse com muita aspereza:

– Muito bem, ela pode ir, visto que nada mais satisfará você.

Anne voou para fora da despensa com um pano de prato molhado nas mãos.

– Oh, Marilla, Marilla, repita essas palavras abençoadas.

– Acho que dizê-las uma vez só está de bom tamanho. Isso foi obra do Matthew, e estou lavando as minhas mãos. Se você pegar pneumonia por dormir em uma cama estranha, ou por sair daquele auditório quente para o sereno da noite, não ponha a culpa em mim, mas em Matthew. Anne Shirley, você está deixando água engordurada pingar pelo chão todo. Nunca vi criança tão descuidada.

– Oh, sei que sou uma enorme provação para você, Marilla – disse Anne em tom de arrependimento. – Faço muitas coisas erradas. Mas, então, pense só em todos os erros que não cometo, apesar de poder cometê-los. Vou pegar um pouco de areia[33] e esfregar as manchas antes de ir para a escola. Oh, Marilla, meu coração estava decidido a ir a esse concerto. Nunca na vida fui a um concerto, e, quando as outras garotas falam sobre eles na escola, sinto-me muito deslocada. Você não percebeu exatamente como eu me sentia em relação a isso, mas pode ver que o Matthew percebeu. Matthew me entende, e é muito bom ser compreendida, Marilla.

---

33 Os pisos de madeira das casas dessa época costumavam ser lixados com areia, para que ficassem limpos e com aparência quase branca. (N. T.)

Anne estava entusiasmada demais para se esmerar nas lições daquela manhã na escola. Gilbert Blythe escreveu melhor do que ela na aula, e deixou-a para trás na aritmética mental. A consequente humilhação de Anne foi menor do que poderia ter sido, no entanto, por causa do concerto e da cama do quarto sobressalente. Ela e Diana falaram tanto sobre isso o dia todo que, se tivessem um professor mais severo do que o senhor Phillips, uma desgraça terrível seria o quinhão delas.

Anne pensou que não teria suportado caso não pudesse ir ao concerto, pois aquele era o único assunto do dia na escola. O Clube de Oratória de Avonlea, que se encontrava a cada duas semanas durante todo o inverno, organizara vários eventos gratuitos menores, mas este era um evento grande, com entradas a dez centavos, em prol da biblioteca. Os jovens de Avonlea passaram semanas ensaiando, e todos os alunos da escola estavam especialmente interessados nisso por conta de irmãos e irmãs mais velhas que iriam participar. Todos com mais de nove anos da escola iriam, exceto Carrie Sloane, cujo pai tinha a mesma opinião de Marilla sobre garotinhas irem a concertos noturnos. Carrie Sloane chorou em sua gramática toda a tarde e sentiu que não valia a pena viver a vida.

Para Anne, o entusiasmo de fato começou com a dispensa da escola, e aumentou a partir dali em *crescendo* até que culminou em uma explosão de êxtase positivo no concerto. Elas tomaram um "chá perfeitamente elegante"; e depois veio a deliciosa tarefa de se vestir no quartinho de Diana, no andar de cima. Diana arrumou a franja de Anne no novo estilo *pompadour*[34], e Anne arrumou os cachos de Diana com uma técnica especial que ela sabia, e elas experimentaram pelo menos meia dúzia de maneiras diferentes de arrumar os cabelos da parte de trás da cabeça. Por fim, ficaram prontas, com bochechas escarlate e olhos brilhando de animação.

É verdade que Anne não podia evitar sentir uma pontada de dor ao contrastar sua boina escocesa preta e seu casaco feito em casa de

---

34 Penteado cujo nome foi inspirado na madame de Pompadour, uma das amantes do rei Luís XV. Apesar de haver inúmeras variações do penteado para homens, mulheres e crianças, ele consiste basicamente do cabelo da frente da cabeça puxado bem acima da testa, e, às vezes, os cabelos dos lados e da parte de trás da cabeça também. (N. T.)

tecido cinza, mangas apertadas e sem corte com o garboso gorro de pele de Diana e sua elegante jaquetinha. Mas ela se lembrou a tempo de que tinha uma imaginação e que podia usá-la.

Depois, chegaram os primos de Diana, os Murray, de Newbridge; todos se amontoaram no enorme trenó de um só cavalo, em meio a palha e vestes felpudas. Anne deleitou-se com a viagem até o auditório, deslizando pelas estradas acetinadas com a neve estalando sob os esquis. Fez-se um pôr do sol magnífico, e as colinas nevadas e a água azul-marinho do golfo de São Lourenço pareciam contornar aquele esplendor como se fosse uma enorme tigela de pérolas e safiras bordeada de vinho e fogo. Badaladas de guizos de trenós e risadas a distância, que pareciam risadas de elfos da mata, vinham de todos os lados.

– Oh, Diana – suspirou Anne, apertando a mão enluvada de Diana por baixo do casaco de pele –, isso tudo não parece um lindo sonho? Eu realmente pareço a mesma pessoa de sempre? Sinto-me tão diferente que acho que dá para perceber isso na minha aparência.

– Você está muito bonita – disse Diana, que, tendo acabado de receber um elogio de um de seus primos, se sentiu na obrigação de fazer o mesmo. – Você está com uma cor lindíssima.

O programa daquela noite foi uma série de "emoções fortes" para pelo menos um dos ouvintes na plateia, e, como Anne garantiu a Diana, cada emoção forte sucessiva era mais forte do que a anterior. Quando Prissy Andrews, surgiu usando um vestido novo de seda rosa, um colar de pérolas em volta de seu pescoço liso e cravos de verdade em seu cabelo, os boatos diziam que o professor os encomendara para ela no centro da cidade, "subiu a escada suja, em que não batia um raio de sol"[35], Anne tremeu com suntuosa empatia; quando o coral cantou "Muito acima das gentis margaridas"[36], Anne olhou fixamente para o teto, como se nele houvesse afrescos com anjos; quando Sam Sloane em seguida começou a explicar e a

---

35 Verso de "Curfew Must Not Ring Tonight". (N. T.)

36 "Far Above the Gentle Daisies", música de 1869, de autoria de George Cooper e Harrison Millard. (N. T.)

ilustrar "Como Sockery ajeitou uma galinha"[37], Anne riu até que as pessoas à sua volta riram também, mais por solidariedade a ela do que por apreciarem uma história que já era batida até mesmo em Avonlea, e, quando o senhor Phillips recitou o discurso de Marco Antônio diante do cadáver de Júlio César[38] em um tom deveras comovente – olhando para Prissy Andrews ao final de cada frase –, Anne sentiu que seria capaz de sublevar-se e amotinar-se caso um cidadão romano saísse na frente.

Somente uma atração do programa não interessou Anne. Quando Gilbert Blythe recitou "Bingen no Reno"[39], Anne pegou o livro que Rhoda Murray retirara na biblioteca e leu-o até que Gilbert terminasse, quando ela ficou sentada imóvel e com o corpo retesado, enquanto Diana batia palmas até que suas mãos ardessem.

Eram onze horas quando eles voltaram para casa, satisfeitos de desvanecimento, mas ainda com o doce prazer de recontar tudo ainda por vir. Todos pareciam estar dormindo, e a casa estava escura e silenciosa. Anne e Diana foram na ponta dos pés até a sala de visitas, um cômodo comprido e estreito a partir do qual se entrava no quarto sobressalente. Ele estava agradavelmente morno e iluminado pela luz fraca das brasas de uma lareira atrás do guarda-fogo.

– Vamos trocar de roupa aqui – disse Diana. – Está muito agradável e quentinho.

– Hoje não foi delicioso? – suspirou Anne, extasiada. – Deve ser esplêndido subir no palco e recitar de lá. Você acha que algum dia vão nos convidar para fazer isso, Diana?

– Sim, claro, algum dia. Eles sempre estão querendo alunos mais velhos para recitar. O Gilbert Blythe faz isso com frequência, e ele só é dois anos mais velho do que nós. Oh, Anne, como você conseguiu fingir

---

37 "How Sockery Set a Hen", diálogo cômico supostamente escrito por um imigrante alemão, que conta as desventuras de Sockery no galinheiro: quando ele tenta colocar ovos embaixo de uma galinha chocadeira no alto do galinheiro, escorrega e cai dentro de um barril. (N. T.)
38 Da peça *Júlio César*, de Shakespeare. (N. T.)
39 "Bingen on the Rhine", poema de Caroline E. Norton que conta a história de um soldado moribundo da legião estrangeira francesa em Argel. (N. T.)

que não o escutava? Quando ele chegou ao verso "Há Outra, *não* uma irmã", ele olhou bem para você.

– Diana – disse Anne em tom solene –, você é minha amiga do peito, mas não posso permitir que mesmo você me fale dessa pessoa. Está pronta para ir para a cama? Vamos apostar uma corrida para ver quem chega na cama primeiro.

A sugestão foi atraente para Diana. As duas figurinhas vestidas de branco voaram pelo cômodo comprido, entraram no quarto sobressalente e pularam em cima da cama ao mesmo tempo. Depois... alguma coisa... se moveu embaixo delas, e ouviu-se um arquejo e um grito... e alguém disse com a voz abafada:

– Santa Misericórdia!

Anne e Diana nunca foram capazes de dizer como saíram daquela cama ou daquele quarto. Só sabiam que, depois de uma corrida frenética, elas se viram subindo as escadas na ponta do pé e tremendo.

– Oh, quem era... *o que* foi aquilo? – sussurrou Anne, com os dentes tremendo de medo e frio.

– Era a tia Josephine – disse Diana, arquejando de tanto rir. – Oh, Anne, era a tia Josephine, e sabe-se lá como ela calhou de estar lá. Oh, e sei que ela vai ficar furiosa. É terrível... é realmente terrível... mas você já viu algo tão engraçado, Anne?

– Quem é sua tia Josephine?

– Ela é tia do meu pai e mora em Charlottetown. Ela é velhíssima, setenta e tantos, e não acho que *algum dia* tenha sido criança. Estávamos esperando uma visita dela, mas não por agora. Ela é muito recatada e formal e vai nos dar broncas terríveis por conta disso, eu sei. Bem, vamos ter que dormir com a Minnie May... e você nem imagina como ela dá chutes enquanto dorme.

A senhorita Josephine Barry não apareceu para o café da manhã cedo na manhã seguinte. A senhora Barry sorriu com gentileza para as duas menininhas.

– Vocês se divertiram ontem à noite? Tentei ficar acordada até que vocês voltassem para casa, pois queria avisar que a tia Josephine havia chegado e que vocês no fim das contas teriam de dormir no andar de cima, mas estava tão cansada que caí no sono. Espero que não tenha incomodado sua tia, Diana.

Diana permaneceu em silêncio circunspecto, mas ela e Anne trocaram sorrisos furtivos de diversão culpada de um lado para o outro da mesa. Anne apressou-se para voltar para casa depois do café, e assim permaneceu em bem-aventurada ignorância em relação à perturbação que naquele momento ocorria na casa dos Barrys até o final da tarde, quando ela foi à casa da senhora Lynde em uma incumbência para Marilla.

– Então, você e Diana quase mataram de susto a pobre e velha senhorita Barry ontem à noite? – disse com severidade a senhora Lynde, mas com um brilho nos olhos. – A senhora Barry passou por aqui faz alguns minutos, a caminho de Carmody. Ela está muito preocupada com isso. A velha senhorita Barry estava muito mal-humorada quando acordou esta manhã; e o temperamento de Josephine Barry não é brincadeira, posso lhes garantir. Ela se recusou a dirigir a palavra a Diana.

– Não foi culpa da Diana – disse Anne em contrição. – Foi minha. Eu sugeri que corrêssemos para ver quem chegava primeiro na cama.

– Eu sabia! – falou a senhora Lynde, com o júbilo de quem adivinhou corretamente. – Eu sabia que a ideia tinha saído da sua cabeça. Bem, o fato é que isso causou um grande problema. A velha senhorita Barry veio para cá passar um mês, mas anunciou que não ficará nem mais um dia e que voltará ao centro da cidade amanhã, domingo, é isso. Ela teria ido embora hoje caso pudessem levá-la. Ela prometera pagar três meses de aulas de música para Diana, mas agora está decidida a não fazer nada por essa menina levada. Oh, acho que a coisa ficou bem alvoroçada na casa deles nesta manhã. Os Barrys devem estar se sentindo destruídos. A velha senhorita Barry é rica, e eles querem sempre estar nas boas graças dela. É claro que a senhora Barry não me disse isso com essas palavras, mas o fato é que sei julgar muito bem a natureza humana.

– Sou uma menina muito azarada – lamentou-se Anne. – Estou sempre me metendo em enrascadas, e arrastando comigo meus amigos, pessoas por quem eu verteria todo o sangue do meu coração. Sabe me dizer por que isso acontece, senhora Lynde?

– É porque você é muito descuidada e impulsiva, menina, simples assim. Você nunca para para pensar... você diz e faz e diz e faz tudo o que lhe dá na telha, sem um momento de reflexão.

– Oh, mas essa é a melhor parte – protestou Anne. – Alguma coisa surge em sua mente, entusiasmante demais, e você tem que externar aquilo. Se você parar para refletir, estraga tudo. A senhora nunca sentiu isso, senhora Lynde?

Não, a senhora Lynde nunca sentira aquilo. Ela balançou a cabeça sabiamente em negativa.

– O fato é que você precisa aprender a refletir um pouco, Anne. O provérbio que você precisa ter como lema é "Pense antes de saltar"... principalmente em cima de camas de quartos sobressalentes.

A senhora Lynde riu com gosto de sua piada inofensiva, mas Anne permaneceu pensativa. Ela não viu nenhum motivo para rir da situação, a qual, aos olhos dela, parecia muito grave. Quando ela saiu da casa da senhora Lynde, foi pelos campos cobertos de gelo até Orchard Slope. Diana encontrou-a na porta da cozinha.

– Sua tia Josephine ficou muito irritada, não é? – sussurrou Anne.

– Sim – respondeu Diana, abafando uma risada com um olhar apreensivo por sobre o ombro em direção à sala de estar. – Ela estava sapateando de ódio, Anne. Oh, como ela resmungou! Ela disse que eu era a menina mais malcomportada que ela jamais vira e que meus pais deveriam ter vergonha do modo como me criaram. Ela diz que não vai ficar aqui, e lhe garanto que não me importo. Mas meu pai e minha mãe, sim.

– Por que não disse a eles que a culpa foi minha? – indagou Anne.

– Até parece que eu faria uma coisa dessas, não é? – disse Diana com justo escárnio. – Não sou alcaguete, Anne Shirley, e, de todos os modos, tive tanta culpa quanto você.

– Bem, eu mesma vou contar a ela – disse Anne com determinação.

Diana ficou perplexa.

– Anne Shirley, não faça isso! Ora... ela vai comê-la viva!

– Não me deixe mais assustada do que já estou – implorou Anne.
– Eu preferia ficar diante da boca de um canhão. Mas tenho que fazer
isso, Diana. A culpa foi minha, e tenho que confessar. Felizmente, tenho
bastante experiência em confissões.

– Bem, ela está naquele cômodo – disse Diana. – Pode entrar lá se
quiser. Eu não me atreveria. E não acredito que você vá conseguir melhorar a situação.

Com esse encorajamento, Anne agarrou o leão pela juba em seu covil... quer dizer, caminhou decidida até a sala de estar e bateu de leve à
porta. Um severo "Pode entrar" foi ouvido em seguida.

A senhorita Josephine Barry, magra, recatada e severa, tricota-
va ferozmente diante da lareira, com sua ira nada aplacada e os olhos
faiscantes atrás de seus óculos de armação dourada. Ela virou-se em sua
cadeira, esperando ver Diana, e avistou uma garota de rosto lívido cujos
olhos grandes estavam repletos de uma mistura de coragem desesperada e pavor acachapante.

– Quem é você? – indagou a senhorita Josephine Barry,
sem cerimônia.

– Sou Anne de Green Gables – disse trêmula a pequena visita, entrelaçando as mãos em seu gesto característico – e vim aqui para fazer uma
confissão, se me permite.

– Confessar o quê?

– Que o pulo na sua cama ontem à noite foi totalmente culpa minha.
Fui eu quem deu a ideia. Diana jamais pensaria em algo desse tipo, tenho
certeza. Diana é uma menina que se porta como uma dama, senhorita
Barry. Então, a senhorita deve perceber o quão injusto é culpá-la.

– Ah, eu devo, é? Prefiro pensar que Diana no mínimo teve parte no
pulo. Onde já se viu isso em uma casa respeitável?!

– Mas estávamos apenas nos divertindo – insistiu Anne. – Acho que
deveria nos perdoar, senhorita Barry, agora que pedimos desculpas.
De todo modo, por favor, perdoe a Diana e deixe que ela faça as aulas de música. Diana quer muito ter aulas de música, senhorita Barry,

e sei muito bem como é desejar muito uma coisa e não consegui-la. Se a senhorita precisa ficar irritada com alguém, fique irritada comigo. Quando eu era menor, me acostumei tanto a ter pessoas irritadas comigo que sou capaz de suportar isso muito melhor do que Diana.

Quase todas as faíscas tinham se esvaído dos olhos da velha dama àquela altura e foram substituídas por um brilho de interesse entretido. Ainda assim, ela disse com severidade:

– Não acho que seja uma desculpa aceitável o fato de vocês estarem se divertindo. Garotinhas nunca se entregavam a esse tipo de diversão quando eu era jovem. Você não sabe o que é ser acordada de um sono profundo, depois de uma longa e árdua viagem, por duas meninas enormes vindo quicar em cima de você.

– Eu não *sei*, mas posso *imaginar* – disse Anne com avidez. – Tenho certeza de que deve ter sido muito perturbador. Mas também há o nosso lado da história. A senhorita tem alguma imaginação, senhorita Barry? Caso tenha, coloque-se em nosso lugar. Nós não sabíamos que havia alguém na cama, e a senhorita quase nos matou de susto. O modo como nos sentimos foi horrível. E não pudemos dormir no quarto sobressalente, como havia sido prometido. Presumo que a senhorita esteja acostumada a dormir em quartos sobressalentes. Mas imagine só como a senhorita se sentiria se fosse uma pequena menina órfã que jamais teve essa honra.

Todas as faíscas haviam sumido àquela altura. A senhorita Barry de fato riu, um som que fez com que Diana, que esperava em silenciosa ansiedade na cozinha, soltasse um grande arquejo de alívio.

– Receio que minha imaginação esteja um tanto enferrujada... faz muito tempo que não a uso – disse ela. – Atrevo-me a dizer que sua súplica por solidariedade é tão válida quanto a minha. Tudo depende da maneira como encaramos a situação. Sente-se aqui e conte-me sobre você.

– Sinto muito, mas não posso – disse Anne com firmeza. – Eu até gostaria, pois a senhorita parece ser uma dama interessante, e talvez até seja uma alma irmã, apesar de não se parecer muito com uma. Mas é meu dever voltar para casa, para a senhorita Marilla Cuthbert.

A senhorita Marilla Cuthbert é uma dama muito bondosa que me pegou para me criar direito. Ela está fazendo o melhor que pode, mas é um trabalho muito desencorajador. A senhorita não deve culpá-la por eu ter pulado na cama. Mas, antes de ir embora, eu realmente gostaria que a senhorita me dissesse que perdoará Diana e ficará em Avonlea pelo tempo originalmente combinado.

– Acho que talvez eu até fique caso você venha conversar comigo ocasionalmente – respondeu a senhorita Barry.

Naquela noite, a senhorita Barry deu para Diana um bracelete de prata e falou aos membros mais velhos da família que havia desfeito sua valise.

– Decidi ficar simplesmente para conhecer melhor aquela menina Anne – falou ela com franqueza. – Ela me diverte, e, na minha idade, uma pessoa divertida é uma raridade.

O único comentário de Marilla quando ouviu o caso foi: "Eu a avisei". O comentário foi dirigido a Matthew.

A senhorita Barry permaneceu pelo mês combinado e por mais tempo depois. Dessa vez, era uma visita mais agradável, pois Anne a deixava de bom humor. Elas tornaram-se grandes amigas.

Quando a senhorita Barry partiu, ela disse:

– Lembre-se, menina Anne, de que, quando você for para o centro da cidade, você precisa me visitar e vou hospedá-la no quarto mais sobressalente entre os sobressalentes para você dormir.

– No fim das contas, a senhorita Barry era uma alma irmã – confidenciou Anne para Marilla. – Você não imaginaria isso pela aparência dela, mas ela é. A princípio, não dá para saber, como no caso do Matthew, mas depois de um tempo você percebe. Almas irmãs não são tão raras quanto eu imaginava. É esplêndido descobrir que há tantas delas no mundo.

UMA BOA IMAGINAÇÃO MAL-AVENTURADA

A primavera chegara mais uma vez a Green Gables: a linda, caprichosa e relutante primavera canadense, que passava devagar ao longo de abril e maio em uma sucessão de dias doces, frescos e frios, com crepúsculos rosados e milagres de ressurreição e crescimento. Os bordos na Trilha dos Amantes estavam com botões vermelhos, e brotos espiralados de samambaias despontavam por todo o Gorgolejo de Dríade. Nas terras ermas acima e ao longe, atrás da propriedade do senhor Silas Sloane, as anêmonas brotavam, como se fossem estrelas brancas e rosa por baixo de suas folhas marrons. Todas as meninas e todos os meninos da escola passaram uma tarde de ouro colhendo-as, voltando para casa em meio ao crepúsculo sem nuvens e ecoante com braços e cestas cheios de despojos florais.

– Sinto muita pena das pessoas que moram em terras onde não há anêmonas – comentou Anne. – Diana diz que talvez elas tenham algo melhor ainda, mas não é possível que haja algo melhor do que anêmonas, não é, Marilla? E Diana diz que, se eles não sabem o que são anêmonas, não vão sentir falta delas. Mas acho isso a coisa mais triste que há. Acho que seria *trágico*, Marilla, não saber o que são anêmonas e *não* sentir falta delas. Você sabe o que acho que as anêmonas são, Marilla? Acho que devem ser as almas das flores que morreram no verão passado, e este é o paraíso delas. Mas nos divertimos esplendidamente hoje, Marilla. Almoçamos na grande ravina coberta de musgo, perto de um antigo poço... que lugar *romântico*. Charlie Sloane desafiou Arty Gillis a pular sobre o poço, e Arty pulou porque não resistia a um desafio. Ninguém na escola resiste. Desafiar os outros está muito *na moda*. O senhor Phillips deu para Prissy Andrews todas as anêmonas que colheu, e ouvi-o dizer "doçuras para outra doçura". Ele tirou essa frase de um livro, sei disso; mas isso demonstra que ele tem alguma imaginação. Ofereceram-me também algumas anêmonas, mas recusei--as com desdém. Não posso lhe dizer o nome da pessoa, porque jurei jamais deixar esse nome passar pelos meus lábios. Fizemos coroas com as anêmonas e as colocamos em nossos chapéus; e, quando chegou a hora de ir para casa, marchamos em procissão estrada abaixo, em dupla, com nossos buquês e nossas coroas, cantando "Minha casa na colina"[40]. Oh, foi muito emocionante, Marilla. Toda a família do senhor Silas Sloane saiu correndo de casa para nos ver, e todas as pessoas com quem cruzamos na estrada paravam e ficavam olhando para nós. Provocamos um verdadeiro frenesi.

– Não é de se espantar! Quanta bobagem disparatada! – foi a resposta de Marilla.

Depois das anêmonas, vieram as violetas, e o Vale das Violetas estava coberto de roxo com elas. Anne caminhava por ele na ida para a escola com passos reverentes e olhos adoradores, como se pisasse em território sagrado.

– De algum modo – contou ela para Diana –, quando passo por aqui, não me importo se Gil... se qualquer pessoa tira ou não o meu posto de melhor aluna. Mas, quando estou na escola, tudo muda, e me importo mais do que nunca. Há muitas Annes diferentes dentro de mim. Às vezes, penso que é por isso que sou uma pessoa tão inoportuna. Se eu fosse

---

40 "My Home on the Hill", canção de 1866 de W. C. Baker. (N. T.)

apenas uma Anne, seria muito mais cômodo, mas eu não seria nem um pouco interessante quanto sou.

Certo fim de tarde de junho, quando os pomares estavam mais uma vez repletos de botões rosa, quando os sapos coaxavam seu canto doce e argentino nos pântanos perto da beira do Lago das Águas Cintilantes e o ar estava repleto do aroma dos campos de trevos e das matas de balsâmicos abetos, Anne estava sentada perto da janela de seu frontão. Ela estivera estudando sua lição, mas ficara escuro demais para ver o livro, então ela passou a um ensimesmamento de olhos arregalados, olhando além dos galhos maiores da Rainha das Neves, que mais uma vez estava estrelada de tufos de inflorescências.

Essencialmente, o pequeno cômodo do frontão não havia mudado. As paredes eram tão brancas quanto antes, o alfineteiro, tão duro quanto antes, e as cadeiras, com o mesmo aprumo rígido e amarelado de sempre. Ainda assim, todo o ar do quarto fora alterado. Ele estava repleto de uma personalidade nova, vivaz e pulsante, que parecia permeá-lo todo e que era muito apartada de livros de meninas de escola e vestidos e laçarotes, e até mesmo do jarro azul rachado e cheio de botões de macieira sobre a mesa. Era como se todos os sonhos, em vigília ou dormindo, de sua vívida ocupante tivessem tomado uma forma visível, porém imaterial, e tivessem revestido o quarto nu com esplêndidas camadas finas de arco-íris e luar. Naquele instante, Marilla entrou bruscamente ali com alguns dos recém-passados aventais que Anne usava na escola. Ela os pendurou em uma cadeira e se sentou, dando um breve suspiro. Sentira uma de suas dores de cabeça naquela tarde, e, apesar de a dor ter passado, sentia-se fraca e "esgotada", como ela mesma disse. Anne olhou para ela com olhos diáfanos de solidariedade.

– Eu de fato desejo ter podido sentir a dor de cabeça em seu lugar, Marilla. Por você, eu teria suportado a dor com alegria.

– Acho que já fez a sua parte ao fazer as tarefas domésticas e me deixar descansar – disse Marilla. – Você parece ter se saído razoavelmente bem e cometeu menos erros do que de costume. Mas é claro que não havia a menor necessidade de engomar os lenços do Matthew! E a maioria das pessoas, quando coloca uma torta no forno para esquentá-la para o almoço, a tira do forno quando está quente, e não deixa que ela torre até virar carvão. Mas este não parece ser o seu modo de fazer as coisas, evidentemente.

As dores de cabeça sempre deixavam Marilla um tanto sarcástica.

– Oh, me desculpe – disse a penitente Anne. – Não pensei naquela torta do momento em que a coloquei no forno até agora, apesar de eu *instintivamente* ter sentido falta de alguma coisa na mesa do almoço. Tomei a decisão firme, quando você me deixou encarregada das coisas esta manhã, de não imaginar nada e de manter meus pensamentos atrelados aos fatos. Saí-me muito bem, até que botei a torta no forno, e depois eu senti uma tentação irresistível de imaginar que eu era uma princesa encantada presa em uma torre solitária com um belo cavaleiro cavalgando para me resgatar em um corcel negro como carvão. Então, foi assim que acabei me esquecendo da torta. Nem percebi que tinha engomado os lenços. Durante todo o tempo em que fiquei passando as roupas, fiquei tentando pensar em um nome para uma ilha nova que eu e Diana descobrimos subindo o riacho. É o lugar mais deslumbrante que há, Marilla. Há dois bordos na ilha, e o riacho flui exatamente em volta dela. Por fim, ocorreu-me que seria esplêndido chamá-la de Ilha Vitória, pois a descobrimos no dia do aniversário da rainha. Tanto eu quanto Diana somos muito leais à monarquia. Mas sinto muito quanto à torta e aos lenços. Eu queria me comportar melhor hoje, pois se completa um aniversário. Você se lembra do que aconteceu neste dia no ano passado, Marilla?

– Não, não me lembro de nada de especial.

– Oh, Marilla, foi o dia em que eu vim para Green Gables. Jamais esquecerei esse dia. Ele foi a grande virada na minha vida. É claro que isso não pareceria tão importante assim para você. Faz um ano que estou aqui, e tenho sido muito feliz. É claro que tive lá meus problemas, mas problemas se superam. Você lamenta ter ficado comigo, Marilla?

– Não, não posso dizer que lamento – falou Marilla, que às vezes se perguntava como poderia ter vivido em Green Gables antes da vinda de

Anne. – Não, não lamento exatamente. Caso você tenha terminado de estudar a lição, quero que corra e pergunte à senhora Barry se ela pode me emprestar o molde do avental da Diana.

– Oh... mas está... escuro demais – choramingou Anne.

– Escuro demais? Ora, estamos ainda no crepúsculo. E Deus sabe que você já foi para lá várias vezes depois que já escurecera.

– Vou lá de manhã cedo – disse Anne com ansiedade. – Acordo com a aurora e vou, Marilla.

– O que meteu na cabeça dessa vez, Anne Shirley? Quero aquele molde para cortar seu avental novo esta noite. Vá de uma vez e fique bem esperta.

– Vou ter que dar a volta pela estrada, então – disse Anne, relutantemente pegando seu chapéu.

– Ir pela estrada e desperdiçar meia hora! Ah, se eu lhe pego fazendo isso!

– Não posso ir pela Mata Assombrada, Marilla – exclamou Anne em desespero.

Marilla ficou perplexa.

– Mata Assombrada! Você enlouqueceu? O que neste mundo é a Mata Assombrada?

– O bosque de píceas perto do riacho – sussurrou Anne.

– Quanta bobagem! Não existe nenhuma mata assombrada em lugar nenhum. Quem andou lhe contando essas histórias?

– Ninguém – confessou Anne. – Diana e eu simplesmente imaginamos que a mata era assombrada. Todos os lugares por aqui são tão... tão... *banais*. Nós simplesmente inventamos isso por diversão. Começamos em abril. Uma mata assombrada é romântica demais, Marilla. Escolhemos o bosque de píceas porque ele é muito lúgubre. Oh, imaginamos coisas muito horríveis. Tem uma mulher de branco que caminha pelo riacho bem nesta hora da noite e contorce as mãos e profere gemidos altos. Ela aparece quando haverá uma morte iminente na família. E o fantasma de uma criança assassinada assombra o lugar que fica perto do Ócio Agreste, ele aparece de surpresa por trás de você e coloca seus dedos gelados na sua mão... deste jeito. Oh, Marilla, sinto calafrios só de pensar. E tem um homem sem cabeça que fica de tocaia ao longo da trilha, e esqueletos lançam olhares fulminantes para você por entre os galhos. Oh, Marilla, eu não passaria pela Mata Assombrada agora por nada neste mundo. Tenho certeza de que coisas brancas vão sair de trás das árvores e tentar me agarrar.

– Onde já se ouviu isso?! – exclamou Marilla, que ficara escutando com uma perplexidade muda. – Anne Shirley, está querendo me dizer que acredita em todos esses perversos disparates da sua própria imaginação?

– Não acredito *exatamente* – titubeou Anne. – Pelo menos não à luz do dia. Mas, depois que escurece, Marilla, é diferente. É nessa hora que os fantasmas vagueiam.

– Fantasmas não existem, Anne.

– Oh, existem sim, Marilla – exclamou Anne com ansiedade. – Conheço pessoas que já os viram. E são pessoas respeitáveis. Charlie Sloane diz que sua avó viu seu avô tanger as vacas de volta para casa certa noite depois que já fazia um ano do enterro dele. Você sabe que a avó do Charlie Sloane não contaria essa história à toa. Ela é muito religiosa. E o pai da senhora Thomas foi perseguido até em casa certa noite por um cordeiro de fogo com a cabeça cortada e presa a um trechinho de pele. Ele disse que sabia se tratar do espírito do irmão e que aquilo era um aviso de que ele morreria dentro de nove dias. Ele não morreu, mas morreu dois anos depois, então dá para você ver como realmente aquilo era verdade. E Ruby Gillis diz...

– Anne Shirley – interrompeu Marilla com firmeza –, jamais quero tornar a ouvir você falar deste modo. De saída, tive dúvidas quanto a esta sua imaginação e, se este vai ser o resultado dela, não vou permitir tal coisa. Vá já para a casa dos Barrys, e vá pelo bosque de píceas, e entenda isso como uma lição e um aviso para você. E jamais me deixe tornar a ouvir qualquer palavra da sua cabeça sobre matas assombradas.

Anne podia implorar e choramingar o quanto quisesse – e o fez, pois o pavor que sentia era muito real. Ela se deixou levar por sua imaginação e passou a ter um pânico mortal do bosque de píceas à noite. Mas Marilla era inexorável. Ela marchou com a vidente de fantasmas encolhida de medo até a nascente e mandou que ela prosseguisse direto pela ponte e pelos retiros crepusculares de mulheres que gemiam e de espectros sem cabeça que havia pela frente.

– Oh, Marilla, como pode ser tão cruel? – soluçou Anne. – Como se sentiria se uma coisa branca de fato me agarrasse e me levasse daqui?

– Vou correr esse risco – disse Marilla, impassível. – Você sabe que sempre falo muito sério. Já vou curá-la desse problema de ficar imaginando fantasmas nos lugares. Agora, marche.

Anne marchou. Quer dizer, cambaleou pela ponte e subiu tremendo a trilha horrível e escura à sua frente. Anne jamais se esqueceu dessa caminhada. Ela se arrependeu com amargura de ter se deixado levar pela imaginação. Os duendes da sua imaginação espreitavam em todas as sombras à sua volta, estendendo as mãos frias e descarnadas para agarrar a aterrorizada garotinha que dera vida a eles. Um pedaço branco de casca de bétula esvoaçando da ravina sobre o chão marrom do arvoredo fez o coração dela parar. O longo gemido de dois velhos galhos grandes roçando um contra o outro fez o suor surgir em gotas na testa dela. Os rasantes de morcegos na escuridão acima dela eram como asas de criaturas sobrenaturais. Quando chegou ao campo do senhor William Bell, saiu dali correndo, como se fosse perseguida por um exército de coisas brancas, e chegou à porta da cozinha dos Barrys tão ofegante que mal conseguiu pedir o molde do avental. Diana não estava em casa, de modo que ela não tinha nenhuma desculpa para se demorar. A temida viagem de volta ainda teria de ser enfrentada. Anne fez o caminho de volta de olhos fechados, preferindo bater com a cabeça em galhos grandes a ver uma coisa branca. Quando ela finalmente chegou cambaleando à ponte de troncos, deu um longo e trêmulo suspiro de alívio.

– Bem, quer dizer então que nada a agarrou? – disse Marilla sem um pingo de empatia.

– Oh, Mar... Marilla – gaguejou Anne –, depois de-de-dessa cami-mi-minhada, vou me co-contentar com lu-lugares banais.

UM NOVO DESVIO
EM AROMATIZANTES

– MEU DEUS, não há nada no mundo além de encontros e despedidas, como diz a senhora Lynde – lamentou-se Anne, pousando sua lousa e seus livros sobre a mesa da cozinha no último dia de junho e secando os olhos vermelhos com um lenço empapado. – Não foi uma sorte, Marilla, eu ter levado um lenço a mais para a escola hoje? Tive um pressentimento de que ele seria necessário.

– Nunca pensei que você gostasse tanto assim do senhor Phillips para precisar de dois lenços para enxugar suas lágrimas só porque ele está indo embora – disse Marilla.

– Não acho que eu estava chorando por de fato gostar tanto dele – refletiu Anne. – Apenas chorei porque todos os outros choraram. Foi a Ruby Gillis quem começou. A Ruby Gillis sempre falou que detestava o senhor Phillips, mas, assim que ele se levantou para fazer o seu discurso de despedida, ela começou a chorar. Em seguida, todas as meninas começaram a chorar, uma depois da outra. Tentei me conter, Marilla. Tentei me lembrar de quando o senhor Phillips fez com que eu me sentasse com o Gil... com um menino; e da vez em que ele escreveu no quadro-negro meu nome sem o "e"; e de como me disse que eu era a maior burra que ele já vira em geometria e riu da minha escrita; e de todas as vezes em que ele fora muito horrível e sarcástico. Mas, de algum modo, não consegui me conter, Marilla, e tive de chorar também. Faz cerca de um mês que a Jane Andrews vem dizendo o quão contente ela ficaria quando o senhor Phillips fosse embora, e ela falou que jamais choraria uma lágrima sequer. Bem, ela chorou mais do que qualquer uma de nós e teve que pegar emprestado um lenço com o irmão – é claro que os meninos não choraram –, pois ela não tinha trazido um, visto que não esperava precisar dele. Oh, Marilla, foi de partir o coração. O senhor Phillips começou seu discurso de despedida de modo muito bonito: "É chegado o momento de nos separarmos". Foi muito comovente. E ele também ficou com os olhos rasos d'água, Marilla. Oh, lamentei muito e ressenti-me de todas as vezes em que conversei no meio da aula, fiz desenhos dele na lousa e zombei dele e da Prissy. Posso lhe dizer que desejei ter sido uma aluna modelo como Minnie Andrews. Ela não tinha nada que lhe pesasse a consciência. As garotas choraram no caminho todo de volta para casa. Carrie Sloane ficou repetindo a toda hora "É chegado o momento de nos separarmos", e isso fazia com que tornássemos a chorar sempre que corríamos o risco de nos alegrar de novo. De fato, sinto-me terrivelmente triste, Marilla. Mas não dá para se sentir nas profundezas do desespero quando se tem dois meses de férias pela frente, não é, Marilla? E, além disso, encontramos o novo pastor e sua esposa vindo da estação de trem. Apesar de estar me sentindo muito triste pelo senhor Phillips ir embora, não pude evitar me interessar um pouco por um novo pastor, não é mesmo? A esposa dele é muito bonita. Não exatamente majestosamente adorável, é claro... não seria de bom-tom, presumo, pois, se um pastor tivesse uma esposa majestosamente adorável, poderia ser um mau exemplo para a comunidade. A senhora Lynde diz que a esposa do pastor de Newbridge dá um mau exemplo para a comunidade, pois se veste sempre na moda. A esposa do novo pastor estava usando um vestido de musselina azul com adoráveis mangas bufantes e um chapéu com rosas na aba. Jane Andrews disse que achava que mangas bufantes eram demasiado seculares para a esposa de um pastor, mas não fiz nenhum comentário insensível desse tipo, Marilla, pois sei bem o que é ansiar por mangas bufantes. Além disso, faz pouco tempo que ela é esposa de um ministro, então temos de relevar certas coisas, não é mesmo? Eles ficarão hospedados com a senhora Lynde até que a casa paroquial esteja pronta.

Se Marilla, ao ir para a casa da senhora Lynde naquele fim de tarde, foi movida por qualquer motivo além de devolver os estrados para fazer colchas de retalho que ela havia pegado emprestado no inverno passado, aquilo era uma fraqueza tranquila, compartilhada pela maioria da população de Avonlea. Muitas coisas que a senhora Lynde emprestara, às vezes nunca esperando que fossem devolvidas, voltou para a casa dela nas mãos de quem as tomara emprestado. Um pastor novo, e ainda por cima com uma esposa, era um lícito objeto de curiosidade em um tranquilo assentamento interiorano onde os furores eram parcos e espaçados.

O velho senhor Bentley, o pastor que Anne achara que tinha pouca imaginação, havia sido o pastor de Avonlea por dezoito anos. Era viúvo quando chegou, e assim permaneceu, apesar do fato de as fofocas sempre casarem-no com fulana, beltrana ou sicrana, a cada ano de sua estada. Em fevereiro, ele pedira demissão e partira, em meio aos lamentos de seus paroquianos, muitos dos quais se afeiçoaram de seu bom e velho pastor por causa da convivência, apesar de seus defeitos como orador. Desde então, a igreja de Avonlea passara por um momento de dispersão religiosa, com os muitos e vários candidatos e "suplentes" que vinham domingo após domingo pregar como teste para substituir o pastor. O sucesso ou fracasso desses candidatos era ditado pelos pais e mães de Israel, mas uma certa garotinha ruiva, sentada tranquila no velho banco dos Cuthberts, também tinha suas opiniões sobre eles e as discutia a fundo com Matthew, enquanto Marilla, por princípio, recusava-se a criticar pastores de qualquer maneira que fosse.

– Não acho que o senhor Smith teria dado certo, Matthew – foi a síntese final de Anne. – A senhora Lynde diz que a maneira de falar dele é muito ruim, mas acho que o pior defeito dele era o mesmo que o do senhor Bentley: ele não tinha imaginação. E o senhor Terry tinha imaginação demais; e deixou-se levar por sua imaginação, como eu fiz em relação à Mata Assombrada. Além disso, a senhora Lynde diz que a teologia dele não era sensata. O senhor Gresham era um homem muito bom e religioso, mas contava muitas histórias engraçadas e fazia as pessoas rir na igreja; ele não era honrado, e é preciso um pouco de honra para ser pastor, não é, Matthew? Achei o senhor Marshall definitivamente atraente, mas a senhora Lynde diz que ele não é casado, nem noivo, pois ela procurou saber informações sobre ele, e ela diz que jamais daria certo ter um pastor jovem e solteiro em Avonlea, porque talvez ele se casasse com alguém da congregação, e isso causaria problemas. A senhora Lynde é uma mulher de visão, não é, Matthew? Fico muito feliz que tenham escolhido o senhor Allan. Gostei dele, pois seu sermão foi interessante, e ele parecia rezar com sinceridade, e não apenas por hábito. A senhora Lynde diz que ele não é perfeito, mas diz que não poderíamos esperar um pastor perfeito com o salário anual de 750 libras, e, de todo modo, a teologia dele é sensata, pois ela o sabatinou em todos os tópicos da doutrina. E ela conhece a família da esposa dele, e são pessoas das mais respeitáveis, e as mulheres são todas boas donas de casa. A senhora Lynde diz que um homem de doutrina sensata e uma mulher que é boa dona de casa são a combinação perfeita para a família de um pastor.

O novo pastor e a esposa eram um casal jovem de rostos agradáveis, ainda em lua de mel e repletos do bom e bonito entusiasmo pelo trabalho que haviam escolhido para a vida. Avonlea desde o começo abriu seu coração a eles. Jovens e velhos gostavam do jovem franco, alegre e de ideais elevados e da pequena dama radiante e delicada que se tornou a senhora da casa paroquial. Anne apaixonou-se completa e imediatamente pela senhora Allan. Ela descobrira mais uma alma irmã.

– A senhora Allan é perfeitamente adorável – anunciou ela certa tarde de domingo. – Ela assumiu nossa classe e é uma professora esplêndida. Ela disse logo de saída que não achava justo que a professora fizesse todas as perguntas, e, sabe, Marilla, isso é exatamente o que sempre pensei. Ela disse que podíamos fazer a ela qualquer pergunta que quiséssemos, e fiz muitas. Sou boa perguntadora, Marilla.

– Não tenho dúvida – foi o comentário enfático de Marilla.

– Ninguém mais fez perguntas além da Ruby Gillis, e ela perguntou se neste verão faríamos um piquenique da escola dominical. Não achei que tenha sido lá uma pergunta muito apropriada de se fazer, porque não tinha nada a ver com a lição – a lição era sobre Daniel na cova dos leões –, mas a senhora Allan simplesmente sorriu e disse que achava que haveria. A senhora Allan tem um sorriso adorável; e tem covinhas belíssimas nas bochechas. Queria eu ter covinhas nas bochechas, Marilla. Já não sou mais tão magra quanto quando cheguei aqui, mas ainda não tenho covinhas. Se tivesse, talvez pudesse influenciar as pessoas para o bem. A senhora Allan disse que sempre devemos tentar influenciar as pessoas para o bem. Ela falou muito bem sobre todas as coisas. Eu jamais antes soube que a religião era tão alegre assim. Sempre achei meio melancólica, mas a senhora Allan não é, e eu gostaria de ser cristã se pudesse ser uma cristã como ela. Eu não queria ser uma cristã como o senhor diretor Bell.

– É muito feio da sua parte falar assim do senhor Bell – disse Marilla com severidade. – O senhor Bell é um homem realmente muito bom.

– Oh, é claro que ele é bom – concordou Anne –, mas ele não parece tirar nenhum conforto disso. Se eu pudesse ser boa, dançaria e cantaria o dia todo, porque ficaria muito feliz com isso. Presumo que a senhora Allan seja velha demais para dançar e cantar, e é claro que não seria de bom-tom que a esposa de um pastor fizesse isso. Mas posso sentir que ela fica feliz por ser cristã e que seria uma mesmo que pudesse alcançar o paraíso sem isso.

– Presumo que devamos convidar o senhor e a senhora Allan para tomar chá em breve – disse Marilla refletindo. – Eles já foram a quase todas as casas, menos à nossa. Deixe-me ver. Na próxima quarta-feira seria um bom dia para recebê-los. Mas não quero dizer nada ao Matthew sobre isso, pois, se ele souber que eles estão vindo, inventaria alguma desculpa para se ausentar de casa nesse dia. Ele estava tão acostumado com o senhor Bentley que não se importava com ele, mas terá dificuldade em se familiarizar com um novo pastor, e a nova esposa de um pastor vai deixá-lo apavorado.

– Serei tão discreta quanto os mortos – garantiu Anne. – Mas, oh, Marilla, você me deixa fazer um bolo para a ocasião? Eu adoraria preparar algo para a senhora Allan, e você sabe que já sei fazer bons bolos a esta altura.

– Você pode fazer um bolo em camadas – prometeu Marilla.

Na segunda e na terça-feira, houve grandes preparativos em Green Gables. Receber o pastor e a esposa para o chá era uma tarefa séria e importante, e Marilla estava determinada a não ser eclipsada por nenhuma das donas de casa de Avonlea. Anne estava louca de animação e prazer. Ela discutiu tudo com Diana no crepúsculo da noite de terça-feira, enquanto se sentavam nas grandes pedras vermelhas perto do Gorgolejo de Dríade, e fizeram arcos-íris na água com gravetos banhados em bálsamo de abeto.

– Tudo está pronto, Diana, exceto o meu bolo, que vou fazer de manhã, e os biscoitos de levedura que Marilla vai fazer logo antes do chá. Garanto a você, Diana, que Marilla e eu ficamos muito ocupadas nestes dois últimos dias. É uma responsabilidade enorme receber para o chá a família de um pastor. Jamais passei por uma experiência como essa antes. Você devia ver só a nossa despensa. Está linda de se ver. Vamos comer frango em *aspic* e língua de vaca fria. Teremos dois tipos de geleia, vermelha e amarela, e creme chantili e torta de limão siciliano, e três tipos de biscoitos, e bolo de fruta, e as famosas conservas de ameixa amarela que a Marilla guarda especialmente para pastores, e bolo inglês e bolo em camadas, e pãezinhos, como eu disse antes, e pão fresco e dormido, os dois tipos, em caso de o pastor ser dispéptico e não puder comer pão fresco. A senhora Lynde diz que pastores são dispépticos, mas não acho que o senhor Allan tenha sido pastor por tempo o suficiente para que isso tivesse esse efeito ruim sobre ele. Sinto calafrios quando penso em meu bolo em camadas. Oh, Diana, e se não ficar bom? Ontem à noite sonhei que era perseguida por um duende assustador com cabeça de bolo.

– Vai ficar bom, você vai ver – garantiu Diana, que era uma amiga muito agradável. – Estou certa de que aquela fatia do bolo que você fez e que comemos no almoço no Ócio Agreste faz duas semanas estava perfeitamente elegante.

– Sim, mas bolos têm o hábito terrível de saírem ruins exatamente quando você mais quer que fiquem bons – suspirou Anne, deixando boiar um graveto particularmente bem coberto de bálsamo. – No entanto, presumo que precisarei deixar isso por conta da Providência, e tomar o cuidado de acrescentar farinha. Oh, olhe só, Diana, que arco-íris adorável! Você acha que a dríade virá depois que formos embora e pegá-lo para usar como echarpe?

– Você sabe que a dríade não existe – disse Diana. A mãe de Diana descobrira sobre a Mata Assombrada e definitivamente se irritara com isso. Consequentemente, Diana se abstivera de imitar qualquer outro arroubo de imaginação de Anne e não achava prudente sequer cultivar uma gota de crença até mesmo em inofensivas dríades.

– Mas é fácil demais imaginar que ela existe – disse Anne. – Toda noite, antes de ir para a cama, olho pela minha janela e me pergunto se a dríade está de fato sentada aqui, escovando seus cachos com a nascente como espelho. Às vezes procuro pelas pegadas dela no orvalho da manhã. Oh, Diana, não perca sua fé na dríade!

Chegou a manhã de quarta-feira. Anne acordou com a aurora porque estava ansiosa demais para dormir. Ela pegara uma coriza grave por ter ficado brincando na nascente na noite anterior; mas nada além de uma pneumonia gravíssima a teria feito perder a vontade de cozinhar naquela manhã. Depois do café da manhã, ela começou a preparar seu bolo. Quando finalmente fechou o forno com o bolo dentro, respirou bem fundo.

– Tenho certeza de que não fiz nada de errado desta vez, Marilla. Mas você acha que o bolo vai crescer? E se por acaso o fermento não estiver bom? Usei o da lata nova. E a senhora Lynde diz que hoje em dia você jamais pode ter certeza de que vai comprar um fermento bom, pois tudo é adulterado demais. A senhora Lynde diz que o governo deveria resolver esse problema, mas diz que jamais viveremos para ver um governo do Partido Conservador fazer isso. Marilla, e se o bolo não crescer?

– Teremos comida bastante sem o bolo – foi o modo insensível com que Marilla analisou a situação.

No entanto, o bolo de fato cresceu e saiu do forno leve e macio feito espuma dourada. Anne, corada de prazer, uniu as duas camadas com geleia cor de rubi e, em sua imaginação, viu a senhora Allan comê-lo e talvez pedir mais um pedaço!

– Você vai usar o melhor jogo de chá, é claro, Marilla – disse ela. – Posso enfeitar a mesa com samambaias e rosas silvestres?

– Acho isso tudo uma bobagem – desdenhou Marilla. – Na minha opinião, é a comida que importa, e não essa bobeira de decoração.

– Mas a senhora Barry decorou a mesa *dela* – comentou Anne, que não era desprovida da sabedoria da serpente[41] –, e o pastor fez um elogio muito elegante para ela. Ele disse que era um banquete para os olhos e para a boca.

– Bem, faça como preferir – disse Marilla, que estava muito determinada a não ser superada pela senhora Barry ou por qualquer outra pessoa. – Só atente para deixar espaço na mesa para a comida e os pratos.

Anne começou a fazer a decoração de um modo e com um estilo que deixaria a decoração da senhora Barry no chão. Tendo à disposição uma abundância de rosas e samambaias e um gosto pessoal muito artístico, ela transformou aquela mesa do chá em algo tão bonito que, quando o pastor e sua esposa se sentaram, exclamaram em uníssono a sua beleza.

– Isso foi obra da Anne – disse Marilla, quase com tristeza; e Anne sentiu que o sorriso de aprovação da senhora Allan era quase uma felicidade em demasia neste mundo.

Matthew estava presente, tendo sido enganado para estar ali só Deus e Anne sabem como. Ele ficara em tal estado de timidez e nervosismo que Marilla, desesperada, desistiu, mas Anne encarregou-se dele e teve tanto êxito nisso que agora ele estava sentado à mesa vestindo suas melhores roupas e um colarinho branco e falando com o pastor sem

---

41 Referência a Gênesis, 3:1: "Ora, a serpente era o mais astuto de todos os animais que o Senhor Deus tinha feito". (N. T.)

mostrar desinteresse. Ele jamais dirigiu a palavra à senhora Allan, mas talvez não se pudesse esperar isso dele de qualquer jeito.

Tudo correu com a mesma felicidade do badalo de sinos que anunciam um casamento, até que o bolo em camadas de Anne foi servido. A senhora Allan, que já comera uma incrível variedade de coisas, recusou. Mas Marilla, vendo a decepção no rosto de Anne, disse com um sorriso:

– Oh, a senhora precisa comer uma fatia, senhora Allan. Anne fez o bolo especialmente para a senhora.

– Neste caso, tenho que prová-lo. – A senhora Allan riu e se serviu de uma fatia grande, assim como fizeram o pastor e Marilla.

A senhora Allan comeu um bocado da sua fatia e uma expressão muito peculiar se estampou em seu rosto; no entanto, ela não disse palavra, mas continuou comendo com firmeza. Marilla reparou a expressão e se apressou para provar o bolo.

– Anne Shirley! – exclamou ela. – O que você colocou neste bolo?

– Nada além do que mandava a receita, Marilla – exclamou Anne com cara de angústia. – Oh, não ficou bom?

– Bom?! Está simplesmente horrível. Senhor Allan, não tente comê-lo. Anne, prove só. Que aromatizante você usou?

– Baunilha – respondeu Anne, com o rosto escarlate de mortificação depois de provar o bolo. – Só baunilha. Oh, Marilla, deve ter sido o fermento em pó. Eu bem suspeitei que aquele ferm...

– Que fermento que nada! Vá e me traga a garrafa de baunilha que você usou.

Anne voou para a despensa e voltou com um frasco parcialmente cheio de um líquido marrom e com um rótulo amarelado no qual se lia: "A melhor baunilha".

Marilla pegou o frasco, tirou a rolha e cheirou.

– Pela Misericórdia, Anne, você aromatizou o bolo com *linimento anódino*[42]. Eu quebrei a garrafa do linimento na semana passada e despejei o restante em uma velha garrafa vazia de baunilha. Presumo que

---

42 Linimento usado para tratar uma série de doenças e sintomas, como gripes, resfriados, cólicas, asma, bronquite, cólera e reumatismo, por exemplo, e que continha 18,5% de álcool, 6,25% de éter e uma pitada de ópio. (N. T.)

em parte tenha sido culpa minha – eu deveria ter avisado –, mas, por caridade, por que você não cheirou isso?

Anne debulhou-se em lágrimas com esta desgraça em dose dupla.

– Eu não poderia ter cheirado... estava resfriada demais! – E com isso ela fugiu para o quarto do frontão, onde se jogou na cama e chorou como quem se recusa a ser consolado.

Naquele momento, passos leves foram ouvidos na escada, e alguém entrou no quarto.

– Oh, Marilla – soluçou Anne, sem olhar para cima. – Fui desgraçada para a eternidade. Jamais serei capaz de superar isso. Essa notícia vai se espalhar, pois as notícias sempre se espalham em Avonlea. Diana vai me perguntar como ficou o meu bolo, e vou ter que dizer a ela a verdade. Serei sempre apontada como a menina que aromatizou um bolo com linimento anódino. Gil... os garotos da escola jamais vão parar de rir disso. Oh, Marilla, se você tem uma centelha de piedade cristã, não me diga que tenho que descer e lavar a louça depois disso. Vou lavá-la depois que o pastor e sua esposa forem embora, mas jamais conseguirei olhar de novo para o rosto da senhora Allan. Talvez ela pense que tentei envená-la. A senhora Lynde disse que conhece uma menininha órfã que tentou envenenar seu benfeitor. Mas o linimento não é venenoso. É para ser ingerido... só que não em bolos. Você pode dizer isso à senhora Allan, Marilla?

– Que tal você se levantar e dizer isso pessoalmente? – sugeriu uma voz alegre.

Anne levantou-se com um pulo e encontrou a senhora Allan de pé ao lado da cama, examinando-a com olhos risonhos.

– Minha querida garotinha, não chore deste jeito – disse ela, sinceramente preocupada com a cara trágica de Anne. – Ora, foi apenas um erro engraçado que qualquer um pode cometer.

– Oh, não, só eu sou capaz de cometer um erro desses – respondeu Anne com muita tristeza. – Queria que o bolo tivesse saído muito bom para a senhora.

– Sim, eu sei, querida. E garanto-lhe que aprecio sua gentileza e consideração tanto quanto se o bolo tivesse ficado bom. Agora, você não deve chorar mais, desça comigo e me mostre seu jardim. A senhorita Cuthbert me diz que você tem um pedacinho de terra só seu. Quero vê-lo, pois me interesso muito por flores.

Anne permitiu-se ser conduzida para baixo e consolada, refletindo que de fato era muito providencial que a senhora Allan fosse uma alma irmã. Nada mais foi dito sobre o bolo de linimento, e, quando as visitas foram embora, Anne descobriu que desfrutara daquele fim de tarde mais do que poderia ter esperado, considerando o incidente terrível. Ainda assim, ela suspirou fundo.

– Marilla, não é bom pensar que amanhã é um novo dia, em que erros ainda não foram cometidos?

– Garanto que você vai cometer vários – disse Marilla. – Nunca vi alguém cometer erros como você, Anne.

– Sim, e sei bem disso – admitiu Anne com pesar. – Mas você já reparou em uma coisa alentadora em relação a mim, Marilla? Jamais cometo o mesmo erro duas vezes.

– Não sei qual é a vantagem disso, uma vez que você está sempre cometendo erros novos.

– Oh, você não percebe, Marilla? Deve haver um limite para o número de erros que uma pessoa pode cometer, e, depois que eu chegar ao fim dos meus, vou ter acabado com meus erros. Esse pensamento é muito reconfortante.

– Bem, é melhor você ir e dar aquele bolo para os porcos – falou Marilla. – Ele não serve para nenhum ser humano comer, nem mesmo o Jerry Boute.

ANNE É CONVIDADA
PARA O CHÁ

– E por que está de olhos arregalados agora? – perguntou Marilla, depois que Anne acabara de voltar para casa depois de uma corrida até os correios. – Descobriu alguma outra alma irmã? – O entusiasmo envolvia Anne feito um vestido, brilhava em seus olhos, resplandecia em cada feição. Ela subira a trilha dançando, como uma fadinha soprada pelo vento, em meio à suave luz do sol e às sombras compridas do fim de tarde de agosto.

– Não, Marilla, mas, oh, o que você acha? Fui convidada para tomar chá na casa paroquial amanhã à tarde! A senhora Allan deixou um recado para mim nos correios. Olhe só, Marilla. "Senhorita Anne Shirley, Green Gables". Essa é a primeira vez que me chamam de "senhorita". Fiquei emocionada demais! Zelarei por esse recado para sempre, e o guardarei com meus melhores tesouros.

– A senhora Allan me disse que tinha a intenção de convidar todos os alunos da classe dela da escola dominical, na verdade – disse Marilla, considerando o maravilhoso evento com muita frieza. – Não precisa ficar frenética desse jeito. Aprenda a levar as coisas com calma, menina.

Para Anne, levar as coisas com calma seria mudar sua natureza. Sendo toda "espírito, e fogo e orvalho", os prazeres e as dores da vida eram recebidos por ela com tripla intensidade. Marilla percebia e se preocupava vagamente com isso, dando-se conta de que os altos e baixos da existência provavelmente seriam um fardo pesado para aquela alma impulsiva, mas sem entender totalmente que a capacidade igualmente intensa de ela se deleitar talvez compensasse isso e um pouco mais. Portanto, Marilla tomou para si o dever de treinar Anne para que ela desenvolvesse um temperamento tranquilo e uniforme e tão estranho para Anne quanto para um raio de sol bruxuleante nos trechos mais rasos do riacho. Mas Marilla não conseguiu progredir muito com isso, como teve de admitir com tristeza para si. O ocaso de alguma esperança ou plano querido lançava Anne nas "profundezas da aflição". E a realização deles a exaltava até que ela alcançasse um nível vertiginoso de deleite. Marilla quase começara a se desesperar por sempre tentar transformar essa órfã do mundo em sua garotinha modelo de boas maneiras e comportamento recatado. E tampouco teria acreditado que ela mesma de fato gostava muito mais de Anne do jeito que a menina era.

Anne foi para a cama naquela noite muda de tristeza porque Matthew dissera que o vento nordeste estava soprando e que receava que o dia seguinte seria chuvoso. O farfalhar das folhas dos álamos em volta da casa a preocupava, pois soava muito parecido com gotas de chuva caindo, e agora o pleno e distante rugido do golfo, ao qual ela escutara com prazer algumas vezes, amando seu ritmo estranho, sonoro e inesquecível, parecia um prenúncio de tempestade e desastre para uma pequena dama que particularmente desejava um dia claro. Anne achou que a manhã jamais chegaria.

Mas tudo tem um fim, até mesmo as noites antes do dia em que você foi convidada para tomar chá na casa paroquial. A manhã, apesar das previsões de Matthew, estava clara, e a animação de Anne atingiu seu ápice.

– Oh, Marilla, tem algo em mim hoje que simplesmente está me fazendo amar todos que vejo – exclamou ela enquanto lavava a louça do café da manhã. – Você não sabe como me sinto bem! Não seria bom se esta sensação perdurasse? Acho que poderia ser uma criança modelo se eu simplesmente fosse convidada a tomar chá todos os dias. Mas, oh, Marilla, também se trata de uma ocasião solene. Estou muito ansiosa. E se eu não me comportar direito? Você sabe que nunca tomei chá em uma casa paroquial e não estou certa de que sei todas as regras de etiqueta, apesar de andar estudando as regras que saem na Seção de Etiqueta do *Family Herald*[43] desde que cheguei aqui. Tenho muito medo de fazer alguma bobagem ou de me esquecer de fazer algo que eu deveria fazer. Seria de boa educação servir-se de uma segunda porção de alguma coisa caso você quisesse *muito*?

– O problema com você, Anne, é que está pensando demais sobre si. Você deveria simplesmente pensar na senhora Allan e naquilo que seria o melhor e mais agradável para ela – disse Marilla, finalmente dando um conselho muito sensato e conciso. Anne entendeu a mensagem imediatamente.

– Tem razão, Marilla. Vou tentar nem pensar em mim mesma.

Anne evidentemente conseguiu passar a visita sem ferir seriamente nenhuma regra de "etiqueta", pois voltou para casa em meio ao crepúsculo, sob um enorme céu abobadado, glorificado por rastros de nuvens cor de açafrão e rosadas, em um bem-aventurado estado de espírito, e contou tudo a Marilla com felicidade, sentada na grande lajota de arenito vermelho na soleira da porta da cozinha, com sua cabeça cansada, cheia de cachos, no colo coberto de guingão de Marilla.

Um vento fresco soprava sobre as lavouras, vindo das bordas das colinas repletas de abetos ao oeste, uivando por entre os álamos. Uma estrela nítida brilhava sobre o pomar, e os vaga-lumes adejavam pela Trilha dos Amantes em meio às samambaias e a galhos farfalhantes. Anne observava-os enquanto falava, e de algum modo sentiu que o vento e as estrelas e os vaga-lumes estavam todos entrelaçados em algo inefavelmente doce e encantador.

– Oh, Marilla, foi simplesmente *fascinante*. Sinto que minha vida não foi em vão, e me sentirei assim para sempre, mesmo que nunca

---

43 Jornal semanal publicado na Inglaterra entre 1843 e 1940. (N. T.)

mais seja convidada a tomar chá em uma casa paroquial. Quando cheguei lá, a senhora Allan me recebeu na porta. Ela estava usando o mais adorável vestido de organdi rosa pastel, com dezenas de babados e mangas três-quartos, e se parecia exatamente como um serafim. Realmente acho que gostaria de ser esposa de um pastor quando eu crescer, Marilla. Um pastor talvez não se importasse tanto com meus cabelos ruivos, porque não ficaria pensando nessas coisas mundanas. Mas é claro que, para isso, a pessoa teria que ser naturalmente bondosa, e jamais serei assim, então presumo que não adianta ficar pensando nisso. Algumas pessoas são naturalmente bondosas, sabe, e outras, não. Faço parte do grupo dos outros. A senhora Lynde diz que estou repleta do pecado original. Não importa o quanto eu tente ser bondosa, jamais terei tanto êxito nisso quanto as pessoas que são naturalmente bondosas. Isso é muito parecido com geometria, eu acho. Mas você não acha que se esforçar muito para ser bondosa deveria valer alguma coisa? A senhora Allan é uma das pessoas naturalmente bondosas. Amo-a intensamente. Sabe, tem algumas pessoas, como o Matthew e a senhora Allan, que você pode amar logo de saída, sem nenhum problema. E há outras, como a senhora Lynde, que você tem de se esforçar muito para amar. Você sabe que *deveria* amá-las porque elas sabem de muitas coisas e são trabalhadores muito ativos na igreja, mas você precisa ficar lembrando a si mesmo disso o tempo todo, ou você esquece. Havia outra menininha tomando chá na casa paroquial, da escola dominical de White Sands. O nome dela era Lauretta Bradley, e era uma garotinha muito simpática. Não era exatamente uma alma irmã, mas ainda assim era muito simpática. Tomamos um elegante chá, e acho que segui muito bem todas as regras de etiqueta. Depois do chá, a senhora Allan tocou piano e cantou, e fez com que eu e Lauretta cantássemos também. A senhora Allan diz que tenho uma voz boa e que eu deveria cantar no coral da escola dominical a partir de agora. Você nem pode imaginar como fiquei emocionada só de pensar nisso. Faz muito tempo que anseio por cantar no coral da escola dominical, como Diana, mas eu receava que esta era uma honra à qual eu jamais poderia aspirar. Lauretta teve que ir para casa mais cedo, porque hoje à noite haverá um grande concerto no Hotel White Sands, e a irmã dela vai recitar um poema. Lauretta diz que os americanos no hotel fazem um concerto a cada duas semanas em prol do hospital de Charlottetown, e eles convidam várias pessoas de White Sands para recitar. Lauretta disse que espera um dia receber um convite. Simplesmente fiquei olhando boquiaberta para ela. Depois que ela se foi, eu e a senhora Allan tivemos uma conversa franca. Contei tudo a ela: sobre a senhora Thomas e os gêmeos, e Katie Maurice e Violetta, e a vinda para Green Gables, e meus problemas com geometria. E consegue acreditar, Marilla, que a senhora Allan me disse que ela também era uma burra em geometria? Você não sabe como isso me estimulou. A senhora Lynde chegou à casa paroquial logo antes de eu ir embora, e o que você acha, Marilla? Os membros do conselho contrataram um professor novo; na verdade, uma professora. O nome dela é senhorita Muriel Stacy. Não é um nome romântico? A senhora Lynde diz que nunca antes em Avonlea houve uma professora, e ela acha isso uma inovação perigosa. Mas acho que será esplêndido ter uma professora, e não sei como suportarei viver as duas semanas que faltam antes de as aulas começarem. Estou impaciente demais para vê-la.

ANNE SOFRE UM INFORTÚNIO EM UM ASSUNTO DE HONRA

Anne teve que viver por mais de duas semanas, no fim das contas. Tendo passado já quase um mês desde o incidente com o bolo de linimento, já era mais do que hora de ela se meter em alguma nova encrenca de algum tipo e cometer pequenos erros, como distraidamente verter uma panela de leite desnatado em uma cesta de novelos de lã em vez de no balde dos porcos e sair da ponte de troncos e andar pelo riacho enquanto estava absorta em sua imaginação, o que na verdade não vale a pena contar.

Uma semana depois do chá na casa paroquial, Diana Barry deu uma bonita festa.

– Os convidados são um grupo pequeno e seleto – garantiu Anne para Marilla. – São apenas as meninas da nossa sala.

Elas se divertiram muito, e nada de inadequado aconteceu até depois do chá, quando estavam no jardim dos Barrys, um tanto cansadas de suas brincadeiras e abertas a qualquer tipo de travessura tentadora que pudesse surgir. Naquele momento, isso tomou a forma de "desafios".

Desafiar era uma diversão muito em voga entre as crianças de Avonlea naquela época. A brincadeira havia começado com os meninos, mas logo as meninas passaram a brincar também, e todas as bobagens que foram feitas em Avonlea naquele verão, porque os praticantes delas haviam sido "desafiados" a fazê-las, poderiam encher um livro.

Primeiro, Carrie Sloane desafiou Ruby Gillis a escalar até uma certa altura o enorme e velho salgueiro que havia diante da porta da frente da casa; e Ruby Gillis, apesar de estar morta de medo das gordas lagartas verdes que infestavam aquela árvore, e sentindo o pavor da mãe diante dos seus olhos se ela rasgasse o vestido novo de musselina, escalou agilmente, para a decepção da supramencionada Carrie Sloane. Em seguida, Josie Pye desafiou Jane Andrews a saltar em volta do jardim só com a perna esquerda sem parar uma só vez ou colocar o pé direito no chão; e Jane Andrews tentou fazer isso com animação. Mas desistiu quando chegou à terceira quina da casa e teve de admitir a derrota.

Com o triunfo de Josie sendo expressado por ela mais do que o bom gosto permitia, Anne Shirley desafiou-a a caminhar sobre a cerca de ripas de madeira que fechava o jardim ao leste. Mas "andar" sobre cercas de ripas exige mais habilidade e estabilidade de cabeça e calcanhares do que talvez presumisse uma pessoa que jamais tivesse tentado fazer isso. Mas Josie Pye, apesar de carecer de algumas qualidades que dão popularidade às pessoas, pelo menos tinha um dom natural e inato, devidamente cultivado, para caminhar sobre cercas de ripas. Josie caminhou sobre a cerca dos Barrys com uma falta de preocupação tão incrível que parecia insinuar que uma coisa insignificante como aquela não valia um "desafio". Sua façanha foi recebida com relutante admiração, pois a maioria das outras garotas era capaz de apreciar aquilo, tendo sofrido elas mesmas muito em seus esforços para caminhar sobre cercas. Josie desceu do seu poleiro com o rosto corado pela vitória e lançou um olhar desafiador para Anne.

Anne jogou para trás suas tranças ruivas.

– Não acho que seja uma coisa tão maravilhosa assim andar sobre uma cerca de ripas baixa e pequena – disse ela. – Conheci uma menina em Marysville que podia andar sobre as vigas de um telhado.

– Não acredito nisso – disse Josie de maneira categórica. – Não acredito que alguém seja capaz de andar sobre a viga de um telhado. *Você* não seria capaz, de qualquer jeito.

– Ah, não? – exclamou rispidamente Anne.

– Então, desafio você a fazer isso – disse Josie de modo provocador. – Desafio você a escalar até lá em cima e andar sobre a viga do telhado da cozinha do senhor Barry.

Anne ficou lívida, mas claramente havia apenas uma coisa a ser feita. Ela caminhou em direção à casa, onde uma escada estava encostada contra o telhado da cozinha. Todas as garotas do quinto ano disseram "Oh!", em parte por animação, em parte por consternação.

– Não faça isso, Anne – suplicou Diana. – Você vai cair e morrer. Não ligue para a Josie Pye. Não é justo desafiar alguém a fazer algo tão perigoso assim.

– Tenho que fazer isso. Minha honra está em jogo – disse Anne solenemente. – Andarei sobre aquela viga, Diana, ou morrerei tentando. Se eu morrer, deixo para você meu anel de contas de madrepérola.

Anne subiu a escada em meio a um silêncio emocionante, alcançou a viga, equilibrou-se empertigada naquele precário ponto de apoio e começou a caminhar sobre a viga, vertiginosamente consciente de que estava muito incomodamente no alto do mundo e que caminhar sobre vigas não era uma coisa para a qual a sua imaginação tinha muita serventia. Ainda assim, conseguiu dar vários passos antes de a catástrofe ocorrer. Em seguida, ela balançou, perdeu o equilíbrio, tropeçou, cambaleou e caiu, escorregando pelo telhado duro e ressecado por conta do Sol e caindo dele no emaranhado de hera-americana abaixo, e tudo isso antes que o consternado grupo de meninas abaixo pudesse dar gritinhos de pavor em uníssono.

Se Anne tivesse caído do telhado no mesmo lado por onde subira, Diana provavelmente herdaria ali mesmo o anel de contas de madrepérola. Felizmente, ela caiu do outro lado, onde o telhado se estendia para baixo sobre o pórtico e chegava tão perto do chão que uma queda dali era algo muito menos grave. No entanto, quando Diana e as outras meninas foram apressadas e frenéticas para perto da casa – exceto Ruby Gillis, que permaneceu ali como se tivesse criado raízes e teve um ataque histérico –, elas encontraram Anne deitada lívida e de corpo mole sobre o desastre e a ruína da hera-americana.

– Anne, você está morta? – berrou Diana, jogando-se de joelhos ao lado da amiga. – Oh, Anne, querida Anne, fale apenas uma palavra para me indicar se você morreu.

Para o enorme alívio de todas as garotas, especialmente de Josie Pye, que, apesar da falta de imaginação, fora tomada por visões terríveis de um futuro com a pecha de ser a menina que causara a morte trágica e prematura de Anne Shirley, Anne sentou-se desnorteada e respondeu hesitante:

– Não, Diana, não morri, mas acho que fiquei inconsciente.

– Onde? – soluçou Carrie Sloane. – Oh, onde, Anne? – Antes que Anne pudesse responder, a senhora Barry apareceu naquela cena. Ao vê-la, Anne atabalhoadamente tentou ficar de pé, mas tornou a cair, soltando um gritinho agudo de dor.

– O que houve? Onde se machucou? – indagou a senhora Barry.

– Meu tornozelo – arquejou Anne. – Oh, Diana, por favor, encontre o seu pai e peça a ele que me leve para casa. Sei que jamais conseguiria andar até lá. E tenho certeza de que não conseguiria percorrer toda essa distância pulando em um pé só, pois a Jane não conseguiu nem dar a volta no jardim pulando.

Marilla estava no pomar colhendo uma panela cheia de maçás de verão[44] quando viu o senhor Barry cruzar a ponte de troncos e subir a inclinação, com a senhora Barry ao lado dele e toda uma procissão de garotinhas seguindo atrás. Ele carregava nos braços Anne, que estava com a cabeça encostada sem energia no ombro dele.

Naquele instante, Marilla teve uma revelação. Com a pontada súbita de medo que lhe ferira o coração, ela se deu conta do que Anne passara a significar para ela. Ela teria admitido que gostava de Anne – não, que

---

44 Variedades de maçã que são colhidas no verão, e não no outono. (N. T.)

sentia muito carinho por Anne. Mas agora, enquanto descia enlouquecida e em disparada a inclinação, soube que Anne era a coisa mais querida no mundo para ela.

– Senhor Barry, o que aconteceu com ela? – arquejou, mais lívida e trêmula do que a contida Marilla tinha se sentido em muitos anos.

Anne mesma respondeu, levantando a cabeça.

– Não fique muito assustada. Eu estava caminhando sobre a viga do telhado e caí. Acho que torci o tornozelo. Mas, Marilla, talvez eu tenha quebrado o pescoço. Mas olhemos as coisas pelo lado positivo.

– Eu deveria saber que você faria alguma coisa desse tipo quando a deixei ir a essa festa – disse Marilla, ríspida e mal-humorada agora que estava mais aliviada. – Traga-a para cá, senhor Barry, e deite-a no sofá. Pela misericórdia, a menina desmaiou!

Era verdade mesmo. Tomada pela dor da lesão, Anne teve mais um de seus desejos realizados. Ela desmaiara.

Matthew, chamado às pressas da lavoura que estava sendo colhida, foi imediatamente mandado atrás do médico, que chegou pouco depois e descobriu que a lesão tinha sido mais grave do que eles imaginavam. O tornozelo de Anne estava quebrado.

Naquela noite, quando Marilla subiu até o frontão leste, onde estava deitada uma menina de rosto lívido, uma voz queixosa a cumprimentou da cama.

– Não sente muito por mim, Marilla?

– A culpa foi sua – disparou Marilla, fechando a persiana e acendendo um lampião.

– E é por isso que deve sentir muito por mim – falou Anne –, porque a noção de que foi tudo culpa minha é o que torna isso tão duro. Se eu pudesse colocar a culpa em alguém, eu me sentiria muito melhor. Mas o que você teria feito, Marilla, se alguém a desafiasse a andar sobre uma viga de telhado?

– Eu teria ficado em terra firme e deixaria a pessoa desafiar até se cansar. Que absurdo! – comentou Marilla.

Anne suspirou.

– Mas você tem a mente muito forte, Marilla. Eu, não. Simplesmente senti que não suportaria o escárnio da Josie Pye. Ela iria se gabar disso comigo a vida toda. E acho que já fui castigada tanto que você não precisa ficar muito zangada comigo, Marilla. Afinal, não é nem um pouco bom desmaiar. E o médico me machucou terrivelmente quando estava colocando meu tornozelo no lugar. Não vou poder ficar andando por seis ou sete semanas e vou perder a chegada da professora nova. Ela já não vai ser nova quando eu puder voltar para a escola. E Gil... todos vão estar mais avançados do que eu com as lições. Oh, sou uma mortal afligida. Mas vou tentar suportar tudo isso com coragem se você não ficar zangada comigo, Marilla.

– Calma, calma, não estou zangada – disse Marilla. – Você é uma criança azarada, não há dúvida quanto a isso; mas, como você mesma diz, vai ter de suportar esse sofrimento. Agora, tente comer um pouco do jantar.

– Não é uma sorte que eu tenha tamanha imaginação? – disse Anne. – Espero que ela vá me ajudar muito a suportar isso. O que você acha que fazem as pessoas sem imaginação quando quebram ossos, Marilla?

Anne tinha bons motivos para louvar sua imaginação muitas vezes e com frequência durante as entediantes sete semanas que se seguiram. Mas ela não dependeu apenas da imaginação. Recebeu muitas visitas, e não houve um dia em que não aparecesse uma ou mais das meninas da escola trazendo para ela flores e livros e contando tudo o que acontecia no mundo juvenil de Avonlea.

– Todos têm sido bondosos e gentis demais, Marilla – suspirou Anne alegremente, no primeiro dia em que pôde andar mancando pelo chão. – Não é muito agradável ficar de cama, mas tem um lado bom, Marilla. Você descobre quantos amigos tem. Ora, até o diretor Bell veio me visitar, e ele de fato é um homem muito bom. Não é uma alma irmã, é claro; ainda assim, gosto muito dele e lamento muito por ter criticado as suas orações. Agora, acho que ele realmente reza com sinceridade, só que se habituou a dizer suas orações como se não fossem sinceras. Mas ele poderia superar isso caso se esforçasse um pouco. Dei a ele uma boa indireta. Falei a ele como me esforçava muito para tornar as minhas próprias oraçõezinhas pessoais interessantes. E ele me contou tudo sobre a vez em que quebrou o tornozelo quando era criança. De fato, parece muito estranho pensar que o diretor Bell algum dia foi criança. Até mesmo a minha imaginação tem limites, pois não consigo imaginar *isso*. Quando tento imaginá-lo como criança, vejo-o com bigodes grisalhos e óculos, com a mesma aparência que ele tem na escola dominical, só que pequeno. Mas é muito fácil imaginar a senhora Allan criança. A senhora Allan veio me visitar catorze vezes. Isso não é algo para se orgulhar, Marilla? A esposa de um pastor é sempre muito ocupada! Além do mais, ela é uma visita muito alegre de se receber. Ela nunca lhe diz que a culpa foi sua e espera que você se torne uma menina melhor por causa dessa experiência. A senhora Lynde sempre me dizia isso quando vinha me visitar; e falava isso de um modo que me fazia sentir que ela talvez até tivesse esperanças de que eu me tornasse uma menina melhor, mas que de fato não acreditava que isso aconteceria. Até mesmo Josie Pye veio me visitar. Eu a recebi da maneira mais educada que consegui, porque acho que ela se arrependeu de ter me desafiado a andar sobre a viga. Se eu tivesse morrido, ela teria de carregar um sombrio fardo de remorso por toda a vida. Diana tem sido uma amiga leal. Ela veio todos os dias alegrar meu travesseiro solitário. Mas, oh, ficarei contente demais quando puder ir para a escola, pois ouvi coisas muito animadoras sobre a nova professora. Todas as garotas acham que ela é perfeitamente amável. Diana diz que ela tem os cachos loiros mais adoráveis que existem e olhos fascinantes demais. Ela veste-se lindamente, e as mangas das roupas dela são mais bufantes do que as de qualquer uma em Avonlea. Duas sextas-feiras por mês ela organiza recitais, e todos têm que recitar algum trecho de um livro ou participar de um diálogo. Oh, é simplesmente glorioso pensar nisso. Josie Pye diz que odeia isso, mas é só porque tem muito pouca imaginação. Diana, Ruby Gillis e Jane Andrews estão ensaiando um diálogo chamado

"A visita matutina"[45] para a próxima sexta-feira. E, nas tardes de sexta nas quais não há recitais, a senhorita Stacy leva todos para a mata para passar um dia "no campo", e eles estudam samambaias, flores e pássaros. E fazem exercícios de educação física todas as manhãs e aos finais de tarde. A senhora Lynde diz que nunca ouviu falar dessas coisas e que isso tudo vem do fato de a professora ser mulher. Mas acho que deve ser esplêndido e acho que vou encontrar na senhorita Stacy mais uma alma irmã.

– Uma coisa se percebe claramente, Anne – disse Marilla –, a sua queda do telhado dos Barrys não afetou em nada a sua língua.

---

45 "The Morning Visit", poema do escritor americano Oliver Wendell Holmes. (N. T.)

A SENHORITA STACY
E SEUS ALUNOS
ORGANIZAM UM CONCERTO

Era outubro outra vez quando Anne estava pronta para voltar para a escola. Era um outubro glorioso, todo vermelho e dourado, com manhãs suaves, quando os vales se enchiam de delicadas brumas, como se o espírito do outono as tivesse espalhado para que o sol as filtrasse, separando-as em tons de ametista, pérola, prata, rosa e azul acinzentado. O orvalho era tão espesso que os campos brilhavam como que cobertos por um manto de prata, e havia muitos montes de folhas farfalhantes nas ravinas repletas de arvoredos para se caminhar e ouvir as folhas quebrar. A Trilha das Bétulas era um dossel amarelo, e as samambaias ao longo dela estavam queimadas e marrons. O próprio ar tinha um cheiro forte que inspirava os corações de pequenas donzelas que andavam, diferente dos caracóis, agilmente e de bom grado para a escola, e de fato *foi* uma alegria voltar para a pequena carteira marrom e ficar sentada ao lado de Diana, com Ruby Gillis acenando do outro lado da fileira, e Carrie Sloane mandando bilhetes, e Julia Bell passando um pedaço de chiclete da sua carteira nos fundos. Anne respirou fundo de felicidade enquanto apontava o lápis e arrumava os cartões com gravuras em sua carteira. A vida certamente era muito interessante.

Na professora nova, ela encontrou mais uma amiga verdadeira e prestativa. A senhorita Stacy era uma jovem inteligente, solidária, com o afortunado dom de conquistar e manter o afeto de seus alunos e de extrair deles o que neles havia de melhor em termos mentais e morais. Anne abriu-se como uma flor para essa influência proba e contou em casa para o admirador Matthew e a crítica Marilla relatos radiantes sobre as tarefas e os objetivos em classe.

– Amo a senhorita Stacy com todo o meu coração, Marilla. Ela é muito feminina e elegante e tem uma voz doce demais. Quando pronuncia meu nome, *instintivamente* sinto que o está soletrando com um "e". Hoje à tarde teve recital. Eu só queria que você pudesse ter estado lá para me ouvir recitar "Maria da Escócia"[46]. Recitei o poema com toda a minha alma. Na volta para casa, Ruby Gillis me disse que o modo como eu falei o verso "'Agora, quanto ao braço de meu pai', disse ela, 'o adeus de meu coração de mulher'" simplesmente fez o sangue dela gelar.

– Bem, quem sabe você não recita para mim algum dia desses, lá no celeiro – sugeriu Matthew.

– É claro que sim – disse Anne, pensativa –, mas sei que não serei capaz de recitá-lo tão bem. Não será tão emocionante quanto quando se tem toda uma escola diante de você prestando atenção ansiosa a todas as suas palavras. Sei que não conseguirei fazer o seu sangue gelar.

– A senhora Lynde diz que o sangue *dela* gelou quando ela viu os meninos subir até o topo daquelas árvores enormes na colina dos Bells atrás de ninhos de corvos na sexta-feira passada – disse Marilla. – Me espanto com a senhorita Stacy por ela ter encorajado isso.

– Mas queríamos pegar um ninho de corvo para estudar a natureza – explicou Anne. – Isso foi na nossa tarde no campo. As tardes no campo são esplêndidas, Marilla. E a senhorita Stacy explica tudo muito lindamente. Temos que escrever redações sobre nossas tardes no campo, e eu escrevo as melhores.

---

46 "Mary, Queen of Scots", poema do escocês H. G. Bell, publicado em 1831, em um volume de poemas chamado *Summer and Winter Hours*. (N. T.)

– Se é assim, é vaidade demais da sua parte dizer isso. É melhor deixar que a professora o diga.

– Mas ela *de fato disse* isso, Marilla. E eu de fato não me envaideço disso. Como posso, quando sou tão burra em geometria? Apesar de que estou começando a entender geometria um pouquinho melhor. A senhorita Stacy torna essa matéria bem mais clara. Ainda assim, sei que jamais serei boa nisso e garanto a você que esse é um pensamento que me mantém modesta. Mas amo escrever redações. Na maioria das vezes, a senhorita Stacy nos deixa escolher o tema que quisermos, mas na semana que vem teremos de escrever uma redação sobre alguma pessoa notável. É difícil escolher entre tantas pessoas notáveis que já existiram. Não deve ser esplêndido ser notável e ter redações escritas sobre você depois que você morreu? Oh, eu adoraria muito ser notável. Acho que quando crescer vou me formar como enfermeira e ir com a Cruz Vermelha para o campo de batalha como um arauto da misericórdia. Isso se eu não sair do país para trabalhar como missionária no estrangeiro. Isso seria romântico demais, mas para ser missionária a pessoa precisa ser muito bondosa, e isso seria um obstáculo. Também fazemos exercícios de educação física todos os dias. Os exercícios nos deixam mais esbeltos e promovem a digestão.

– Promovem uma ova! – disparou Marilla, que sinceramente achava que aquilo era um disparate.

Mas todas as tardes no campo, sextas-feiras de recital e contorcionismos de educação física não eram nada comparados a um projeto que a senhorita Stacy pôs em prática em novembro. O projeto era que os alunos da escola de Avonlea deveriam organizar um concerto e apresentá-lo no auditório na noite do dia do Natal, com o objetivo louvável de ajudar a pagar por uma bandeira para a escola. Com todos os alunos concordando de bom grado com esse plano, os preparativos para montar o programa começaram imediatamente. E, entre todos os animados intérpretes que haviam sido escolhidos para se apresentar, nenhum estava mais animado do que Anne Shirley, que se jogou de corpo e alma nesta tarefa, apesar do obstáculo representado pela reprovação de Marilla. Esta achava aquilo tudo uma tolice repugnante.

– Isso só serve para encher de bobagem as cabeças de vocês e para tomar de vocês um tempo em que deveriam estar estudando – resmungou ela. – Não concordo com crianças organizando concertos e correndo para ensaios. Isso as torna vaidosas, descaradas e adeptas da vagabundagem.

– Mas pense no objetivo louvável – suplicou Anne. – Uma bandeira vai ajudar a cultivar o espírito de patriotismo, Marilla.

– Que nada! Os pensamentos de vocês têm quase nada de patriotismo. Tudo que querem é se divertir.

– Bem, quando se pode combinar patriotismo com diversão não há problema nenhum, não é mesmo? É claro que é muito bom estar organizando um concerto. Vamos cantar seis músicas em coro, e Diana cantará um solo. Vou participar de dois diálogos: "A Sociedade em Prol da Repressão da Fofoca"[47] e "A Rainha das Fadas"[48]. Os meninos também vão apresentar um diálogo. E eu vou recitar dois poemas, Marilla. Eu tremo toda quando penso nisso, mas é um tipo de tremor bom, emocionante. E vamos fazer um quadro vivo no final: "Fé, Esperança e Caridade"[49]. Diana, Ruby e eu vamos participar, vestindo túnicas brancas e com cabelos esvoaçantes. Eu serei a Esperança, com as mãos entrelaçadas – assim – e os olhos em direção ao céu. Vou ensaiar meus textos na mansarda. Não se assuste se me ouvir gemer. Em uma das apresentações, tenho de dar gemidos dolorosos, e é muito difícil dar um bom gemido artístico, Marilla. A Josie Pye está emburrada porque não conquistou o papel que queria no diálogo. Ela queria ser a rainha das fadas. Isso teria sido ridículo, pois onde já se viu uma rainha das fadas gorda como a Josie? Rainhas das fadas têm que ser esguias. A Jane Andrews será a rainha, e serei uma de suas damas de honra. Josie diz que acha

---

47 "The Society for the Suppression of Gossip", diálogo contido em *Friday Afternoon Series of Dialogues Suitable for Boys and Girls in School Entertainments*, de 1879, de autoria de T. S. Denison. (N. T.)

48 "The Fairy Queen", canção de 1635 publicada originalmente em *A description of the King and Queen of the Fayries, their habit, fare, abode, pomp and state, being very delightful to the sense and full of mirth*, e resgatada na coletânea *Reliques of Ancient English Poetry*, do bispo Thomas Percy, publicada em 1885. (N. T.)

49 As três virtudes teologais, representadas em inúmeros quadros e esculturas ao longo da história. (N. T.)

que uma fada ruiva é tão ridícula quanto uma fada gorda, mas não me deixo importar pelo que Josie diz. Vou usar uma coroa de rosas brancas no cabelo, e Ruby Gillis vai me emprestar as sapatilhas dela, pois não tenho um par. É necessário que as fadas usem sapatilhas, sabe. Não dá para imaginar um fada calçando botas, não é? E ainda mais botas com bico de cobre? Vamos decorar o auditório com motivos de falso-pinho e de abeto, com rosas de papel de seda coladas neles. E devemos marchar perfilados em dupla depois que a plateia estiver sentada, enquanto a Emma White toca uma marcha no órgão. Oh, Marilla, sei que você não está tão entusiasmada com isso quanto eu, mas não espera que a sua pequena Anne se destaque?

– Tudo o que espero é que você se comporte. Vou ficar completamente feliz quando todo esse tumulto acabar e você conseguir se acalmar. Você simplesmente não presta para nada agora que está com a mente repleta de diálogos e gemidos e quadros vivos. Quanto à sua língua, é um milagre que ela não esteja gasta.

Anne suspirou e dirigiu-se para o quintal, sobre o qual uma recente lua nova brilhava por entre os galhos dos álamos ao Oeste de um Sol cor de maçã verde e onde Matthew estava cortando lenha. Anne empoleirou-se em um monte de lenha e falou sobre o concerto com ele, certa de que desta vez encontraria um ouvinte apreciador e solidário.

– Bem, acho que será um concerto muito bom. E acho que você vai se sair muito bem em seus papéis – disse ele, sorrindo para o rostinho ávido e vivaz dela. Anne devolveu o sorriso. Os dois eram melhores amigos, e Matthew agradecia aos céus muitas vezes pelo fato de não estar envolvido na criação dela. Este era um dever exclusivo de Marilla; caso fosse dever dele, ele se preocuparia muito com os frequentes conflitos internos que sentiria entre seu dever e sua inclinação. Desse modo, ele estava livre para "mimar Anne" – como dizia Marilla – tanto quanto quisesse. Mas até que aquele arranjo não era tão ruim no fim das contas; um pouco de "apreço" às vezes faz tão bem quanto toda a "criação" sensata no mundo.

MATTHEW INSISTE EM MANGAS BUFANTES

Matthew sofria fazia dez minutos. Ele entrara na cozinha, no crepúsculo de um fim de tarde cinza e frio de dezembro, e sentara-se na ponta da caixa de lenha[50] para tirar suas pesadas botas, ignorante quanto ao fato de que um grupo de colegas de escola de Anne estava ensaiando "A rainha das fadas" na sala de estar. Naquele momento, elas chegaram em bando pelo corredor e entraram na cozinha, rindo e tagarelando alegremente. Elas não viram Matthew, que se encolheu timidamente em direção às sombras atrás da caixa de lenha com uma bota em uma das mãos e uma calçadeira na outra e observou-as timidamente pelos já mencionados dez minutos enquanto vestiam seus gorros e casacos e falavam sobre o diálogo e o concerto. Anne estava de pé entre elas, tão animada e com os olhos tão brilhantes quanto as outras, mas Matthew subitamente tomou consciência de que havia algo de diferente em Anne em relação às amigas dela. E o que deixou Matthew preocupado foi que essa diferença lhe deu a impressão de ser algo que não deveria existir. Anne tinha o rosto mais brilhante e maior, olhos mais sonhadores e

---

50 Caixa de madeira usada para guardar lenha que tem um encosto que a transforma em um banco quando fechada. (N. T.)

feições mais delicadas do que qualquer uma de suas amigas, até mesmo o tímido e distraído Matthew aprendera a reparar nessas coisas, mas a diferença que o perturbava não tinha relação com isso. Então, de que ela consistia?

Matthew foi atormentado por essa pergunta muito depois que as garotas já tinham ido embora, de braços dados, descendo a comprida e congelada trilha, e Anne se entregara aos seus livros. Ele não podia comentar isso com Marilla, pois ele achava que ela certamente bufaria de escárnio e comentaria que a única diferença que ela percebia entre Anne e as outras meninas era que às vezes elas ficavam de boca calada, e Anne, não. Isso, achou Matthew, não seria de grande ajuda.

Ele havia recorrido ao seu cachimbo naquela noite para que o ajudasse a analisar o assunto, para o desgosto profundo de Marilla. Depois de duas horas fumando e refletindo intensamente, Matthew encontrou a solução do seu problema. Anne não se vestia como as outras meninas!

Quanto mais Matthew pensava no assunto, mais ficava convencido de que Anne jamais se vestira como as outras meninas: nunca, desde quando chegara a Green Gables. Marilla a vestia com roupas sem graça e escuras, todas feitas usando o mesmo molde invariável. Se Matthew sabia que existia o conceito de moda no vestir, isso era o máximo que sabia sobre o assunto, mas ele teve muita certeza de que as mangas de Anne não se pareciam em nada com as mangas das outras meninas. Ele lembrou-se do aglomerado de menininhas que vira em volta de Anne naquele fim de tarde – todas alegres, com vestidos vermelhos, azuis, rosa e brancos – e perguntou-se por que Marilla sempre vestia Anne de modo tão simples e sóbrio.

É claro que não deveria haver problema nenhum naquilo. Marilla sabia o que era melhor, e era ela quem criava Anne. Provavelmente, havia algum motivo sábio e indecifrável por trás daquilo. Mas certamente não faria nenhum mal deixar a criança ter um vestido mais bonito... algo como os vestidos que Diana Barry sempre usava. Matthew decidiu que daria um de presente a ela; isso com certeza não poderia ser recusado por se tratar de uma intromissão indesejada da parte dele. Faltavam apenas duas semanas para o Natal. Um lindo vestido novo seria o presente perfeito. Matthew, com um suspiro de satisfação, largou o cachimbo e foi para a cama, enquanto Marilla abria todas as portas para arejar a casa.

Na manhã seguinte, Matthew dirigiu-se a Carmody para comprar o vestido, determinado a se livrar logo da tarefa. Estava certo de que aquela não seria uma provação insignificante. Havia coisas que Matthew podia comprar e para as quais se demonstrava um exímio regateador, mas ele sabia que estaria à mercê dos donos das vendas quando fosse comprar um vestido para uma menina.

Depois de muito cogitar, Matthew decidiu ir à venda de Samuel Lawson em vez de na de William Blair. Certamente, os Cuthberts sempre compraram na venda de William Blair; era quase uma questão de consciência para eles, como frequentar a Igreja Presbiteriana e votar no Partido Conservador. Mas as duas filhas de William Blair frequentemente atendiam os clientes lá, e Matthew tinha absoluto pavor delas. Ele era capaz de dar um jeito de lidar com elas quando sabia exatamente o que queria e podia apontar para o produto; mas, em um caso como aquele, que exigia consultas e explicações, Matthew sentiu que deveria se certificar de que seria um homem quem estaria atrás do balcão. Portanto, iria para a venda de Lawson, onde Samuel ou seu filho o atenderia.

Ai dele! Matthew não sabia que Samuel, na recente expansão que fizera em seu negócio, também contratara uma mulher como atendente; era uma sobrinha de sua esposa, e uma jovem de fato muito bonita, com um enorme penteado *pompadour* caindo sobre a testa, com enormes e vibrantes olhos castanhos, e o maior e mais desconcertante sorriso que havia. Ela estava vestida de modo excessivamente elegante e usava vários braceletes que cintilavam e chacoalhavam e tilintavam com cada movimento das mãos dela. Matthew ficou completamente confuso com o simples fato de se deparar com ela ali; e aqueles braceletes o desnortearam totalmente com um único golpe mortal.

– Em que posso ajudá-lo nesta noite, senhor Cuthbert? – perguntou a senhorita Lucilla Harris, enérgica e obsequiosamente, tamborilando o balcão com ambas as mãos.

– Você tem algum... algum... algum... bem, algum ancinho? – gaguejou Matthew.

A senhorita Harris pareceu um tanto surpresa, como bem deveria ter ficado, ao ouvir um homem pedir um ancinho em meados de dezembro.

– Acho que ainda temos um ou dois – disse ela –, mas estão no andar de cima, no depósito de móveis. Vou subir e ver. – Durante a ausência dela, Matthew recobrou seus sentidos para fazer uma nova tentativa.

Quando a senhorita Harris voltou com o ancinho e alegremente perguntou: "Mais alguma coisa esta noite, senhor Cuthbert?", Matthew tomou as rédeas de sua coragem e respondeu:

– Bem, visto que você sugeriu, eu talvez também... leve... quero dizer... dê uma olhada... compre um pouco... um pouco de sementes de feno.

A senhorita Harris já ouvira as pessoas dizer que Matthew Cuthbert era estranho. Agora, estava convencida de que ele era completamente maluco.

– Nós somente vendemos semente de feno na primavera – explicou ela com altivez. – Agora mesmo não temos nenhuma na venda.

– Oh, certamente... certamente... é como você diz – gaguejou o infeliz Matthew, pegando o ancinho e dirigindo-se à porta. Na soleira, ele lembrou-se de que não havia pago e virou-se com mais infelicidade ainda. Enquanto a senhorita Harris contava o troco, ele reuniu suas forças para fazer uma desesperada tentativa derradeira.

– Bem... se não for muito incômodo... eu talvez também... quero dizer... eu gostaria de ver... um... um pouco de açúcar.

– Branco ou mascavo? – indagou com paciência a senhorita Harris.

– Oh... bem... mascavo – disse Matthew com a voz fraca.

– Tem um barril de açúcar mascavo ali – indicou a senhorita Harris, balançando os braceletes na direção do barril. – É o único tipo de açúcar que temos.

– Vou... vou levar dez quilos – disse Matthew, com suor se formando em sua testa.

Matthew já estava a meio caminho de casa quando de fato voltou a si. Aquela havia sido uma experiência horripilante, mas foi bem feito para ele, por ter cometido a heresia de ir comprar em uma venda estranha. Quando chegou em casa, escondeu o ancinho no depósito de ferramentas, mas levou o açúcar para Marilla.

– Açúcar mascavo! – exclamou Marilla. – O que o possuiu para você comprar essa quantidade toda? Você sabe que eu jamais uso isso, a não ser no mingau de aveia do empregado e no bolo escuro de frutas. Jerry já não trabalha aqui, e já faz tempo que fiz o meu bolo. E tampouco é um bom açúcar – é grosso e escuro –, e o William Blair geralmente não vende açúcar deste tipo.

– Achei que poderia ser útil em algum momento – disse Matthew, escapando de vez dali.

Quando Matthew repensou o assunto, decidiu que precisava de uma mulher para tratar daquela situação. Marilla estava fora de questão. Matthew tinha certeza de que ela imediatamente jogaria um balde de água fria em seu projeto. Restava apenas a senhora Lynde, pois Matthew não se atreveria a pedir conselhos a alguma outra mulher de Avonlea. Consequentemente, foi visitar a senhora Lynde, e aquela bondosa mulher prontamente tirou aquele problema das mãos do atormentado homem.

– Escolher um vestido para você dar para a Anne? É claro que faço isso. Vou a Carmody amanhã e resolvo isso. Você tem algo de especial em mente? Não? Bem, eu mesma escolho então. Acredito que um marrom brilhante ficaria muito bem em Anne, e o William Blair tem um *jacquard* novo muito lindo. Talvez você queira que eu faça o vestido também, pois, se Marilla o fizer, Anne provavelmente vai descobrir antes do tempo e estragar a surpresa, que tal? Bem, vou fazer. Não, não é incômodo algum. Gosto de costurar. Vou fazê-lo para que sirva na minha sobrinha, Jenny Gillis, pois ela e Anne têm silhuetas iguaizinhas.

– Bem, fico muito agradecido – disse Matthew – e... e... eu não sei... mas eu gostaria... Acho que hoje em dia fazem as mangas diferente de como faziam antes. Se não for pedir demais, eu... eu gostaria que as mangas fossem feitas desse jeito novo.

– Bufantes? É claro. Não precisa se preocupar mais com isso, Matthew. Vou fazer o vestido seguindo a última moda – tranquilizou a senhora Lynde. Para si mesma, ela acrescentou depois que Matthew tinha ido embora:

"De fato será uma satisfação ver aquela pobre menina finalmente vestir alguma coisa decente. O fato é que o modo como Marilla a veste é definitivamente ridículo, e já me cansei de dizer isso a ela com todas as palavras uma dezena de vezes. Agora já não digo nada, pois percebo que Marilla não quer conselhos e acha que sabe mais sobre educar crianças do que eu, apesar de ela ser uma velha solteirona. Mas é sempre assim. As pessoas que educam crianças sabem que não há um método rápido e estrito que seja adequado a todas as crianças. Mas os que nunca tiveram de educar crianças acham que a coisa é simples e fácil como a Regra de Três: basta colocar no papel os três números que você tem e a conta sairá correta. Mas a carne e o osso não seguem as regras da aritmética, e é aí que Marilla Cuthbert erra. Presumo que ela esteja tentando culti-var um espírito de humildade em Anne ao vesti-la daquele modo, mas é mais provável que acabe cultivando inveja e descontentamento. Estou certa de que a menina deve perceber a diferença entre as roupas dela e as das outras garotas. E pensar que logo Matthew ia reparar nisso! Aquele homem está acordando depois de ter passado mais de sessenta anos dormindo."

Ao longo das duas semanas seguintes, Marilla teve certeza de que Matthew tinha algo em mente, mas ela não sabia adivinhar o quê, até a véspera do Natal, quando a senhora Lynde trouxe o vestido novo. No geral, Marilla se comportou muito bem, apesar de ser muito provável que tenha desconfiado da explicação diplomática da senhora Lynde de que ela fizera o vestido porque Matthew receava que Anne fosse desco-brir antes do tempo se Marilla o fizesse.

– Então é por isso que o Matthew tem andado com um ar muito misterioso, rindo por aí para si mesmo nas últimas duas semanas, não é? – disse ela um tanto atravessada, mas de modo tolerante. – Eu sa-bia que ele estava aprontando alguma bobagem. Bem, devo dizer que não acho que Anne precise de mais vestidos. Fiz para ela três vestidos bons, quentes e práticos neste outono, e qualquer coisa além disso é pura extravagância. Tem tecido o bastante nestas mangas para se fazer um corpete, é só isso que digo. Você só vai mimar a vaidade de Anne, Matthew, e ela já é vaidosa feito um pavão. Bem, espero que por fim ela fique satisfeita, pois sei que ela vem ansiando por essas mangas bobas desde quando viraram moda, apesar de não ter dito mais palavra sobre isso depois da primeira vez. As mangas bufantes estão ficando cada vez maiores e mais ridículas; agora, são tão grandes quanto balões. No ano que vem, qualquer um que as esteja usando vai precisar passar de lado pelas portas.

A manhã de Natal raiou em um lindo mundo branco. Dezembro estava sendo um mês pouco frio, e as pessoas estavam na expectativa de passar um Natal sem neve, mas durante a noite caiu de mansinho neve o bastante para mudar completamente Avonlea. Anne espiou para fora de sua janela do frontão coberta de sincelos com olhos encantados. Os abetos na Mata Assombrada estavam todos emplumados e maravilhosos; as bétulas e as cerejeiras silvestres estavam contornadas por uma camada perolada; os campos arados eram extensões de covinhas de neve; e havia um cheiro forte e frio no ar que era glorioso. Anne correu para o andar de baixo cantando até que sua voz ecoou por toda Green Gables.

– Feliz Natal, Marilla! Feliz Natal, Matthew! Não é um Natal adorável? Fico muito contente que tenha nevado. Natal sem neve, verde, como chamam as pessoas, não parece Natal de verdade, não é mesmo? Não gosto de Natal verde. Não é nada verde: as plantas estão com tons nojentos e desbotados de marrom e cinza. O que faz as pessoas o chamar de verde? Por quê... por quê... Matthew, isso é para mim? Oh, Matthew!

Matthew havia desembrulhado timidamente o vestido e o estendido, lançando um olhar contrito de relance para Marilla, que fingiu estar desdenhosamente enchendo a chaleira, mas observou a cena com o canto do olho com um ar bastante interessado.

Anne pegou o vestido e olhou para ele com um silêncio reverente. Oh, como era lindo... feito de um adorável *jacquard* marrom-claro com todo o brilho da seda; uma saia drapeada com refinados babados; um corpete com elaboradas pregas frontais, seguindo a última moda, com uma pequena gola franzida de renda vaporosa. Mas as mangas eram pura glória! Terminavam nos cotovelos, e em cima eram lindamente bufantes e divididas em fileiras de drapeados e lacinhos de fita de seda marrom.

– É um presente de Natal para você, Anne – falou Matthew timidamente. – Ora... ora... Anne, não gostou? Calma... calma.

Pois os olhos de Anne subitamente se encheram de lágrimas.

– Se gostei? Oh, Matthew! – Anne estendeu o vestido sobre uma cadeira e entrelaçou as mãos. – Matthew, é perfeitamente belíssimo. Oh, jamais poderei lhe agradecer o suficiente. Olhe só para estas mangas! Oh, parece-me que isto deve ser um sonho feliz.

– Ora, ora, vamos tomar café da manhã – interrompeu Marilla. – Devo dizer, Anne, que não acho que você precise deste vestido, mas como Matthew comprou para você, trate de cuidar bem dele. Tem um laçarote de cabelo que a senhora Lynde deixou para você. É marrom, para combinar com o vestido. Agora, venha, sente-se.

– Não vejo como poderei comer o café da manhã – disse Anne extasiada. – O café da manhã parece uma enorme banalidade em um momento entusiasmante como este. Prefiro banquetear o vestido com meus olhos. Fico muito contente que as mangas bufantes ainda estejam na moda. Parecia-me que eu jamais conseguiria suportar se elas saíssem de moda antes que eu pudesse ter um vestido com elas. Nunca me senti tão satisfeita, sabe. E foi adorável da parte da senhora Lynde também me dar o laçarote. Sinto que de fato eu deveria passar a ser uma menina muito bem-comportada. É em momentos como este que lamento o fato de eu não ser uma menininha modelo, e sempre decido que no futuro serei uma. Mas de algum modo é difícil cumprir com suas decisões quando surgem tentações irresistíveis. Ainda assim, depois disto, farei um esforço adicional.

Quando o café da manhã terminou, Diana apareceu, atravessando a ponte de troncos coberta de neve na ravina, uma figurinha alegre com seu sobretudo de lã escarlate. Anne desceu voando a inclinação para encontrá-la.

– Feliz Natal, Diana! E oh, que Natal maravilhoso. Tenho uma coisa esplêndida para lhe mostrar. O Matthew me deu o mais adorável vestido que há, com *umas* mangas... Eu não conseguiria imaginar algo melhor.

– Eu tenho algo a mais para você – disse Diana, ofegante. – Aqui... esta caixa. A tia Josephine nos mandou uma caixa enorme cheia de coisas dentro... e isto é para você. Eu teria trazido para você ontem à noite, mas a caixa só chegou depois que já estava muito escuro, e agora nunca me sinto muito cômoda de atravessar a Mata Assombrada no escuro.

Anne abriu a caixa e espiou dentro dela. Primeiro, viu um cartão em que estava escrito "Para a menina Anne, e Feliz Natal"; em seguida, viu um par das mais refinadas sapatilhas de criança, com contas na ponta e laços de cetim e fivelas cintilantes.

– Oh – disse Anne – Diana, isso é um exagero. Devo estar sonhando.

– E eu digo que é providencial – respondeu Diana. – Agora, você não vai ter que pegar emprestadas as sapatilhas da Ruby, e isso é uma bênção, pois elas são dois números maiores do que o seu, e seria horrível ouvir uma fada arrastar as sapatilhas. Josie Pye ficaria encantada. Não sei se você sabe, mas Rob Wright voltou para casa com Gertie Pye do ensaio na noite de anteontem. Já viu algo que se compare a isso?

Todos os estudantes de Avonlea estavam frenéticos de entusiasmo naquele dia, pois o auditório precisava ser decorado, e seria feito um grande ensaio final.

O concerto foi realizado à noite, e foi um sucesso retumbante. O pequeno auditório estava lotado; todos os intérpretes se saíram muitíssimo bem, mas Anne foi a estrela mais brilhante da noite, e até mesmo a inveja, na forma de Josie Pye, não ousou negar.

– Oh, não foi uma noite brilhante? – suspirou Anne, quando tudo havia acabado, e ela e Diana voltavam juntas para casa sob um céu escuro e estrelado.

– Tudo correu muito bem – disse Diana de modo prático. – Acho que arrecadamos cerca de 10 dólares. E o senhor Allan vai mandar um relato do concerto para os jornais de Charlottetown.

– Oh, Diana, será que realmente veremos nossos nomes impressos? Fico emocionada só de pensar. Seu solo foi perfeitamente elegante, Diana. Senti-me mais orgulhosa do que você quando pediram bis. Eu simplesmente disse a mim mesma: "É a minha querida amiga do peito quem está recebendo esta honra".

– Bem, os textos que você recitou fizeram as pessoas aplaudir de pé, Anne. Aquele triste então foi simplesmente esplêndido.

– Oh, eu estava nervosa demais, Diana. Quando o senhor Allan chamou o meu nome, eu de fato não sei lhe dizer como consegui subir naquele tablado. Senti-me como se um milhão de olhos estivessem olhando para mim e por dentro de mim ao mesmo tempo e, por um instante pavoroso, tive a certeza de que sequer conseguiria começar a recitar. Depois, pensei nas minhas adoráveis mangas bufantes e criei coragem. Eu sabia que deveria fazer jus àquelas mangas, Diana. Então, comecei, e minha voz parecia vir de um lugar muito distante. Simplesmente me senti como um papagaio. Foi providencial eu ter ensaiado tanto aqueles textos na mansarda, ou eu jamais teria conseguido chegar até o fim. Meus gemidos foram bons?

– Sim, de fato você gemeu de modo adorável – garantiu Diana.

– Eu vi a velha senhora Sloane enxugar lágrimas quando me sentei. Foi esplêndido pensar que eu tocara o coração de alguém. É muito romântico fazer parte de um concerto, não é? Oh, de fato tratou-se de uma ocasião deveras memorável.

– E não foram bons os diálogos dos garotos? – comentou Diana. – O Gilbert Blythe estava simplesmente esplêndido. Anne, acho de fato que é muita maldade o modo como você trata o Gil. Espere só eu lhe contar. Quando você correu para fora do tablado depois do diálogo da fada, uma das rosas caiu do seu cabelo. Eu vi o Gil pegá-la e colocá-la no bolso da camisa dele. Pronto. Você é tão romântica que tenho certeza de que vai gostar disso.

– Não tenho nada a ver com o que faz essa pessoa – disse Anne com altivez. – Simplesmente não desperdiço um pensamento sequer com ele, Diana.

Naquela noite, Marilla e Matthew, que haviam saído para ir a um concerto pela primeira vez em vinte anos, sentaram-se por algum tempo diante da lareira da cozinha depois que Anne já tinha ido para a cama.

– Bem, acho que nossa Anne se saiu tão bem quanto qualquer um dos outros – disse Matthew com orgulho.

– Sim, é verdade – admitiu Marilla. – Ela é uma criança inteligente, Matthew. E estava muito bonita também. Eu meio que andei me opondo a toda essa ideia do concerto, mas presumo que, no fim das contas, não haja mal nisso. De todo modo, fiquei orgulhosa de Anne hoje à noite, mas não direi isso a ela.

– Bem, eu fiquei orgulhoso dela, e de fato falei isso antes de ela subir para dormir – disse Matthew. – Qualquer dia desses temos de ver o que podemos fazer por ela, Marilla. Acho que ela, mais cedo ou mais tarde, vai precisar de algo além da escola de Avonlea.

– Temos tempo o bastante para pensar nisso – retrucou Marilla. – Em março ela completa apenas treze anos. Mas hoje à noite me dei conta de que ela está realmente ficando grande. A senhora Lynde fez aquele vestido um pouquinho longo demais, e ele faz Anne parecer muito alta. Ela aprende rápido, e acho que a melhor coisa que podemos fazer por ela é mandá-la para a Queen's daqui a algum tempo. Mas nada precisa ser dito ainda sobre isso por um ou dois anos.

– Bem, não fará mal ficar pensando nessa ideia de vez em quando – falou Matthew. – Coisas desse tipo têm de ser bem pensadas.

O CLUBE DE CONTOS
SE FORMA

A juventude de Avonlea custou a voltar para a monotonia da existência. Para Anne em especial, as coisas se afiguravam fastidiosas, fúteis e vãs[51] depois do cálice de entusiasmo do qual ela bebera por semanas. Seria ela capaz de voltar aos antigos tranquilos prazeres daqueles dias distantes antes do concerto? A princípio, conforme disse à Diana, ela de fato achava que não.

– Tenho certeza absoluta, Diana, de que a vida jamais poderá ser a mesma que era naqueles vetustos dias – disse ela com pesar, como se estivesse se referindo a um passado de pelo menos cinquenta anos. – Talvez depois de algum tempo eu me acostume, mas receio que os concertos estragam a visão que as pessoas têm do cotidiano. Presumo que é por isso que a Marilla é contra eles. Marilla é uma mulher sensata demais. Deve ser muito melhor ser sensata, ainda assim acho que eu de fato não gostaria de ser uma pessoa sensata, pois elas não são românticas. A senhora Lynde diz que não corro o risco de me tornar sensata, mas que também não dá para saber com certeza. Agora mesmo, sinto que eu talvez ainda me torne sensata quando crescer. Mas talvez seja

---

51   Alusão a *Hamlet*, ato 1, cena 2, versos 133-134: "Como se me afiguram fastidiosas, fúteis e vãs as coisas deste mundo!". (N. T.)

só cansaço. Simplesmente custei muitíssimo a dormir ontem à noite. Fiquei deitada e acordada recapitulando o concerto na minha mente. Isso é uma característica esplêndida desses eventos: é adorável demais os ficar relembrando.

No entanto, por fim, a escola de Avonlea voltou ao seu ritmo normal e retomou seus antigos interesses. Dito isso, o concerto deixou certos rastros. Ruby Gillis e Emma White, que haviam discutido sobre uma questão de precedência nos seus assentos no tablado, já não dividiam a mesma carteira, e uma promissora amizade de três anos foi rompida. Josie Pye e Julia Bell ficaram "de mal" por três meses, porque Josie Pye dissera a Bessie Wright que a mesura com que Julia Bell se levantou para recitar fez com que ela se lembrasse de uma galinha ciscando, e Bessie contou isso a Julia. Ninguém da família Sloane se relacionaria com a família Bell, porque os Bells haviam declarado que os Sloanes tiveram uma participação excessiva no programa, e os Sloanes replicaram que os Bells não eram capazes nem de fazer direito o pouco que lhes cabia. Finalmente, Charlie Sloane brigou com Moody Spurgeon MacPherson[52], porque Moody Spurgeon havia dito que Anne Shirley recitou de modo pretensioso, e Moody Spurgeon levara um "murro"; consequentemente, a irmã de Moody Spurgeon, Ella May, ficara "de mal" com Anne Shirley pelo resto do inverno. Com exceção desses atritos sem importância, os trabalhos no pequeno reino da senhorita Stacy prosseguiram com regularidade e tranquilidade.

As semanas do inverno passaram rápido. Foi um inverno atipicamente ameno, com tão pouca neve que Anne e Diana puderam ir para a escola quase todos os dias pela Trilha das Bétulas. No dia do aniversário de Anne, elas caminhavam tranquilas pela trilha, mantendo olhos e ouvidos alertas em meio à sua conversa, pois a senhorita Stacy lhes dissera que em breve teriam de escrever uma redação sobre "Uma caminhada invernal pela mata", portanto elas deveriam ficar atentas.

---

52 Nome em homenagem a dois pregadores muito famosos à época nos Estados Unidos e Canadá: Dwight Lyman Moody (1837-1899) e Charles Haddon Spurgeon (1834-1892). (N. T.)

– Imagine só, Diana, hoje completo treze anos – comentou Anne com uma voz de assombro. – Mal consigo me dar conta de que já sou adolescente. Quando acordei hoje de manhã, parecia-me que tudo deveria estar diferente. Já faz um mês que você completou treze anos, então presumo que para você isso não pareça a novidade que parece para mim. Isso faz a vida parecer bem mais interessante. Daqui a dois anos já vou estar crescida. É um grande alívio saber que poderei falar palavras difíceis sem que as pessoas riam de mim.

– Ruby Gillis diz que tem a intenção de arrumar um pretendente assim que fizer quinze anos – disse Diana.

– Ruby Gillis não pensa em nada além de pretendentes – retrucou Anne com desdém. – Apesar de fingir muita irritação, ela adora quando escrevem o nome dela naqueles avisos no pórtico. Mas receio que meu comentário tenha sido pouco amável. A senhora Allan diz que jamais devemos fazer comentários pouco amáveis, mas eles acabam saindo sem querer antes que você se dê conta, não é mesmo? Simplesmente não consigo falar da Josie Pye sem fazer um comentário pouco amável; então, simplesmente sequer falo dela. Você já deve ter percebido isso. Estou tentando ser o tanto quanto posso como a senhora Allan, pois acho que ela é perfeita. O senhor Allan também acha isso. A senhora Lynde diz que ele venera o chão que ela pisa e que ela não acha certo que um pastor devote tanto assim de sua afeição a uma criatura mortal. Mas, Diana, até os pastores são humanos, e também têm pecados que o rodeiam[53], assim como todos nós. Tive uma conversa muito interessante com a senhora Allan sobre pecados que nos rodeiam na última tarde de domingo. Há algumas coisas que é adequado discutir aos domingos, e esta é uma delas. O pecado que me rodeia é imaginar demais e me esquecer de minhas tarefas. Estou me esforçando muito para lutar contra isso e, agora que de fato tenho treze anos, talvez consiga fazer de um modo melhor.

---

53 Referência a Hebreus, 12:1: "Portanto, nós também, pois que estamos rodeados de uma tão grande nuvem de testemunhas, deixemos todo o embaraço, e o pecado que tão de perto nos rodeia, e corramos com paciência a carreira que nos está proposta". (N. T.)

– Daqui a quatro anos, poderemos fazer penteados *pompadour* – comentou Diana. – A Alice Bell tem só dezesseis e já usa o cabelo assim, mas acho ridículo. Vou esperar até completar dezessete anos.

– Se eu tivesse o nariz torto da Alice Bell – disse Anne com determinação –, eu não faria esse penteado... mas chega! Não vou dizer o que eu tencionava, pois não era algo amável. Além do mais, estava comparando o nariz dela com o meu, e isso é vaidade. Receio que penso demais no meu nariz desde que recebi aquele elogio faz muito tempo. De fato, é algo muito reconfortante para mim. Oh, Diana, olhe, lá vai um coelho. Temos que nos lembrar disso para a redação sobre a mata. Eu de fato acho que a mata é tão adorável no inverno quanto no verão. Ela fica muito quieta e branca, como se estivesse dormindo e tendo sonhos lindos.

– Não vou me importar nem um pouco de escrever essa redação quando a hora chegar – suspirou Diana. – Posso muito bem escrever sobre a mata, mas a redação que temos de entregar segunda-feira é terrível. Que ideia da senhorita Stacy nos mandar inventar uma história de nossas próprias cabeças!

– Ora, é fácil como piscar os olhos – disse Anne.

– É fácil para você, que tem imaginação – retrucou Diana –, mas o que faria se tivesse nascido sem imaginação? Presumo que já tenha terminado a sua redação, não é?

Anne assentiu, esforçando-se para não parecer muito autocomplacente, mas fracassando por completo.

– Escrevi na noite da segunda-feira passada. O título é "O rival ciumento; ou não separados pela morte". Eu a li para Marilla, e ela disse que era bobagem e um disparate. Depois, li para o Matthew, e ele disse que estava boa. É desse tipo de crítico que gosto. É uma história triste e doce. Chorei feito um bebê enquanto escrevia. É sobre duas donzelas chamadas Cordelia Montmorency e Geraldine Seymour, que moravam no mesmo vilarejo e eram devotamente ligadas uma à outra. Cordelia era uma morena majestosa com um diadema de cabelos com o tom da meia-noite, olhos escuros e bruxuleantes. Geraldine era uma loura régia com cabelos como fios de ouro e suaves olhos violeta.

– Jamais vi alguém com olhos violeta – disse Diana, incrédula.

– Nem eu. Simplesmente imaginei isso. Queria algo que não fosse comum. Geraldine também tinha um cenho de alabastro. Descobri o que é um cenho de alabastro. Essa é uma das vantagens de se ter treze anos. Você sabe muito mais coisas do que quando tinha apenas doze.

– Bem, e o que aconteceu com Cordelia e Geraldine? – perguntou Diana, que estava começando a ficar muito interessada no destino das personagens.

– Elas ficaram mais bonitas e unidas até completarem dezesseis anos. Então, Bertram DeVere chegou ao vilarejo natal delas e se apaixonou pela loura Geraldine. Ele salvou a vida dela quando o cavalo dela saiu em disparada fugido com ela em um coche, e ela desmaiou nos braços dele, e ele a carregou até em casa por quase cinco quilômetros; porque, entende, o coche ficou todo destruído. Custei muito a imaginar o pedido de casamento, pois não tenho experiência para me guiar. Perguntei à Ruby Gillis se ela sabia alguma coisa sobre como os homens fazem pedidos de casamento, porque pensei que era provável que ela fosse uma autoridade no assunto, pois tem muitas irmãs casadas. Ruby contou-me que estava escondida na despensa da sala principal quando Malcolm Andres pediu sua irmã Susan em casamento. Ela disse que Malcolm contara à Susan que o pai dele lhe dera a fazenda e a passara para o nome dele, e depois disse: "O que você acha, meu amor, de nos casarmos neste outono?". E Susan disse: "Sim... não... não sei... deixe-me ver... e assim foi, eles ficaram noivos rápido assim. Mas não achei que esse pedido foi lá muito romântico, então, no fim das contas, tive de imaginar da melhor maneira que pude. Escrevi o pedido de modo muito floreado e poético, e Bertram ficou de joelhos, apesar de Ruby Gillis dizer que já não se faz mais isso hoje em dia. Geraldine aceitou o pedido com uma fala que ocupou uma página inteira. Posso lhe garantir que me esforcei muito para escrever essa fala. Reescrevi-a cinco vezes, e a considero minha obra-prima. Bertram deu a ela um anel de diamantes e um colar de rubis e disse a ela que eles iriam para a Europa em uma turnê de casamento, pois era extremamente abastado. Mas então, ai deles, sombras começaram a escurecer o seu caminho. Cordelia estava secretamente apaixonada por Bertram, e, quando Geraldine contou a ela sobre o noivado, ela simplesmente ficou furiosa, principalmente quando viu o anel de diamantes e o colar de rubis. Toda a afeição dela por Geraldine se transformou em ódio amargo, e jurou que ela jamais se casaria com Bertram. Mas fingiu que ainda sentia por Geraldine a mesma amizade de antes. Certa noite, elas estavam em uma ponte que cruzava um rio rápido e turbulento, e Cordelia, pensando que estavam a sós, empurrou Geraldine da ponte com uma desvairada risada de escárnio: "Ha, ha, ha". Mas Bertram viu tudo e imediatamente mergulhou na correnteza, exclamando: "Eu a salvarei, minha ímpar Geraldine". Mas, ai dele, que havia se esquecido de que não sabia nadar, e os dois se afogaram abraçados. Logo depois, os corpos deles foram parar na beira do rio. Foram enterrados na mesma sepultura, e o funeral foi deveras imponente, Diana. É muito mais romântico terminar uma história com um funeral do que com um casamento. Quanto a Cordelia, ela ficou louca de remorso e foi internada em um sanatório. Acho que essa foi uma punição poética para o crime cometido por ela.

– Que perfeitamente adorável! – suspirou Diana, que era da mesma escola de críticos que Matthew. – Não entendo como você pode inventar coisas tão emocionantes assim da sua própria cabeça, Anne. Queria que minha imaginação fosse tão boa quanto a sua.

– Ela seria se você ao menos a cultivasse – disse Anne com alegria. – Acabei de pensar em um plano, Diana. Nós duas podemos fazer um clube de contos só nosso e escrever histórias para praticar. Eu a ajudarei até que você consiga escrever sozinha as suas histórias. Você deveria cultivar a sua imaginação, sabe. É o que diz a senhorita Stacy. Só que temos de tomar o rumo certo. Contei a ela sobre a Mata Assombrada, mas ela me disse que tomamos o rumo errado com essa história.

E foi assim que o clube dos contos passou a existir. A princípio, estava limitado a Diana e Anne, mas logo passou a incluir Jane Andrews e Ruby Gillis e mais uma ou duas meninas que achavam que suas imaginações deveriam ser cultivadas. Era proibida a entrada de meninos, apesar de Ruby Gillis ter opinado que a entrada deles tornaria tudo mais emocionante, e cada membro tinha que escrever uma história por semana.

– É extremamente interessante – disse Anne para Marilla. – Cada menina tem que ler sua história em voz alta, e depois fazemos uma discussão. Vamos guardá-las como se fossem sagradas, e depois as leremos para nossos descendentes. Todas escrevemos usando pseudônimos. O meu é Rosamond Montmorency. Todas as garotas se saem muito bem. A Ruby Gillis é sentimental demais. Ela inclui muitos galanteios nas histórias dela, e você sabe que galanteios em demasia são piores do que a falta deles. Jane nunca inclui nenhum, pois diz que se sente ridícula quando tem que ler as histórias em voz alta. As histórias da Jane são extremamente prudentes. E a Diana inclui assassinatos demais nas dela. Ela diz que na maioria das vezes não sabe o que fazer com os personagens, então os mata para se livrar deles. Eu quase sempre tenho que dizer a elas sobre qual assunto devem escrever, mas isso não é difícil, pois tenho milhões de ideias.

– Acho que esse negócio de escrever histórias é a maior bobagem de todas até agora – zombou Marilla. – Vocês vão encher suas cabeças de disparates e perder tempo que deveria ser gasto estudando as lições da escola. Ler histórias já é ruim o bastante, mas escrevê-las é pior ainda.

– Mas tomamos muito cuidado de incluir uma moral em todas as histórias, Marilla – explicou Anne. – Eu insisto nisso. Todos os personagens bons são recompensados, e os ruins são devidamente castigados. Estou certa de que isso deve ter um efeito saudável. A moral é a grande coisa por trás das histórias. O senhor Allan é quem diz isso. Li um dos meus contos para ele e para a senhora Allan, e ambos concordaram que a moral era excelente. E a única coisa é que eles riram nas partes erradas. Prefiro quando as pessoas choram. Jane e Ruby quase sempre choram quando chego às partes patéticas. Diana escreveu para a tia Josephine sobre o nosso clube, e ela escreveu de volta dizendo que deveríamos mandar para ela alguns de nossos contos. Então, copiamos quatro dos melhores e mandamos para ela. A senhorita Josephine Barry escreveu de volta dizendo que jamais havia lido algo tão divertido em toda a vida. Isso meio que nos deixou intrigadas, pois todas as histórias eram muito patéticas, e nelas quase todos os personagens morriam. Mas fico feliz que a senhorita Barry tenha gostado delas. Isso demonstra que nosso clube está fazendo algo de bom neste mundo. A senhora Allan diz que esse deve ser nosso objetivo em tudo o que fazemos. Eu de fato tento fazer desse o meu objetivo, mas me esqueço disso com frequência quando estou me divertindo. Tenho esperanças de ser um pouco como a senhora Allan quando eu crescer. Você acha que há alguma chance de isso acontecer, Marilla?

– Acho que não muita – foi a resposta encorajadora de Marilla. – Tenho certeza de que a senhora Allan jamais foi uma menina tão boba e distraída quanto você.

– Não, mas ela tampouco sempre foi tão boa quanto é hoje – disse Anne com seriedade. – Foi ela mesma quem me disse isso... quero dizer, ela disse que era terrivelmente levada quando criança e que estava sempre se metendo em encrencas. Fiquei muito animada quando ouvi isso. Será muita maldade minha, Marilla, ficar animada quando ouço que outras pessoas foram levadas e malcomportadas? A senhora Lynde diz que sim. A senhora Lynde diz que sempre fica chocada quando fica sabendo que alguém foi malcriado, mesmo que seja uma malcriação pequena. A senhora Lynde diz que uma vez ouviu um pastor confessar que, quando era menino, roubou uma tortinha de morango da despensa de sua tia, e ela jamais tornou a ter respeito por aquele pastor. Já eu não teria me sentido assim. Eu teria pensado que era muito nobre dele confessar e pensaria também em como aquilo era uma coisa animadora para menininhos que hoje fazem malcriações e depois se arrependem, saberem que talvez se tornem pastores quando crescerem apesar disso. É assim que eu me sentiria, Marilla.

– O modo como me sinto agora, Anne – falou Marilla –, é que já passou da hora de você ter terminado de lavar esta louça. Você levou meia hora a mais do que deveria, com toda essa tagarelice. Aprenda a fazer as tarefas primeiro e falar depois.

VAIDADE E VEXAÇÃO
DE ESPÍRITO

Marilla, voltando para casa em uma noite do final de abril depois de uma reunião da Associação de Caridade, deu-se conta de que o inverno havia terminado com o emocionante prazer que a primavera nunca deixa de dar tanto aos mais velhos e mais tristes quanto aos mais jovens e mais felizes. Marilla não era dada a análises subjetivas de seus pensamentos e sentimentos. Ela provavelmente imaginava que estava pensando nas senhoras da Associação de Caridade e nas caixas de doações para os missionários e no novo carpete da sacristia, mas sob essas reflexões havia uma consciência harmoniosa de campos vermelhos exalando névoa de um roxo claro ao pôr do sol, de longas e pontudas sombras de abetos caindo sobre o bosque depois do riacho, de imóveis bordos repletos de botões carmesim em volta de um charco que os refletia como um espelho, de acordar no mundo com um alvoroço de vibrações ocultas sob a céspede cinza. A primavera espalhara-se pela terra, e a passada sóbria e de meia-idade de Marilla era mais leve e mais rápida por causa desta alegria profunda e primeva.

Seus olhos se fixaram afetuosamente em Green Gables, espiando por entre as árvores e refletindo a luz do sol que batia nas suas janelas em várias pequenas coruscações de glória. Marilla, enquanto passava a andar mais rápido pela trilha úmida, pensou que de fato era uma satisfação saber que ia para casa encontrar um fogo que estalava energicamente e uma mesa bem posta para o chá, em vez de ir para o frio conforto das antigas noites de reuniões da Associação de Caridade antes de Anne ter chegado a Green Gables.

Consequentemente, quando Marilla entrou na cozinha e viu que o fogo estava apagado e que não havia sinal nenhum de Anne em qualquer lugar, ela com razão se sentiu decepcionada e irritada. Ela dissera a Anne que se certificasse de deixar o chá pronto às cinco da tarde, mas agora ela precisaria se apressar para tirar seu segundo melhor vestido e preparar a refeição antes que Matthew voltasse depois de arar o campo.

– Vou dar um jeito em Anne assim que ela voltar para casa – disse Marilla com tristeza, enquanto talhava gravetos com um trinchante e com mais vigor do que era estritamente necessário. Matthew chegara em casa e estava pacientemente esperando pelo chá em seu canto.

– Ela está vadiando por aí com Diana, escrevendo contos ou ensaiando diálogos ou alguma outra baboseira desse tipo, sem jamais pensar sequer uma vez no horário ou em suas tarefas. Ela simplesmente precisa ser repreendida de forma curta e repentina em relação a isso. Não me importo que a senhora Allan diga que ela é a criança mais inteligente e doce que já conheceu. Ela pode até ser inteligente e doce o bastante, mas a cabeça dela é repleta de disparates, e nunca se sabe que forma eles vão tomar quando tornarem a irromper. Assim que ela supera uma fixação, logo arruma outra. Pronto! Lá vou eu dizer exatamente a mesma coisa que me deixou muito irritada com a Rachel Lynde quando ela disse isso hoje na Associação de Caridade. Fiquei de fato muito feliz quando a senhora Allan defendeu Anne, pois, se ela não tivesse feito isso, sei que eu acabaria dizendo algo severo demais para a Rachel diante de todos. Anne tem muitos defeitos, Deus sabe disso, e estou longe de negar isso. Mas sou eu quem a está criando, e não Rachel Lynde, que acharia defeitos no próprio anjo Gabriel caso ele morasse em Avonlea. De qualquer modo, Anne não tem nada que sair de casa desse jeito depois que eu disse a ela que ficasse em casa esta tarde e cuidasse das coisas. Devo dizer que, apesar de todos os defeitos dela, nunca a vi ser desobediente ou não confiável antes e lamento muito que agora esteja agindo assim.

– Bem, eu não sei – disse Matthew, que, sendo paciente e sábio e, acima de tudo, faminto, havia julgado que seria melhor deixar Marilla desabafar sua ira livremente, tendo aprendido por experiência que ela terminava mais rápido qualquer tarefa que tinha de fazer sem ser incomodada por uma discussão inoportuna. – Talvez você esteja sendo apressada demais em seu julgamento, Marilla. Não diga que ela não é confiável até que tenha certeza de que ela lhe desobedeceu. Talvez tudo tenha uma explicação... Anne é ótima em dar explicações.

– Ela não está aqui depois que eu lhe disse para ficar em casa – retrucou Marilla. – Acho que ela vai achar difícil dar a *isso* uma explicação que me satisfaça. E é óbvio que eu sabia que você ficaria do lado dela, Matthew. Mas sou eu quem a crio, e não você.

Já estava escuro quando o jantar ficou pronto, e ainda não havia sinal de Anne, cruzando apressada a ponte de troncos ou a Trilha dos Amantes, ofegante e arrependida, com uma sensação de ter negligenciado suas tarefas. Marilla lavou e guardou a louça com tristeza. Em seguida, buscando uma vela para iluminar seu caminho até o porão, subiu até o frontão leste para buscar a vela que geralmente ficava na mesa de Anne. Acendendo-a, virou-se e encontrou Anne deitada na cama, de cara virada para os travesseiros.

– Misericórdia – disse a espantada Marilla –, você estava dormindo, Anne?

– Não – foi a resposta abafada.

– Então, está se sentindo mal? – indagou ansiosamente Marilla, indo até a cama.

Anne afundou-se mais ainda nos travesseiros, como se desejasse se esconder eternamente dos olhos dos mortais.

– Não. Mas, por favor, Marilla, vá embora e não olhe para mim. Estou nas profundezas do desespero, e já não me importa quem é o melhor aluno da classe, ou quem escreve a melhor redação, ou quem canta no coral da escola dominical. Coisas pequenas desse tipo não têm importância agora, pois presumo que jamais poderei tornar a ir a qualquer lugar. Minha carreira foi encerrada. Por favor, Marilla, vá embora, e não olhe para mim.

– Onde já se viu uma coisa dessas? – quis saber a desconcertada Marilla. – Anne Shirley, o que houve com você? O que você fez? Levante neste instante e me diga. Neste instante, estou dizendo. Pronto, o que foi que houve?

Anne escorregara para fora da cama em desalentada obediência.

– Olhe só para o meu cabelo, Marilla – sussurrou ela.

Marilla ergueu sua vela e olhou detidamente para o cabelo de Anne, cujas mechas grandes desciam pelas costas dela. Ele de fato tinha uma aparência estranha.

– Anne Shirley, o você fez com seu cabelo? Ora, ele está *verde!*

Aquela cor até poderia ser chamada de verde caso fosse uma cor deste mundo: era um verde-bronze estranho e sem brilho, com mechas aqui e ali do vermelho original para aumentar o efeito espantoso. Nunca na vida Marilla vira algo tão grotesco quanto o cabelo de Anne naquele momento.

– Sim, está verde – gemeu Anne. – E eu achava que nada podia ser pior do que cabelos vermelhos. Mas agora sei que é dez vezes pior ter os cabelos verdes. Oh, Marilla, você mal sabe como estou completamente infeliz.

– Mal sei como você conseguiu fazer isso, mas tenho a intenção de descobrir – asseverou Marilla. – Desça já para a cozinha, pois está muito frio aqui em cima, e conte-me exatamente o que você fez. Já faz algum tempo que estou esperando que algo de estranho aconteça. Faz dois meses que você não se mete em nenhuma encrenca, e eu sabia que uma nova estava por vir. Então, o que fez com o seu cabelo?

– Pintei ele.

– Pintou?! Pintou seu cabelo?! Anne Shirley, você não sabia que isso era uma coisa péssima de se fazer?

– Sim, sabia que era um pouquinho ruim – confessou Anne. – Mas achei que valeria a pena ser um pouquinho ruim para me livrar dos cabelos vermelhos. Sopesei o custo, Marilla. Além disso, pensei em me comportar extremamente bem de outros modos para compensar.

– Bem – disse Marilla com sarcasmo –, se eu decidisse que valia a pena pintar o meu cabelo, eu o teria pintado de uma cor decente pelo menos. Não o teria pintado de verde.

– Mas minha intenção não era pintá-lo de verde, Marilla – reclamou Anne com aflição. – Se era para fazer algo de errado, eu queria fazer por um bom motivo. Ele disse que isso ia deixar meu cabelo com um lindo tom de preto como os corvos... ele definitivamente me garantiu que era isso o que ia acontecer. Como eu poderia duvidar da palavra dele, Marilla? Sei bem como é a sensação de alguém duvidar de sua palavra. E a senhora Allan diz que jamais devemos suspeitar que alguém não esteja falando a verdade, a não ser que tenhamos provas disso. Agora eu tenho provas... cabelos verdes são prova o bastante para qualquer um. Mas eu não tinha provas antes e acreditei em cada palavra dele *implicitamente.*

– Quem disse isso? Do que está falando?

– Do caixeiro-viajante que esteve aqui esta tarde.

– Anne Shirley, quantas vezes eu já lhe disse para nunca deixar esses italianos entrar em casa?! Não acredito nem um pouco que deveríamos estimulá-los a vir para essas bandas.

– Oh, não o deixei entrar em casa. Lembrei-me do que você disse e saí, fechei a porta com cuidado e olhei as coisas que ele tinha nos degraus. Além disso, ele não era italiano... era um judeu alemão. Ele tinha uma caixa enorme cheia de coisas muito interessantes e me disse que estava trabalhando duro para poder trazer a esposa e os filhos da Alemanha. Ele falou deles com tanto sentimento que tocou meu coração. Eu quis comprar alguma coisa para ajudá-lo a cumprir com aquele objetivo louvável. Então, de repente, vi a garrafa de tintura para cabelos. O caixeiro-viajante disse que a tintura coloriria de um tom lindo de preto como os corvos qualquer cabelo e que não sairia depois de lavar. E em um instante eu me vi com um lindo cabelo negro como os corvos, e a tentação foi irresistível. Mas o preço da garrafa era 75 centavos, e só restavam cinquenta centavos das minhas economias. Acho que o caixeiro-viajante tinha um coração muito bom, pois ele me disse que, como era para mim, me venderia a tintura por cinquenta centavos, e isso era quase dar de graça. Então, eu comprei, e assim que ele foi embora eu subi aqui e passei a tintura com uma escova velha, conforme mandavam as instruções. Usei a garrafa toda, e, oh, Marilla, quando vi a cor terrível com que meu cabelo tinha ficado, me arrependi da minha atitude ruim, eu lhe garanto. E estou arrependida desde então.

– Espero que o seu arrependimento renda bons frutos – asseverou Marilla – e que você tenha aberto os seus olhos para as consequências da sua vaidade, Anne. Deus sabe o que teremos de fazer agora. Presumo que a primeira coisa a fazer seja dar uma boa lavada no seu cabelo para ver se adianta de alguma coisa.

Portanto, Anne lavou os cabelos, esfregando-os com vontade com sabão e água, mas fez tão pouca diferença que parecia até que ela só tinha conseguido lavar mais ainda o vermelho original dos cabelos. O caixeiro-viajante certamente falara a verdade quando disse que a tinta não sairia lavando, apesar de a veracidade dele poder ser refutada em relação a outros aspectos.

– Oh, Marilla, o que farei? – indagou Anne chorando. – Jamais conseguirei superar isso. As pessoas há tempo já se esqueceram dos meus outros erros: o bolo de linimento, a embriaguez da Diana e o escândalo com a senhora Lynde. Mas jamais se esquecerão disso. Pensarão que não sou respeitável. Oh, Marilla, "que teia embaraçada tecemos quando começamos a mentir"[54]. Isso é o verso de um poema, mas é verdade. E, oh, como Josie Pye vai rir! Marilla, *não posso* encarar a Josie Pye. Sou a menina mais infeliz na Ilha do Príncipe Edward.

A infelicidade de Anne prosseguiu por uma semana. Durante esse tempo, ela não saiu de casa e lavou os cabelos com xampu todos os dias. Entre as pessoas que não eram de casa, somente Diana sabia do fatal segredo, mas prometeu solenemente jamais contar a alguém,

---

54 Citação do canto 6, verso 17, do poema "Marmion", de *sir* Walter Scott. (N. T.)

e pode-se afirmar aqui e agora que ela cumpriu com a sua palavra. Ao final da semana, Marilla disse com determinação:

– Não adianta, Anne. Essa tinta pegou como nenhuma outra. Seu cabelo tem que ser cortado. Você não pode sair de casa com ele desse jeito.

Os lábios de Anne tremeram, mas ela se deu conta da verdade amarga dos comentários de Marilla. Com um suspiro funesto, foi pegar a tesoura.

– Por favor, corte isso já, Marilla, e vamos acabar com isso. Oh, sinto que meu coração está partido. Que aflição nada romântica essa... As garotas nos livros perdem os cabelos por conta de um frenesi, ou vendem-nos para conseguir dinheiro para uma boa causa, e tenho certeza de que não me importaria tanto se estivesse perdendo os cabelos por algum desses motivos. Mas não há nada de consolador em ter os cabelos cortados porque você os pintou de uma cor horrível, não é? Se eu não for atrapalhar, ficarei chorando o tempo todo enquanto você corta. Parece-me deveras trágico.

Naquele momento, Anne chorou, mas, mais tarde, quando foi para o andar de cima e se olhou no espelho, estava calma, porém desalentada. Marilla fizera um trabalho minucioso, e fora necessário cortar o cabelo o mais rente possível. O resultado não foi lá muito atraente, falando da maneira mais gentil possível. Anne imediatamente virou o espelho contra a parede.

– Jamais, jamais tornarei a olhar para mim mesma até que o meu cabelo tenha crescido – exclamou ela entusiasticamente.

Então, ela subitamente voltou a virar o espelho.

– Sim, na verdade, vou olhar para o meu reflexo. Esta será minha penitência pela minha atitude ruim. Vou olhar para o meu reflexo sempre que entrar no quarto e vou ver o quão feia estou. E tampouco tentarei me imaginar de um modo diferente. De todas as coisas, jamais pensei que me envaidecia do meu cabelo, mas agora sei que sim, apesar de ele ser vermelho, porque ele era muito comprido, basto e encaracolado. Acho que em seguida vai acontecer alguma coisa com o meu nariz.

A cabeça raspada de Anne provocou um *frisson* na escola na segunda-feira seguinte, mas, para o alívio de Anne, ninguém adivinhou o motivo real do corte, nem mesmo Josie Pye, que, no entanto, não deixou de informar a Anne que ela estava igualzinha a um espantalho.

– Não respondi nada quando a Josie disse isso para mim – confidenciou Anne naquela noite para Marilla, que estava deitada no sofá por causa de uma de suas dores de cabeça –, porque achei que era parte do meu castigo e que eu deveria suportar isso pacientemente. É duro ouvir que você se parece com um espantalho, e eu queria retrucar. Mas não fiz isso. Simplesmente lancei para ela um olhar de desdém, e em seguida a perdoei. Sentimos-nos muito virtuosos quando perdoamos alguém, não é mesmo? Tenciono devotar todas as minhas energias para ser boa depois disso, e jamais tornarei a tentar ser bonita. É claro que é melhor ser boa. Eu sei disso, mas às vezes é muito difícil acreditar em uma coisa, mesmo que você a saiba. Realmente quero ser boa, Marilla, assim como você e a senhora Allan e a senhorita Stacy, e crescer para fazer jus à sua criação. A Diana diz que, quando meu cabelo começar a crescer, eu deveria amarrar na minha cabeça uma fita de veludo preto com um aço em um dos lados. Ela diz que acha que vai ficar muito bonito. Vou chamá-lo de barrete... soa romântico demais. Mas estou falando demais, Marilla? A sua cabeça dói?

– Minha cabeça está melhor agora. Mas estava péssima esta tarde. Essas minhas dores de cabeça estão ficando cada vez piores. Vou precisar ver um médico em relação a isso. Quanto à sua tagarelice, já não sei se me importo: acostumei-me demais a ela.

O que era a maneira de Marilla dizer que gostava daquela tagarelice.

UMA DESAFORTUNADA DONZELA DO LÍRIO

– É claro que é você que tem de interpretar Elaine[55], Anne – disse Diana. – Eu jamais teria a coragem de flutuar.

– Nem eu – disse Ruby Gillis com um calafrio. – Não me importo de flutuar quando há duas ou três de nós na chalana e podemos ficar sentadas. Assim é divertido. Mas ficar deitada e fingir que estou morta... eu simplesmente não conseguiria. Eu de fato morreria, mas de medo.

– É claro que seria romântico – admitiu Jane Andrews –, mas sei que não conseguiria ficar parada. Eu levantaria a cabeça a cada minuto para ver onde eu estava e se não estaria vagueando para muito longe. E você sabe, Anne, que isso estragaria todo o efeito.

– Mas é ridículo ter uma Elaine ruiva – lamentou-se Anne. – Não tenho medo de flutuar e adoraria interpretar Elaine. Mas é ridículo mesmo assim. Ruby é quem deveria fazer o papel de Elaine, pois ela é muito branca e tem adoráveis e compridos cabelos loiros – e Elaine usava "todo o seu lustroso cabelo solto", sabe? E Elaine era a donzela do lírio. Ora, uma pessoa ruiva não pode ser uma donzela do lírio.

---

55 Elaine de Astolat é um personagem da lenda arturiana que morre por seu amor não correspondido por Lancelote. Segundo suas instruções, seu corpo é colocado num barco, com ela segurando um lírio em uma mão e a sua última carta na outra. Seu corpo é então levado pelo rio Tâmisa até Camelot, onde ela é apresentada na corte do rei Artur e ganha o apelido de "donzela do lírio". Ela também é conhecida como Elaine, a Branca, e Elaine, a Justa. (N. T.)

– Sua pele é tão branca quanto a da Ruby – disse Diana com franqueza –, e o seu cabelo está mais escuro do que costumava ser antes de você cortá-lo.

– Oh, você realmente acha que sim? – exclamou Anne, corando de leve prazer. – Eu já pensei a mesma coisa... mas jamais ousei perguntar a outra menina por medo de ela me dizer que não estava. Você acha que agora dá para dizer que tenho o cabelo acaju, Diana?

– Sim, e eu acho que está muito bonito – disse Diana, olhando com admiração para os sedosos e curtos cachos que se amontoavam na cabeça de Anne, os quais eram presos por uma fita muito garbosa de veludo preto com laço.

Elas estavam sentadas à margem do lago, embaixo de Orchard Slope, onde um pequeno promontório bordeado por bétulas se erguia da margem. No seu topo, havia uma pequena plataforma de madeira construída sobre a água para a conveniência de pescadores e caçadores de patos. Ruby e Jane estavam passando aquela tarde da metade do verão com Diana, e Anne viera brincar com elas.

Naquele verão, Anne e Diana haviam gastado quase todo o tempo livre dentro ou perto do lago. O Ócio Agreste ficara no passado, pois na primavera o senhor Bell havia impiedosamente cortado o pequeno círculo de árvores no pasto dos fundos de sua propriedade. Anne sentara-se em meio aos tocos e chorara, sem deixar de perceber o caráter romântico daquilo, mas foi rapidamente consolada, pois, afinal de contas, como ela mesma e Diana disseram, meninas crescidas de treze anos, quase catorze, eram velhas demais para diversões infantis como casas de brinquedo, e havia atividades mais fascinantes para serem feitas perto do lago. Era esplêndido pescar trutas sobre a ponte, e as duas meninas aprenderam sozinhas a remar na chalana que o senhor Barry deixava ali para atirar nos patos.

Foi ideia de Anne que elas encenassem a história de Elaine. Elas haviam estudado o poema de Tennyson[56] na escola, no inverno anterior,

---

56 "Lancelot and Elaine", de Alfred Lord Tennyson. (N. T.)

pois o secretário de Educação o indicara para o currículo das aulas de Inglês das escolas da ilha do Príncipe Edward. Elas haviam analisado o conteúdo e a sintaxe do poema, tinham-no dissecado em geral, até que era de se admirar que houvesse sobrado algum sentido no poema para elas, mas pelo menos a alva donzela do lírio e Lancelote e Guinevere e o rei Artur haviam se tornado pessoas muito concretas para elas, e Anne foi engolfada pelo arrependimento secreto de não ter nascido em Camelot. Aquela época, disse ela, era muito mais romântica do que o presente.

O plano de Anne foi recebido com entusiasmo. As meninas tinham descoberto que, se a chalana fosse empurrada do cais, ela vaguearia correnteza abaixo, passando sob a ponte, e finalmente encalharia em outro promontório mais abaixo, o qual terminava em uma curva no lago. Elas haviam feito essa travessia várias vezes, e nada poderia ser mais conveniente para interpretar Elaine.

– Bem, eu faço o papel de Elaine – disse Anne, cedendo relutantemente, pois, apesar do fato de que ela teria adorado interpretar o personagem principal, seu senso artístico exigia o *physique du rôle* para tanto, e isso ela sabia que as suas limitações tornavam impossível. – Ruby, você tem que ser o rei Artur, e Jane será Guinevere, e Diana tem que ser Lancelote. Mas, primeiro, vocês têm que interpretar o papel dos irmãos e do pai de Elaine. Não teremos o personagem do velho e burro servo porque não tem espaço para duas pessoas na chalana quando tem alguém deitado nela. Temos que cobrir a chalana toda com o mais preto samito[57]. O velho xale preto da sua mãe vai ser ideal, Diana.

Tendo sido trazido o xale preto, Anne estendeu-o sobre a chalana e deitou-se no fundo dela, de olhos fechados e com as mãos dobradas sobre o peito.

– Oh, ela de fato parece morta – sussurrou nervosamente Ruby Gillis, observando o rostinho branco e imóvel sob as sombras bruxuleantes das bétulas. – Isso está me deixando com medo, meninas. Vocês

---

57 Alusão ao verso 1.135 de "Lancelote e Elaine". (N. T.)

acham que é certo mesmo o que estamos fazendo? A senhora Lynde diz que toda brincadeira de faz de conta é abominavelmente perversa.

– Ruby, você não deveria falar da senhora Lynde – disse Anne com severidade. – Isso estraga o efeito, pois isso aconteceu centenas de anos antes de a senhora Lynde nascer. Jane, resolva você este assunto. É ridículo que Elaine fique falando, pois ela está morta.

Jane demonstrou estar à altura do desafio. Uma manta de ouro para cobrir a defunta não havia, mas uma manta para piano de crepe japonês amarelo era um substituto excelente. Um lírio branco não era possível de se obter naquele momento, mas o efeito de uma comprida íris azul posta em uma das mãos dobradas de Anne era tudo o que poderia ser desejado.

– Agora ela está pronta – disse Jane. – Temos que beijar as calmas sobrancelhas dela, e, Diana, você diz "Irmã, adeus para sempre", e, Ruby, você diz "Adeus, doce irmã", as duas do modo mais triste que puderem. Anne, pelo amor de Deus, sorria de leve. Você sabe que Elaine "jazia como se sorrisse". Assim está melhor. Agora, empurrem a chalana.

Portanto, a chalana foi empurrada e, no processo, raspou duramente sobre uma velha estaca enfiada na terra. Diana, Jane e Ruby somente esperaram tempo o bastante para ver a chalana levada pela correnteza e foram para a ponte antes de correr pela mata, cruzar a estrada e descer até o promontório mais baixo, onde, interpretando Lancelote, Guinevere e o rei, deveriam estar a postos para receber a donzela do lírio.

Por alguns minutos, Anne, vagueando devagar lago abaixo, desfrutou ao máximo do romance de sua situação. Em seguida, ocorreu algo nada romântico. A chalana começou a se encher de água. Dentro de poucos instantes, foi preciso que Elaine rapidamente ficasse de pé, recolhesse sua manta de ouro e mortalha do mais preto samito e olhasse perplexa para uma enorme rachadura no fundo da chalana, pela qual a água entrava aos borbotões. Aquela estaca afiada no cais rasgara o revestimento de lã pregado à chalana. Anne não sabia disso, mas levou pouco tempo para se dar conta de que estava perigosamente enrascada.

Nesse ritmo, a chalana encheria de água e afundaria muito antes de vaguear até o promontório mais abaixo. Onde estavam os remos? Haviam sido deixados no cais!

Anne deu um ofegante gritinho que ninguém ouviu, até os lábios dela ficaram exangues, mas ela não perdeu a compostura. Havia uma chance de escapar... apenas uma.

– Fiquei terrivelmente amedrontada – contou ela para a senhora Allan no dia seguinte –, e pareceu que se passaram anos enquanto a chalana vagueava em direção à ponte, e o nível da água subia a cada instante. Eu rezei, senhora Allan, com muita seriedade, mas não fechei os olhos para rezar, pois sabia que a única maneira de Deus me salvar seria deixar a chalana flutuar para perto de algum dos pilares da ponte para que eu subisse nele. A senhora sabe que os pilares são apenas troncos velhos e que há neles vários nós e tocos de galhos antigos. Rezar era apropriado, mas eu também tinha que fazer a minha parte ficando de olho, e eu bem sabia disso. Simplesmente falei: "Querido Deus, por favor, leve a chalana para perto de algum pilar, e eu faço o resto" repetidamente. Nessas circunstâncias, você não pensa muito em fazer uma oração floreada. Mas minha prece foi atendida, pois a chalana se chocou de leve contra um pilar por um instante, e joguei o xale e a manta sobre meus ombros e subi correndo em um grande e providencial toco de galho. E lá estava eu, senhora Allan, agarrada àquele velho e escorregadio pilar, sem ter como subir ou descer. Eu estava em uma posição nada romântica, mas não pensei nisso naquela hora. Não se pensa muito em romance quando se acabou de escapar de uma sepultura subaquática. Eu disse outra prece em agradecimento e depois concentrei toda a minha atenção em segurar firme o pilar, pois sabia que provavelmente precisaria de ajuda humana para voltar à terra firme.

A chalana vagueou sob a ponte e depois afundou rapidamente em meio à correnteza. Ruby, Jane e Diana, que já estavam esperando no promontório mais abaixo, viram a chalana desaparecer diante de seus olhos, e não tiveram dúvidas de que Anne afundara com ela. Por um instante, ficaram imóveis, brancas feito lençóis, congeladas de pavor com a tragédia; depois, dando gritos muito altos e agudos, começaram a correr freneticamente pela mata, jamais parando enquanto atravessavam a estrada principal para ir olhar na direção da ponte. Anne, agarrada desesperadamente ao seu ponto de apoio, viu as silhuetas velozes delas e escutou os seus gritos. Ajuda chegaria em breve, mas, enquanto isso, a posição dela era bastante desconfortável.

Os minutos foram passando, e cada um deles parecia uma hora para a desafortunada donzela do lírio. Por que não vinha ninguém? Para onde haviam ido as garotas? E se elas tivessem desmaiado, uma após a outra? E se não viesse ninguém? E se ela ficasse tão cansada e com tanta cãibra que não conseguisse mais ficar agarrada? Anne olhou para as perversas profundezas verdes abaixo dela, ondulando com sombras compridas e densas, e teve calafrios. A imaginação dela começou a lhe sugerir toda a espécie de possibilidades horripilantes.

Em seguida, bem quando ela pensava que não conseguiria aguentar nem mais um minuto a dor nos seus braços e pulsos, Gilbert Blythe veio remando sob a ponte no barquinho de Harmon Andrews!

Gilbert olhou para cima e, para seu espanto, deparou-se com um rosto lívido e desdenhoso, olhando para baixo na direção dele com olhos cinza grandes e amedrontados, mas também desdenhosos.

– Anne Shirley! Como conseguiu ir parar aí? – exclamou ele.

Sem esperar por uma resposta, ele se aproximou do pilar e estendeu a mão. Não havia jeito: Anne, agarrando-se à mão de Gilbert Blythe, rapidamente desceu até o barco, no qual ela se sentou, imunda, empapada e furiosa, na popa com seus braços cobertos pelo xale, que pingava, e pelo crepe molhado. Era extremamente difícil ser decorosa sob essas circunstâncias!

– O que aconteceu, Anne? – perguntou Gilbert, pegando os remos.

– Estávamos brincando de Elaine – explicou Anne gelidamente, sem sequer olhar para seu salvador –, e eu tinha que flutuar até Camelot na balsa... quero dizer, na chalana. A chalana começou a se encher de água, e escalei no pilar. As meninas foram buscar ajuda. Você poderia fazer a gentileza de me levar até o cais?

Gilbert obsequiosamente remou até o cais, e Anne, desdenhando da ajuda dele para sair do barco, pulou habilmente na margem.

– Sou muito grata a você – disse ela altivamente enquanto saía dali. Mas Gilbert também saltara do barco, e agora detia Anne segurando o braço dela com a mão.

– Anne – disse ele apressadamente –, preste atenção. Não podemos ser amigos? Lamento muito ter zombado do seu cabelo naquele dia. Era só brincadeira, eu não tinha a intenção de deixar você irritada. Além disso, faz muito tempo que isso aconteceu. Agora acho que seu cabelo é muito bonito... sinceramente. Sejamos amigos.

Por um instante, Anne hesitou. Ela teve a estranha e recém-desperta consciência, por baixo de toda a sua dignidade ultrajada, de que a expressão um tanto tímida, um tanto ansiosa nos olhos de avelã de Gilbert era uma coisa muito boa de se ver. O coração dela deu uma batida rápida e estranha. Mas a amargura de seu velho agravo imediatamente endureceu sua titubeante determinação. Ela rememorou a cena de dois anos atrás tão vividamente quanto se tivesse ocorrido ontem. Gilbert a chamara de "cenouras", envergonhando-a diante de toda a escola. O ressentimento dela, que para outras e mais velhas pessoas pareceria tão risível quanto a causa dele, aparentemente não foi nem um pouco apaziguado ou abrandado pelo tempo. Ela detestava Gilbert Blythe! Jamais o perdoaria!

– Não – disse ela com frieza –, jamais serei sua amiga, Gilbert Blythe, e não quero sê-lo!

– Tudo bem! – Gilbert pulou de volta em seu esquife com uma cor raivosa em suas bochechas. – Jamais tornarei a pedir para ser seu amigo, Anne Shirley. E não me importo!

Ele saiu dali com remadas rápidas e desafiadoras, e Anne subiu a íngreme trilha cheia de samambaias sob os bordos. Ela manteve a cabeça muito erguida, mas se deu conta de que sentia uma sensação estranha de arrependimento. Ela quase desejou ter respondido a Gilbert de um modo diferente. É claro que ele a ofendera terrivelmente; no entanto...! No geral, Anne pensou que seria um grande alívio sentar e dar uma boa chorada. Ela de fato estava muito nervosa, pois as consequências de seu pavor e da cãibra por ter ficado agarrada estavam começando a ser sentidas.

No meio da trilha, Anne encontrou Jane e Diana se apressando de volta para o lago em um estado ligeiramente menos distanciado do definitivo frenesi. Elas não haviam encontrado ninguém em Orchard Slope, pois o senhor e a senhora Barry não estavam em casa. Naquele momento, Ruby Gillis sucumbira à histeria e fora deixada lá para se recuperar da melhor maneira que pudesse, enquanto Jane e Diana voavam pela Mata Assombrada e cruzavam o riacho para ir a Green Gables. Lá, elas tampouco encontraram alguém, pois Marilla havia ido para Carmody, e Matthew estava colhendo feno do campo dos fundos.

– Oh, Anne – ofegou Diana, jogando-se no pescoço da amiga e chorando com alívio e prazer –, oh, Anne... pensamos... que você... tinha se afogado... e nos sentimos como assassinas... porque obrigamos você... a ser... Elaine. E Ruby está histérica... oh, Anne, como você escapou?

– Escalei um dos pilares – explicou Anne com cansaço –, e Gilbert Blythe veio no esquife do senhor Andrews e me levou para terra firme.

– Oh, Anne, que esplêndido da parte dele! Ora, que coisa mais romântica! – disse Jane, finalmente recobrando o fôlego para falar. – É claro que depois disso você vai voltar a falar com ele.

– É claro que não – disparou Anne, momentaneamente voltando ao seu antigo estado de espírito. – E jamais quero tornar a ouvir a palavra "romântico", Jane Andrews. Sinto muito que vocês tenham ficado assustadas, meninas. É tudo culpa minha. Tenho certeza de que nasci sob uma estrela azarada. Tudo o que faço deixa a mim ou as minhas amigas em uma encrenca. Perdemos a chalana do seu pai, Diana, e tenho um pressentimento de que a partir de agora não vamos mais poder remar no lago.

O pressentimento de Anne se provou mais confiável do que pressentimentos podem ser. A consternação nas casas dos Barrys e dos Cuthberts foi grande quando os acontecimentos da tarde foram revelados.

– Você algum dia vai tomar juízo, Anne? – resmungou Marilla.

– Oh, sim, acho que sim, Marilla – retrucou com otimismo Anne. Um bom choro, desfrutado na grata solidão do frontão leste, acalmara os nervos dela e restaurara sua alegria habitual. – Acho que minhas chances de me tornar ajuizada estão melhores do que nunca.

– Não vejo como – falou Marilla.

– Bem – explicou Anne –, hoje aprendi uma lição nova e valiosa. Desde que cheguei a Green Gables, venho cometendo erros, e cada erro me ajudou a superar algum defeito grande. O caso do broche de ametista me fez parar de mexer em coisas que não me pertenciam. O erro da Mata Assombrada me fez parar de me deixar levar por minha imaginação. O erro do bolo de linimento me fez ter mais atenção quando cozinho. Pintar meu cabelo me fez perder a vaidade. Nunca mais penso no meu cabelo ou no meu nariz... quase nunca, pelo menos. E o erro de hoje vai me fazer deixar de ser demasiadamente romântica. Cheguei à conclusão de que não adianta tentar ser romântica em Avonlea. Isso provavelmente era fácil o bastante na encastelada Camelot há centenas de anos, mas hoje em dia as pessoas não têm apreço pelo romance. Estou muito certa de que você em breve verá uma melhora considerável da minha parte em relação a isso, Marilla.

– Eu espero mesmo – disse Marilla com incredulidade.

Mas Matthew, que havia estado calado em seu canto, pousou uma das mãos no ombro de Anne depois que Marilla havia saído.

– Não desista de todo o seu romantismo, Anne – sussurrou ele timidamente. – Um pouco dele é uma boa coisa, não muito, é claro, mas preserve um pouquinho dele, Anne, preserve um pouquinho.

UMA ÉPOCA NA
VIDA DE ANNE

Anne estava trazendo as vacas do pasto dos fundos de volta para casa pela Trilha dos Amantes. Era um fim de tarde de setembro, e todas as clareiras na mata estavam repletas da luz de rubi do pôr do sol. Aqui e ali a trilha recebia essa iluminação, mas a maior parte dela já estava bem escura sob os bordos, e os espaços sob os abetos estavam cheios de um crepúsculo de um violeta claro, como se fosse vinho em forma de ar. Os ventos sopravam a toda, e não há música mais doce na Terra do que aquela que o vento faz quando passa entre os abetos no fim da tarde.

As vacas caminhavam placidamente pela trilha, e Anne as seguia distraída, repetindo em voz alta o canto da batalha do poema "Marmion" – que também fizera parte das aulas de inglês dela no inverno anterior e que a senhorita Stacy os fizera decorar – e regozijando-se com seus versos rápidos e os embates de lanças em suas imagens. Quando chegou aos versos...

Mas os lanceiros mantiveram, obstinados,
Seu círculo escuro impenetrável,

...ela parou em êxtase para fechar os olhos e se imaginar naquele heroico círculo de batalha. Quando voltou a abrir os olhos, deparou-se com Diana atravessando o portão que levava ao campo dos Barrys, e tinha tal ar de importância que Anne imediatamente adivinhou que havia novidades a serem contadas. Mas ela não demonstraria uma curiosidade ávida demais.

– Este fim de tarde não é como um sonho violeta, Diana? Faz com que me sinta feliz por estar viva. Nas manhãs, sempre acho que as manhãs são a melhor parte do dia, mas, quando chega o fim da tarde, acho mais adorável ainda.

– Está um fim de tarde muito bonito – disse Diana –, mas, oh, tenho uma novidade e tanto, Anne. Adivinhe só. Você tem três chances.

– Charlotte Gillis no fim das contas vai se casar na igreja, e a senhora Allan quer que a decoremos! – exclamou Anne.

– Não. O noivo da Charlotte não aceita isso, pois ninguém ainda se casou naquela igreja, e ele acha que se pareceria muito com um funeral. É muita maldade dele, pois seria divertido demais. Tente outra vez.

– A mãe da Jane vai deixá-la fazer uma festa de aniversário?

Diana balançou a cabeça em negativa, com seus olhos pretos dançando de felicidade.

– Não consigo imaginar o que pode ser – disse Anne em desespero–, a não ser que aquele tal de Moody Spurgeon MacPherson a tenha lhe acompanhado de volta para casa depois do encontro de oração ontem à noite. Ele fez isso?

– Claro que não – exclamou Diana, indignada. – E eu provavelmente não me gabaria se ele tivesse feito isso, aquela criatura horrenda! Eu sabia que você não conseguiria adivinhar. Mamãe recebeu uma carta da tia Josephine hoje, e a tia Josephine quer que você e eu vamos para o Centro da cidade na próxima terça-feira para ir à Exposição[58] com ela. Pronto!

– Oh, Diana – sussurrou Anne, que achou necessário se escorar em um bordo –, você está falando sério? Receio que Marilla não vai me deixar ir. Ela vai dizer que não pode estimular que eu fique vagabundeando por aí. Foi isso que ela disse na semana passada quando Jane

---

58 Exposição agropecuária, na qual havia festas, competições dos melhores animais e hortaliças e apresentações das novas tecnologias agropecuárias. (N. T.)

me convidou para ir na caleche deles ao concerto americano no Hotel White Sands. Eu queria ir, mas Marilla disse que era melhor eu ficar em casa estudando a lição, e Jane também. Fiquei amargamente decepcionada, Diana. Fiquei com o coração tão partido que não fiz minhas orações antes de dormir. Mas me arrependi disso e acordei no meio da noite e fiz as orações.

– Já sei – disse Diana –, vamos pedir para a minha mãe perguntar para Marilla. Assim, é mais provável que ela a deixe ir; e, se ela deixar, vamos nos divertir como nunca, Anne. Nunca fui a uma Exposição, e é irritante demais ouvir as outras garotas falar das vezes em que elas já foram. Jane e Ruby já foram duas vezes e vão de novo neste ano.

– Não vou sequer pensar nisso até que eu saiba se poderei ir ou não – disse Anne com determinação. – Se eu pensar nisso e depois me decepcionar, não vou suportar. Mas, caso eu de fato vá, fico muito feliz que o meu casaco novo já vai estar pronto. Marilla não achava que eu precisava de um casaco novo. Ela disse que o meu casaco antigo aguentaria muito bem mais um inverno e que eu deveria me satisfazer com o meu vestido novo. O vestido é muito bonito, Diana: é azul-marinho e feito segundo a última moda. Marilla agora sempre faz vestidos para mim seguindo a moda, pois diz que não quer que o Matthew fique pedindo à senhora Lynde para fazê-los. Fico muito contente. É muito mais fácil ser bem-comportada quando suas roupas estão na moda. Pelo menos para mim é. Presumo que isso não faça muita diferença para as pessoas naturalmente boas. Mas Matthew disse que eu precisava ter um casaco novo; então, Marilla comprou um corte de tecido de lã azul que está sendo feito por uma modista de verdade em Carmody. Vai ficar pronto sábado à noite, e estou tentando não me imaginar cruzando o corredor da igreja no domingo de casaco e gorro novos, porque receio que não seja certo imaginar tais coisas. Mas isso me vem à mente sem querer. Meu gorro é lindo demais. Matthew comprou-o para mim no dia em que fomos para Carmody. É um daqueles pequenos, de veludo azul, que estão fazendo muito sucesso, com cordinhas douradas e pompons. O seu chapéu novo é elegante, Diana, e lhe cai muito bem. Quando a vi entrar na igreja no último domingo, meu coração se encheu de orgulho quando pensei que você era minha amiga mais querida. Você acha que é errado nós pensarmos tanto assim sobre nossas roupas? Marilla diz que é um pecado grave. Mas é um assunto interessante demais, não é mesmo?

Marilla concordou em deixar Anne ir ao Centro da cidade, e foi combinado que o senhor Barry levaria as garotas na terça-feira seguinte. Como Charlottetown ficava a cerca de cinquenta quilômetros de distância e o senhor Barry queria ir e voltar no mesmo dia, foi necessário sair bem cedo. Mas Anne achou aquilo tudo uma alegria e acordou antes da aurora na manhã de terça-feira. Uma olhada de sua janela lhe garantiu que o tempo estaria bom, pois o céu a leste atrás dos abetos da Mata Assombrada estava todo brilhante e sem nuvens. Por um vão entre as árvores, uma luz brilhou no frontão oeste de Orchard Slope, uma indicação de que Diana também já estava acordada.

Anne já estava vestida quando Matthew acendera o fogo da lareira, e já tinha preparado o café da manhã quando Marilla desceu, mas estava entusiasmada demais para comer. Depois do café da manhã, os garbosos gorro e casaco novos foram vestidos, e Anne cruzou apressada o riacho e os abetos a caminho de Orchard Slope. O senhor Barry e Diana estavam esperando por ela, e logo estavam na estrada.

Foi uma viagem longa, mas Anne e Diana desfrutaram cada minuto dela. Era um deleite sacolejar pelas estradas úmidas na luz vermelha das primeiras horas da manhã, que se esgueirava pelas lavouras já colhidas. O ar estava fresco e revigorante, e pequenas névoas azul-acinzentadas espiralavam pelos vales e flutuavam para longe das colinas. Às vezes a estrada cortava matas nas quais os bordos estavam começando a exibir pendões vermelhos; às vezes ela cruzava rios sobre pontes que faziam o corpo de Anne se retrair com o velho e um tanto prazeroso medo; às vezes ela contornava um porto e passava por um pequeno aglomerado de cabanas de pescaria acinzentadas pelo clima; muitas vezes, ela subia colinas de onde trechos extensos de elevações em curva ou céus de um azul muito claro podiam ser vistos; mas, por onde quer que a estrada

passasse, havia muitas coisas interessantes a discutir. Já era quase meio-
-dia quando chegaram ao centro da cidade e encontraram o caminho
para "Beechwood". Era uma mansão velha e muito refinada, afastada da
rua com a privacidade garantida por olmos e faias com muitos galhos.
A senhorita Barry as recebeu na porta com um brilho em seus afiados
olhos negros.

– Então, você finalmente veio me ver, menina Anne – disse ela.
– Misericórdia, menina, como você cresceu! Afirmo que está mais alta
do que eu. E também está muito mais bonita do que costumava ser. Mas
me atrevo a dizer que saiba disso sem que as pessoas precisem lhe dizer.

– Na verdade, não – respondeu Anne, radiante. – Sei que já não tenho tantas sardas quanto antes, então tenho muito a agradecer, mas
eu de fato não ousara esperar por nenhuma outra melhora. Fico muito
contente que a senhorita ache que houve, senhorita Barry.

A casa da senhorita Barry era mobiliada com "grande magnifi-
cência", conforme disse Anne a Marilla depois. As duas meninas do
interior ficaram muito constrangidas com o esplendor da sala de visitas
em que a senhorita Barry as deixou enquanto ia ver como andavam os
preparativos para o almoço.

– Isso aqui não é igual a um palácio? – sussurrou Diana. – Jamais
estive na casa da tia Josephine, e eu não fazia ideia de que era tão gran-
diosa. Eu só queria que a Julia Bell pudesse ver isto, pois ela se gaba
muito da sala de visitas da mãe dela.

– Carpete de veludo – suspirou Anne de modo complacente –, e cortinas de seda! Já sonhei com essas coisas, Diana. Mas sabe que acho que
não me sinto muito cômoda com elas no fim das contas. Neste cômodo
há tantas coisas, e todas são tão esplêndidas, que não há escopo para a
imaginação aqui. Isso é um consolo quando se é pobre: há muito mais
coisas sobre as quais você pode imaginar.

A estada delas no centro da cidade foi algo de que Anne e Diana se
lembraram durante anos. Do princípio ao fim, foi repleta de prazeres.

Na quarta-feira, a senhorita Barry as levou para a Exposição, e ficou
lá com elas o dia todo.

– Foi esplêndido – contou depois Anne para Marilla. – Jamais imaginei algo tão interessante. Não sei qual parte foi a mais interessante. Acho que gostei mais dos cavalos, das flores e dos bordados. Josie Pye ganhou o prêmio de primeiro lugar em renda de tricô. Fiquei de fato contente que ela tenha ganhado. E fiquei contente por estar contente, pois isso demonstra que estou melhorando, não acha, Marilla, quando sou capaz de me regozijar do sucesso da Josie? O senhor Harmon Andrews levou o prêmio de segundo lugar com suas maçãs Gravenstein[59], e o senhor Bell ganhou o prêmio de primeiro lugar por um porco. A Diana disse que achava ridículo que um diretor de escola dominical ganhasse um prêmio por porcos, mas não entendo o motivo. E você? Ela disse que sempre se lembraria disso quando ele estivesse rezando de modo muito solene. Clara Louise MacPherson ganhou um prêmio por uma pintura, e a senhora Lynde ganhou o prêmio de primeiro lugar por queijo e manteiga caseiros. Então, Avonlea esteve muito bem representada, não acha? A senhora Lynde estava lá naquele dia, e eu jamais me dera conta do quanto eu gostava dela até que vi um rosto familiar em meio a todos aqueles desconhecidos. Havia milhares de pessoas lá, Marilla. Isso fez com que eu me sentisse terrivelmente insignificante. E a senhorita Barry nos levou para a tribuna para ver as corridas de cavalos. A senhora Lynde se recusou a ir; ela disse que corridas de cavalo eram uma abominação e, como ela fazia parte da grei, achava que era imperioso que desse um bom exemplo ao ficar longe daquilo. Mas havia tanta gente ali que acho que a ausência da senhora Lynde não seria notada. No entanto, não acho que eu deveria ir com muita frequência a corridas de cavalos, porque elas são terrivelmente fascinantes. Diana ficou tão entusiasmada que quis apostar dez centavos comigo que o cavalo vermelho venceria. Eu não achei que ele fosse ganhar, mas não aceitei a aposta, pois eu queria contar à senhora Allan sobre tudo, e tive a certeza de que não poderia contar isso a ela. É sempre errado fazer alguma coisa que você não pode contar para a

---

59   Variedade de maçã surgida no século XVII, de sabor ácido e usada principalmente para cozinhar e fazer cidra. (N. T.)

esposa do pastor. Ter a esposa de um pastor como amiga é como ter uma consciência adicional. E fiquei muito feliz por não ter apostado, pois o cavalo vermelho *de fato* venceu, e eu teria perdido dez centavos. Então, você pode ver que a própria virtude foi a minha recompensa[60]. Vimos um homem voar em um balão. Eu adoraria voar em um balão, Marilla; seria simplesmente emocionante; e vimos um homem ler a sua sorte por dinheiro. Você pagava dez centavos a ele, e um passarinho pegava um papel em que sua sorte estava escrita. A senhorita Barry deu para a Diana e para mim dez centavos cada para que ele lesse a nossa sorte. A minha foi que eu me casaria com um homem de pele escura que era muito rico e que eu atravessaria água para ir morar em uma casa nova. Olhei com cuidado para todos os homens de pele escura que vi depois disso, mas não gostei muito de nenhum deles, e, de todo modo, presumo que seja cedo demais para ficar procurando por ele. Oh, foi um dia inesquecível, Marilla. Fiquei tão cansada que não consegui dormir à noite. A senhorita Barry nos deixou hospedadas no quarto sobressalente, conforme prometido. Era um quarto elegante, Marilla, mas de algum modo dormir em um quarto sobressalente não é como eu costumava pensar que era. Esta é a pior parte de crescer, e estou começando a me dar conta disso. As coisas que você queria muito quando criança não parecem tão maravilhosas assim quando você as conquista.

Na quinta-feira, as meninas andaram de coche no parque, e à noite a senhorita Barry as levou para um concerto na Academia de Música, onde uma notável prima-dona cantaria. Para Anne, a noite foi uma visão cintilante de prazer.

– Oh, Marilla, foi indescritível. Fiquei tão animada que não conseguia nem falar, então você pode imaginar como foi. Simplesmente fiquei em um silêncio fascinado. Madame Selitsky era perfeitamente linda e vestia cetim branco e diamantes. Mas, quando começou a cantar, nem sequer pensei em qualquer outra coisa. Oh, não posso lhe dizer

---

60 Alusão a um verso do poema épico, de Tibério Cácio Ascônio Sílio Itálico (28-103 a.D.): "Ipsa quidem virtus sibimet pulcherrima merces" ("A própria virtude foi sua mais bela recompensa"). (N. T.)

como me senti. Mas me pareceu que nunca mais poderia ser difícil ser bem-comportada. Senti-me como me sinto quando olho para as estrelas. Fiquei com os olhos rasos d'água, mas, oh, eram lágrimas de muita felicidade. Lamentei muito quando tudo acabou e disse para a senhorita Barry que eu não conseguia ver como poderia retornar à vida normal. Ela disse que achava que, se nós fôssemos até o restaurante do outro lado da rua e comêssemos um sorvete, isso talvez me ajudasse. Isso soou bastante prosaico, mas, para minha surpresa, descobri que era verdade. O sorvete estava delicioso, Marilla, foi muito adorável e dissoluto estar sentada lá tomando sorvete às onze da noite. Diana disse que achava que tinha nascido para a vida na cidade. A senhorita Barry perguntou-me qual era a minha opinião, mas eu disse a ela que precisaria pensar muito seriamente antes de dizer a ela o que realmente achava. Então, pensei sobre isso depois que fui para a cama. Essa é a melhor hora para pensar sobre as coisas. E cheguei à conclusão, Marilla, de que não nasci para a vida na cidade, e que isso me deixava contente. É bom tomar sorvete em restaurantes incríveis às onze da noite de vez em quando, mas, no dia a dia, prefiro estar no frontão leste às onze da noite, dormindo profundamente, mas meio que tendo a consciência, mesmo dormindo, de que as estrelas brilham lá fora e o vento sopra por entre os abetos ao longo do riacho. Eu disse isso para a senhorita Barry no café da manhã do dia seguinte, e ela riu. A senhorita Barry geralmente ria de tudo que eu dizia, até mesmo quando eu falava as coisas mais solenes que há. Acho que não gostei disso, Marilla, pois não estava tentando ser engraçada. Mas ela é uma dama deveras hospitaleira e nos tratou regiamente.

Na sexta-feira, chegou a hora de ir embora, e o senhor Barry foi até lá de caleche buscar as meninas.

– Bem, espero que tenham se divertido – disse a senhorita Barry enquanto se despedia delas.

– De fato nos divertimos – disse Diana.

– E quanto a você, menina Anne?

– Desfrutei de cada minuto do tempo que passamos aqui – falou Anne, impulsivamente jogando os braços em volta do pescoço da mulher e beijando sua bochecha enrugada. Diana jamais teria ousado fazer uma coisa como aquelas e ficou muito horrorizada com a liberdade de Anne. Mas a senhorita Barry ficou contente, e ficou de pé no pórtico de sua casa vendo a caleche sumir de vista. Depois, entrou em sua casa grande com um suspiro. A casa parecia solitária demais sem aquelas frescas e jovens vidas. A senhorita Barry era uma senhora de idade muito egoísta, caso devamos falar a verdade, e nunca havia se importado muito com outras pessoas além dela. Ela somente estimava as pessoas que lhe eram de serventia ou que a divertiam. Anne a divertira e, consequentemente, caiu nas graças da velha dama. Mas a senhorita Barry viu-se pensando menos nos discursos pitorescos de Anne do que no frescor dos seus entusiasmos, na transparência das suas emoções, nos pequenos modos triunfantes dela e na doçura dos seus olhos e lábios.

– Pensei que Marilla Cuthbert era uma velha tola quando ouvi falar que adotara uma menina de um orfanato – disse ela consigo mesma –, mas acho que no fim das contas ela não cometeu um erro. Se eu tivesse uma criança como a Anne em casa o tempo todo, seria uma mulher melhor e mais feliz.

Anne e Diana acharam a volta para casa tão agradável quanto a ida para a cidade: mais agradável ainda, na verdade, pois havia a prazerosa consciência de que o lar as esperava ao final da viagem. O sol se punha quando eles passaram por White Sands e pegaram a estrada à beira-mar. Ao longe, as colinas de Avonlea surgiram escuras contra um céu cor de açafrão. Atrás deles, a Lua nascia do mar, que ficou todo radiante e transfigurado com o luar. Cada pequena enseada ao longo da estrada sinuosa era uma maravilha de ondulações dançantes. As ondas quebravam com um sibilo suave sobre as rochas abaixo deles, e o cheiro forte do mar estava presente no ar fresco e intenso.

– Oh, mas é bom estar viva e indo para casa – suspirou Anne.

Quando ela cruzou a ponte de troncos sobre o riacho, a luz da cozinha de Green Gables piscou para ela boas-vindas amigáveis, e da porta aberta brilhava o fogo da lareira, emitindo seu brilho vermelho e quente em meio à fria noite de outono. Anne subiu correndo alegremente a colina e entrou na cozinha, onde um jantar quente aguardava na mesa.

– Então você voltou? – disse Marilla, dobrando o seu tricô.

– Sim, e, oh, é muito bom estar de volta – falou Anne com alegria. – Eu seria capaz de dar um beijo em tudo, até no relógio. Marilla, um frango assado! Você não está querendo dizer que cozinhou isso para mim, não é?

– Sim, cozinhei para você – respondeu Marilla. – Achei que você estaria com fome depois de uma viagem como essa e que precisaria de algo realmente apetitoso. Apresse-se e troque de roupa, e vamos jantar assim que Matthew chegar. Devo dizer que estou feliz que tenha voltado. Tem sido terrivelmente solitário aqui sem você, e nunca vivi quatro dias tão longos assim.

Depois do jantar, Anne sentou-se diante da lareira entre Matthew e Marilla e fez para eles um relato completo de sua visita.

– Foi uma visita esplêndida – ela concluiu com felicidade –, e sinto que ela marca uma época na minha vida. Mas a melhor parte foi a volta para casa.

A CLASSE DA QUEEN'S
É ORGANIZADA

Marilla botou seu tricô no colo e se recostou na cadeira. Seus olhos estavam cansados, e ela pensou vagamente que deveria trocar de óculos na próxima vez que fosse ao centro da cidade, pois, ultimamente, andava com os olhos frequentemente cansados.

Já estava quase escuro, pois o pleno crepúsculo de novembro caíra sobre Green Gables, e a única luz na cozinha vinha das bruxuleantes chamas vermelhas do forno.

Anne estava sentada à moda dos turcos[61] no tapete da lareira, contemplando o alegre brilho onde a luz do sol de cem verões era destilada da pilha de lenha de bordo. Ela estivera lendo, mas seu livro escorregara para o chão, e agora ela sonhava, com um sorriso em seus lábios abertos. Cintilantes castelos de vento formavam-se a partir das névoas e arcos-íris de sua imaginação vivaz; maravilhosas e fascinantes aventuras aconteciam com ela em seu mundo de fantasia: aventuras que sempre terminavam triunfantes e nunca a deixavam nas encrencas em que ela entrava na vida real.

Marilla olhou para ela com uma ternura que jamais teria se permitido revelar em qualquer luz mais clara do que aquela mistura suave

---

61 Sentada no chão com os joelhos afastados e os tornozelos cruzados. (N. T.)

de brilho do fogo e sombras. A lição de um amor que deveria ser demonstrado facilmente com palavras ou com um olhar visível era uma que Marilla jamais seria capaz de aprender. Mas ela aprendera a amar esta esguia menina de olhos cinza com uma afeição mais profunda e intensa ainda por causa de sua própria inexpressividade. Esse amor fazia com que ela receasse ser excessivamente indulgente, na verdade. Ela tinha uma sensação incômoda de que era muito pecaminoso devotar um amor tão intenso por qualquer ser humano quanto o que ela devotava a Anne, e talvez ela praticasse uma espécie de penitência inconsciente por isso ao ser mais severa e crítica com a menina do que se gostasse menos dela. Certamente, a própria Anne não fazia ideia de quanto Marilla a amava. Ela às vezes pensava com tristeza que Marilla era muito difícil de agradar e claramente carente de solidariedade e compreensão. Mas sempre repreendia a si mesma quando tinha esses pensamentos, pois se lembrava do que devia a Marilla.

– Anne – disse Marilla abruptamente –, a senhorita Stacy esteve aqui hoje à tarde quando você estava fora com a Diana.

Anne voltou de seu outro mundo com um sobressalto e um suspiro.

– Ela esteve aqui? Lamento muito que eu não estivesse em casa. Por que não mandou me chamar, Marilla? Diana e eu estávamos apenas na Mata Assombrada. Agora é uma época adorável na mata. Todas as pequenas coisas da mata, as samambaias, as jiboias-prateadas e os cornisos, estão hibernando, como se alguém os tivesse posto para dormir até a primavera sob um cobertor de folhas. Acho que foi uma fadinha cinza com echarpe de arco-íris que veio na ponta dos pés na última noite de luar e fez isso. Mas Diana não queria falar muito sobre isso. Diana nunca esqueceu a bronca que levou da mãe por ter ficado imaginando fantasmas na Mata Assombrada. Isso teve um efeito muito ruim na imaginação da Diana. Arruinou-a. A senhora Lynde diz que a Myrtle Bell é um ser arruinado. Perguntei para Ruby Gillis por que Myrtle era um ser arruinado, e Ruby disse que achava que era porque o namorado dela a rejeitara. Ruby Gillis não pensa em nada além de rapazes, e, quanto mais velha fica, isso piora. Rapazes são ótimos em seus devidos lugares, mas não dá para incluí-los em tudo, não é? Diana e eu estamos pensando seriamente em prometer uma à outra que jamais nos casaremos e que seremos simpáticas velhas solteironas e vamos morar juntas para sempre. Diana ainda não se decidiu, pois acha que talvez seria mais nobre se casar com um rapaz bonito, rebelde e infame e mudá-lo para melhor. Diana e eu agora falamos muito sobre assuntos sérios, sabe? Sentimos que estamos tão mais velhas do que éramos que não é de bom-tom ficar falando de assuntos infantis. Ter quase catorze anos é algo muito solene, Marilla. A senhorita Stacy levou todas as garotas que já são adolescentes para o riacho na quarta-feira passada e conversou conosco sobre isso. Ela disse que deveríamos ter muito cuidado com os hábitos e os ideais que adotaríamos na nossa adolescência, pois, quando chegarmos aos vinte anos, nossos caráteres já estarão formados, e a fundação de toda a nossa vida futura, assentada. E disse que, se a fundação não for sólida, não conseguiremos construir nada de realmente valioso sobre ela. Diana e eu discutimos esse assunto no caminho para casa de volta da escola. Sentimo-nos extremamente solenes, Marilla. E decidimos que de fato seríamos muito cuidadosas, adotaríamos hábitos respeitáveis, aprenderíamos tudo que pudermos e seríamos o mais sensatas possível, para que, quando chegarmos aos vinte anos, nossos caráteres estejam desenvolvidos de modo apropriado. É perfeitamente espantoso pensar em ter vinte anos, Marilla. Soa tão assustadoramente velho e crescido. Mas por que a senhorita Stacy esteve aqui esta tarde?

– É isso o que eu queria lhe contar, Anne, se algum dia você me der a oportunidade de encontrar uma brecha em meio à sua fala. Ela veio falar de você.

– De mim? – Anne pareceu muito assustada. Depois, ficou corada e exclamou:

– Oh, eu sei o que ela veio dizer. Eu ia lhe contar, Marilla, sinceramente, ia sim, mas esqueci. A senhorita Stacy me pegou lendo *Ben Hur* na escola ontem à tarde quando eu deveria estar estudando história do Canadá. Jane Andrews foi quem me emprestou. Eu estava lendo na hora do almoço, e tinha acabado de chegar no ponto da corrida de bigas quando a aula recomeçou. Eu estava simplesmente louca para saber como terminaria, apesar de ter certeza de que Ben Hur tinha que ganhar, pois não haveria justiça poética se não ganhasse, então abri o livro de história sobre a carteira e pus *Ben Hur* entre a carteira e os meus joelhos. Eu simplesmente parecia estar estudando história do Canadá, sabe, enquanto na verdade estava me divertindo com *Ben Hur*. Fiquei tão interessada no livro que não reparei que a senhorita Stacy estava se aproximando, até que, de repente, simplesmente ergui a cabeça e lá estava ela me olhando com um intenso olhar de reprimenda. Nem consigo lhe dizer o quão envergonhada fiquei, Marilla, especialmente quando ouvi Josie Pye dando risadinhas. A senhorita Stacy tirou *Ben Hur* de mim, mas naquele momento não disse palavra. Na hora do recreio, ela me mandou ficar na sala de aula e conversou comigo. Ela disse que eu cometera dois erros graves. Primeiro, eu estava desperdiçando um tempo que deveria dedicar aos estudos; e, segundo, estava enganando a minha professora ao fingir que estava estudando quando, na verdade, estava lendo um livro de ficção. E até aquele momento, Marilla, eu não tinha me dado conta de que o que eu fazia era desonesto. Fiquei chocada. Chorei amargamente e pedi à senhorita Stacy que me perdoasse e disse que jamais tornaria a fazer algo assim; e sugeri como penitência que eu ficasse uma semana inteira sem sequer olhar para *Ben Hur*, nem mesmo para saber como terminava a corrida de bigas. Mas a senhorita Stacy disse que não diria para eu fazer isso e me perdoou sem reservas. Então, acho que não foi muito gentil da parte dela vir até aqui e conversar com você sobre isso no fim das contas.

– A senhorita Stacy jamais falou disso comigo, Anne, e o único problema com você é a sua consciência pesada. Você não tem nada que ficar levando livros de ficção à escola. De todo modo, você lê romances demais. Quando eu era menina, não tinha permissão sequer para olhar para um romance.

– Oh, como você pode chamar *Ben Hur* de romance quando é um livro tão religioso? – protestou Anne. – É claro que é um pouco entusiasmante demais para ser lido aos domingos, então, só o leio de segunda a sexta.

E agora já não leio nenhum livro que a senhorita Stacy ou a senhora Allan pensem que não seja apropriado para uma menina de treze anos e nove meses ler. A senhorita Stacy me fez prometer isso a ela. Um dia, ela me pegou lendo um livro chamado *O horripilante mistério do salão assombrado*[62]. Era um dos livros que Ruby Gillis tinha me emprestado, e, oh, Marilla, era muito fascinante e assustador. Simplesmente fez o meu sangue gelar. Mas a senhorita Stacy disse que aquele livro era bobo e não moralmente saudável e me pediu para parar de lê-lo e para não ler mais livros como aquele. Não me importei de prometer que não leria mais livros como aquele, mas foi *agonizante* devolver o livro sem saber como ele terminava. Mas meu amor pela senhorita Stacy foi maior e fiz isso. É realmente maravilhoso, Marilla, o que somos capazes de fazer quando sinceramente ansiamos por agradar a uma determinada pessoa.

– Bem, acho que vou acender o lampião e voltar para o meu tricô – disse Marilla. – Vejo claramente que você não quer saber o que a senhorita Stacy tinha a dizer. Você se interessa mais pelo som da sua própria voz do que por qualquer outra coisa.

– Oh, quero saber sim, Marilla! – exclamou Anne arrependida. – Não direi mais uma palavra, nem uma. Sei que falo demais, mas realmente estou tentando mudar isso, e, apesar de eu falar demais, se você soubesse a quantidade de coisas que tenho vontade de dizer e não digo, você me daria um desconto. Por favor, conte-me, Marilla.

– Bem, a senhorita Stacy quer organizar um grupo dos alunos mais avançados que querem estudar para fazer a prova para entrar na Queen's. Ela tem a intenção de dar aulas extras a eles depois da escola. E veio perguntar ao Matthew e a mim se nós gostaríamos que você fizesse parte desse grupo. O que você acha disso, Anne? Gostaria de estudar na Queen's e se tornar professora?

– Oh, Marilla! – Anne ficou de joelhos e entrelaçou as mãos. – Tem sido o sonho da minha vida... quer dizer, pelos últimos seis meses, desde que a Ruby e a Jane começaram a falar sobre estudar para essa prova.

---

62 Título inventado pela autora. Aqui ela fala de romances sensacionalistas. (N. T.)

Mas não falei nada sobre isso porque presumi que seria perfeitamente inútil. Eu adoraria ser professora. Mas não seria terrivelmente caro? O senhor Andrews disse que custou a ele 150 dólares para botar Prissy nessa escola, e Prissy não era burra em geometria.

– Acho que você não precisará se preocupar com esse aspecto. Quando Matthew e eu decidimos pegá-la para criar, decidimos também que faríamos o melhor que pudéssemos por você e que lhe daríamos uma boa educação. Acredito que as meninas têm de aprender a garantir o seu próprio sustento, precisem elas disso ou não. Green Gables sempre será o seu lar enquanto Matthew e eu estivermos aqui, mas ninguém sabe o que pode acontecer neste mundo incerto, e é melhor estarmos preparados. Então, caso você queira, pode juntar-se ao grupo das aulas extras para entrar na Queen's, Anne.

– Oh, Marilla, obrigada! – Anne jogou os braços em volta da cintura de Marilla e olhou para o rosto dela com seriedade. – Sou extremamente grata a você e ao Matthew. E estudarei com todo o afinco que puder, e darei o melhor de mim para fazer jus ao que vocês fazem por mim. Já aviso para vocês não esperarem muito de mim em geometria, mas acho que posso me sair bem nas outras matérias se estudar bastante.

– Atrevo-me a dizer que você vai se sair bem o bastante. A senhorita Stacy diz que você é inteligente e aplicada. – Por nada neste mundo Marilla contaria a Anne exatamente o que a senhorita Stacy dissera sobre ela, pois isso seria cultivar a vaidade da menina. – Você não precisa se apressar e se matar de tanto estudar. Não há pressa. Só daqui a um ano e meio você poderá fazer a prova. Mas é bom começar a tempo e criar uma base boa, diz a senhorita Stacy.

– Ficarei mais interessada do que nunca em meus estudos agora – disse Anne com alegria –, pois tenho um propósito na vida. O senhor Allan diz que todos devemos ter um propósito na vida e que devemos buscá-lo fielmente. Somente temos de nos certificar antes de que se trata de um propósito nobre. Eu diria que querer ser uma professora como a senhorita Stacy é um propósito nobre, não é mesmo, Marilla? Acho que é uma profissão muito nobre.

A classe da Queen's foi organizada em seu devido tempo. Gilbert
Blythe, Anne Shirley, Ruby Gillis, Jane Andrews, Josie Pye, Charlie
Sloane e Moody Spurgeon MacPherson faziam parte dela. Diana Barry
não, pois os pais dela não tinham intenção de mandá-la para a Queen's.
Isso para Anne pareceu uma enorme calamidade. Nunca, desde a noite
em que Minnie May tivera crupe, ela e Diana haviam se separado. No
fim de tarde em que a classe da Queen's ficou na escola pela primeira vez
para ter aulas adicionais e Anne viu Diana sair lentamente com os outros,
para voltar para casa sozinha ao longo da Trilha das Bétulas e do Vale das
Violetas, tudo o que pôde fazer foi permanecer em sua carteira e impedir
a si mesma de sair correndo impulsivamente atrás da melhor amiga. Um
nó se formou em sua garganta, e ela rapidamente se escondeu atrás das
páginas de sua gramática de Latim para ocultar as lágrimas em seus olhos.
Por nada neste mundo Anne permitiria que Gilbert Blythe ou Josie Pye
vissem aquelas lágrimas.

– Mas, oh, Marilla, de fato senti que havia provado a amargura da
morte, como disse o senhor Allan em seu sermão do último domingo,
quando vi a Diana sair sozinha – disse ela com pesar naquela noite.
– Pensei no quão esplêndido teria sido se Diana também estivesse estudando para entrar na Queen's. Mas não podemos querer que as coisas
sejam perfeitas neste mundo imperfeito, como diz a senhora Lynde.
A senhora Lynde às vezes não é uma pessoa exatamente consoladora,
mas não há dúvida de que diz várias coisas que são muito verdadeiras.
E acho que as aulas para a Queen's serão extremamente interessantes.
Jane e Ruby vão só estudar para se tornar professoras. Esse é o auge
da ambição delas. Ruby diz que vai só lecionar por dois anos depois
que se formar e que depois tem a intenção de se casar. Jane diz que
dedicará toda a vida a lecionar e que jamais, jamais se casará, pois
ganha-se um salário sendo professora, mas um marido não lhe paga nada
e reclama com você se você pede uma parte do dinheiro dos ovos e da
manteiga. Presumo que Jane fale por ter vivido essa experiência dolorosa, pois a senhora Lynde diz que o pai dela é um perfeito velho ranzinza
e mais avarento do que ninguém. Josie Pye diz que só vai frequentar a

escola normal para adquirir educação, pois não precisará trabalhar para se sustentar. Ela diz que é claro que isso é diferente no caso de órfãos que vivem da caridade dos outros: *eles sim* têm que batalhar para se sustentar. O Moody Spurgeon diz que vai se tornar pastor. A senhora Lynde diz que ele não poderia ser outra coisa para poder fazer jus ao nome que lhe deram. Espero que não seja maldade minha, Marilla, mas de fato a ideia do Moody Spurgeon se tornar pastor me faz rir. Ele é um menino de aparência muito curiosa, com aquele enorme rosto gordo, seus pequenos olhos azuis e suas orelhas de abano. Mas talvez ele tenha uma aparência mais de intelectual quando crescer. Charlie Sloane diz que vai entrar para a política e se tornará um membro do Parlamento, mas a senhora Lynde diz que ele nunca terá sucesso com isso, pois todos os membros da família Sloane são pessoas honestas, e que hoje em dia só os bandidos entram para a política.

– E o Gilbert Blythe, o que ele quer ser? – indagou Marilla, vendo que Anne estava abrindo seu livro-texto de Latim.

– Por acaso, não sei qual é a ambição do Gilbert Blythe na vida... se é que ele tem uma – disse Anne com escárnio.

Agora, a rivalidade entre Gilbert e Anne era declarada. Anteriormente, a rivalidade era bastante unilateral, mas não havia mais dúvida de que Gilbert estava tão determinado a ser o primeiro aluno da classe quanto Anne. Ele era um rival páreo à determinação dela. Os outros alunos da turma tacitamente reconheciam a superioridade deles e jamais sequer sonhavam em competir com os dois.

Desde o dia no lago em que ela se recusara a ouvir o pedido de perdão dele, Gilbert, salvo a já mencionada rivalidade determinada, não demonstrara sequer reconhecer a existência de Anne Shirley. Ele conversava e fazia piadas com as outras meninas, trocava livros e charadas com elas, discutia as lições e os planos, e às vezes caminhava de volta para casa do encontro de oração ou do Clube de Oratória acompanhado de alguma delas. Mas Anne Shirley simplesmente era ignorada por ele, e Anne descobriu que não é agradável ser ignorada. E foi em vão que ela disse consigo mesma, jogando a cabeça para o lado, que não se importava.

No fundo de seu pequeno e caprichoso coração feminino, ela sabia que de fato se importava e que, se aquela oportunidade do Lago das Águas Cintilantes surgisse outra vez, ela responderia de modo muito diferente. De uma vez só, aparentemente, e para a secreta consternação dela, ela descobriu que o antigo ressentimento que ela nutrira por ele se esvaíra: se esvaíra logo quando ela mais precisava de seu poder apoiador. Foi em vão que ela recapitulou cada incidente e emoção daquela ocasião memorável e tentou sentir a velha e satisfatória raiva. Aquele dia no lago brilhara a última centelha espasmódica dessa raiva. Anne deu-se conta de que havia perdoado e esquecido sem saber. Mas era tarde demais.

Mas pelo menos nunca Gilbert ou qualquer outra pessoa, nem mesmo Diana, suspeitaria o quanto ela lamentava e como ela desejava não ter sido tão orgulhosa e horrenda daquele jeito! Ela decidiu "ocultar suas emoções no mais profundo oblívio", e pode-se afirmar aqui e agora que fez isso, e fez tão bem que Gilbert, que talvez não fosse tão indiferente quanto aparentava ser, não pôde se consolar com qualquer crença de que Anne sentia seu retaliativo desdém. O único mísero consolo que ele tinha era o de que ela esnobava Charlie Sloane sem piedade, continuamente e sem razão.

No mais, o inverno passou com uma rodada agradável de deveres e estudos. Para Anne, os dias passaram rápido como se fossem contas douradas caindo do colar do ano. Ela estava feliz, ávida, interessada; havia lições a serem aprendidas e honrarias a serem conquistadas; encantadores livros para ler; novas músicas para serem ensaiadas para o coral da escola municipal; agradáveis tardes de sábado na casa paroquial com a senhora Allan; depois, quase antes de que Anne se desse conta, a primavera retornara a Green Gables, e todo o mundo brotava mais uma vez.

Então, os estudos começaram a ficar um pouquinho cansativos; a classe da Queen's, que ficava na escola enquanto os outros corriam por trilhas verdes, atalhos na mata frondosa e bifurcações nos bosques, olhava com tristeza para fora das janelas e descobria que os verbos latinos e os exercícios de francês tinham de algum modo perdido a graça que tinham nos frios meses de inverno. Até mesmo Anne e Gilbert começaram a ficar para trás nos estudos, e ficaram mais indiferentes. Professora e alunos ficaram igualmente contentes quando o ano letivo acabou e eles tinham felizes dias de férias pela frente.

– Vocês fizeram um bom trabalho neste último ano – disse a eles a senhorita Stacy no último dia de aula – e merecem boas e alegres férias. Desfrutem ao máximo do mundo exterior e estoquem uma boa quantidade de saúde, vitalidade e ambição para acompanhar vocês ao longo do próximo ano letivo. Vai ser bem difícil, sabem, o último ano antes da prova.

– Você vai voltar a nos dar aulas no ano que vem, senhorita Stacy? – perguntou Josie Pye.

Josie Pye jamais hesitava em fazer perguntas; nesta ocasião, o resto da turma se sentiu grato por ela; nenhum deles teria se atrevido a perguntar isso para a senhorita Stacy, mas todos queriam, pois havia boatos alarmantes correndo soltos pela escola, fazia algum tempo, de que a senhorita Stacy não voltaria a dar aulas no próximo ano letivo, pois haviam oferecido a ela emprego na escola primária do distrito em que ela morava, e que ela tinha a intenção de aceitar a vaga. A classe da Queen's ouviu com um suspense ofegante a resposta dela.

– Sim, acho que vou – disse a senhorita Stacy. – Pensei em ir dar aula em outra escola, mas decidi voltar para Avonlea. Para falar a verdade, passei a sentir tanto interesse por meus alunos daqui que descobri que não seria capaz de abandoná-los. Então, vou ficar e terminar os estudos com vocês.

– Eba! – disse Moody Spurgeon. Ele jamais se deixara levar tanto assim por suas emoções e ficou corado de modo incômodo por uma semana sempre que pensava nisso.

– Oh, fico muito feliz – disse Anne com olhos brilhantes. – Querida Stacy, seria perfeitamente terrível se a senhorita não voltasse. Não acho que eu teria coragem de prosseguir com meus estudos caso outro professor viesse para cá.

Quando Anne chegou em casa naquela noite, guardou todos os livros da escola em um velho baú no sótão, trancou-o e jogou a chave na caixa em que eram guardados os cobertores.

– Não vou sequer olhar para nada da escola durante as férias – falou ela para Marilla. – Estudei neste semestre o máximo que pude e dediquei-me à geometria até que eu tivesse decorado cada proposição naquele primeiro livro, até mesmo quando as letras *mudam*. Simplesmente estou cansada de tudo o que é sensato e vou deixar minha imaginação correr solta durante o verão. Oh, e não precisa ficar alarmada, Marilla. Vou deixá-la correr solta dentro de certos limites razoáveis. Mas quero me divertir bastante neste verão, pois talvez seja o último verão em que ainda serei menina. A senhora Lynde diz que, se eu continuar espichando no ano que vem como espichei neste ano, vou ter que passar a vestir saias mais longas. Ela diz que agora eu sou toda pernas e olhos. E, quando eu vestir saias mais longas, vou sentir que tenho que fazer jus a elas e ser muito decorosa. E então receio que não será de bom-tom que eu acredite em fadas; então, vou acreditar nelas com todo o meu coração neste verão. Acho que vamos ter férias extremamente felizes. Ruby Gillis vai fazer uma festa de aniversário em breve, e tem o piquenique da escola dominical e o concerto dos missionários no mês que vem. E o senhor Barry diz que qualquer fim de tarde desses vai levar Diana e a mim ao hotel White Sands para almoçarmos. Lá eles almoçam à noitinha, sabe. A Jane Andrews esteve lá uma vez no verão passado e diz que foi deslumbrante ver as luzes elétricas e as flores e todas as comensais com vestidos muito bonitos. Jane disse que foi o primeiro vislumbre que ela teve da alta-roda e que jamais se esquecerá disso até que morra.

A senhora Lynde veio fazer uma visita na tarde seguinte para descobrir por que Marilla faltara à reunião da Associação de Caridade na quinta-feira. Quando Marilla faltava às reuniões da Associação de Caridade, as pessoas sabiam que havia algo de errado em Green Gables.

– Matthew se sentiu mal do coração na quinta – explicou Marilla –, e eu não quis deixá-lo aqui sozinho. Oh, sim, ele agora já melhorou, mas anda se sentindo mal com mais frequência do que de costume, e estou nervosa por ele. O médico diz que ele tem de tomar cuidado e evitar emoções fortes. Isso até que é fácil, pois Matthew não anda por aí atrás de emoções fortes, e nunca andou, mas ele também não deve fazer trabalhos pesados, e é mais fácil dizer a Matthew para parar de respirar do que de trabalhar. Entre e deixe suas coisas aqui, Rachel. Vai ficar para o chá?

– Visto que você está sendo tão insistente, talvez eu fique para o chá – disse a senhora Rachel, que não tinha a intenção de fazer alguma outra coisa.

A senhora Rachel e Marilla estavam confortavelmente sentadas na sala de estar enquanto Anne preparava o chá e fazia pãezinhos quentes que eram leves e brancos[63] o bastante para desafiar até mesmo as críticas da senhora Rachel.

– Devo dizer que Anne provou ser uma menina bem esperta – admitiu a senhora Rachel, enquanto Marilla a acompanhava até o final da trilha no pôr do sol. – Ela deve ser de grande ajuda para você.

– Pois é mesmo – disse Marilla – e agora ela é mais séria e responsável. Eu costumava ter medo de que ela jamais superasse seus modos disparatados, mas os superou, e agora eu não teria medo de confiar qualquer coisa a ela.

– Jamais pensei que ela acabaria tão bem assim naquela primeira vez em que estive aqui faz três anos – disse a senhora Rachel. – Sinceramente, jamais me esquecerei daquele escândalo que ela deu! Quando voltei para casa naquela noite, disse ao Thomas: "Grave minhas palavras, Thomas, Marilla Cuthbert vai viver para amargar a decisão que tomou". Mas eu estava errada, e fico muito contente por isso. Não sou do tipo

---

63 Historicamente, a farinha branca era muito rara e valorizada, e consumida apenas pelas elites, mas não era uma farinha verdadeiramente branca, pois os moinhos de pedra não conseguiam separar o miolo das outras partes do trigo, gerando no máximo uma farinha bege depois de peneirada. A partir da década de 1880, com a invenção dos moinhos de ferro, aço e porcelana, tornou-se possível separar o gérmen e o farelo (marrons) do miolo (branco) do trigo, o que rendia uma farinha verdadeiramente branca e de validade muito maior, apesar de muito menos nutritiva do que a farinha integral. (N. T.)

de pessoa, Marilla, que jamais consegue admitir que cometeu um erro. Não, jamais fui assim, graças a Deus. Realmente cometi um erro ao julgar Anne, mas não era de se espantar, pois o fato é que jamais existiu neste mundo bruxinha mais estranha e inesperada do que aquela criança. Não havia modo de decifrá-la seguindo regras que se aplicam às outras crianças. É incrível demais que ela tenha melhorado tanto assim nestes três anos, especialmente em relação à aparência. Ela está tão bonita quanto uma menina deve ser, mas não posso dizer que gosto muito daquele estilo pálido e de olhos grandes dela. Gosto de mais vivacidade e cores, como têm a Diana Barry ou a Ruby Gillis. A aparência de Ruby Gillis é realmente chamativa. Mas, de algum modo... não sei como, mas, quando Anne e elas estão juntas, apesar de ela não ter a metade da beleza das outras, ela faz com que as outras pareçam comuns e exageradas... o fato é que se trata de algo como aqueles lírios brancos que ela chama de narcisos, que crescem ao lado daquelas peônias vermelhas e grandes.

ONDE O RIACHO E O RIO SE ENCONTRAM

Anne teve seu "bom" verão e desfrutou dele com todo o coração. Ela e Diana praticamente viviam fora de casa, desfrutando todos os prazeres que ofereciam a Trilha dos Amantes e o Gorgolejo de Dríade e a Ilha Vitória. Marilla não se opôs ao fato de Anne ficar ciganeando. O médico de Spencervale que veio na noite em que Minnie May teve crupe encontrou Anne na casa de um paciente certa tarde no começo das férias, olhou para ela de cima a baixo rapidamente, ficou em silêncio, balançou a cabeça e mandou por outra pessoa um recado para Marilla Cuthbert. O recado era o seguinte:

– Deixe essa sua menininha ruiva ficar ao ar livre o verão todo, e não deixe que ela fique lendo livros até que ganhe um pouco de vivacidade no caminhar.

Esse recado deixou Marilla completamente assustada. Ela interpretou que aquilo era o atestado de óbito por tuberculose de Anne caso as recomendações médicas não fossem seguidas à risca. Como resultado disso, Anne viveu o verão dourado de sua vida nos quesitos liberdade e diversão. Ela fez trilhas, remou, colheu frutinhas e sonhou acordada até que seu coração se saciasse; e, quando setembro chegou, estava com olhos brilhantes e alertas, com passadas que satisfariam o médico de Spencervale, e com o coração mais uma vez repleto de ambição e gosto.

– Estou com vontade de estudar com todo o meu afinco – declarou ela enquanto retirava seus livros do sótão. – Oh, meus velhos amigos, fico feliz por tornar a ver os seus rostos sinceros... sim, inclusive você, geometria. Meu verão foi perfeitamente lindo, Marilla, e agora me sinto alegre como um herói a correr o seu caminho[64], como disse o senhor Allan no último domingo. O senhor Allan não faz sermões magníficos? A senhora Lynde diz que ele está melhorando a cada dia que passa, e, sem que nos dermos conta, alguma igreja da cidade grande vai tirá--lo de nós, e aí ficaremos abandonados, e depois precisaremos trazer e amoldar outro pastor ainda verde. Mas não vejo de que adianta ficar se preocupando com essas coisas agora, não é, Marilla? Acho que seria melhor simplesmente desfrutar do senhor Allan enquanto ele está conosco. Se eu fosse homem, acho que seria pastor. Eles podem ter uma influência muito intensa para o bem caso a teologia deles seja sólida; e deve ser emocionante fazer sermões esplêndidos e tocar o coração dos seus ouvintes. Por que as mulheres não podem ser pastoras, Marilla? Eu perguntei isso para a senhora Lynde, e ela ficou chocada e disse que isso seria escandaloso. Ela disse que até podia haver pastoras nos Estados Unidos e que ela acreditava que havia, mas graças a Deus não tínhamos chegado a esse estágio no Canadá ainda, e ela espera que jamais cheguemos lá. Mas não entendo o motivo. Acho que mulheres dariam esplêndidas pastoras. Sempre que há alguma festa a se organizar, ou qualquer coisa para arrecadar dinheiro, recorre-se às mulheres, e são elas que fazem o trabalho. Tenho certeza de que a senhora Lynde pode rezar tão bem quanto o diretor Bell e não tenho dúvida de que ela também seria capaz de fazer sermões, com um pouco de prática.

– Sim, acredito que sim – disse Marilla secamente. – De modo não oficial, ela já faz muitos sermões. Ninguém tem muita chance de dar errado em Avonlea com a supervisão da Rachel.

– Marilla – disse Anne em uma explosão de confiança –, quero lhe contar uma coisa e pedir sua opinião sobre ela. Isso tem me deixado terrivelmente preocupada... nas tardes de domingo, quero

---

64 Referência a Salmos, 19:5: "O qual é como um noivo que sai do seu tálamo, e se alegra como um herói, a correr o seu caminho." (N. T.)

dizer, que é quando mais penso nesse assunto. Eu realmente quero ser bem-comportada; e, quando estou com você ou a senhora Allan ou a senhorita Stacy, quero isso mais do que nunca e quero fazer exatamente aquilo que lhes agradaria e que vocês aprovariam. Mas quase sempre quando estou com a senhora Lynde me sinto desesperadamente perversa, como se eu quisesse fazer exatamente o que ela está me dizendo para eu não fazer. Sinto uma tentação irresistível de fazer isso. Então, qual você acha que é o motivo por trás disso que eu sinto? Você acha que é porque sou muito má e incorrigível?

Marilla pareceu estar em dúvida por um instante. Depois, ela riu.

– Se você é, então também sou, Anne, pois a Rachel com frequência provoca o mesmo efeito em mim. Às vezes, acho que ela teria uma influência melhor para o bem, como você diz, se não ficasse o tempo todo importunando os outros para que façam o que é certo. Deveria haver um mandamento especial contra a importunação. Mas eu não deveria falar desse modo. A Rachel é uma boa cristã e tem boas intenções. Não há alma mais bondosa em Avonlea, e ela nunca se esquiva de fazer sua parte do trabalho.

– Fico muito contente que você sinta a mesma coisa – disse Anne com determinação. – É muito estimulante. Depois de ouvir isso, já não ficarei mais tão preocupada. Mas atrevo-me a dizer que terei outras preocupações. Elas ficam surgindo o tempo todo... coisas que me deixam perplexa, sabe? Você resolve uma questão e logo depois surge outra. Tem coisas demais a serem pensadas e decididas quando você começa a ficar adulta. Fico ocupada o tempo todo repensando nelas e decidindo o que é certo. Tornar-se adulta é uma coisa muito séria, não é, Marilla? Mas, tendo amigos tão bons quanto você, Matthew, a senhora Allan e a senhorita Stacy, eu deveria me tornar uma boa adulta, e, caso isso não aconteça, terei certeza de que a culpa foi minha. Sinto que é uma responsabilidade enorme, porque só tenho uma chance. Se eu não me tornar uma adulta correta, não posso voltar atrás e recomeçar. Cresci cinco centímetros neste verão, Marilla. O senhor Gillis mediu a minha altura na festa da Ruby. Estou muito feliz que você tenha feito o meu vestido novo mais longo. Aquele verde-escuro é lindo demais, e foi muito gentil da sua parte ter acrescentado a ele os folhos. É claro que sei que não era de fato necessário, mas os folhos estão muito na moda neste outono, e a Josie Pye tem folhos em todos os vestidos. Sei que serei capaz de estudar melhor com meu vestido. No fundo da minha mente, terei uma sensação cômoda em relação a esses folhos.

– E isso é uma coisa que vale a pena ter – admitiu Marilla.

A senhorita Stacy voltou para a escola de Avonlea e encontrou seus alunos ávidos por voltar a estudar. A classe da Queen's preparou-se especialmente para a batalha vindoura, pois, ao final do ano letivo, já ensombrando o caminho deles, a fatídica coisa conhecida como "Prova de Admissão" assomava, e, só de pensar nisso, cada um deles sentia o coração afundar até os sapatos. E se não passassem? Este pensamento estava fadado a assombrar Anne ao longo de todas as horas que passaria desperta naquele inverno, inclusive durante as tardes de domingo, até que excluísse quase por completo qualquer pensamento relacionado a questões morais ou teológicas. Quando Anne tinha pesadelos, via-se olhando fixamente para a lista de aprovados, na qual o nome de Gilbert Blythe fulgurava no topo, e o dela sequer aparecia.

Mas foi um inverno alegre, atarefado, feliz e veloz. Os estudos na escola eram tão interessantes quanto antes, e a rivalidade entre os alunos, tão envolvente quanto no passado. Novos mundos de pensamento, sensação e ambição, e novos campos fascinantes de conhecimento inexplorado pareciam se abrir diante dos olhos ávidos de Anne.

"Colinas espreitavam sobre colinas, e alpes se erguiam sobre alpes."[65]

Muito disso se devia à orientação diplomática, cuidadosa e liberal da senhorita Stacy. Ela fazia a sua classe pensar, explorar e descobrir por eles mesmos e os estimulava a sair dos caminhos já batidos em um nível que chocava muito a senhora Lynde e os membros do conselho escolar, que viam com hesitação todas as inovações de métodos estabelecidos.

---

65 Alusão a um verso do poema "An Essay on Criticism" ("Um ensaio sobre a crítica"), de Alexander Pope, publicado originalmente em 1711: "Hills peep o'er hills, and Alps on Alps arise!" ("Colinas espreitam sobre colinas, e alpes se erguem sobre alpes"). (N. T.)

Além dos estudos, Anne expandiu seus horizontes socialmente, pois Marilla, ciente do que havia dito o médico de Spencervale, já não vetava saídas ocasionais. O Clube de Oratória prosperou e organizou vários concertos; houve uma ou duas festas que quase pareceram eventos para adultos; houve muitos passeios de trenó e brincadeiras patinando no gelo.

Nesse meio tempo, Anne cresceu, espichando tão rapidamente que Marilla certo dia ficou impressionada, quando estavam lado a lado, ao ver que a menina já estava mais alta do que ela.

– Ora, Anne, como você cresceu! – disse ela quase incrédula. Um suspiro se seguiu ao comentário. Marilla teve um ressentimento estranho em relação à altura de Anne. A criança que ela aprendera a amar desaparecera de algum modo, e no lugar dela estava aquela moça alta, de olhos sérios, com quinze anos, com as sobrancelhas pensativas e a cabecinha orgulhosamente equilibrada. Marilla amava a moça tanto quanto amara a criança, mas tinha ciência de que sentia uma estranha sensação de perda. E, naquela noite em que Anne havia ido ao encontro de oração com Diana, Marilla sentou-se sozinha em meio ao crepúsculo invernal e se permitiu a fraqueza de um choro. Matthew, entrando com um lampião, pegou-a em flagrante e olhou para ela com tanta consternação que Marilla teve de rir em meio ao choro.

– Eu estava pensando na Anne – explicou ela. – Ela virou uma moça crescida... e provavelmente estará longe de nós no próximo inverno. Vou sentir uma saudade terrível dela.

– Mas ela poderá vir com frequência para casa – consolou Matthew, para quem Anne ainda era e sempre seria a menininha ávida que ele trouxera de Bright River para casa naquele fim de tarde de junho fazia quatro anos. – Quando chegar essa época, a ferrovia até Carmody já vai ter sido construída.

– Não vai ser a mesma coisa que a ter aqui o tempo todo – suspirou tristemente Marilla, determinada a desfrutar do luxo de seu luto sem consolo. – Mas é sempre assim: os homens não conseguem entender essas coisas!

Havia outras mudanças em Anne que não eram menos reais do que a mudança física. Por um lado, ela se tornou muito mais calada.

Talvez continuasse pensando ainda mais e sonhando tanto quanto antes, mas certamente falava menos. Marilla também reparou e comentou sobre isso.

– Você já não tagarela tanto quanto antes, Anne, nem usa mais tantas palavras difíceis. O que houve com você?

Anne ficou um tanto corada e riu de leve, à medida que largava o livro e olhava distraidamente para fora da janela, onde grandes e robustos botões vermelhos explodiam da trepadeira em reação à atração provocada pela luz do sol da primavera.

– Não sei... não tenho mais vontade de falar tanto assim – disse ela, pressionando pensativa o queixo com o dedo indicador. – É melhor ter pensamentos lindos e queridos e guardá-los em seu coração, feito tesouros. Não gosto que riam ou se espantem com meus pensamentos. E, de algum modo, não tenho mais vontade de usar palavras difíceis. É quase uma pena, não é mesmo? Agora que de fato estou ficando adulta o bastante para dizê-las se de fato desejasse. De certo modo, é divertido ser quase adulta, mas não é o tipo de diversão que eu esperava, Marilla. Há tanto a aprender e fazer e pensar que não há tempo para palavras difíceis. Além do mais, a senhorita Stacy diz que as palavras fáceis são melhores e mais fortes. Ela nos faz escrever todas as nossas redações da maneira mais simples possível. A princípio, foi difícil. Eu estava muito acostumada a preencher o texto com todas as refinadas e difíceis palavras que eu conhecia... e me ocorriam muitas delas. Mas agora já me acostumei a usar palavras mais simples, e vejo que é bem melhor.

– E o que houve com o seu clube de contos? Faz tempo que não ouço você falar dele.

– O clube dos contos já não existe mais. Não tínhamos tempo para ele... e, de todo modo, acho que nos cansamos dele. Era uma bobagem ficar escrevendo sobre amor e assassinatos e amantes em fuga e mistérios. A senhorita Stacy às vezes pede que escrevamos uma história para praticar redação, mas não nos deixa escrever sobre nada além do que talvez venha a acontecer em Avonlea e nas nossas vidas, e faz críticas severas aos nossos textos, e faz com que nós mesmos também os critiquemos. Jamais pensei que minhas redações tivessem tantos defeitos até que eu mesma comecei a procurar por eles. Senti tanta vergonha que queria desistir de escrever, mas a senhorita Stacy disse que eu poderia aprender a escrever bem se treinasse a mim mesma para ser a minha mais severa crítica. E é isso que estou tentando fazer.

– Faltam apenas dois meses para a prova de seleção – disse Marilla. – Você acha que vai conseguir passar?

Anne teve um calafrio.

– Não sei. Às vezes acho que vou me sair razoavelmente... e depois sinto um medo terrível. Estudamos com afinco, e a senhorita Stacy nos sabatinou minuciosamente, mas, mesmo depois de tudo isso, talvez não passemos na prova. Cada um de nós tem um obstáculo próprio. O meu é a geometria, é claro, e o da Jane é latim, e o da Ruby e do Charlie é álgebra, e o da Josie é aritmética. O Moody Spurgeon diz que sente no âmago que vai reprovar em história da Inglaterra. A senhorita Stacy nos aplicará em junho provas tão difíceis quanto as de seleção e as corrigirá com a mesma severidade; então, teremos alguma ideia de como vamos nos sair na prova de verdade. Queria que tudo isso já tivesse passado, Marilla. Isso me atormenta. Às vezes, acordo no meio da noite e fico pensando no que vou fazer se não passar.

– Ora, voltar para a escola no próximo ano letivo e tentar fazer a prova de novo – disse Marilla sem preocupação.

– Oh, não acho que eu teria coragem. Seria uma desgraça enorme se eu não passar, especialmente se o Gil... se os outros passarem. E geralmente fico tão nervosa durante as provas que é provável que me confunda toda. Queria ter nervos como os da Jane Andrews. Nada a abala.

Anne suspirou e, desviando os olhos dos feitiços do mundo primaveril, do atraente dia de brisa e tempo limpo, e das coisas verdes que despontavam no jardim, mergulhou com determinação em seu livro. Haveria outras primaveras, mas, se ela não conseguisse passar na prova de seleção, Anne estava convencida de que jamais se recuperaria o bastante para desfrutar dessas primaveras vindouras.

SAI A LISTA
DE APROVADOS

Com o fim de junho, chegaram o fim do semestre e o fim do reinado da senhorita Stacy na escola de Avonlea. Anne e Diana de fato voltaram para casa se sentindo muito sérias. Olhos injetados e lenços úmidos depunham de modo convincente sobre o fato de que o discurso de despedida da senhorita Stacy deve ter sido tão comovente quanto o do senhor Phillips havia sido sob circunstâncias similares fazia três anos. Diana olhou de volta para a escola do pé da coluna de píceas e suspirou fundo.

– Parece mesmo que é o fim de tudo, não é? – disse ela de modo muito triste.

– Você não deveria se sentir tão mal assim – disse Anne, procurando em vão por um trecho seco em seu lenço. – Você voltará para cá no próximo inverno, mas presumo que eu tenha deixado a querida e velha escola para sempre... quero dizer, isso se eu tiver sorte.

– Não vai ser nem um pouco igual. A senhorita Stacy não vai estar aqui, nem você, nem a Jane, e provavelmente nem a Ruby. Vou ter que me sentar sozinha, pois não suportaria dividir a carteira com ninguém mais depois de você. Oh, nós nos divertimos muito, não é mesmo, Anne? É terrível pensar que tudo se acabou.

Duas lágrimas gordas escorreram pelo nariz de Diana.

– Se você parasse de chorar, eu também conseguiria parar – disse Anne, suplicante. – Assim que guardo o meu lenço, vejo que você está prestes a chorar de novo, e também recomeço. Como diz a senhora Lynde: "Se você não consegue ficar alegre, fique o mais alegre que conseguir". No fim das contas, atrevo-me a dizer que vou voltar para cá no ano que vem. Este é um dos momentos em que *sei* que não vou passar. Esses momentos estão se tornando assustadoramente frequentes.

– Ora, mas você teve um desempenho esplêndido nas provas aplicadas pela senhorita Stacy.

– Sim, mas aquelas provas não me deixaram nervosa. Quando penso na prova de verdade, você não pode imaginar o frio terrível que sinto na barriga. Além do mais, meu número de inscrição é treze, e a Josie Pye diz que isso dá muito azar. *Não* sou supersticiosa e sei que isso não pode fazer a menor diferença. Ainda assim, queria que meu número não fosse treze.

– Eu queria ir com você – falou Diana. – Não acha que viveríamos momentos perfeitamente elegantes? Mas presumo que você vai ter que estudar muito à noite.

– Não, a senhorita Stacy nos fez prometer que sequer abriríamos um livro. Ela disse que isso apenas nos deixaria cansados e confusos e que deveríamos fazer passeios e não pensar nas provas e dormir cedo. É um bom conselho, mas acho que vai ser difícil de seguir; bons conselhos são mais fáceis de dar do que de seguir, eu acho. Prissy Andrews me disse que passou metade de cada noite na semana anterior à prova de seleção dela estudando como se não houvesse amanhã; e eu estava decidida a *no mínimo* fazer a mesma coisa que ela. Foi gentileza de sua tia Josephine me convidar para ficar em Beechwood enquanto eu estiver no centro da cidade.

– Você vai me escrever quando chegar, não é?

– Vou escrever terça-feira à noite contando como foi o primeiro dia – prometeu Anne.

– Vou ficar como uma alma penada assombrando os correios na quarta-feira – jurou Diana.

Anne foi para o centro da cidade na segunda-feira seguinte, e, na quarta-feira, Diana foi assombrar os correios, conforme combinado, e recebeu a carta da amiga.

"Queridíssima Diana

Aqui é noite de terça-feira, e estou escrevendo isto na biblioteca de Beechwood. Ontem à noite me senti terrivelmente solitária em meu quarto e desejei muito que você estivesse aqui comigo. Não fiquei estudando porque prometi à senhorita Stacy não fazer isso, mas foi tão difícil não abrir meu livro de história quanto costumava ser não ler um conto antes de estudar as lições.

Esta manhã, a senhorita Stacy veio me buscar e fomos para a Academia, e buscamos Jane, Ruby e Josie no caminho. Ruby pediu-me que sentisse as mãos dela, e estavam frias como gelo. Josie disse que eu parecia não ter pregado os olhos e que não achava que eu era forte o bastante para aguentar o rolo compressor do curso normal, nem se eu passasse na prova. Tem épocas e momentos até hoje em que não sinto que eu tenha de fato avançado em meu aprendizado como Josie Pye!

Quando chegamos à Academia, havia grupos e mais grupos de estudantes de toda a ilha. A primeira pessoa que vimos foi Moody Spurgeon sentado nos degraus murmurando consigo mesmo. Jane perguntou a ele o que diabos ele estava fazendo, e ele disse que estava repetindo várias vezes a tabuada de multiplicação para acalmar os nervos e pediu por piedade que não fosse interrompido, pois, se parasse por um segundo, ficava com medo e esquecia tudo o que sabia, mas que a tabuada de multiplicação mantinha todos os fatos firmes em seu devido lugar na mente dele!

Quando indicaram as nossas salas, a senhorita Stacy teve que nos deixar. Jane e eu nos sentamos juntas, e ela estava tão tranquila que tive inveja dela. A boa, estável e sensata Jane não precisa de nenhuma tabuada de multiplicação! Perguntei-me se minha aparência estava parecida com o modo como eu me sentia. E se as pessoas conseguiam ouvir o meu coração palpitar por toda a sala. Em seguida, um homem entrou e começou a distribuir as provas de inglês. Minhas mãos ficaram frias e fiquei muito tonta quando peguei a prova. Foi um momento simplesmente horrível – Diana, senti-me do mesmo modo que há quatro anos, quando perguntei à Marilla se eu poderia ficar em Green Gables –, e depois tudo ficou claro em minha mente, e meu coração tornou a bater (me esqueci de dizer que ele simplesmente havia parado de bater!), pois eu soube que alguma coisa eu seria capaz de fazer *naquela* prova.

Ao meio-dia, fomos para casa almoçar, e depois voltamos para a prova de história à tarde. A prova de história foi muito difícil, e fiquei terrivelmente confusa com as datas. Ainda assim, acho que me saí razoavelmente bem hoje. Mas, oh, Diana, amanhã é o dia da prova de geometria, e, quando penso nela, cada partícula de determinação que tenho de não abrir o livro de geometria se esvai. Se achasse que a tabuada de multiplicação pudesse me ajudar, eu a repetiria de agora até a próxima manhã.

Fui visitar as outras meninas no fim da tarde. No caminho, encontrei Moody Spurgeon andando a esmo e distraído pela rua. Ele disse que sabia que seria reprovado em história, e que havia nascido para ser uma decepção para os seus pais, e que voltaria para casa no trem da manhã; e que, de todo modo, seria mais fácil ser carpinteiro do que pastor. Eu o animei e o convenci a ficar até o fim das provas, porque não seria justo com a senhorita Stacy se ele desistisse. Às vezes, eu queria ter nascido menino, mas, quando vejo Moody Spurgeon, sempre fico feliz por ser menina e não ser irmã dele.

Ruby estava histérica quando cheguei à hospedaria delas; ela acabara de descobrir um erro horrível que cometera na prova de inglês. Depois que se recuperou, saímos e comemos sorvete. Desejamos muito que você estivesse aqui conosco.

Oh, Diana, se pelo menos a prova de geometria já tivesse passado! Mas, como diria a senhora Lynde, o sol vai seguir nascendo e se pondo quer eu passe ou não na prova de geometria. Isso é verdade, mas não é exatamente consolador. Eu acho que preferia que ele não nascesse e se pusesse se eu for reprovada!

De sua amiga devota,

Anne".

A prova de geometria e todas as outras terminaram em seu devido tempo, e Anne chegou em casa no fim de tarde de sexta, muito cansada, mas com um ar de triunfo atenuado. Diana estava em Green Gables quando ela chegou, e elas se cumprimentaram como se não se vissem há anos.

– Minha velha e querida amiga, é perfeitamente esplêndido revê-la. Parece que faz séculos desde que você foi ao centro da cidade, e, oh, Anne, como você se saiu?

– Muito bem, eu acho, em tudo, menos na geometria. Não sei se eu passei ou não, mas tenho um pressentimento ruim de que não passei. Oh, como é bom estar de volta! Green Gables é o lugar mais querido e adorável no mundo.

– E como se saíram os outros?

– As meninas disseram que sabem que não passaram, mas acho que se saíram muito bem. Josie diz que a prova de geometria estava tão fácil que uma criança de dez anos seria capaz de fazê-la! Moody Spurgeon ainda acha que vai ser reprovado em história, e Charlie diz que acha que não vai passar em álgebra. Mas, na verdade, não sabemos nada ainda sobre isso e só saberemos depois que sair a lista de aprovados. E isso só vai acontecer daqui a duas semanas. Imagine viver essas duas semanas de suspense! Queria eu poder dormir e só acordar depois que tudo já tenha acabado.

Diana sabia que seria inútil perguntar como Gilbert Blythe havia se saído; então, ela simplesmente disse:

– Oh, você vai passar, sim. Não se preocupe.

– Eu prefiro não passar se meu nome não estiver entre os primeiros da lista – disparou Anne, querendo dizer e Diana sabia que ela queria que o sucesso seria incompleto e amargo se ela tivesse uma colocação inferior à de Gilbert Blythe.

Com essa perspectiva em mente, Anne esforçara-se ao máximo durante as provas. E Gilbert também. Eles cruzaram um com o outro na rua uma dezena de vezes sem se cumprimentar, e a cada vez Anne erguera sua cabeça um pouquinho mais alto e desejara com um pouco mais de sinceridade que tivesse ficado amiga de Gilbert quando ele lhe pedira isso e jurara com um pouco mais de determinação sair-se melhor do que ele nas provas. Ela sabia que toda a juventude de Avonlea estava se perguntando quem sairia na frente; ela inclusive sabia que Jimmy Glover e Ned Wright haviam feito uma aposta sobre isso e que Josie Pye dissera que não havia dúvida no mundo de que Gilbert sairia na frente; e Anne sentiu que sua humilhação seria insuportável caso ela fracassasse.

Mas ela tinha outro motivo mais nobre para querer se sair bem nas provas. Queria ter uma boa colocação para deixar Matthew e Marilla orgulhosos – especialmente Matthew. Matthew declarara para ela a sua convicção de que ela "se sairia melhor do que todos na ilha". Isso, pensava Anne, era uma esperança tola de nutrir, algo com que ela jamais sequer sonharia. Mas ela de fato esperava ardentemente passar entre os dez primeiros colocados, pelo menos, para que pudesse ver os gentis olhos castanhos de Matthew brilhar de orgulho pela conquista dela. Isso, pensava ela, seria de fato uma doce recompensa por todo o trabalho duro e dedicação paciente a equações e conjugações nada inspiradoras.

Ao final das duas semanas, Anne também passou a "assombrar" os correios, na companhia de Jane, Ruby e Josie, abrindo os diários de Charlottetown com mãos trêmulas e com tanto frio na barriga quanto aquele sentido na semana das provas. Charlie e Gilbert também fizeram a mesma coisa, mas Moody Spurgeon estava determinado a ficar distante disso.

– Não tenho coragem de ir para lá e olhar para um papel a sangue-
-frio – contou ele para Anne. – Simplesmente vou esperar que alguém
subitamente apareça e me diga se passei ou não.

Depois que três semanas já haviam se passado sem que a lista de
aprovados chegasse, Anne começou a sentir que de fato não suportaria aquela tensão por muito mais tempo. Seu apetite desapareceu e seu
interesse pelos acontecimentos de Avonlea diminuiu muito. A senhora
Lynde queria saber o que mais poderia se esperar quando um secretário de Educação do Partido Conservador era quem estava no comando
daquele assunto, e Matthew, reparando na palidez e nos passos arras-
tados que traziam Anne de volta para casa dos correios todas as tardes,
começou seriamente a pensar se não seria melhor ele votar no Partido
Liberal nas próximas eleições.

Mas a notícia chegou certo fim de tarde. Anne estava sentada em sua
janela aberta, momentaneamente alheia aos sofrimentos relacionados
às provas e às preocupações mundanas, enquanto absorvia a beleza do
crepúsculo estival, com o aroma doce das flores do jardim abaixo e o
sibilante farfalhar dos álamos ao vento. O céu a Leste sobre os abetos
estava levemente tingido de rosa por causa do reflexo da luz que vinha
do Oeste, e Anne estava distraidamente pensando se aquela era a cor
do espírito das cores quando viu Diana voar por entre os abetos, cruzar
a ponte e subir a inclinação balançando um jornal em uma das mãos.

Anne ficou de pé com um pulo, pois imediatamente soube o que
continha aquele jornal. A lista de aprovados havia saído! Ela ficou tonta, e seu coração bateu até doer. Ela não conseguiu dar um passo. Para
ela, pareceu ter passado uma hora até que Diana viesse correndo pelo
corredor e entrasse no quarto sem sequer bater na porta, tamanho era
o entusiasmo dela.

– Anne, você passou! – exclamou ela. – Passou em *primeiro lugar*...
tanto você quanto o Gilbert... vocês tiveram a mesma pontuação... mas
seu nome saiu em primeiro na lista. Oh, estou orgulhosa demais!

Diana atirou-se junto com o jornal na cama de Anne, totalmente sem fôlego e incapaz de falar algo mais. Anne pegou o lampião,

derrubando a caixinha de metal com os fósforos e usando mais de meia dúzia deles antes que suas mãos trêmulas conseguissem acendê-lo. Em seguida, pegou o jornal. Sim, ela havia passado: lá estava o nome dela no topo de uma lista de duzentos nomes! Valeu a pena viver aquele momento.

– Você se saiu esplendidamente bem, Anne – ofegou Diana, recobrando fôlego o suficiente para se sentar e falar, pois Anne, extasiada e com olhos sonhadores, não dissera palavra. – Papai levou o jornal de Bright River para casa não faz dez minutos. Ele foi distribuído no trem da tarde, sabe, e só vai chegar aos correios aqui amanhã. E, quando vi a lista de aprovados, vim correndo para cá feito uma louca. Todos vocês passaram, todos mesmo, até Moody Spurgeon, mas ele vai ter que refazer a prova de história como condição para entrar. Jane e Ruby se saíram muito bem – elas estão na metade superior da lista –, e Charlie também. A Josie passou raspando por três décimos, mas você sabe que ela vai se gabar como se tivesse passado em primeiro lugar. A senhorita Stacy não vai ficar encantada? Oh, Anne, qual é a sensação de ver o seu nome assim, no topo da lista de aprovados? Se fosse comigo, sei que eu ficaria louca de alegria. Já sou quase louca de todo modo, mas você está tão calma e tranquila quanto um fim de tarde de primavera.

– Estou simplesmente deslumbrada por dentro – disse Anne. – Quero dizer centenas de coisas, mas não consigo encontrar as palavras para dizê-las. Jamais sequer sonhei com isso... quero dizer, sim, sonhei sim, só uma vez! Permiti-me esse pensamento *uma vez*: "E se eu passar em primeiro lugar?"; e fiz isso tremendo, sabe, pois parecia muita vaidade e presunção pensar que eu poderia sair em primeiro lugar na ilha. Dê-me licença um instante, Diana. Tenho que correr para a plantação para contar para o Matthew. Depois, subimos a estrada e contamos aos outros.

Elas se apressaram até a plantação de feno abaixo do celeiro, onde Matthew estava juntando tufos de feno, e, por sorte, a senhora Lynde estava conversando com Marilla na cerca que separava a trilha da propriedade.

– Oh, Matthew – exclamou Anne –, eu passei, e em primeiro lugar... em um dos primeiros lugares! Não sou vaidosa, mas me sinto agradecida.

– Bem, eu sempre disse que isso aconteceria – falou Matthew, olhando fixamente e com prazer para a lista de aprovados. – Eu sabia que você ia passar na frente deles com facilidade.

– Devo admitir que você se saiu muito bem, Anne – disse Marilla, tentando esconder o extremo orgulho que sentia por Anne dos olhos críticos da senhora Rachel.

Mas aquela boa alma disse de modo efusivo:

– Ela se saiu bem, e não sou eu quem vai deixar de dizer isso. O fato é que você faz jus aos amigos que tem, Anne, e estamos todos muito orgulhosos de você.

Anne, que terminou aquela deliciosa noite com uma conversa séria e breve com a senhora Allan na casa paroquial, ajoelhou-se docemente em frente à sua janela aberta em um grande clarão de luar e murmurou uma oração em agradecimento e avidez que veio do fundo de seu coração. A oração continha gratidão pelo passado e desejos reverentes para o futuro; e, quando Anne dormiu com a cabeça em seu travesseiro branco, seus sonhos foram tão agradáveis, brilhantes e bonitos quanto a donzelice poderia desejar.

O CONCERTO
DO HOTEL

– De todo modo, vista o seu vestido de organdi branco, Anne – aconselhou Diana com determinação.

Elas estavam juntas no quarto do frontão leste; do lado de fora havia apenas o crepúsculo: um adorável crepúsculo verde-amarelado e um céu azul sem nuvens. Uma enorme lua redonda, lentamente mudando o seu brilho pálido para um prateado lustroso, pendia sobre a Mata Assombrada; o ar estava repleto de sons doces do verão: pássaros sonolentos piando, brisas estranhas, e vozes e risadas ao longe. Mas, no quarto de Anne, a persiana estava fechada, e o lampião, aceso, pois uma importante toalete estava sendo feita.

O frontão leste era um lugar muito diferente do que tinha sido naquela noite fazia quatro anos, quando Anne sentira o vazio dele penetrar na medula de seu espírito com seu frio inóspito. Mudanças foram sendo feitas lentamente, com Marilla resignadamente fazendo vista grossa para elas, até que o quarto se tornara um ninho tão doce e delicado quanto uma moça poderia desejar.

O carpete de veludo com estampa de rosas e as cortinas de seda rosa das primeiras visões de Anne certamente jamais se concretizaram; mas os sonhos dela haviam acompanhado o passo do seu crescimento, e ela provavelmente não lamentava não ter conseguido decorar o quarto como inicialmente queria. O chão era coberto por um tapete bonito, e as cortinas que suavizavam a luz que entrava pelas janelas altas e se agitavam com as brisas errantes eram de musselina verde pastel estampada. As paredes, que não eram cobertas por tapeçarias de brocados de ouro e prata, mas por um delicado papel com estampa de botões de macieira, eram decoradas com alguns bons retratos dados para Anne pela senhora Allan. A foto da senhorita Stacy ocupava o lugar de honra, e Anne, em um gesto sentimental, sempre deixava flores frescas no suporte embaixo da foto. Naquela noite, uma espiga de lírios brancos perfumava de leve o quarto como se fosse o sonho de uma fragrância. Não havia "móveis de mogno", mas havia uma estante pintada de branco e abarrotada de livros, uma cadeira de balanço de palha com almofada, um lavabo com folhos de musselina branca e um delicado espelho de moldura dourada com roliços cupidos rosa e uvas roxas pintadas sobre o arco no topo dele, que costumava ficar no quarto sobressalente, e uma cama branca baixa.

Anne estava se vestindo para um concerto no hotel White Sands. Os hóspedes do hotel o haviam organizado para arrecadar dinheiro para o hospital de Charlottetown e haviam caçado todos os talentos amadores disponíveis nos distritos das redondezas para ajudar a compor o elenco. Bertha Sampson e Pearl Clay, do coral batista de White Sands, foram convidadas a cantar um dueto; Milton Clark, de Newbridge, faria um solo de violino; Winnie Adella Blair, de Carmody, cantaria uma balada escocesa; e Laura Spencer, de Spencervale, e Anne Shirley, de Avonlea, iriam recitar.

Como teria dito Anne no passado, aquilo marcou "uma época em sua vida", e ela ficou deliciosamente emocionada com a animação daquilo. Matthew estava no sétimo céu do orgulho, agradecido por causa da honra conferida à sua Anne, e Marilla não ficava muito atrás, apesar de que morreria antes de admitir isso e disse que não achava que era decoroso que um monte de jovens ficasse perambulando pelo hotel sem a supervisão de um responsável.

Anne e Diana iriam para lá com Jane Andrews e seu irmão Billy na caleche deles; e vários outros rapazes e moças de Avonlea também iriam. Um grupo de visitantes de fora da cidade era esperado, e depois do concerto um jantar seria oferecido aos que se apresentaram.

– Você realmente acha que o vestido de organdi vai ficar melhor? – indagou ansiosamente Anne. – Não acho que ele seja tão bonito quanto o de musselina azul com flores... e certamente não está tão na moda quanto ele.

– Mas ele cai muito melhor em você – disse Diana. – Ele é muito macio, tem babados e é mais justo ao corpo. O de musselina é retesado e deixa você com uma aparência arrumada demais. Mas o de organdi parece que se formou no seu próprio corpo.

Anne suspirou e cedeu. Diana estava começando a ganhar uma reputação por ter bom gosto para se vestir, e os conselhos dela em relação a este assunto eram muito procurados. Ela mesma estava muito bonita naquela noite em particular, com um vestido do tom lindo das rosas silvestres, o qual Anne estava eternamente proibida de usar, mas Diana não faria parte do concerto, então a aparência dela não tinha tanta importância assim. Todos os esforços dela foram dedicados a Anne, que ela jurou, pelo bem de Avonlea, que deveria estar vestida, penteada e com acessórios que agradariam ao gosto da rainha.

– Puxe um pouco mais para fora este babado... assim; pronto, deixe-me amarrar sua faixa; agora, as sapatilhas. Vou fazer duas tranças grossas no seu cabelo e amarrar grandes laçarotes brancos na metade da extensão delas... não, não coloque um cacho que seja sobre a sua testa... deixemos que ela fique limpa. Esse é o penteado que lhe cai melhor, Anne, e a senhora Allan diz que você parece uma madona quando faz esse penteado. Vou prender esta pequena rosa branca da estufa lá de casa atrás da sua orelha. Havia só uma no arbusto, e guardei-a para você.

– Devo colocar o colar de contas de madrepérola? – perguntou Anne. – Matthew me trouxe uma fileira de contas do centro da cidade na semana passada, e sei que ele gostaria de me ver usando-as.

Diana franziu os lábios, jogou a cabeça para o lado em um gesto crítico e depois se pronunciou a favor das contas, que então foram amarradas em volta da fina garganta branca como leite de Anne.

– Tem algo de muito elegante em relação a você, Anne – disse Diana com uma admiração nada invejosa. – Você ergue a cabeça com um certo *donaire*. Presumo que seja a sua silhueta. Já eu tenho um corpo roliço. Sempre tive medo de que isso fosse me acontecer, mas agora sei que é verdade. Bem, presumo que terei de me resignar.

– Mas você tem covinhas muito lindas – comentou Anne, sorrindo afetuosamente para o rosto lindo e vivaz muito perto do dela. – Adoráveis covinhas, como pequenas depressões em creme chantili. Já perdi as esperanças de ter covinhas. Meu sonho de ter covinhas jamais se realizará, mas tantos outros sonhos meus se realizaram que não posso me queixar. E agora, já estou pronta?

– Prontinha – garantiu Diana, enquanto Marilla aparecia na porta, uma figura magérrima, mais grisalha do que antes e com mais rugas, mas com um rosto muito mais brando. – Entre já e olhe para a sua declamadora, Marilla. Ela não está adorável?

Marilla emitiu um som entre um bufo e um resmungo.

– Ela está bem-arrumada e decorosa. Gosto desse penteado nela. Mas aposto que ela vai estragar esse vestido com a poeira e o orvalho da viagem, e ele parece fino demais para estas noites úmidas. De todo modo, organdi é o tecido de menos serventia no mundo, e eu disse isso ao Matthew quando ele o comprou. Mas hoje em dia já não adianta dizer algo ao Matthew. Já se foi a época em que ele dava ouvido aos meus conselhos; agora, simplesmente compra coisas para a Anne sem se importar com a minha opinião, e os vendedores de Carmody sabem que podem vender qualquer coisa para ele. Basta que lhe digam que alguma coisa é bonita e está na moda que ele abre o bolso e paga o que for. Preste atenção para manter sua saia longe das rodas da caleche, Anne, e vista aquele seu casaco quente.

Em seguida, Marilla foi devagar para o andar de baixo, pensando com orgulho na aparência doce que Anne tinha, com aquele... "Único raio de luar da testa ao alto da cabeça"[66], e se arrependendo de não poder ir ao recital para ouvir a sua menina recitar.

– Será que de fato *está* muito úmido para eu usar este vestido? – perguntou ansiosamente Anne.

– Nem um pouco – respondeu Diana, abrindo a persiana. – Está uma noite perfeita e não vai ter orvalho nenhum. Olhe só para o luar.

– Fico muito feliz que minha janela dê para o leste, para o nascer do sol – comentou Anne, indo até Diana. – É esplêndido demais ver a manhã raiar sobre essas compridas colinas e brilhar por entre a copa pontiaguda daqueles abetos. É diferente a cada manhã, e sinto como se eu lavasse a minha própria alma naquele banho dos primeiros raios de sol. Oh, Diana, amo muito este quartinho. Não sei como viverei sem ele quando eu for para o centro da cidade no mês que vem.

– Não fale de sua partida esta noite – implorou Diana. – Não quero pensar nisso, me deixa muito infeliz, e de fato quero me divertir nesta noite. O que vai recitar, Anne? Está nervosa?

– Nem um pouco. Já recitei tantas vezes em público que hoje em dia nem me importo. Decidi recitar "O voto da donzela"[67]. É patético demais. Laura Spencer vai recitar uma peça cômica, mas prefiro fazer as pessoas chorar a fazê-las rir.

– E o que você vai recitar se lhe pedirem bis?

– Eles nem vão sonhar em pedir bis para mim – desdenhou Anne, que nutria secretamente esperanças de que lhe pedissem bis e já via a si mesma contando isso para Matthew na mesa do café da manhã seguinte. – Billy e Jane chegaram, estou ouvindo as rodas da caleche. Vamos!

---

66 Citação do quarto livro do romance poético *Aurora Leigh*, de Elizabeth Barrett Browning: "No one parts/Her hair with such a silver line as you,/One moonbeam from the forehead to the crown!" ("Ninguém parte/Os cabelos como você, com esta linha de prata,/Um único raio de luar da testa ao alto da cabeça"). (N. T.)

67 "The Maiden's Vow", poema da autora escocesa Carolina Oliphant. (N. T.)

Billy Andrews insistiu que Anne viajasse no banco da frente com ele, então, contra a própria vontade, ela se sentou ali. Ela teria preferido sentar-se no banco de trás com as meninas, pois ali poderia rir e tagarelar à vontade. Com Billy, não havia muito riso ou conversa. Ele era um jovem grande, gordo e impassível de vinte anos, com um rosto redondo e inexpressivo e com uma dolorosa carência de dons de elocução. Mas admirava Anne imensamente e estufou o peito de orgulho com a expectativa de levar para White Sands aquela figura esguia e empertigada ao seu lado.

Anne, forçada a falar com as meninas por sobre os ombros, e ocasionalmente oferecendo uma partícula de civilidade a Billy – que arreganhava um sorriso e ria entre dentes e nunca conseguia pensar em uma resposta até que fosse tarde demais –, deu um jeito de desfrutar da viagem, apesar de tudo. Era uma noite para se divertirem. A estrada estava cheia de coches, todos indo para o hotel, e risadas, argentinamente claras, ecoavam e ecoavam ao longo dela. Quando chegaram ao hotel, ele estava muito iluminado de cima a baixo. Elas foram recebidas pelas senhoras do comitê do concerto, e uma delas levou Anne para o camarim, que estava lotado com os membros do Clube dos Sinfonistas de Charlottetown, em meio aos quais Anne subitamente se sentiu tímida, amedrontada e caipira. O vestido dela, que, no frontão leste, parecera muito lindo e delicado, agora parecia simples e sem graça – demasiadamente simples e sem graça, pensou ela, em meio a todas as sedas e rendas que cintilavam e farfalhavam à volta dela. O que eram as suas contas de madrepérola comparadas aos diamantes da senhora grande e bonita perto dela? E como deve ter parecido pobre a única minúscula rosa branca no cabelo dela em comparação com todas as flores de estufa usadas pelas outras pessoas! Anne guardou seu chapéu e casaco e ficou encolhida e muito triste em um canto. Ela desejou poder estar de volta no quarto branco de Green Gables.

Foi pior ainda no tablado do grande auditório do hotel, onde ela estava agora. As luzes elétricas a cegavam e os perfumes das pessoas e o zumbido das vozes a deixaram confusa. Ela desejou estar sentada nos fundos da plateia com Diana e Jane, que pareciam estar se divertindo muito. Ela fora encaixada em um assento entre uma corpulenta senhora vestindo seda rosa e uma menina alta de rosto desdenhoso em um vestido de renda branca. De quando em quando, a senhora corpulenta virava o rosto diretamente para Anne e a examinava por trás de seus óculos até que Anne, altamente suscetível por ser examinada daquela maneira, teve vontade de gritar alto; e a menina da renda branca ficava falando em voz alta com uma menina que estava do outro lado dela sobre "os matutos" e "as beldades rústicas" na plateia, languidamente esperando o "belo entretenimento" que seria proporcionado pelos talentos locais incluídos no programa. Anne achou que odiaria aquela menina de renda branca até o fim de sua vida.

Infelizmente para Anne, uma declamadora profissional estava hospedada no hotel e havia concordado em recitar. Ela era uma mulher de olhos escuros, que usava um maravilhoso vestido longo feito de algo brilhante que era como raios de luar tecidos, com pedras preciosas no pescoço e em seu cabelo escuro. A voz dela tinha um extensão maravilhosa, e ela tinha um poder de expressão incrível; a plateia ficou louca com a seleção de textos dela. Anne, esquecendo-se de si mesma e de suas aflições por uns instantes, prestou atenção com olhos cativados e brilhantes, mas, quando a mulher terminou de recitar, Anne subitamente cobriu seu rosto com as mãos. Ela jamais conseguiria recitar depois daquela apresentação... jamais. Como jamais pensara que podia recitar? Oh, se pelo menos ela estivesse de volta em Green Gables!

Neste momento nada conveniente, seu nome foi chamado. De algum modo, Anne – que não reparou no deveras culpado pequeno sobressalto de surpresa que teve a menina da renda branca e que tampouco teria entendido o sutil elogio insinuado naquele gesto caso o tivesse percebido – levantou-se e foi confusa para a frente do tablado. Ela estava tão lívida que Diana e Jane, da plateia, agarraram as mãos uma da outra em nervosa solidariedade.

Anne era vítima de um avassalador ataque de medo de palco. Por mais que já tivesse recitado em público várias vezes, ela nunca enfrentara uma plateia como aquela, e a visão daquilo deixou suas energias completamente paralisadas. Tudo era estranho demais, brilhante demais, desconcertante demais: as fileiras de senhoras de vestidos de noite, os rostos críticos, toda a atmosfera de riqueza e cultura em volta dela. Aquilo era muito diferente dos bancos simples do Clube de Oratória, repletos dos rostos solidários e familiares de amigos e vizinhos. Aquelas pessoas, pensou ela, seriam críticos impiedosos. Talvez, assim como a menina da renda branca, eles esperassem entreter-se com os esforços "rústicos" dela. Ela sentiu-se impotente e desamparadamente envergonhada e infeliz. Suas pernas bambearam, seu coração palpitou, uma baixa de pressão terrível tomou conta dela; ela não conseguiria falar uma palavra, e no instante seguinte teria corrido para fora do tablado, apesar da humilhação que ela pressentia que sentiria para sempre caso o fizesse.

Mas, subitamente, enquanto seus olhos arregalados e assustados contemplavam a plateia, ela viu Gilbert Blythe bem nos fundos, fazendo uma mesura com um sorriso no rosto, um sorriso que para Anne parecia ao mesmo tempo triunfante e zombeteiro. Na verdade, não era nada disso. Gilbert estava simplesmente sorrindo em apreciação a todo o concerto em geral, e em particular pelo efeito provocado pela silhueta esguia e branca de Anne e seu rosto espiritual contra um cenário de palmeiras. Josie Pye, que ele levara de coche até lá, estava sentada ao lado dele, e a expressão do rosto dela certamente era triunfante e zombeteira. Mas Anne não viu Josie e não teria se importado caso a tivesse visto. Ela respirou fundo e, com orgulho, ergueu a cabeça, com coragem e determinação formigando por seu corpo como um choque elétrico. Ela *não fracassaria* diante de Gilbert Blythe: ele jamais teria motivos para rir dela, jamais, jamais! O medo e o nervosismo de Anne se esvaíram; e ela começou a recitar, com sua voz clara e doce alcançando os cantos mais distantes do auditório com um golpe ou um tremor. Ela recobrou totalmente a compostura, e como reação àquele terrível momento de impotência, recitou como nunca havia recitado antes. Depois que terminou, houve sinceras salvas de palmas. Anne, voltando para seu assento, corada de timidez e prazer, deparou-se com sua mão sendo agarrada e apertada vigorosamente pela corpulenta senhora de seda rosa.

– Querida, você foi esplêndida – ofegou ela. – Fiquei chorando como um bebê, de verdade. Escute, eles estão pedindo bis... eles vão chamá-la de volta!

– Oh, não consigo ir – disse Anne, confusa. – Ainda assim... tenho de ir, ou Matthew vai ficar decepcionado. Ele disse que pediriam bis para mim.

– Então, não decepcione Matthew – disse a senhora de seda rosa.

Sorrindo, com as bochechas coradas e os olhos límpidos, Anne voltou cambaleando para a frente do tablado e recitou uma pequena seleção de textos delicados e curiosos que cativaram ainda mais a audiência. O resto da noite foi um grande pequeno triunfo para ela.

Quando o concerto terminou, a corpulenta senhora de rosa – que era esposa de um milionário americano – acolheu-a e apresentou-a para todos; e todos foram muito simpáticos com ela. A declamadora profissional, a senhora Evans, veio e conversou com ela e disse que ela tinha uma voz encantadora e que "interpretara" lindamente a sua seleção. Até mesmo a menina da renda branca fez-lhe um pequeno elogio lânguido. Eles jantaram no grande e lindamente decorado salão de jantar; e Diana e Jane foram convidadas a se juntar a eles também, pois tinham ido para lá com Anne, mas Billy havia sumido, saindo batido dali por pavor de receber um convite como aquele. No entanto, ele ficou esperando por elas e pelo grupo que as acompanhava quando tudo acabou, e as três garotas saíram alegres para a radiância calma e branca do luar. Anne respirou fundo e olhou para o céu sem nuvens além dos escuros galhos mais grossos dos abetos.

Oh, como era bom voltar para a pureza e o silêncio da noite! Quão ótimas e maravilhosas ainda eram as coisas, com o murmúrio do mar soando e os escurecidos penhascos ao longe, feito gigantes lúgubres que guardam litorais encantados.

– Não foi uma ocasião perfeitamente esplêndida? – suspirou Jane, à medida que partiam na caleche. – Eu só queria ser uma americana rica que pode passar o verão em um hotel e usar joias e vestidos decotados e comer sorvete e salada de frango em cada abençoado dia. Tenho certeza de que seria muito mais divertido do que a escola normal. Anne, sua declamação foi simplesmente ótima, apesar de a princípio eu ter achado que você jamais começaria. Acho que foi melhor do que a da senhora Evans.

– Oh, não, não diga coisas como essa, Jane – falou Anne rapidamente –, pois soa como uma tolice. Minha apresentação não pode ser melhor do que a da senhora Evans, sabe, pois ela é uma profissional, e sou apenas uma estudante, com um pequeno talento para recitar. Fico muito satisfeita se as pessoas simplesmente gostaram bastante da minha apresentação.

– Tenho um elogio para lhe transmitir, Anne – disse Diana. – Pelo menos eu acho que deve ser um elogio, pelo tom com o qual ele falou. Ou pelo menos um elogio em parte. Havia um americano sentado atrás de mim e da Jane; um homem de aparência muito romântica, com olhos e cabelos negros feito carvão. A Josie Pye diz que ele é um artista ilustre e que a prima da mãe dela, que mora em Boston, é casada com um homem que frequentava a escola com ele. Bem o ouvimos dizer – não é mesmo, Jane? – isto: "Quem é aquela garota no tablado com aquele esplêndido cabelo à la Ticiano? Ela tem um rosto que eu gostaria de pintar". Pronto, Anne. Mas o que significa cabelos à la Ticiano?

– Interpretando o que ele disse, significa simplesmente vermelho, eu acho – disse Anne rindo. – Ticiano era um artista famoso que gostava de pintar mulheres ruivas.

– Você *viu* todos os diamantes que aquelas senhoras usavam? – suspirou Jane. – Eram simplesmente deslumbrantes. Vocês não adorariam ser ricas, meninas?

– Nós *somos* ricas – asseverou Anne. – Ora, temos só dezesseis anos ainda, e somos felizes feito rainhas, e todas temos imaginação, mais ou menos. Olhem para o mar, meninas... todo prata e sombras e visões de coisas inéditas. Não seríamos capazes de desfrutar mais da beleza dele se tivéssemos milhões de dólares e carreiras de diamantes. Caso pudessem, vocês não trocariam de lugar com nenhuma daquelas mulheres. Vocês gostariam de ser aquela menina de renda branca e estampar um semblante de amargura a vida toda, como se tivessem nascido torcendo o nariz para o mundo? Ou a senhora de rosa, por mais gentil e simpática que ela seja, tão atarracada que quase não tem silhueta? Ou até mesmo a senhora Evans, com aquele olhar muito triste nos olhos? Ela deve ter sofrido alguma grande infelicidade para ter um olhar daqueles. Você *sabe* que não trocaria de lugar com elas, Jane Andrews!

– Eu *não* sei... não com certeza – disse Jane, pouco convencida. – Acho que diamantes são capazes de consolar a pessoa por muito tempo.

– Bem, não quero ser ninguém além de mim mesma, mesmo que eu tenha de viver sem o consolo dos diamantes – declarou Anne. – Fico muito feliz de ser Anne de Green Gables, com meu colar de contas de madrepérola. Sei que Matthew me deu esse colar com tanto amor quanto já foi depositado nas joias da Senhora Madame de Rosa.

UMA ALUNA
DA QUEEN'S

As três semanas seguintes foram atarefadas em Green Gables, pois Anne estava se preparando para ir para a Queen's, e havia muito que costurar, e muito que discutir e combinar. O enxoval de Anne era extenso e bonito, por obra de Matthew, e Marilla desta vez não se opôs a nada que ele comprasse ou sugerisse. Mais do que isso: certa noite, ela subiu até o frontão leste com os braços carregados de um delicado tecido verde pastel.

– Anne, aqui tem um tecido para fazer um vestido leve e bonito para você. Eu não acho que você precise, pois já tem muitos vestidos bonitos, mas pensei que gostaria de ter alguma coisa mais arrumada para vestir caso a convidem para sair alguma noite no centro da cidade, ou para uma festa ou algo do gênero. Ouvi falar que Jane, Ruby e Josie têm "vestidos de noite", como elas dizem, e não quero que você não tenha algo que todas elas têm. Consegui que a senhora Allan me ajudasse a escolher o tecido no centro da cidade na semana passada e vamos encomendar o vestido para a Emily Gillis. A Emily tem bom gosto, e as roupas que ela faz vestem como nenhuma outra.

– Oh, Marilla, é simplesmente adorável – disse Anne. – Muito obrigada. Não acho que você deveria ser tão gentil assim comigo, pois isso a cada dia dificulta mais a minha partida.

O vestido verde continha tantas dobras, babados e drapeados quanto o bom gosto de Emily permitia. Anne vestiu-o certa noite para que Matthew e Marilla vissem como havia ficado e recitou "O voto da donzela" para eles na cozinha. Enquanto Marilla observava o rosto brilhante e animado e os gestos graciosos de Anne, seus pensamentos se voltaram para aquele fim de tarde em que Anne chegara a Green Gables, e ela se lembrou vividamente da imagem da criança estranha e amedrontada com seu ridículo vestido de flanela de algodão amarelo-amarronzada, e seu coração partido se expressou por meio de seus olhos rasos d'água. Alguma coisa naquela lembrança fez os olhos de Marilla lacrimejar.

– Anuncio que minha declamação a fez chorar, Marilla – disse Anne, que se aproximou alegremente da cadeira de Marilla e, em um gesto de carinho, roçou os cílios na bochecha daquela senhora. – Isso eu chamo de um triunfo definitivo.

– Não, eu não estava chorando por causa da declamação – confessou Marilla, que teria desdenhado muito caso cometesse a fraqueza de chorar por causa de qualquer coisa relacionada à poesia. – Simplesmente não pude evitar me lembrar da garotinha que você costumava ser, Anne. E estava desejando que você tivesse permanecido criança, mesmo com todos os seus modos estranhos. Agora você cresceu e está partindo; e você está tão alta e elegante e tão... tão... completamente diferente com este vestido... que é como se sequer fizesse parte de Avonlea... e simplesmente me senti muito solitária relembrando tudo isso.

– Marilla! – Anne sentou-se no colo coberto de guingão de Marilla, colocou seu rosto enrugado entre as mãos dela e olhou com seriedade e ternura para os olhos de Marilla. – Não mudei nem um pouquinho, não de fato. Só fui podada e aparada. Meu verdadeiro *eu* – aqui no âmago – é exatamente o mesmo. Não vai fazer a menor diferença para onde vou ou quanto eu mude por fora: no fundo do coração, serei sempre a sua pequena Anne, que vai amar você e o Matthew e a querida Green Gables mais e melhor a cada dia da vida dela.

Anne encostou sua bochecha nova e jovem contra a bochecha velha de Marilla, e estendeu a mão para dar tapinhas no ombro de Matthew.

Marilla teria dado tudo naquele exato momento para ter o poder de Anne de expressar em palavras os seus sentimentos, mas a natureza e o hábito tinham outras intenções, e ela somente foi capaz de abraçar forte a sua menina e deixá-la ternamente encostada em seu coração, desejando jamais ter de se separar dela.

Matthew, com uma umidade suspeita nos olhos, levantou-se e saiu de casa. Sob as estrelas da noite azul de verão, ele caminhou inquieto pelo quintal até o portão que ficava sob os álamos.

– Bem, acho que ela não foi mimada demais – murmurou ele com orgulho. – Acho que minhas intromissões ocasionais não fizeram tanto mal assim no fim das contas. Ela é esperta e bonita, e carinhosa também, o que é melhor do que todo o resto. Ela tem sido uma bênção para nós, e nunca houve mal-entendido tão bem-afortunado quanto aquele praticado pela senhora Spencer – se é que de fato *se tratou* de sorte mesmo. Não acho que tenha sido. Foi a Providência, pois o Todo-Poderoso percebeu que precisávamos dela, eu acho.

Finalmente chegou o dia em que Anne iria para o centro da cidade. Ela e Matthew foram de charrete em uma bela manhã de setembro, depois de uma despedida carregada de lágrimas com Diana e outra mais prática, sem choro – pelo menos da parte de Marilla – com Marilla. Mas, depois que Anne já tinha ido embora, Diana enxugou suas lágrimas e foi para um piquenique na praia em White Sands com alguns de seus primos de Carmody, no qual ela deu um jeito de se divertir razoavelmente bem; e Marilla entregou-se ferozmente a tarefas domésticas desnecessárias e passou o dia todo assim, sentindo o tipo mais amargo de tristeza: a dor que queima e rói e que não se lava com lágrimas rápidas. Mas, naquela noite, quando Marilla foi para a cama, profunda e tristemente consciente de que o pequeno quarto do frontão ao final do corredor não era habitado por nenhuma alma jovem e vivaz, e cujo silêncio não era perturbado por nenhuma respiração leve, ela afundou sua cabeça no travesseiro e chorou por sua menina com uma sucessão de soluços tão intensos que a deixaram chocada quando ela conseguiu se acalmar o bastante para refletir sobre a perversidade que era sentir algo tão pecaminoso assim por uma criatura pecadora como ela.

Anne e os outros alunos de Avonlea chegaram ao centro bem a tempo de ir correndo para a Academia. Aquele primeiro dia passou de modo razoavelmente agradável em meio a um turbilhão de animação, com eles conhecendo todos os outros alunos novos, aprendendo a identificar quem eram os professores só de olhar para eles e indo para suas salas. Anne tencionava fazer as aulas do Segundo Ano, pois a senhorita Stacy a aconselhara a fazer isso; e Gilbert Blythe decidiu fazer a mesma coisa. Isso significaria que, caso tivessem êxito, eles conseguiriam em um ano, e não em dois, o certificado de professor de Primeira Classe[68], mas isso também significava que os estudos seriam maiores em quantidade e dificuldade. Jane, Ruby, Josie, Charlie e Moody Spurgeon, não sendo importunados pela ambição, contentaram-se em se inscrever na Segunda Classe. Anne sentiu uma pontada de solidão quando se viu em uma sala com cinquenta outros estudantes sem conhecer nenhum deles, exceto pelo garoto alto de cabelos castanhos do outro lado da sala; e, conhecendo-o do modo como o conhecia, aquilo não era de grande ajuda, como ela refletiu de modo pessimista. Ainda assim, estava inegavelmente contente com o fato de eles ainda estarem na mesma classe; ela poderia prosseguir com a antiga rivalidade, e Anne mal saberia o que fazer se não tivesse aquilo.

"Não me sentiria cômoda sem isso", pensou ela. "Gilbert parece muito determinado. Presumo que ele esteja agora mesmo decidindo que vai ganhar a medalha. Que queixo esplêndido que ele tem! Nunca tinha reparado antes. Eu de fato queria que Jane e Ruby também tivessem se inscrito na Primeira Classe. Presumo que não vou mais me sentir como um gato em uma mansarda estranha depois que eu conhecer melhor os outros alunos. Pergunto-me quais garotas serão minhas amigas. É uma especulação realmente interessante. É claro que prometi para

---

68 Na escola normal da época, os alunos podiam escolher se queriam se formar para depois dar aulas no Ensino Secundário (Primeira Classe) ou no Ensino Primário (Segunda Classe), sendo o curso da Primeira Classe mais exigente e difícil, obviamente. (N. T.)

Diana que nenhuma aluna da Queen's, não importa o quanto eu goste dela, seria tão benquista por mim quanto ela; mas tenho muito afeto de segunda categoria para oferecer. Gosto da aparência daquela menina de olhos castanhos e vestido carmesim. Ela parece uma rosa vermelha; tem também aquela loura de pele pálida que está olhando fixamente para fora da janela. Ela tem um cabelo adorável e parece saber uma coisa ou outra sobre sonhos. Gostaria de conhecer as duas, conhecê-las bem, bem o bastante para caminhar com os braços na cintura delas e chamá-las por apelidos. Mas, neste instante, não as conheço, e elas não me conhecem, e provavelmente não têm um interesse especial em me conhecer. Oh, como é solitário!"

E foi mais solitário ainda quando Anne se viu no quarto de sua hospedaria no crepúsculo daquela noite. Ela não ficaria hospedada com as outras meninas, pois todas elas tinham parentes que moravam no centro da cidade que as hospedariam. A senhorita Josephine Barry gostaria de recebê-la, mas Beechwood ficava tão longe da Academia que isso estava fora de questão; então, a senhorita Barry procurou uma hospedaria e garantiu a Matthew e Marilla que era o lugar ideal para Anne.

– A senhora que mantém a hospedaria é uma fidalga remediada – explicou a senhorita Barry. – O marido dela era um oficial britânico, e ela toma muito cuidado com os hóspedes que aceita. Anne não vai esbarrar com nenhuma pessoa objetável enquanto estiver sob aquele teto. A comida lá é boa, e a casa fica perto da Academia, em um bairro tranquilo.

Tudo isso até poderia ser verdade, e de fato se provou ser assim, mas não ajudou concretamente Anne no primeiro ataque de saudades de casa que ela teve. Ela olhou com tristeza em volta de seu estreito quartinho, com suas paredes sem quadros e revestidas de um papel sem graça, com seu pequeno estrado de ferro e estante de livros vazia; e um terrível nó formou-se em sua garganta quando ela pensou em seu quarto branco em Green Gables, onde podia ter a consciência agradável de que havia uma imensidão verde e tranquila do lado de fora, ervilhas crescendo no jardim, luar banhando o pomar, o riacho abaixo da inclinação, os galhos das píceas balançando ao longe com o vento da noite, de um vasto céu estrelado, e a luz da janela de Diana brilhando por entre as árvores. Aqui, não havia nada disso; Anne sabia que do lado de fora de sua janela havia uma rua dura, com uma rede de cabos telefônicos bloqueando o céu, as passadas de pés estranhos, e mil luzes iluminando rostos desconhecidos. Ela sabia que choraria e lutou contra isso.

– *Não vou* chorar. É bobagem... e fraqueza... lá se vai a terceira lágrima escorrendo pelo meu nariz. E tem mais delas vindo! Tenho que pensar em algo engraçado para fazê-las parar de cair. Mas não há nada de engraçado além de coisas ligadas a Avonlea, e isso só torna tudo pior... quatro... cinco... vou para casa na próxima sexta-feira, o que parece que será daqui a cem anos. Oh, Matthew agora deve estar chegando em casa... e Marilla está no portão, olhando para a trilha e esperando por ele... seis... sete... oito... oh, é inútil contar as lágrimas! Agora estão caindo aos borbotões. Não consigo me alegrar... não *quero* me alegrar. É melhor ficar infeliz!

A torrente de lágrimas sem dúvida teria caído, não fosse pelo fato de Josie Pye ter aparecido naquele instante. Com a alegria de ver um rosto familiar, Anne se esqueceu de que nunca houvera muito amor desperdiçado entre ela e Josie. Como integrante da vida de Avonlea, até uma pessoa da família Pye era bem-vinda.

– Fico feliz que tenha vindo – disse Anne com sinceridade.

– Você estava chorando – comentou Josie, com uma pena irritante. – Presumo que esteja com saudades de casa... algumas pessoas têm muito pouco autocontrole em relação a isso. Não tenho a menor intenção de sentir saudades de casa, posso lhe garantir. Depois de morar na microscópica e velha Avonlea, o centro da cidade parece alegre demais. Pergunto-me como consegui existir lá por tanto tempo. Você não devia chorar, Anne; não lhe cai bem, pois seu nariz e olhos ficam vermelhos, e aí você parece *toda* vermelha. Hoje na Academia vivi momentos perfeitamente deliciosos. Nosso professor de francês é simplesmente um pão. O bigode dele lhe causaria palpitações. Você tem alguma coisa para comer por aqui, Anne? Estou literalmente faminta. Ah, eu bem adivinhei que era provável que a Marilla tivesse lhe mandado um bom pedaço de bolo. É por isso que vim até aqui. Senão, teria ido para o parque para ouvir a banda tocar com o Frank Stockley. Ele está na mesma hospedaria que eu e é boa gente. Ele reparou em você na aula hoje e veio me perguntar quem era a menina ruiva. Eu disse a ele que você era uma órfã que os Cuthberts tinham adotado e que ninguém sabia muito sobre a sua vida antes de você ser adotada.

Anne ficou se perguntando se, no fim das contas, a solidão e as lágrimas não eram mais satisfatórias do que a companhia de Josie Pye, quando Jane e Ruby apareceram, cada uma com uma fitinha com as cores da Queen's – púrpura e escarlate – presas orgulhosamente em seus casacos. Como Josie estava "de mal" com Jane naquela época, ela teve de se acalmar, tornando-se mais inofensiva.

– Bem – disse Jane com um suspiro –, sinto-me como se eu tivesse vivido muitas luas desde a manhã. Eu deveria estar em casa estudando Virgílio... Aquele horrendo professor velho nos passou vinte versos para a aula de amanhã. Mas simplesmente não consegui sentar para estudar esta noite. Anne, parece que vejo vestígios de lágrimas. Se você de fato andou chorando, *confesse*. Sua confissão restaurará meu amor próprio, pois estive chorando livremente até que a Ruby chegou. Não me importo de ser uma boba se tem outra pessoa meio boba também. Bolo? Você vai me dar um pedacinho, não é? Obrigada. Tem o real sabor de Avonlea.

Ruby, reparando que o calendário da Queen's estava sobre a mesa, quis saber se Anne tentaria ganhar a medalha de ouro.

Anne ficou corada e admitiu que estava pensando naquilo.

– Oh, isso me faz lembrar – falou Josie – de que, no fim das contas, a Queen's vai, sim, ter uma das bolsas de estudos Avery. A notícia chegou hoje. Frank Stockley me contou: o tio dele faz parte do conselho diretor, sabe? O anúncio será feito na Academia amanhã.

Uma bolsa de estudos Avery! Anne sentiu seu coração bater mais rápido, e os horizontes de sua ambição mudaram e se expandiram como num passe de mágica. Antes de Josie ter contado essa novidade, o auge da aspiração dela era conseguir o certificado de professora da província, da Primeira Classe, no final do ano, e talvez também a medalha! Mas agora, em um instante, Anne viu-se ganhando a bolsa de estudos Avery, estudando Humanidades no Redmond College e se formando de beca e barrete, antes que as palavras de Josie deixassem de ecoar em sua mente. Pois a bolsa de estudos Avery era para estudar inglês, e Anne sentiu que aqui estava em solo nativo.

Um rico dono de fábricas de New Brunswick morrera e deixara parte de sua fortuna reservada para que fossem concedidas várias bolsas de estudos que seriam distribuídas por várias escolas secundárias e academias das Províncias Marítimas, de acordo com o respectivo prestígio de cada uma. Havia dúvidas quanto ao fato de que alguma delas seria concedida à Queen's, mas o assunto finalmente havia sido resolvido e, no final do ano, o formando que obtivesse as maiores notas em inglês e literatura inglesa ganharia a bolsa: 250 dólares por ano por quatro anos no Redmond College. Não foi de se espantar que Anne tenha ido dormir naquela noite com as bochechas formigando!

– Vou ganhar essa bolsa se isso depender apenas de estudar com afinco – decidiu ela. – Matthew não ficaria muito orgulhoso se eu me tornasse licenciada em Humanidades? Oh, é delicioso ter ambições. Fico muito contente que eu tenha tantas. E elas parecem não ter fim: esta é a melhor parte. Assim que você conquista uma ambição, chega outra brilhando ainda mais. Isso torna a vida interessante demais.

O INVERNO
NA QUEEN'S

A saudade que Anne sempre sentia de casa passou, em grande parte por causa das visitas que ela fazia até lá nos fins de semana. Enquanto o clima permaneceu limpo, os estudantes de Avonlea iam para Carmody no trecho novo da ferrovia todas as noites de sexta-feira. Diana e vários outros jovens de Avonlea geralmente estavam livres para encontrá-los, e eles andavam juntos por Avonlea como um grupo feliz. Anne achava que esse ciganear das noites de sexta-feira sobre colinas outonais em meio ao frio ar dourado, com as luzes das casas de Avonlea brilhando ao longe, eram as melhores e mais queridas horas de toda a semana.

Gilbert Blythe quase sempre caminhava ao lado de Ruby Gillis e carregava a bolsa de livros dela. Ruby era uma jovem muito bonita e que agora se considerava tão adulta quanto de fato era; ela usava saias tão compridas quanto sua mãe permitisse e frequentava o cabeleireiro do centro da cidade, apesar de precisar desfazer o penteado quando ia para casa. Ela tinha olhos azuis grandes e brilhantes, uma tez radiante e uma silhueta fornida e chamativa. Ela ria bastante, era alegre e de bom temperamento e desfrutava com sinceridade das coisas agradáveis da vida.

– Mas jamais pensei que ela seria o tipo de garota de quem o Gilbert iria gostar – sussurrou Jane para Anne. Anne tampouco achava isso, mas jamais o confessaria, nem que isso lhe garantisse a bolsa de estudos Avery. Ela tampouco conseguia evitar pensar que também seria muito agradável ter um amigo como Gilbert para fazer piadas e conversar e trocar ideias sobre livros e estudos e ambições. Gilbert tinha ambições, ela sabia, e Ruby Gillis não parecia ser o tipo de pessoa com quem se poderia ter conversas frutíferas sobre aquilo.

Não havia sentimentos bobos nas ideias que Anne tinha em relação a Gilbert. Para ela, os garotos eram, quando ela sequer chegava a pensar neles, simplesmente possíveis bons camaradas. Se ela e Gilbert tivessem sido amigos, ela não teria se importado com quantos outros amigos ele tinha ou com quem ele andava. Ela fazia amizade com facilidade: tinha amigas o bastante, mas ela tinha uma noção vaga de que a amizade masculina talvez pudesse ser também uma coisa boa para expandir seus conceitos de companheirismo e dar a ela pontos de vistas mais amplos para que pudesse fazer julgamentos e comparações. Não era o caso de que Anne fosse capaz de expressar seus sentimentos sobre esse assunto de modo tão claro assim. Mas ela achava que, se Gilbert algum dia tivesse caminhado com ela do trem pelos campos gelados e bifurcações repletas de samambaias, talvez eles tivessem tido muitas conversas alegres e interessantes sobre o novo mundo que se abria à volta deles e sobre suas esperanças e ambições neste mundo. Gilbert era um rapaz inteligente, com opiniões próprias e uma determinação para extrair o que havia de melhor na vida e devolver à vida o que havia de melhor também. Ruby Gillis disse para Jane Andrews que não entendia metade das coisas que Gilbert Blythe dizia; ele falava exatamente igual a Anne Shirley quando ela ficava pensativa, e que, da parte dela, ela não via a mínima diversão em ficar se importando com livros e coisas do gênero quando você não era obrigado. Frank Stockley era muito mais espevitado, mas não era tão bonito quanto Gilbert, e ela realmente não conseguia decidir de quem gostava mais!

Na Academia, Anne aos poucos reuniu um grupo de amigos, estudantes pensativos, imaginativos e ambiciosos como ela. Da menina "rosa vermelha", Stella Maynard, e da "menina sonhadora", Priscilla

Grant, ela logo ficou íntima e descobriu que Priscilla, a donzela pálida de aparência espiritual, gostava muito de travessuras, de pregar peças e de se divertir, enquanto Stella, vivaz e de olhos negros, tinha um coração repleto de sonhos ansiosos e de caprichos, tão aéreo e colorido quanto o da própria Anne.

Depois do Natal e do Ano-Novo, os estudantes de Avonlea pararam de voltar para casa às sextas-feiras e começaram a se dedicar com afinco aos estudos. Àquela altura, todos os alunos da Queen's já haviam gravitado para as suas próprias posições na classificação dos alunos, e as diferentes categorias tinham assumido distintos e estabelecidos matizes de individualidade. Certos fatos passaram a ser aceitos de modo geral. Admitia-se que a medalha era praticamente disputada entre três pessoas: Gilbert Blythe, Anne Shirley e Lewis Wilson; em relação à bolsa de estudos Avery, havia mais dúvidas, e qualquer um entre um grupo de seis alunos tinha chance de sair vencedor. A medalha de bronze de matemática estava praticamente ganha por um garoto gordo, pequeno, engraçado e interiorano, com calombos na testa e casaco remendado.

Ruby Gillis foi considerada a menina mais bonita do ano na Academia; nas aulas do Segundo Ano, Stella Maynard foi eleita a mais bonita, sendo que uma minoria crítica votara a favor de Anne Shirley. Ethel Marr foi eleita por todos os juízes competentes como a menina de penteados mais elegantes, e Jane Andrews (a laboriosa, sem graça e escrupulosa Jane) ficou com as honras no curso de economia doméstica. Até mesmo Josie Pye alcançou certa distinção como a aluna de língua mais afiada na Queen's. Então, pode-se afirmar com tranquilidade que os antigos alunos da senhorita Stacy se destacaram de alguma forma no cenário mais amplo da trajetória acadêmica.

Anne estudava com afinco e firmeza. Sua rivalidade com Gilbert era tão intensa quanto costumava ser na escola de Avonlea, apesar de a maioria da turma não saber disso, mas agora era desprovida de amargura. Anne não queria mais vencer somente para derrotar Gilbert; em vez disso, queria vencer para ter a consciência orgulhosa de ter conquistado uma vitória bem vencida contra um inimigo meritório. Valeria muito a pena vencer, mas ela já não achava que a vida seria insuportável caso contrário.

Apesar das aulas, os estudantes encontravam oportunidades de se divertir. Anne passava boa parte de seu tempo livre em Beechwood, e geralmente comia os almoços de domingo ali e ia para a igreja com a senhorita Barry. A senhorita Barry, como ela própria admitia, estava ficando velha, mas seus olhos negros ainda eram afiados, e sua língua não perdera nenhum vigor. Mas ela nunca lançava seu fel contra Anne, que continuava sendo uma das pessoas favoritas daquela velha e crítica senhora.

– A menina Anne está melhorando constantemente – disse ela. – Eu me canso das outras meninas, pois elas têm uma mesmice eterna e irritante. Anne tem tantas nuances quanto o arco-íris, e cada nuance é a mais bonita que há enquanto dura. Não sei se ela é tão divertida quanto era quando criança, mas ela faz com que eu a ame, e gosto de pessoas que fazem com que eu as ame. Isso me poupa o enorme trabalho de fazer a mim mesma amá-las.

Depois, quase sem que ninguém percebesse, chegara a primavera; em Avonlea, as anêmonas despontavam em tons de rosa na terra seca e sem vida na qual ainda havia trechos com neve; e a "névoa verde" estava nas matas e nos vales. Mas, em Charlottetown, os atormentados alunos da Queen's só pensavam e falavam de provas.

– Não parece possível que o ano letivo esteja quase terminando – disse Anne. – Ora, no outono passado, o fim parecia distante demais para se ansiar por ele, pois ainda tínhamos todo um inverno de estudos e aulas pela frente. E aqui estamos, com as provas chegando na semana que vem. Meninas, às vezes sinto como se essas provas significassem tudo na vida, mas, quando olho para os botões grandes crescendo naquelas castanheiras e para o ar enevoado de azul no final das ruas, as provas não me parecem tão importantes assim.

Jane, Ruby e Josie, que haviam ido visitar Anne, não tinham a mesma visão. Para elas, as provas seguintes eram de fato constantemente muito importantes, muito mais importantes do que botões de casta-nheiras e a neblina da primavera. Para Anne, que com certeza passaria em todas as provas, não havia problema diminuir sua importância de vez em quando, mas, quando o seu futuro inteiro dependia dessas pro-vas, como as meninas sinceramente achavam que o delas dependia, não se podia fazer elucubrações filosóficas com relação a elas.

– Perdi mais de três quilos nas últimas duas semanas – suspirou Jane. – E não adianta dizerem para eu não me preocupar. Eu *vou* me preo-cupar. Preocupar-se ajuda bastante... você parece estar fazendo alguma coisa quando está se preocupando. Seria terrível se eu não conseguisse ganhar o certificado depois de ter passado todo o inverno na Queen's e de ter gastado tanto dinheiro assim.

– *Eu* não me importo – disse Josie Pye. – Se eu não passar neste ano, volto no ano que vem. Meu pai tem dinheiro para me mandar para cá de novo. Anne, Frank Stockley diz que o professor Tremaine falou que Gilbert Blythe com certeza ganharia a medalha e que Emily Clay provavelmente ganharia a bolsa Avery.

– Isso talvez me deixe mal amanhã, Josie – disse Anne rindo –, mas agora eu sinceramente sinto que, contanto que eu saiba que as violetas estão nascendo todas roxas na ravina abaixo de Green Gables e que as pequenas samambaias estão despontando na Trilha dos Amantes, não faz muita diferença que eu ganhe ou não a bolsa Avery. Fiz o melhor que pude, e agora começo a entender o significado da expressão "alegria do conflito"[69]. Tentar e conseguir é tão bom quanto tentar e fracassar. Meninas, parem de falar das provas! Olhem para o arco de céu verde pastel sobre aquelas casas e imaginem como deve ser a aparência dele sobre as matas de faias roxo-escuras em Avonlea.

– O que você vai vestir na formatura, Jane? – perguntou Ruby, falando de assuntos práticos.

---

69 Citação de parte de verso da 12ª estrofe do poema "The Woman on the Field of Battle" ("A mulher no campo de batalha"), de Felicia Dorothea Browne Hemans: "Some, for the stormy play/ and joy of strife" ("Algumas, pelas ações violentas/e pela alegria do conflito"). (N. T.)

Jane e Josie responderam imediatamente, e a conversa deu uma reviravolta e passou a ser sobre modas. Mas Anne, com os cotovelos apoiados no parapeito da janela, as bochechas suaves recostadas contra suas mãos entrelaçadas e os olhos cheios de visões, olhava distraidamente dos telhados e pináculos da cidade para o domo glorioso que era o céu no pôr do sol e costurava seus sonhos de um possível futuro com o tecido dourado do próprio otimismo da juventude. Tudo o que havia pela frente era dela, com suas possibilidades espreitando cor-de-rosa nos anos vindouros: cada ano, uma rosa promissora para ser costurada em uma grinalda imortal.

A GLÓRIA E O SONHO

Na manhã em que seriam divulgadas as notas de todas as provas no quadro de avisos da Queen's, Anne e Jane andavam juntas na rua. Jane estava sorridente e feliz; as provas haviam acabado, e ela estava comodamente certa de que no mínimo tinha passado; nenhuma outra consideração perturbava Jane; ela não tinha ambições altas e, consequentemente, não era afetada pela inquietação concomitante a elas. Pois pagamos um preço por tudo aquilo que conseguimos ou tomamos neste mundo; e, embora valha muito a pena ter ambições, elas não são conquistadas a pouco custo: demandam seu quinhão de trabalho e abnegação, ansiedade e desânimo. Anne estava pálida e quieta; dentro de dez minutos, ficaria sabendo quem ganhara a medalha e quem ganhara a bolsa Avery. Naquele momento exato, além daqueles dez minutos, não havia nada que valesse a pena chamar de Tempo.

– É claro que de todo modo você ganhará uma das duas coisas – disse Jane, que não conseguia entender como o corpo docente poderia ser tão injusto ao ponto de fazer algo diferente disso.

– Não tenho esperanças de ganhar a bolsa – declarou Anne. – Todos dizem que Emily Clay é quem vai ganhar. E não vou marchar até aquele quadro de avisos e olhar para ele diante de todo mundo. Falta-me a coragem moral. Vou direto para o vestiário das meninas. Você precisa ler os anúncios e vir me contar tudo, Jane. E lhe imploro, em nome de nossa antiga amizade, que você faça isso o mais rápido possível. E, caso eu tenha fracassado, conte-me logo de uma vez, sem rodeios; e não importa o que você fizer, *não se* solidarize comigo. Prometa-me isso, Jane.

Jane prometeu solenemente; mas, no fim das contas, não havia necessidade daquela promessa. Quando elas começaram a subir os degraus da entrada da Queen's, encontraram o corredor cheio de garotos que estavam carregando Gilbert Blythe nos ombros e gritando muito alto: "Viva Blythe, o Medalhista!"

Por um instante, Anne sentiu uma pontada nauseabunda de derrota e decepção. Ela fracassara, e Gilbert vencera! Bem, Matthew lamentaria, pois estava certo de que Anne venceria.

E então!

Alguém gritou:

– Três vivas para a senhorita Shirley, ganhadora da bolsa Avery!

– Oh, Anne – arquejou Jane, enquanto elas fugiam para o vestiário feminino em meio a muitos vivas. – Oh, Anne, estou muito orgulhosa! Não é esplêndido?

As garotas ficaram em volta delas, e Anne ficou no meio de um grupo que ria e a parabenizava. Seus ombros levaram diversos tapinhas, e suas mãos foram apertadas com força. Ela foi puxada, empurrada e abraçada e, em meio a tudo aquilo, conseguiu sussurrar para Jane:

– Oh, você não acha que Matthew e Marilla vão ficar satisfeitos? Preciso escrever já para casa contando a novidade.

A formatura era o próximo evento importante. A cerimônia foi realizada no grande salão de eventos da Academia. Discursos foram proferidos, redações lidas, canções cantadas, e foram distribuídos publicamente os diplomas, prêmios e medalhas.

Matthew e Marilla estavam lá, com olhos e ouvidos voltados apenas para uma estudante no tablado; uma menina alta de vestido verde pastel, com bochechas levemente coradas e olhos sonhadores, que leu a melhor redação e era apontada e comentada como a ganhadora da bolsa Avery.

– Presumo que esteja contente por termos ficado com ela, não é, Marilla? – sussurrou Matthew, falando pela primeira vez desde quando entrara no salão, depois que Anne terminara de ler sua redação.

– Não é a primeira vez que fico contente – retrucou Marilla. – Você gosta mesmo de esfregar as coisas na cara dos outros, Matthew Cuthbert.

A senhorita Barry, que estava sentada atrás deles, inclinou-se para a frente e cutucou Marilla nas costas com sua sombrinha.

– Não está orgulhosa da menina Anne? Eu estou – afirmou ela.

Anne voltou para casa em Avonlea com Matthew e Marilla à noitinha. Desde abril que não ia para casa, e ela sentia que não conseguiria esperar nem mais um dia. Os botões de maçã haviam nascido, e o mundo era fresco e jovem. Diana estava em Green Gables para encontrá-la. Em seu quarto branco, onde Marilla colocara um rosa de estufa em flor no parapeito da janela, Anne olhou à sua volta e respirou fundo de felicidade.

– Oh, Diana, é muito bom estar de volta. É muito bom ver esses abetos pontudos contra o céu rosa... e aquele pomar branco, e a velha Rainha das Neves. O cheiro da hortelã não é delicioso? E a rosa-chá... ora, ela é uma canção, uma esperança e uma oração reunidas em uma coisa só. E é bom revê-la, Diana!

– Achei que você gostava mais daquela tal de Stella Maynard do que de mim – disse Diana em tom de reprimenda. – Foi Josie Pye quem me disse isso. Josie disse que você estava *apaixonada* por ela.

Anne riu e jogou em Diana os "lírios de junho" murchos de seu buquê.

– Stella Maynard é a menina mais querida do mundo, com exceção de outra, que é você, Diana – disse ela. – Amo você mais do que nunca... e tenho muitas novidades para lhe contar. Mas, agora, eu acho que já é alegria o bastante simplesmente ficar sentada aqui olhando para você. Acho que estou cansada: cansada de ser estudiosa e ambiciosa. Tenho a intenção de amanhã passar pelo menos duas horas deitada na grama do pomar, pensando em absolutamente nada.

– Você se saiu esplendidamente bem, Anne. Presumo que, agora que ganhou a bolsa, você não vai lecionar, não é?

– Não. Vou para Redmond em setembro. Não parece maravilhoso? Até lá, terei um estoque fresco de ambição depois de três gloriosos e dourados meses de férias. Jane e Ruby vão começar a lecionar.

Não é esplêndido que todos tenhamos terminado amigos, inclusive do Moody Spurgeon e da Josie Pye?

– Os membros do conselho escolar de Newbridge já ofereceram sua escola para a Jane dar aulas – comentou Diana. – Gilbert Blythe também vai começar a lecionar. Ele precisa. O pai dele não tem dinheiro para mandá-lo para a faculdade no ano que vem, no fim das contas, então ele quer juntar dinheiro para depois fazer a faculdade. Presumo que ele vá assumir a escola daqui caso a senhorita Ames decida ir embora.

Anne teve uma leve sensação estranha de surpresa consternada. Ela não tinha ficado sabendo disso; esperava que Gilbert também fosse para Redmond. O que ela faria sem a rivalidade inspiradora deles? Será que os estudos, mesmo em uma universidade mista e com a perspectiva de um título de verdade, não seriam muito monótonos sem o amigo-inimigo dela?

No café da manhã seguinte, subitamente ocorreu a Anne que Matthew não parecia estar bem. Ele decerto estava muito mais grisalho do que no ano anterior.

– Marilla – disse ela de modo hesitante depois que Matthew havia saído –, Matthew está bem?

– Não, não está – disse Marilla com um tom perturbado. – Nesta primavera, ele andou muito mal do coração e se recusa terminantemente a poupar o próprio corpo. Tenho estado muito preocupada com ele, mas faz algum tempinho que ele melhorou um pouco, e contratamos um bom ajudante; então, espero que ele descanse mais e acabe melhorando. Talvez ele melhore agora que você está em casa. Você sempre o alegra.

Anne inclinou-se sobre a mesa e colocou o rosto de Marilla entre suas mãos.

– Você também não parece tão bem quanto eu gostaria de vê-la, Marilla. Parece cansada. Receio que esteja trabalhando duro demais. Agora que estou em casa, você precisa descansar. Só vou tirar o dia de hoje de folga para visitar todos os meus antigos lugares queridos e voltar a caçar meus velhos sonhos, e depois será a sua vez de ser preguiçosa enquanto eu faço todo o trabalho doméstico.

Marilla sorriu afetuosamente para a menina.

– Não é o trabalho... é a minha cabeça. Sinto uma dor muito frequente agora... atrás dos olhos. O doutor Spencer tem alterado o grau dos meus óculos, mas isso não está adiantando de nada. Tem um distinto oculista vindo para a ilha na última semana de junho, e o médico disse que devo ir me consultar com ele. Acho que terei mesmo de fazer isso. Já não consigo ler ou costurar sem dificuldade. Bem, Anne, tenho de admitir que você se saiu muito bem na Queen's. Conseguir o Certificado de Primeira Classe em um ano, e ganhar a bolsa de estudos Avery... ora, ora, a senhora Lynde diz que o orgulho precede a queda e que não acredita que as mulheres devam cursar o ensino superior; ela diz que não cai bem no verdadeiro universo feminino. E eu não acredito em uma palavra disso. Falando da Rachel, lembrei: você ouviu falar alguma coisa sobre o banco Abbey ultimamente, Anne?

– Ouvi dizer que andava mal das pernas – respondeu Anne. – Por quê?

– Foi o que Rachel disse. Ela esteve aqui na semana passada e disse que ouviu falarem sobre isso. Matthew ficou muito preocupado. Todas as nossas economias estão naquele banco: cada centavo. A princípio, eu queria que Matthew depositasse esse dinheiro na caixa econômica, mas o velho senhor Abbey era um grande amigo do meu pai, e meu pai sempre fazia suas transações bancárias com ele. E Matthew disse na época que qualquer banco comandado por ele era bom o bastante para qualquer pessoa.

– Acho que já faz muitos anos que ele só comanda o banco no papel – disse Anne. – Ele está muito velho, e são os sobrinhos dele que de fato comandam a instituição.

– Bem, quando a Rachel nos contou isso, eu quis que Matthew sacasse todo o nosso dinheiro na mesma hora, e ele disse que pensaria no assunto. Mas o senhor Russell disse a ele ontem que o banco andava bem.

Anne passou seu bom dia na companhia do mundo exterior. Ela jamais se esqueceu daquele dia; estava muito iluminado e dourado e claro, muito livre de sombras e muito repleto de inflorescências. Anne passou algumas das férteis horas daquele dia no pomar; foi para o Gorgolejo de Dríade e para Salixina e para o Vale das Violetas; fez uma visita à casa paroquial e teve uma agradável conversa com a senhora Allan; e finalmente, à noitinha, foi com Matthew buscar as vacas, passando pela Trilha dos Amantes até chegar ao pasto dos fundos. As matas estavam gloriosas com o pôr do sol, e o esplendor quente dele escorria pelos vãos entre as colinas ao oeste. Matthew caminhava lentamente e com a cabeça baixa; Anne, alta e empertigada, diminuiu seu passo rápido para acompanhá-lo.

– Você trabalhou duro demais hoje, Matthew – disse ela em tom de reprimenda. – Por que não pega mais leve?

– Bem, parece que não consigo – respondeu Matthew enquanto abria o portão do quintal para que as vacas passassem. – A coisa é que estou ficando velho, Anne, e vivo me esquecendo disso. Ora, ora, sempre trabalhei muito duro e prefiro morrer trabalhando.

– Se eu tivesse sido o menino que vocês mandaram buscar – disse Anne melancolicamente –, eu seria capaz de ajudá-lo muito agora e de poupá-lo de centenas de maneiras. Só por causa disso, desejo de coração que eu tivesse sido aquele menino.

– Bem, eu preferiria ter você a ter uma dúzia de meninos, Anne – disse Matthew dando um tapinha na mão dela. – Preste atenção: prefiro você a uma dúzia de meninos. Bem, acabou que não foi um menino quem abiscoitou a bolsa Avery, não é mesmo? Foi uma menina... a minha menina... a minha menina, de quem tanto me orgulho.

Ele deu seu sorriso tímido para ela à medida que entrava no quintal. Anne levou consigo a lembrança disso quando foi para seu quarto naquela noite e se sentou por muito tempo na janela aberta, pensando no passado e sonhando com o futuro. Do lado de fora, a Rainha das Neves estava enevoadamente branca em meio ao luar; os sapos coaxavam no pântano depois de Orchard Slope. Anne sempre se lembrava da argentina e pacífica beleza e da tranquilidade perfumada daquela noite. Era a última noite antes de a tristeza tocar a sua vida; e nenhuma vida é exatamente a mesma depois daquele toque frio e santificador.

O CEIFADOR CUJO
NOME É MORTE

– Matthew... Matthew... o que houve? Matthew, você está doente?

Era Marilla quem falava, e sentia-se a aflição em cada palavra. Anne atravessou a sala principal, com as mãos cheias de narcisos brancos – Anne custou muito a tornar a amar a visão e o aroma de narcisos brancos –, bem a tempo de ouvir Marilla e ver Matthew de pé no pórtico, com um papel dobrado na mão e o rosto estranhamente abatido e sombrio. Anne deixou as flores cair e correu pela cozinha até ele no mesmo instante que Marilla. Ambas chegaram tarde demais; antes que pudessem alcançá-lo, Matthew havia caído na soleira da porta.

– Ele desmaiou – arquejou Marilla. – Anne, vá buscar o Martin... rápido, rápido! Ele está no celeiro.

Martin, o ajudante contratado, que acabara de voltar para casa dos correios, foi imediatamente buscar o médico, parando em Orchard Slope no caminho para mandar o senhor e a senhora Barry ir para Green Gables. A senhora Lynde, que estava lá resolvendo uma incumbência, também foi. Eles encontraram Anne e Marilla absortas tentando fazer Matthew recobrar os sentidos.

A senhora Lynde empurrou-as delicadamente para o lado, checou o pulso dele e depois colocou o ouvido sobre seu coração. Ela olhou para os rostos ansiosos das duas com pesar, e seus olhos ficaram rasos d'água.

– Oh, Marilla – disse ela com seriedade –, não acho que... possamos fazer algo por ele.

– Senhora Lynde, a senhora não acha... a senhora não pode achar que o Matthew está... está... – Anne não conseguia dizer a palavra terrível; ela ficou enjoada e lívida.

– Menina, sim, receio que sim. Olhe só para o rosto dele. Quando você já viu essa expressão com a frequência com que eu já vi, você sabe o que ela significa.

Anne olhou para o rosto imóvel e naquele momento contemplou a marca da Grande Presença.

Quando o médico chegou, disse que a morte havia sido fulminante e provavelmente indolor, muito provavelmente causada por algum choque súbito. O segredo do choque foi descoberto no papel que Matthew estivera segurando e que Martin trouxera do escritório naquela manhã. Ele continha um relato da falência do banco Abbey.

A notícia se espalhou rápido por Avonlea, e durante todo o dia amigos e vizinhos foram às multidões para Green Gables, e iam e vinham trazendo mensagens e fazendo gestos de gentileza para o morto e para os vivos. Pela primeira vez, o tranquilo e tímido Matthew Cuthbert era uma pessoa de importância fundamental; a majestade branca da morte recaíra sobre ele e o distinguira como alguém coroado.

Quando a noite tranquila caiu suavemente sobre Green Gables, a velha casa estava calma e silenciosa. Na sala de estar estava Matthew Cuthbert deitado em seu caixão, com seus compridos cabelos grisalhos emoldurando seu rosto plácido, que estampava um leve e gentil sorriso, como se ele estivesse apenas dormindo, sonhando sonhos agradáveis. Havia flores em volta dele: flores doces e antiquadas, que sua mãe plantara no jardim da propriedade quando ainda era noiva, e pelas quais Matthew sempre nutrira um amor secreto e tácito. Anne as havia colhido e levado para Matthew, com olhos secos e sem lágrimas ardendo em seu rosto. Aquela era a última coisa que ela podia fazer por ele.

Os Barrys e a senhora Lynde passaram aquela noite com eles. Diana, indo para o frontão leste, onde Anne estava de pé em frente à janela, disse delicadamente:

– Anne, querida, você gostaria que eu passasse esta noite aqui com você?

– Obrigada, Diana. – Anne olhou seriamente para o rosto de sua amiga. – Acho que você vai compreender se eu lhe disser que quero ficar sozinha. Não estou com medo. Não fiquei um minuto sozinha desde que isso aconteceu... e quero ficar sozinha. Quero ficar muito quieta e tranquila e tentar assimilar essa informação. Não consigo assimilá-la. Há vezes em que me parece que Matthew não pode estar morto; e há outras em que já faz muito tempo que ele morreu, e desde então eu sinto uma dor persistente e horrível.

Diana não entendeu muito bem aquilo. O luto exaltado de Marilla, rompendo todas as barreiras naturais da reserva e dos hábitos de uma vida inteira com seu turbilhão tempestuoso, ela conseguia compreender melhor do que a agonia sem lágrimas de Anne. Mas ela saiu do quarto com delicadeza, deixando Anne sozinha em sua primeira vigília com a tristeza.

Anne esperava que as lágrimas viessem com a solidão. Para ela, parecia uma coisa terrível a sua incapacidade de derramar uma lágrima por Matthew, a quem tanto amara, e que fora muito gentil com ela; Matthew, que caminhara com ela no pôr do sol do dia anterior e agora estava deitado na sala pouco iluminada do andar de baixo, com aquela tranquilidade terrível em seu semblante. Mas, a princípio, não veio nenhuma lágrima, nem mesmo quando ela se ajoelhou diante da janela no escuro e rezou, olhando para as estrelas além das colinas: nenhuma lágrima, somente a mesma dor horrível e persistente de infelicidade que continuou a doer até que ela dormiu, exausta por causa da dor e do alvoroço daquele dia.

Ela acordou no meio da noite, com a quietude e a escuridão à sua volta, e a lembrança daquele dia a atingiu como uma onda de tristeza. Ela conseguia ver o rosto de Matthew sorrindo para ela do mesmo modo que sorrira quando eles se separaram no portão naquela última noite; ela conseguia ouvir a voz dele dizer: "Minha menina... minha menina, de quem tanto me orgulho". Em seguida, vieram as lágrimas, e Anne chorou até não poder mais. Marilla a ouviu e entrou de mansinho no quarto para consolá-la.

– Calma... calma... não chore assim, minha querida. Isso não vai trazê-lo de volta. Não... não... não é certo chorar tanto assim. Dei-me conta disso hoje, mas naquele momento não pude evitar. Ele sempre foi um irmão muito bom e gentil comigo... mas Deus sabe o que faz.

– Oh, deixe-me chorar, Marilla – soluçou Anne. – As lágrimas não me machucam como a dor machucava. Fique um pouco aqui comigo e deixe seu braço em volta do meu corpo... assim. Não pude deixar a Diana ficar aqui, pois ela é boa e doce e gentil, mas esta dor não pertence a ela: ela não está incluída nessa dor e jamais conseguiria se aproximar o bastante do meu coração para me ajudar. Esta tristeza é nossa: sua e minha. Oh, Marilla, o que faremos sem ele?

– Nós temos uma à outra, Anne. Não sei o que eu faria se você não estivesse aqui... se você não tivesse voltado. Oh, Anne, sei que talvez eu tenha sido um tanto rigorosa e severa com você; mas, por causa disso, você não deve pensar que eu não a amo tanto quanto o Matthew a amava. Quero dizer isso a você agora que consigo. Para mim nunca é fácil expressar o que sinto em meu coração, mas em situações como esta é mais fácil. Eu a amo tanto quanto se você fosse a minha filha de sangue, e você tem sido minha alegria e consolo desde que veio para Green Gables.

Dois dias depois, Matthew Cuthbert foi carregado da soleira de sua casa para os campos que ele lavrara e os pomares que ele amara e as árvores que ele plantara; depois, Avonlea retornou à sua placidez habitual, e até mesmo em Green Gables as coisas voltaram ao seu ritmo normal, e o trabalho era feito e os deveres eram cumpridos com a mesma regularidade de antes, apesar de sempre com o senso doloroso de "perda em todas as coisas familiares"[70]. Anne, que nunca havia ficado de

---

70 Citação de um verso do poema "Snow-Bound: A Winter Idyl" ("Preso na neve: um idílio de inverno"), de John Greenleaf Whittier: "A loss in all familiar things". (N. T.)

luto, pensou que era quase triste que eles pudessem agir assim: que eles *conseguissem* prosseguir com a velha rotina sem Matthew. Ela sentiu algo parecido com vergonha e remorso quando descobriu que o nascer do sol atrás dos abetos e o rosa-claro dos botões se abrindo no jardim proporcionavam a ela o mesmo influxo de felicidade quando os via; que as visitas de Diana eram agradáveis para ela e que as palavras e os modos alegres de Diana a faziam rir; resumindo, que o lindo mundo de inflorescências e amor e amizade não havia perdido nada de sua capacidade de agradar a imaginação dela e emocionar o seu coração, que a vida ainda a chamava com muitas vozes insistentes.

– De algum modo, parece deslealdade com o Matthew sentir prazer com essas coisas agora que ele se foi – disse ela melancolicamente para a senhora Allan certo fim de tarde em que elas estavam juntas no jardim da casa paroquial. – Sinto muito a falta dele... o tempo todo... Ainda assim, senhora Allan, o mundo e a vida me parecem muito bonitos e interessantes em geral. Hoje a Diana disse algo engraçado e eu me peguei rindo. Quando aquilo aconteceu, achei que jamais tornaria a rir. E, de algum modo, parece que eu não deveria rir.

– Enquanto Matthew estava entre nós, ele gostava de ouvir você rir e gostava de saber que você sentia prazer com as coisas prazerosas à sua volta – falou com delicadeza a senhora Allan. – Agora ele simplesmente está distante; e, do mesmo modo, ainda gosta de saber essas coisas. Estou certa de que não devemos fechar nosso coração para as influências curativas que a natureza tem a nos oferecer. Mas entendo o seu sentimento. Acho que todos nós passamos por isso. Ressentimo-nos do pensamento de que qualquer coisa possa nos agradar quando alguém que amamos já não está entre nós para partilhar conosco desse prazer, e praticamente sentimos que estamos traindo a nossa tristeza quando descobrimos que nosso interesse pela vida está voltando.

– Fui ao cemitério plantar uma roseira no túmulo do Matthew nesta tarde – disse Anne distraidamente. – Peguei uma muda da roseira-da-escócia branca que a mãe dele trouxe da Escócia faz muito tempo; Matthew sempre preferiu esta rosa às outras... elas eram muito pequenas e doces, com seus caules espinhosos. Fiquei contente de poder plantá-la ao pé do túmulo dele, como se eu estivesse fazendo algo que certamente o agradaria ao levar aquela roseira para perto dele. Espero que ele tenha rosas como essa no Céu. Quem sabe as almas de todas aquelas rosinhas brancas que ele amou por tantos verões não estavam lá para recebê-lo? Tenho de ir para casa agora. A Marilla está sozinha, e ela se sente solitária no crepúsculo.

– E vai se sentir mais solitária ainda, receio, quando você partir outra vez para ir para a faculdade – comentou a senhora Allan.

Anne não respondeu; desejou boa noite e voltou lentamente para Green Gables. Marilla estava sentada nos degraus do pórtico, e Anne se sentou ao lado dela. A porta atrás delas estava aberta e era mantida assim por uma grande concha búzio rosa, que remetia a sóis poentes sobre o mar com suas suaves circunvoluções internas.

Anne colheu alguns raminhos de madressilva amarelo pastel e colocou-os nos cabelos. Ela gostava do delicioso perfume leve das flores, o qual era como uma bênção etérea por cima dela sempre que ela se mexia.

– O doutor Spencer esteve aqui enquanto você estava fora – comentou Marilla. – Ele diz que o médico especialista estará no centro da cidade amanhã, e ele insiste para que eu vá para lá e tenha meus olhos examinados. Presumo que seja melhor eu ir e me livrar disso logo. Ficarei mais do que agradecida se esse homem conseguir me dar o tipo certo de óculos para os meus olhos. Você não vai se importar de ficar aqui sozinha enquanto eu estiver fora, não é? Martin precisará me levar, e há roupa para passar e comida para assar.

– Vou ficar bem. Diana virá me fazer companhia. Vou passar as roupas e assar as comidas lindamente; não precisa ficar com medo de que eu vá engomar os lenços ou acrescentar linimento ao bolo.

Marilla riu.

– Como você cometia erros naquela época, Anne! Você estava sempre se metendo em encrencas. Eu de fato costumava achar que você estava possuída. Lembra-se daquela vez em que você pintou o cabelo?

– Sim, é claro. Jamais esquecerei aquele dia. – Anne sorriu, tocando a espessa trança de cabelo que estava amarrada em volta de sua cabeça esbelta. – Eu rio um pouco agora quando me lembro às vezes de como o meu cabelo era uma preocupação para mim; mas não rio *muito*, pois naquela época realmente era uma preocupação. Eu sofria muito por causa das minhas sardas e do meu cabelo. Minhas sardas desapareceram de vez; e agora as pessoas são simpáticas o bastante para me dizer que meu cabelo é acaju... todas menos a Josie Pye. Ela me informou ontem que de fato achava que ele estava mais vermelho do que nunca, ou que pelo menos meu vestido preto o fazia parecer mais vermelho, e me perguntou se as pessoas de cabelo vermelho algum dia se acostumavam com isso. Marilla, eu quase decidi que ia desistir de tentar gostar da Josie Pye. Já fiz o que um dia eu teria chamado de um esforço heroico para gostar dela, mas Josie Pye se recusa a deixar que *gostem* dela.

– Josie é da família Pye – disse Marilla bruscamente –, então ela não consegue deixar de ser desagradável. Presumo que as pessoas desse tipo sejam de alguma serventia para a sociedade, mas devo dizer que não sei que serventia é essa mais do que sei qual é a serventia dos cardos. Josie vai começar a lecionar?

– Não, vai voltar para a Queen's no ano que vem. Moody Spurgeon e Charlie Sloane também. Jane e Ruby vão lecionar e já sabem em quais escolas: Jane, em Newbridge, e Ruby, em algum lugar mais a Oeste.

– Gilbert Blythe também vai lecionar, não é?

– Sim – foi a resposta curta e grossa de Anne.

– Que rapaz bonito ele é – comentou Marilla distraidamente. – Vi-o na igreja no domingo passado, e ele parecia muito alto e másculo. Ele se parece muito com o pai quando tinha a mesma idade. John Blythe era um garoto simpático. Costumávamos ser grandes amigos, eu e ele. As pessoas diziam que ele era meu pretendente.

Anne levantou a cabeça com um interesse repentino.

– Oh, Marilla... E o que aconteceu? Por que vocês não...

– Nós brigamos. E recusei-me a perdoá-lo quando ele me pediu. Depois de um tempo, até quis perdoá-lo... mas estava emburrada e irritada, e queria castigá-lo antes. Ele nunca voltou para mim... os Blythes sempre foram muito independentes. Mas eu sempre... lamentei muito isso. Eu meio que sempre desejei tê-lo perdoado quando tive a oportunidade.

– Então houve um pouco de romance na sua vida também – disse Anne suavemente.

– Sim, presumo que possa chamar isso de romance. Olhando para mim, você jamais imaginaria, não é? Mas nunca se pode imaginar isso das pessoas com base em sua aparência exterior. Todos se esqueceram de John e de mim. Eu mesma esqueci desse caso. Mas tudo me voltou à mente quando vi Gilbert no domingo passado.

A CURVA
NA ESTRADA

Marilla foi para o centro da cidade no dia seguinte e voltou à noitinha. Anne havia ido para Orchard Slope com Diana e, quando voltou, encontrou Marilla na cozinha, sentada à mesa com a cabeça apoiada em uma das mãos. Algo em sua aparência abatida fez Anne sentir um calafrio no coração. Ela nunca vira Marilla sentada alquebrada e inerte daquele jeito.

– Está muito cansada, Marilla?

– Sim... não... não sei – disse Marilla com cansaço, levantando a cabeça. – Acho que estou cansada, mas não pensei ainda sobre isso. Não é o cansaço que me aflige.

– Você foi ao oculista? O que ele disse? – perguntou Anne ansiosa.

– Sim, fui vê-lo. Ele examinou meus olhos. Ele diz que, se eu parar completamente de ler, de costurar e de fazer qualquer trabalho que canse a vista, e se eu tomar o cuidado de não chorar, e se eu usar os óculos que ele me deu, ele acha que meus olhos não vão piorar e que ficarei curada das dores de cabeça. Mas ele disse que, se eu não seguir essas recomendações, dentro de seis meses estarei completamente cega. Cega! Anne, imagine só!

Por um instante, Anne, depois de dar uma rápida exclamação de desalento, ficou em silêncio. Ela se sentia como se *não* conseguisse falar. Depois, ela disse corajosamente, mas com a voz embargada:

– Marilla, *não* pense nisso. Você sabe que ele lhe deu esperanças. Se você tomar cuidado, não vai perder a visão completamente; e, se os óculos que ele lhe deu curarem as suas dores de cabeça, isso vai ser ótimo.

– Não acho que seja lá uma grande esperança – disse Marilla com amargura. – Para que vou viver se não posso ler ou costurar ou fazer nada desse tipo? É melhor mesmo que eu fique logo cega... ou que morra. Quanto a chorar, não consigo evitar quando me sinto solitária. Mas chega, não adianta ficar falando disso. Se você me trouxer uma xícara de chá, ficarei agradecida. Estou esgotada. De todo modo, não diga nada sobre isso a ninguém por enquanto. Não vou suportar gente vindo aqui para fazer perguntas, solidarizar-se e falar desse assunto.

Depois que Marilla terminou de almoçar, Anne convenceu-a a ir para a cama. Em seguida, Anne foi para o frontão leste e sentou sozinha no escuro na sua janela, com suas lágrimas e o peso em seu coração. Como as coisas tinham mudado de modo triste desde que ela se sentara ali na noite em que voltou para casa! Naquela época, ela estava cheia de esperanças e de alegria, e o futuro prometia ser cor-de-rosa. Anne sentiu-se como se tivesse vivido anos desde então, mas, antes de ir para a cama, havia um sorriso em seu rosto e paz em seu coração. Ela havia encarado com coragem o seu dever e encontrou nele um amigo: assim são sempre os deveres quando os enfrentamos com franqueza.

Certa tarde, alguns dias depois, Marilla entrou lentamente em casa vindo do pátio da frente, onde estivera conversando com uma visita: um homem que Anne conhecia de vista como Sadler de Carmody. Anne perguntou-se o que ele poderia ter dito para Marilla para que ela ficasse com aquela cara.

– O que o senhor Sadler queria, Marilla?

Marilla sentou-se na janela e olhou para Anne. Havia lágrimas nos olhos dela, apesar da proibição do oculista, e sua voz estava falhada quando ela disse:

– Ele ouviu falar que eu ia vender Green Gables e quer comprar a propriedade.

– Comprar?! Comprar Green Gables? – Anne se perguntou se ouvira direito. – Oh, Marilla, você não tem a intenção de vender Green Gables, não é mesmo?

– Anne, não sei mais o que fazer. Já pensei em tudo. Caso meus olhos estivessem bem, eu poderia permanecer aqui e cuidar e administrar as coisas, contratando um bom ajudante. Mas, do jeito que as coisas estão, eu não posso. Talvez eu fique completamente cega; e, de qualquer modo, não estarei bem o bastante para comandar as coisas. Oh, jamais pensei que viveria para ver o dia em que eu teria de vender a minha casa. Mas, caso contrário, as coisas só piorariam mais e mais, até que ninguém desejaria comprar a propriedade. Cada centavo do nosso dinheiro foi para aquele banco; e ainda tem umas notas promissórias que Matthew assinou no último outono, e que ainda temos de pagar. A senhora Lynde aconselhou-me a vender a fazenda e a me hospedar em algum lugar... na casa dela, presumo. A venda não vai render muito: a fazenda é pequena, e as construções daqui são velhas. Mas vai render o bastante para eu me sustentar, eu acho. Fico feliz que o seu sustento já esteja garantido por aquela bolsa, Anne. Lamento muito que você não terá uma casa para a qual voltar nas férias, só isso, mas presumo que, de alguma maneira, você vai se virar.

Marilla teve um colapso de nervos e chorou amargamente.

– Você não pode vender Green Gables – disse Anne.

– Oh, Anne, eu queria mesmo não ter que fazer isso. Mas você pode ver por si. Não posso ficar aqui sozinha. Eu ficaria louca com as minhas preocupações e com a solidão. E então eu perderia a visão... sei que perderia.

– Você não precisará ficar aqui sozinha, Marilla. Ficarei com você. Não vou para Redmond.

– Não vai para Redmond?! – Marilla ergueu seu rosto enrugado das mãos e olhou para Anne. – Ora, do que está falando?

– É exatamente o que eu disse. Não vou aceitar a bolsa. Tomei essa decisão na noite em que você voltou do centro da cidade. Você decerto não acha que eu a abandonaria nessa hora de aflição, Marilla, depois de tudo o que fez por mim. Deixe-me contar a você os meus planos. O senhor Barry quer alugar a nossa fazenda durante o ano que vem. Então, você não vai ter que se incomodar com isso. Eu vou lecionar. Candidatei-me para dar aulas na escola daqui... mas não acho que vou conseguir a vaga, pois os membros do conselho já a prometeram para Gilbert Blythe. Mas posso ir lecionar na escola de Carmody: o senhor Blair me disse isso ontem à noite na venda. É claro que não será tão bom ou conveniente quanto seria caso se tratasse da escola de Avonlea. Mas posso continuar morando aqui e ir e voltar cavalgando sozinha para Carmody, pelo menos enquanto ainda está quente. E até mesmo no inverno, posso vir para casa às sextas-feiras. Vamos ter um cavalo só para isso. Oh, já planejei tudo, Marilla. E vou ler para você e mantê-la animada. Você não vai ficar entediada ou solitária. E aqui vamos ficar bem aconchegadas e felizes juntas, eu e você.

Marilla ouvira aquilo como se fosse uma mulher que fazia parte de um sonho.

– Oh, Anne, eu viveria muito bem se você estivesse aqui, eu sei. Mas não posso deixar você fazer tamanho sacrifício por mim. Seria terrível.

– Que bobagem! – Anne riu alegremente. – Não é sacrifício nenhum. Nada poderia ser pior do que desistir de Green Gables; nada me magoaria mais do que isso. Temos que manter conosco nossa querida e velha casa. Já tomei minha decisão, Marilla. Eu *não* vou para Redmond; e *vou* ficar aqui e lecionar. Não se preocupe nem um pouco comigo.

– Mas e as suas ambições... e...

– Sou tão ambiciosa quanto antes. A única diferença é que troquei o objeto de minhas ambições. Serei uma boa professora... e vou salvar a sua vista. Além do mais, tenho a intenção de estudar aqui em casa e fazer um cursinho universitário eu mesma, sozinha. Oh, tenho dezenas de planos, Marilla. Estive elaborando-os por uma semana.

Darei o melhor de mim para a vida aqui e acredito que a vida aqui me dará em troca o que ela tem de melhor. Quando saí da Queen's, meu futuro parecia se estender diante de mim como uma estrada reta. E eu pensava que podia ver uma distância grande dessa estrada, muitos de seus marcos. Agora, surgiu uma curva nela. Não sei o que tem depois desta curva, mas vou crer que tem o que há de melhor. Essa curva tem um fascínio próprio, Marilla. Pergunto-me como é a estrada depois dela... o que há de glórias verdes e de tênues e acidentadas luzes e trevas... que paisagens novas... que belezas novas... e que curvas e ladeiras e vales há mais à frente.

– Não sinto que eu deva deixar você desistir – disse Marilla, referindo-se à bolsa de estudos.

– Mas você não pode me impedir. Já tenho dezesseis anos e meio e sou "teimosa feito uma mula", como me disse certa vez a senhora Lynde – falou Anne rindo. – Oh, Marilla, não fique sentindo pena de mim. Não gosto que se apiedem de mim, e não há necessidade disso. Estou contente de coração com a simples ideia de permanecer na querida Green Gables. Ninguém seria capaz de amá-la como eu e você: portanto, devemos ficar com ela.

– Sua menina abençoada! – retrucou Marilla, cedendo. – Sinto como se você tivesse me dado uma vida nova. Acho que eu deveria mais era bater o pé e obrigar você a ir para a faculdade; mas sei que não posso fazer isso, então nem vou tentar. Mas vou compensar você por isso, Anne.

Quando correu por Avonlea a notícia de que Anne Shirley desistira da ideia de ir para a faculdade e tencionava ficar em casa e lecionar, houve muita discussão em relação a isso. A maioria das pessoas, sem saber dos olhos de Marilla, pensava que era uma tolice da parte de Anne. Mas não a senhora Allan. E ela disse isso para Anne com palavras de aprovação que encheram de lágrimas de prazer os olhos da menina. E tampouco a bondosa senhora Lynde. Ela veio visitar certo fim de tarde, e encontrou Anne e Marilla sentadas no pórtico em meio ao calor perfumado do crepúsculo estival. Elas gostavam de ficar sentadas lá quando o crepúsculo caía, as mariposas brancas adejavam pelo jardim e o cheiro de hortelã preenchia o ar orvalhado.

A senhora Rachel depositou seu corpo substancioso sobre o banco de pedra perto da porta de entrada da casa, atrás do qual crescia uma fileira alta de malvas rosa e amarelas, com um longo suspiro que era um misto de cansaço e alívio.

– Anuncio que fico feliz por me sentar. Fiquei o dia todo de pé, e noventa quilos é um peso e tanto para dois pés carregarem por aí. Não ser gorda é uma bênção enorme, Marilla. Espero que você aprecie isso. Bem, Anne, ouvi falar que você desistiu da ideia de ir para a faculdade. Fiquei muito contente de ouvir isso. Você agora já tem tanta educação quanto uma mulher pode se sentir cômoda de ter. Não acho certo garotas irem para as mesmas faculdades que os homens e encherem as suas cabeças de latim e grego e de todos aqueles disparates.

– Mas vou estudar latim e grego mesmo assim, senhora Lynde – disse Anne rindo. – Farei meu curso de Humanidades aqui mesmo em Green Gables e estudarei tudo o que estudaria na faculdade.

A senhora Lynde ergueu as mãos com um pavor sagrado.

– Anne Shirley, você vai acabar se matando!

– Que nada. Eu vou é vicejar por causa disso. Oh, não vou exagerar. Como diz a "Esposa de Josiah Allen"[71], serei "medjana". Mas vou ter muito tempo livre nos longos fins de tarde de inverno e não tenho vocação para trabalhos refinados. Vou lecionar em Carmody, sabe.

– Não sei, não. Acho que você vai lecionar aqui mesmo em Avonlea. Os membros do conselho decidiram dar a vaga de professora da escola para você.

---

71 Josiah Allen's Wife no original; referência a Marietta Holley (que ao longo da carreira usou os pseudônimos Jemyma e, mais tarde, Josiah Allen's Wife), humorista americana que satirizava a sociedade e a política dos Estados Unidos e que teve uma carreira de sucesso como autora de livros no final do século XIX. (N. T.)

– Senhora Lynde! – exclamou Anne, ficando de pé com um pulo por causa da surpresa. – Ora, pensei que tinham prometido essa vaga para Gilbert Blythe!

– E prometeram mesmo. Mas, assim que Gilbert ficou sabendo que você se candidatou, ele foi falar com o conselho. Eles tiveram uma reunião de negócios na escola ontem à noite, sabe? E disse a eles que desistia da vaga e sugeriu que contratassem você. Ele disse que ia lecionar em White Sands. É claro que ele sabia o quanto você queria ficar com a Marilla, e devo dizer que o fato é que foi muita gentileza e consideração dele. Além de ser uma atitude muito abnegada da parte dele, pois ele precisará pagar pela hospedagem em White Sands, e todos sabem que ele está juntando dinheiro para ir para a faculdade. Então, o conselho decidiu chamar você. Fiquei contentíssima quando o Thomas voltou para casa ontem e me contou.

– Não acho que eu deva aceitar essa vaga – murmurou Anne. – Quero dizer... não acho que deveria deixar o Gilbert fazer tamanho sacrifício... por mim.

– Acho que agora você já não pode impedi-lo. Ele já assinou o contrato com o conselho escolar de White Sands. Então, de nada ajudaria a ele você recusar a vaga. É claro que você vai aceitar. E vai dar tudo certo para você lá, principalmente agora que já não há mais ninguém da família Pye na escola. Josie foi a última deles, e o fato é que isso é boa coisa. Nos últimos vinte anos, algum Pye sempre era aluno da escola de Avonlea, e acho que a missão deles na vida era lembrar aos professores que a Terra não era o seu lar. Misericórdia! O que significam essas luzes piscando no frontão da casa dos Barrys?

– Diana está sinalizando para que eu vá para lá – disse Anne rindo. – Você sabe que mantivemos os velhos hábitos. Deem-me licença enquanto vou até lá ver o que ela quer.

Anne desceu a inclinação cheia de trevos feito um cervo e desapareceu em meio às sombras dos abetos da Mata Assombrada. A senhora Lynde ficou olhando Anne sumir de vista de modo indulgente.

– Em alguns sentidos, ela ainda conserva muito do seu jeito de menina.

– Em outros sentidos, ela já é uma mulher feita – retrucou Marilla, momentaneamente recobrando sua agilidade de resposta.

Mas essa agilidade não era mais a característica marcante de Marilla, como a senhora Lynde contou ao seu marido naquela noite.

– Fato é que a Marilla Cuthbert ficou *mole*.

Anne foi para o pequeno cemitério de Avonlea no fim da tarde seguinte para deixar flores frescas sobre o túmulo de Matthew e para regar a roseira-da-escócia. Ela se demorou ali até o crepúsculo, apreciando a paz e a tranquilidade daquele lugar pequeno, com seus álamos cujo farfalhar era como as palavras em voz baixa de um amigo e a grama sussurrante que crescia à vontade por entre as sepulturas. Quando ela finalmente saiu dali e desceu a grande colina que dava no Lago das Águas Cintilantes, o sol já havia se posto, e toda Avonlea estava diante dela em meio à luz onírica que ainda se via: "um refúgio de paz ancestral"[72]. Havia uma frescura no ar, como se um vento tivesse soprado por campos de trevos doces feito mel. Luzes de casas bruxuleavam aqui e ali por entre as árvores das propriedades. Ao longe jazia o mar, enevoado e roxo, com seu persistente e incessante murmúrio. O Oeste era uma glória de tênues matizes misturados, e o lago refletia todos em nuances ainda mais suaves. A beleza de tudo aquilo tocou o coração de Anne, e ela de bom grado abriu as portas da sua alma para aquilo.

– Querido e velho mundo – murmurou ela –, você é adorável demais, e fico feliz de estar viva em você.

A meio caminho da descida da colina, um rapaz alto saiu assoviando do portão da frente da propriedade dos Blythes. Era Gilbert, e o assovio cessou nos seus lábios quando ele reconheceu Anne. Ele ergueu seu chapéu de modo cortês, mas teria passado por ela em silêncio caso Anne não tivesse parado e estendido a mão.

---

72 Citação de um verso do poema "The Palace of Art" ("O palácio da arte"), de lorde Alfred Tennyson, publicado originalmente em 1832: "A haunt of ancient peace." (N. T.)

– Gilbert – disse ela com bochechas escarlate –, quero lhe agradecer por desistir da vaga na escola por minha causa. Foi muita bondade da sua parte... E eu queria que você soubesse que fiquei agradecida.

Gilbert pegou com avidez a mão estendida.

– Não foi nenhuma bondade especial da minha parte, Anne. Fiquei satisfeito de poder prestar uma pequena ajuda a você. Seremos amigos a partir de agora? Você realmente perdoou meu antigo erro?

Anne riu e tentou sem sucesso desvencilhar sua mão.

– Eu perdoei você aquele dia no cais do lago, apesar de não ter me dado conta. Que mulinha teimosa eu era. Desde então, e é melhor eu fazer uma confissão completa, lamento minha atitude naquele dia.

– Seremos melhores amigos – disse Gilbert, jubiloso. – Nascemos para ser bons amigos, Anne. Você já criou obstáculos o bastante para o destino. Sei que podemos ajudar um ao outro de muitas maneiras. Você continuará estudando, não é? Eu também. Venha, vou acompanhá-la até sua casa.

Marilla olhou intrigada para Anne quando ela entrou na cozinha.

– Quem era aquele que subiu a trilha com você, Anne?

– Gilbert Blythe – respondeu Anne, irritada ao se dar conta de que estava corada. – Encontrei-o na colina dos Barrys.

– Não achava que você e o Gilbert Blythe eram tão amigos, ao ponto de você passar meia hora conversando com ele no portão – disse Marilla com um sorriso seco.

– E não éramos... éramos bons inimigos. Mas decidimos que é muito mais sensato que sejamos bons amigos daqui para a frente. Ficamos mesmo meia hora no portão? Pareceu terem passado apenas alguns minutos. Mas, sabe, temos cinco anos de conversa para colocar em dia, Marilla.

Naquela noite, Anne passou muito tempo sentada em sua janela, acompanhada por uma satisfação alegre. O vento ronronava suave por entre os galhos das cerejeiras, e lufadas de ar com aroma de hortelã vinham até ela. As estrelas bruxuleavam sobre os pontudos abetos na ravina, e a luz do quarto de Diana cintilava por aquele antigo vão em sua janela.

Os horizontes de Anne haviam se estreitado desde que ela se sentara ali depois de ter voltado da Queen's para casa; mas, se o caminho diante dos pés dela seria estreito, ela sabia que flores de felicidade tranquila nasceriam ao longo dele. A alegria do trabalho honesto, das aspirações dignas e da amizade agradável seria dela; ninguém poderia lhe roubar seu direito inato à imaginação ou seu mundo idealizado de sonhos. E sempre havia a curva na estrada!

– "Deus está em seu paraíso, e tudo corre bem no mundo"[73] – suspirou Anne suavemente.

---

73 Citação de um verso do poema "Pippa Passes" ("Pippa passa"), de Robert Browning, publicado em 1841: "God's in his heaven, all's right with the world." (N. T.)